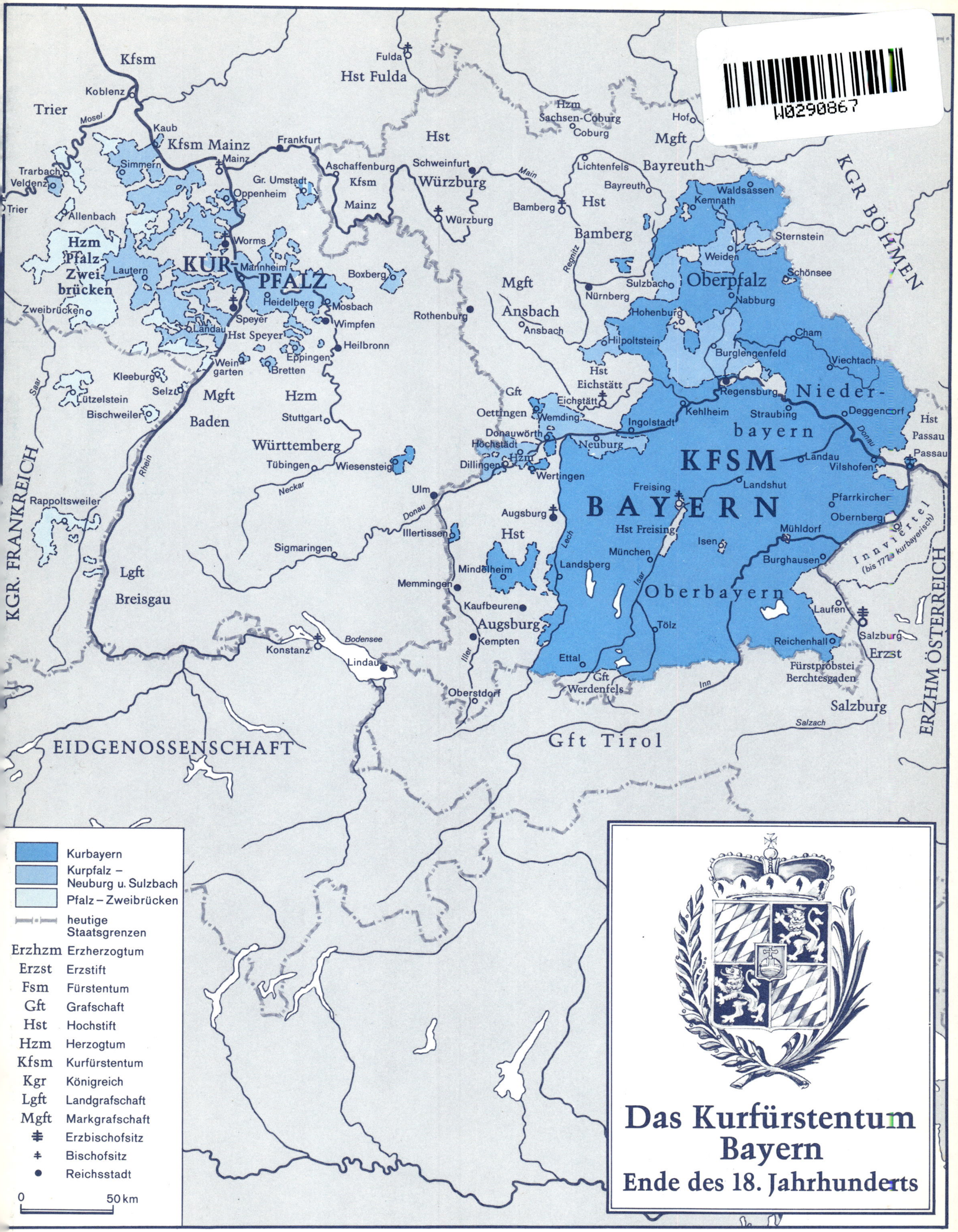
Kfsm
Koblenz
Trier
Mosel
Kaub
Kfsm Mainz
Mainz
Frankfurt
Trarbach
Veldenz
Simmern
Allenbach
Hzm Pfalz-Zweibrücken
Lautern
Zweibrücken
KUR-PFALZ
Worms
Mannheim
Heidelberg
Mosbach
Wimpfen
Speyer
Landau
Hst Speyer
Heilbronn
Eppingen
Bretten
Weingarten
Gr. Umstadt
Oppenheim
Aschaffenburg
Kfsm Mainz
Boxberg
Fulda
Hst Fulda
Hst Würzburg
Schweinfurt
Würzburg
Main
Hzm Sachsen-Coburg
Coburg
Hof
Mgft Bayreuth
Lichtenfels
Bayreuth
Bamberg
Hst Bamberg
Regnitz
Nürnberg
Mgft Ansbach
Ansbach
Rothenburg
KGR BÖHMEN
Waldsassen
Kemnath
Sternstein
Weiden
Schönsee
Sulzbach
Oberpfalz
Nabburg
Hohenburg
Cham
Hilpoltstein
Burglengenfeld
Viechtach
Hst Eichstätt
Eichstätt
Regensburg
Nieder-bayern
Deggendorf
Hst Passau
Passau
Kehlheim
Straubing
Ingolstadt
Neuburg
Landau
Vilshofen
KFSM BAYERN
Freising
Landshut
Hst Freising
Pfarrkirchen
Obernberg
Mühldorf
Innviertel (bis 1779 kurbayerisch)
Isen
München
Burghausen
Landsberg
Isar
Lech
Oberbayern
Laufen
Tölz
Salzburg
Erzst Salzburg
Reichenhall
Fürstpröbstei Berchtesgaden
Ettal
Gft Werdenfels
Inn
Salzach
ERZHM ÖSTERREICH
Gft Tirol
Kleeburg
Selz
Lützelstein
Bischweiler
Saar
Mgft Baden
Hzm Württemberg
Stuttgart
Tübingen
Wiesensteig
Neckar
Gft Oettingen
Wemding
Donauwörth
Höchstädt
Hzm
Dillingen
Wertingen
Ulm
Donau
Augsburg
Hst Augsburg
Illertissen
Sigmaringen
Mindelheim
Memmingen
Kaufbeuren
Kempten
Iller
Oberstdorf
Rappoltsweiler
Rhein
KGR. FRANKREICH
Lgft Breisgau
Konstanz
Bodensee
Lindau
EIDGENOSSENSCHAFT
Kurbayern
Kurpfalz – Neuburg u. Sulzbach
Pfalz – Zweibrücken
heutige Staatsgrenzen
Erzhzm Erzherzogtum
Erzst Erzstift
Fsm Fürstentum
Gft Grafschaft
Hst Hochstift
Hzm Herzogtum
Kfsm Kurfürstentum
Kgr Königreich
Lgft Landgrafschaft
Mgft Markgrafschaft
Erzbischofsitz
Bischofsitz
Reichsstadt
0
50 km
Das Kurfürstentum Bayern
Ende des 18. Jahrhunderts

Bayern

Hans Dollinger

Bayern

2000 Jahre
in Bildern und Dokumenten

Vorwort von Golo Mann

Prisma Verlag

Zum Titelbild (S. 2): Die »Patrona Boiariae«
an der Westfront der Residenz in München; von Hans Krumper (1570–1634)
modelliert und von Bartholome Wenglein gegossen,
1616 aufgestellt. »Es kann keinen Augenblick geleugnet werden,
daß das Standbild ... einer originären Kraft entsprang,
die sich auf bezwingend eigenständige Weise, eben in bayerischer
Sprache, in der Münchner Sprache, mit den leitenden Gedanken
jener europäischen Ära im Einklang hielt«
(Wilhelm Hausenstein).

Für Helga

Lizenzausgabe für Prisma Verlag GmbH, Gütersloh, 1979, 1980

Buchgestaltung: Dago Mayr
ISBN 3-570-02157-2

Inhalt

Vorwort

von Golo Mann

»Wie groß dies Bayern ist«, sagte mir neulich ein Freund, der im westlichen Allgäu wohnt und mit dem Auto nach Berlin aufbrechen wollte. »Morgen werden wir den ganzen Tag fahren und immer noch auf bayerischem Boden schlafen« – in Bayreuth. Als das moderne Bayern seine endgültigen Grenzen fand, ohne Autos noch und ohne Eisenbahnen, hätte man ein paar Wochen dafür gebraucht. Übrigens war Bayern zu alten, uralten Zeiten noch größer, obgleich damals – im 10. Jahrhundert – nicht dazu gehörte, was heute die fränkischen Kreise sind; dafür aber Österreich samt Tirol und Kärnten und Verona; so daß es ein südostdeutsches, über die Alpen nach Norditalien ausgreifendes Reich gewesen wäre, würde das Wort »Reich« passen für einen »Personen- und Herrschaftsverband«. Tausend Jahre später, als es ein Reich war, oder doch ein Staat, ist, unter Napoleon, der Drang nach Süden noch einmal kurzfristig aufgelebt: Damals »reichte« Bayern nicht bis Verona, aber doch bis Bozen. Also ist Wandel gewesen, Expansion und Kontraktion, Verlust hier, Gewinn dort. Jedoch blieb die Region, von der dies alles ausging, immer die gleiche: die Gegend zwischen Donau und Alpen, Lech und Inn. Anders ausgedrückt, es war etwas da, sagen wir seit dem 7. Jahrhundert, was wir »Bayern« nennen können; wie sehr auch seine äußeren Grenzen schwankten, wie stetig und tief der Wandel war in der Art des inneren Zusammenhalts und der zu bewältigenden Aufgaben.

Vor mir liegt ein tausendseitiger Schweinslederband: »Johann Heinrichs von Falkenstein Geschichten der alten, mittleren und neuern Zeiten des großen Herzogthums und ehemaligen Königreichs Bayern«, erschienen 1763. Mit dem Königreich sind die frühesten Herzöge gemeint, die Agilolfinger, die zwar den Königstitel nicht führten, aber eine königliche Stellung innehatten. Mit gutem Recht beginnen die Geschichtsschreiber Bayerns regelmäßig bei ihnen; so Riezler und Doeberl in ihren vielbändigen Werken; so unlängst noch Karl Bosl in seiner schmalen, aber gehaltvollen, zeitgemäß organisierten »Bayerischen Geschichte«. Es setzten diese Historiker eine dauernde Identität »Bayerns« nicht, vom bloßen Namen verführt, abergläubisch voraus. Sie fanden sie im Wirklichen. Das stärkste der ostfränkischen Herzogtümer, durch seine Verbindungswege nach Süden, Osten und Südosten begabt mit den weitestschauenden Möglichkeiten, die immer auch Gefahren bedeuteten, aber lebensstärkende Gefahren – es war dazu bestimmt, der Territorialstaat des 16. Jahrhunderts zu werden, dann das verfaßte Königreich des 19., der »Freistaat« von 1976. Als die Fortexistenz Bayerns wieder einmal arg bedroht schien, kurz vor Ausbruch des Krieges 1870, schrieb ein französischer Publizist in der »Revue des Deux Mondes«: »Bayern ist so vielen Chancen, ausgelöscht zu werden, entgangen, es blüht schon so sehr lange, daß es dafür wohl gute Gründe geben muß.« Die gab es, und sie haben sich auch in den Stürmen des folgenden Jahrhunderts bewährt. Nicht ohne eigene Mitschuld zur Ohnmacht verurteilt während des Ersten Weltkrieges, scheinbar verschlungen von der Hitler-Diktatur, war Bayern wieder da 1919, erst recht 1945; niemand, bei den Siegern wie bei den Besiegten, hegte den leisesten Zweifel daran, daß es wieder da sei.

Ein Binnenland von Anfang, mußte Bayern die Formen des Wirtschaftens, die Schicksale, Bestrebungen und Kämpfe, die Lebens-Stile und Glaubensüberzeugungen seiner weiteren europäischen wie seiner engeren deutschen Umgebung jederzeit mittun, miterleiden, auf seine Art abwandeln. Unser Bildband gibt Zeugnis davon, insofern diese vielschichtige Vergangenheit heute noch geschaut werden kann, in alten Stadtkernen, Kirchen, Klöstern, Burgen, Schlössern, Höfen, in Urkunden, in Figuren und Fresken, für die frühesten Zeiten in ausgegrabenen Grundmauern der Festungswohnungen und Heiligtümer, in Waffen, Gefäßen, archaischen Kunstgebilden. Ein sehr alter Kulturboden. Die keltische Urvergangenheit – »ur«, weil es für uns dunkel wird jenseits davon. Die fünfhundertjährige Römerherrschaft südlich der Donau, mit ihren Städtegründungen – Augusta Vindelicum, Castra Regina –, ihrer ferne Räume durchdringenden Organisation, der in ihrem Zeichen geschehenden Vermischung keltischer, römischer, germanischer Siedler. Das Eindringen der Franken, das weit geschwungene, daher undichte Reich der Merowinger, welches einem mit der Verteidigung des äußersten Südostens beauftragten Herzog freien Spielraum gibt; die ersten bayerischen Herzöge, mithin; die Vermählung des Fränkischen mit dem Keltoromanischen, derart, daß nun ein neuer Volksstamm langsam wächst und einen Namen braucht und auch erhält oder sich gibt, aber der Name war schon vorher da, er griff nur aus, die Baioraii, die Boier, die Bayern. (Daß es so war, daß die Bayern nicht eines Tages von woanders her kamen, davon hat Bosl mich neuerdings wieder überzeugt.) Mit den Franken das Christentum. Mit dem Christentum die ersten Bischofssitze, Regensburg, Freising, Passau, Salzburg, die ersten Klöster, zivilisatorisch weithin wirkend in die slawischen Länder. Mit den Franken auch die Verdrängung des Lateinischen durch das Deutsche, oder »Althochdeutsche«, aus dem hier diese Mundart sich entwickelt. Mit den Franken schließlich die Entstehung einer Adelsschicht im Bunde mit dem königsgleichen Herzog, mit den Bischöfen und Klöstern. Europäische Zusammenhänge alles das, mit Parallelentwicklungen anderswo, nach der Dreiteilung des Karolinger-Reiches sich etwas verengend und konzentrierend auf den Raum, der nun allmählich zum »deutschen« wird, ohne doch seine vielsträngige Verbindung mit dem europäischen zu verlieren. Und so geht es weiter. Geistliche Kultur, Ritterkultur, Volks- und Bauernkultur; Bürgertum in den Handelsstädten, die zu Republiken, zu »Reichsstädten« werden; Stände, die dem Fürsten helfend und opponierend gegenübertreten; Grenzkriege und Erbteilungsfehden; Kampf zwischen universaler, päpstlicher und regionaler, fast schon nationaler, fast schon weltlicher Autorität; die beiden großen Kirchen-Reformationen und die furchtbaren Kriege, die, mittelbar, ihre Folgen waren; alles europäische Entwicklungen und bayerische auch, mitunter sogar in Bayern zentrierend – das München Kaiser Ludwigs des Bayern als internationales Zentrum einer »Los-von-Rom«-Bewegung – in Bayern jederzeit abgewandelt nach dem Ingenium der Leute, die dort wohnten – oder die dorthin berufen wurden. So für Wirtschaft, Handel, Herrschaft, Glauben, Politik, so für Bau- und Kunst-Stile: vom Früh-Romanischen über Aufstieg, Blüte und Verfall der Gotik, über die italienischen Einflüsse und dann die französischen, Prunk des Barock, verspielten Jubel des Rokoko bis zum Neoklassizismus. Wir sind nicht so originell, als daß wir nicht, mit Variationen, täten, was die anderen tun. Und was von Bayern ausgeht, was von Bayern übernommen wird – die Grenze zwischen beidem läßt nur selten sich feststellen.

Unsere Bilderfolge will das Land zeigen, wie es geworden ist; weder abgestorbene Vergangenheit noch Nur-Gegenwart, sondern Vergangenheit in ihrer Verschmelzung mit, und in ihrem lebendigen Kontrast zur Gegenwart. Wie, in diesen Landschaften, die Menschen gelebt haben und was von ihren Werken übrig blieb. Die Menschen, das meint nicht nur die Spitze der ehemaligen gesellschaftlichen Pyramide; es meint Bürger, Bauern, »Arbeiter«. Nur soll man das Kind nicht mit dem Bad ausschütten. Keinen Sinn hat es, zu leugnen, daß es ein Herrscher war, Heinrich der Löwe, der München gründete, im gleichen Jahr, in dem er Lübeck gründete; daß es ohne diesen einen Menschen schöpferischen Eigensinns beide Städte heute kaum geben würde. Nachdem die internationale Dynastie der Welfen einem rein bayerischen Adelshaus, den Wittelsbachern, hatte weichen müssen, ist zwischen dem Land und dieser Familie eine Symbiose gewesen, die wirkte und die nachwirkt. Die Wittelsbacher haben nicht nur Farbe gegeben, nicht nur Tragödien geliefert von Agnes Bernauer bis zu Ludwig II., und Komödie auch. Sie haben auf Land und Leute, auf Kultur und Natur mitprägend eingewirkt; das neue München König Ludwigs I. ist nur das eindrucksvollste Beispiel dafür. So tat die Kirche; taten die Bischöfe in ihren Städten, die Mönche auf dem Land. Die Kirche ist eine volkstümliche, volksbildende Institution gewesen, ihrem eigensten Wesen nach; sie ging in fremde Völker und in das eigene auch. Ähnliches gilt für den Adel und ganz besonders den des frühen Mittelalters, als die Menschen Schutz, Rat, Führung brauchten. Hätte damals der Adel nicht lebenswichtige Funktionen gehabt, er hätte sich nie entwickeln, nie erhalten können. Darum scheint es mir gut, daß dies Buch nicht einer Tagesmode nachgibt, welche in allen, die nicht Schwielen an den Händen trugen, nur Parasiten sehen will; daß es weder nur dynastische Geschichte bieten will, noch auch nur »proletarische«, sondern jeweils das volle Leben der Gesellschaft darzustellen sucht, soweit das eben in Bildern möglich ist. Es ist nicht immer möglich. Denn Kathedralen dauern – wir haben es im Zweiten Weltkrieg noch einmal erlebt – und Hütten dauern nicht.

Im neunten Jahrhundert war Regensburg die »metropolis ducatus Bavariae«, Hauptstadt des Herzogtums Bayern, gleichzeitig aber auch Sitz des ostfränkischen, des deutschen Königs. Zweihundert Jahre später, lang bevor es »freie Reichsstadt« und noch viel länger, bevor es die zweitgrößte Stadt des neuen Königreichs Bayern wurde, galt Nürnberg als »caput Bavariae« und *auch* als des gesamten Reiches Königsstadt. Das später kommende München spielte eine solche Doppelrolle nicht: durchaus nur eine oberbayerische Stadt, dann eine gesamtbayerische, Residenz der Herzöge, Kurfürsten, Könige. Aber mindestens *einer* der Könige, Ludwig I., wollte es doch zu *einer* deutschen Hauptstadt machen, und tat es mit schönem Erfolg. Heutzutage wird München bekanntlich »Deutschlands heimliche Hauptstadt« genannt. Sie ist es in viel weniger Ernst, als Regensburg und Nürnberg es einmal waren. Aber die Doppelfunktion bayerischer Städte zeigt etwas an, was vielerorten sich zeigen mußte: immer gab es ein sonderbar dialektisches Verhältnis zwischen Deutschland und Bayern. Sie sind gleichzeitig entstanden, sie haben stetig aufeinander gewirkt; jedoch war das eine das Ganze, das andere ein Teil. Der Teil war ein so starker, daß er weitreichende Autonomie erstreben mußte. Er war so zentral, daß er vollständige Unabhängigkeit vom Ganzen nie erreichen konnte, noch auch wollte. Der bei weitem bedeutendste unter den Herrschern des Territorialstaates, Maximilian, der erste Kurfürst, hat wohl bayerisch-europäische Politik betrieben, weil er mußte, um sein Land in gefährlicher Zeit zu erhalten, aber dabei nie aufgehört, sich als streng mitverantwortlich für das »Reich« zu fühlen. Der Minister Montgelas, dessen altfranzösischen Charakterkopf man in unserem Buch entdekken wird, der Schöpfer des neuen Königreichs, hat sich Napoleons Rheinbund gefügt, dann Metternichs Deutschem Bund. So fügten Bayerns Liberale sich dem Bismarck-Reich; wie prophetisch wahr auch, dreiviertel Jahrhunderte später, die Warnungen der bayerischen Patriotenpartei sich lassen, damals, 1871, verhallten sie wirkungslos. Wieder war Bayern 1949 das einzige Land, dessen Volksvertreter dem neuen Grundgesetz der Bundesrepublik ihre Zustimmung mehrheitlich verweigerten, wieder änderte das rein gar nichts. Zu sehr hat Bayern im guten und unguten an deutschen Schicksalen teilgehabt, als daß hier Trennung möglich gewesen wäre.

Wenn es aber Teil war, so war und bleibt es auch ein Ganzes. Noch in unseren Tagen hat die bayerische Staatsregierung künstlich-rationalen Projekten, die Grenzen der deutschen Länder neu zu ziehen, damit zuletzt nur etwa vier gleich volkreiche übrig blieben, ein schlichtes Veto entgegengesetzt. »Wir wollen nichts haben, und wir geben nichts her.« Ein Ganzes, kann Bayern auf das weitere Ganze wirken, und auf das weiteste, das europäische auch.

Eben darum hat es Sinn, es als ein Ganzes zu lieben in seiner unglaublichen Mannigfaltigkeit, ja, und ein klein wenig stolz darauf zu sein. Was birgt dieser bayerische Raum an ungebrochener – *noch* ungebrochener! – Schönheit; an reicher historischer Zivilisation inmitten einer beglückenden Natur. Nur ein einziger von den sieben Kreisen, und gar nicht der berühmteste, Oberfranken, was ist da zu sehen, zu erfahren, einzuatmen. Und das ist wahr für einen anderen, auch nicht so berühmten Kreis, Niederbayern, und ist wahr für alle sieben. Wahr für die städtischen Zentren, die der letzte Krieg ganz oder beinahe verschonte, Landshut, Regensburg, Passau, Bamberg, Coburg und hundert kleinere; wahr für die Stromtäler im Norden und in der Mitte, die Berge im Süden, den großen Wald im Osten. Es gibt kein schöneres Land. Unser Band beweist es, obwohl er es vielleicht gar nicht beweisen wollte. – Die Lehre: kennen; lieben; erkennen; bewahren.

Links: Chiemsee im Herbst.
Oben: Luftaufnahme des alten Stadtkerns von Landshut, Niederbayern.
Rechts: Die nach einem Entwurf Balthasar Neumanns um 1745 erbaute Wallfahrtskirche Vierzehnheiligen, im Hintergrund das Kloster Banz über dem Maintal, Oberfranken.

Landschaften in Bayern

Baierland

Es wird auch diß land mit mancherleyen und fischreichen wässern begossen / die sich gar nahe alle in die Tonaw versenckenn / als dan seind die Amber / die Iser / der In / die Altmiil / die Nab / der Reng / und andere mere kleinere wässer. Ich geschweyg hie viler und mancherleyer Seen / deren ein jetlicher ein besunder gattung der fischen zeiicht / als der Amber See / der Tegern See / der Wirm See / der Chim See / und andere mere ...

Hartmann Schedel, Weltchronik 1493

Unten: Typische Voralpenlandschaft bei Ascholding in Oberbayern.

Rechts: Die aus dem Anfang des 12. Jahrhunderts stammende Burgruine Randeck, Oberpfalz, oberhalb von Neuessing im Altmühltal. Der ehemalige Bergfried der Ruine wurde auf Veranlassung von Kronprinz Maximilian von Bayern 1844 wiederhergestellt und besteigbar gemacht.

Herrlichstes Land

Herrlichstes Land, erstrahlend in Anmut, überreich an Wäldern, fruchtbar an Wein, ergiebig an Eisen, an Gold und Silber und Purpur; die Männer hochgewachsen und strotzend in Kraft, aber gutmütig und handsam; ... das Land bewässert durch Quellen und Bäche, das Bergland fruchtbar und für die Weide bereitet; ... die Wälder prachtvoll besetzt mit Hirschen und Elchen und Auerochsen, mit Gemsen und Steinböcken und mit Wildzeug aller Art ...

Arbeo von Freising, um 723–783

Oben: Luftbild des Inntals mit Blick über die bayerisch-österreichische Grenze hinweg auf die Gebirgsketten des Kaisergebirges, dahinter die Kitzbühler Alpen und am Horizont die Hohen Tauern mit dem Großglockner. Im Vordergrund links, zwischen Inn und der Inntalautobahn, der Ort Raubling; am Fuße der ersten bewaldeten Berge links vom Inn liegt Nußdorf, gegenüber rechts in der Mitte des Bildes Brannenburg und Degerndorf.

Folgende Seiten 14/15: Links: Die Luitpoldhütte in Sulzbach-Rosenberg, Oberpfalz. – Rechts: Bäuerin vor der Kirche in Ramsau im Berchtesgadener Land, Oberbayern.

Links: Blick über die nach der Sprengung 1945 wiederaufgebaute Doppelbrücke auf die ehemalige freie Reichsstadt Rothenburg ob der Tauber (1802 an Bayern) in Mittelfranken.
Unten: Hopfenanbau in der Hallertau, dem Landstrich zwischen Freising und der Donau.

Rechts: Blick vom Bogenberg bei Oberaltaich auf das Donautal und den Gäuboden in Niederbayern.
Rechts unten: Das Dorf Tüchersfeld (seit 1972 Stadtteil von Pottenstein, Oberfranken) mit den beiden bizarren, für die Fränkische Schweiz typischen Dolomitfelsen.

Links: Das spätgotische, noch aus dem alten Stadtbering erhaltene Kemptner Tor in Memmingen (1802/03 an Bayern) in Bayerisch Schwaben.
Unten: Abbau des Solnhofer Schiefers (Plattenkalk des obersten Weißjura) bei Solnhofen im Kreis Weißenburg in Mittelfranken. Solnhofer Schieferplatten wurden besonders in Nürnberg, Regensburg, München und Passau im 16. und 17. Jahrhundert für Tischplatten, Sonnenuhren und Kassetten verarbeitet.

Rechts: Blick von der Mildenburg aus auf die Stadt Miltenberg am Main in Unterfranken.
Rechts unten: Die Pfarrkirche St. Martin (15. Jahrhundert, Turm 1720) mit der Vils in Amberg in der Oberpfalz. Der Stadtrat von Amberg beschloß 1975, im Jahr des Europäischen Denkmalschutzes, den historischen Kern der Stadt, dessen ältester Siedlungsteil in den Anfängen auf die Karolingerzeit zurückreicht, zu sanieren. Historisch wertvolle Gebäude sollen restauriert, im Ortskern »sollen keine neuen Straßenzüge entstehen und das Straßenpflaster nicht durch geteerte Fahrbahnen ersetzt werden« (SZ, 27. Oktober 1975).

Günter Eich: D-Zug München–Frankfurt

Die Donaubrücke von Ingolstadt,
das Altmühltal, Schiefer bei Solnhofen,
in Treuchtlingen Anschlußzüge –

Dazwischen
Wälder, worin der Herbst verbrannt wird,
Landstraßen in den Schmerz,
Gewölk, das an Gespräche erinnert,
flüchtige Dörfer, von meinem Wunsch erbaut,
in der Nähe deiner Stimme zu altern.

Zwischen den Ziffern der Abfahrtszeiten
breiten sich die Besitztümer unserer Liebe aus.
Ungetrennt
bleiben darin die Orte der Welt,
nicht vermessen und unauffindbar.

Der Zug aber
treibt an Gunzenhausen und Ansbach
und an Mondlandschaften der Erinnerung
– der sommerlich gewesene Gesang
der Frösche von Ornbau –
vorbei.

Links: Altbayerische traditionelle Agrarlandschaft mit Streusiedlungen in Niederbayern: Vierseithöfe bei Uttlau, umgeben von geschlossenem Besitz mit Obstgärten, Heimweiden, Feldfluren und kleinen Waldbereichen, dazwischen Weiler, Pfarrdörfer oder kleine Märkte.
Unten: Herbstlandschaft bei Oberstdorf im Allgäu in Bayerisch Schwaben.

Rechts oben: Der Fichtelsee, umrahmt von den Wäldern und Bergen des hohen Fichtelgebirges; im Hintergrund der Schneeberg, mit 1051 Meter der höchste Berg des Fichtelgebirges (Oberfranken/Oberpfalz), wo früher im Bergbau Gold und Zinn abgebaut wurden und in Hammer- und Hüttenwerken Eisenerz verarbeitet wurde.
Rechts unten: Das Naturschutzgebiet der Pupplinger Au im Isartal bei Wolfratshausen in Oberbayern.

Das Isartal Anno 1786

Der Weg geht auf den Höhen, wo man unten die Isar fließen sieht, über zusammengeschwemmte Kieshügel hin. Hier wird uns die Arbeit der Strömungen des uralten Meeres faßlich. Die Nebel des Flusses und der Wiesen wehrten sich eine Weile, endlich wurden auch diese aufgezehrt. Zwischen gedachten Kieshügeln, die man sich mehrere Stunden weit und breit denken muß, das schönste, fruchtbare Erdreich ... Ich gelangte nach Wolfratshausen und erreichte den 48. Grad. Die Sonne brannte heftig, niemand traut dem schönen Wetter, man schreit über das Böse des vergehenden Jahres, man jammert, daß der große Gott gar keine Anstalten machen will ...

J. W. Goethe, Tagebücher und Briefe an Frau von Stein und Herder

Bayern als Weinland

Jahrhundertelang war der Rebensaft bayerisches Volksgetränk, und der Wein ist bereits durch die römische Besatzung nach Bayern gekommen. Von Südfrankreich, rhoneaufwärts, entlang der Militärstraßen, gelangte er in die Pfalz ... Von der Pfalz aus verbreitete sich die Rebenkultur rheinabwärts in die Maingegend. Dort nehmen die Benediktiner den Weinbau in die Hände, denn schon in der Regel des heiligen Benedikt heißt es: »Weingenuß ist keine Sünde ...« Von Würzburg aus dringen die Weingärten mainaufwärts bis an den Obermain, bis in die Rhön, in das Saaletal, ins Grabfeld und hinunter in den Taubergrund. Aber auch an der Donau, in Ober- und Niederbayern muß es damals schon Weinberge gegeben haben ... Heute ist Franken Bayerns erstes Weinland.

Otto Guggenbichler in »Unbekanntes Bayern. Entdeckungen und Wanderungen«, München 1955

Arber und Arbersee

Der Arber, von den Eingeborenen Arwa genannt, überragt sichtlich alle seine Brüder im Böhmerwald. Deswegen wird er auch von den Dichtern als »König des Waldes« angeredet. Wie fast alle höheren Berge des Bayerwaldes hat der Arber zwei Hauptkuppen, der große und kleine Arber geheißen ... Der Berg erhebt sich mit seinen Ausläufern unmittelbar über Bodenmais, daher die Besteigung von hier am leichtesten vorgenommen werden kann ... Man klimmt am Rande einer Schlucht hinan über den kleinen Arber und verfolgt von hier aus die Bergschneide bis an die hohe Seewand, welche von dem großen Arber nördlich in den kleinen Arbersee abfällt. Diesen erreicht man bequem in drei Stunden.

Adalbert Müller, Der Bayerische Wald, 1846

Oben: Blick auf Weinberge am Hang des Marienberges mit der ehemaligen Festung über dem Maintal bei Würzburg (Unterfranken), wo bereits die Kelten siedelten und erstmals im 6. Jahrhundert eine fränkisch-germanische Volksburg errichtet worden war. Im späten 16. und frühen 17. Jahrhundert wandelte sich dann die Burg in ein Schloß und eine Festung (1814 an Bayern).

Rechts: Der Arbersee am Fuße des Berges Arber (Arwa) inmitten des Bayerischen Waldes bei Bodenmais in Niederbayern.

Links: Aus vorchristlicher Zeit noch stammt der Brauch im Bayerischen Wald, die Totenbretter, auf denen die Verstorbenen zwischen Tod und Begräbnis gelegen haben, zum Gedächtnis an diese Zeit an einem Weg, einer Kreuzung, bei einem Bach, zwischen Bäumen oder bei einer Kapelle aufzustellen.
Unten: Blick auf die von Giovanni Antonio Viscardi 1700–1710 erbaute Wallfahrtskirche Maria-Hilf in Freystadt in der Oberpfalz.

Rechts: Segelregatta auf dem Starnberger See.
Rechts unten: Morgendlicher Kuhtrieb in Garmisch-Partenkirchen.

Oben: Luftbild der Inselstadt Lindau (1805 an Bayern) im Bodensee, der äußersten Südwestecke von Bayern. Der Hafen von Lindau mit dem Leuchtturm und dem Löwendenkmal stammt aus dem Jahr 1856, als der 1811 angelegte Hafen bereits erweitert werden mußte.

Rechts: Schloß und Stadt Berchtesgaden (1810 an Bayern) am Fuße des Watzmanns, die äußerste Südostecke Bayerns.

Berchtesgaden

Berchtesgaden selbst ist nichts weiter als ein guter offener Marktflecken ... Das reichsfürstliche Chorstift, dem der Markt, und vielleicht alle daherum angebaute Gegenden ihr Dasein zu danken haben, liegt ganz in der Mitte. Es ward zu Anfang des dreizehnten Jahrhunderts von Bering, Herzogen von Sulzbach, und seiner Gemahlin gestiftet. Man hat mir erzählt, die ersten Chorherren, welche sich hier niedergelassen haben, haben es unmöglich hier ausdauern können, und seien bald wieder nach ihrem vorigen Aufenthalt zurück gereist. Mir kam die Sache gar nicht unglaublich vor, da sie außer den Jägern, die manchmal hieher streifen mögen, wahrscheinlich die ersten Menschen gewesen sind.

Franz Schrank, Naturhistorische Briefe über Österreich, Salzburg, Passau und Berchtesgaden, 1785

Vom steinzeitlichen Siedlungsraum an der Donau zur römischen Provinz

Die Vor- und Frühgeschichte Bayerns von 100 000 v. Chr. bis zum 5. Jahrhundert n. Chr.

Bayerns Kulturboden ist sehr alt. Die ältesten ausgegrabenen Gerätefunde reichen zurück in die Altsteinzeit, in Zeiträume im Dunkel der Urgeschichte, die die heutige Wissenschaft nur noch nach Jahrzehntausenden bemißt. So kann das wirkliche Alter der steinzeitlichen Faustkeile, Stein- und Knochengeräte sowie der ersten menschenähnlichen Kultplastik aus bayerischem Boden, der »Roten von Mauern«, einer kleinen zweigeschlechtlichen Kalksteinstatuette, nur sehr grob geschätzt werden. Sie stammen von Menschen vom Typus des Neandertalers, die weit über einhunderttausend Jahre vor der Geburt Bayerns als staatliches Gebilde im 6. Jahrhundert n. Chr. im heutigen bayerischen Raum lebten. Wie relativ alle Zeitangaben über solche vorgeschichtlichen Funde sind, ergibt sich aus der Tatsache, daß Archäologen erst in jüngster Zeit in Mittelfranken Steingeräte fanden, die möglicherweise sogar doppelt so alt sind. Die Fundorte dieser frühgeschichtlichen Zeugnisse liegen in der Regel nördlich der Donau, deren Flußbett mit den angrenzenden fruchtbaren Gebieten während der ganzen Vor- und Frühgeschichte Bayerns bevorzugter Durchzugs- und Siedlungsraum für viele heute bekannte und noch unbekannte Völkerschaften gewesen ist und aus dem noch lange Zeit historische Beziehungen sowohl in Richtung Westen in den südwestdeutsch-französischen als auch nach Osten in den böhmisch-donauländischen Raum führten.

Um etwa 8000 v. Chr. begann im europäischen Raum eine Zeit der langen Sommer und milden Winter. Die Eisfelder wichen für immer zurück, das Schmelzwasser sammelte sich in den Flußtälern und Voralpenseen, Flora und Fauna entwickelten sich allmählich zu heutigen Formen. Aber es dauerte noch etwa weitere 4000 Jahre, bis die steinzeitlichen Jäger und Sammler in der Jungsteinzeit im bayerischen Raum allmählich seßhaft wurden, den Boden zu bebauen anfingen, sich Hütten errichteten, Haustiere hielten, Kleider nähten und Gefäße zum Hausgebrauch töpferten. Der Lößboden des Donautales von Kelheim bis Vilshofen war für ihre Töpferei besonders günstig. Funde aus dieser Zeit, Tongefäße und geschliffene oder gebohrte Steingeräte, erbrachten in Ornamenten und Technik den Beweis, daß die Menschen in ihrem schöpferischen und künstlerischen Wirken verschiedenartige Einflüsse aus anderen Wohnräumen Mitteleuropas berücksichtigten. Entlang der Flüsse, so isaraufwärts bis Landshut und Freising, aber auch noch weiter bis in die Moränen- und Hügellandschaft des Voralpengebietes hinein, errichteten sie damals ihre Siedlungen. Während zur selben Zeit das alte Sumer im Vorderen Orient bereits hochentwickelte Stadtkulturen kannte, blieb Mitteleuropa noch lange über die Steinzeit hinaus ein Bauernland. Es entwickelten sich im Laufe der Jungsteinzeit im süddeutschen Raum lediglich mehrere unterschiedliche Kulturen wie etwa die Altheimer Kultur bei Landshut mit den ersten Metallfunden aus Kupfer.

Die Legierung von Kupfer und Zinn brachte etwa ab 1800 v. Chr. das Zeitalter der Bronzezeit, deren einzelne Phasen bis in das 8. Jahrhundert v. Chr. andauerten. In der Bronzezeit finden sich in den Gehöften und Dörfern auch Kultplätze. Es entstanden Adelssitze, später auch Fliehburgen. Die Toten wurden in hohen Grabhügeln bestattet, deren Erhebungen noch heute in ganz Bayern anzutreffen sind. Am Ende der Urnenfelderbronzezeit, etwa 1250–750 v. Chr., gab es erneut einen Wechsel in den Bestattungsbräuchen. Das Verbrennen der Toten wurde häufiger, nicht verbrannte Tote wurden in Flachgräbern bestattet. Diese Veränderungen – auch befestigte Höhensiedlungen fielen nun ganz weg – könnten auf die Begegnung mit neuen Völkerschaften hindeuten. Die Skythen stießen damals von Osten bis in den niederösterreichischen Raum vor. Ausgegrabene Hortfunde, die es allerdings auch vor und nach der Urnenfelderzeit gab, zeigen an, daß die damaligen Siedler aus Angst vor den anrückenden kriegerischen Reitergruppen häufig ihr Hab und Gut in der Erde vergruben. Erst mit der Eisenzeit, nach dem berühmtesten Fundort in Oberösterreich für Zeugnisse aus dieser Epoche auch Hallstattzeit genannt, um 750 bis 450 v. Chr., kam wieder Ruhe ins Land.

Drei neue Stichworte müssen mit Beginn der Hallstattzeit in die Entwicklungsgeschichte eingeführt werden. Erstens der neue Werkstoff Eisen für bessere Waffen. Zweitens breitete sich im 7. Jahrhundert v. Chr. auch in Süddeutschland die Benützung des Pferdes als Transportmittel immer mehr aus, was zur Vergrößerung eines immer dichter werdenden Handelsnetzes von der Donau bis zur südfranzösischen Mittelmeerküste erheblich beitrug. Ausgrabungen aus der Hallstattzeit, aber auch schon aus der Urnenfelderzeit, beweisen dies. In den Gräbern (jetzt auch wieder Grabhügel) und Siedlungen von »Adeligen«, die damals bereits von ihren Burgen aus weite Landstriche beherrschten und damit eine frühe soziale Klassifizierung in der Bevölkerung bezeugten, fanden sich neben Schwertern, Pferdezaumzeug und vierrädrigen Wagen auch etruskische Bronzegeschirre aus Italien, griechische Tongeschirre (Fürstensitz Würzburg) und Bernsteinschmuck von der Ostsee.

Das dritte Stichwort in Verbindung mit der Hallstattzeit, die etwa um 450 v. Chr. in die Kultur der Latènezeit, benannt nach einem Fundort in der Schweiz, überging, ist der Name eines Volkes: die Kelten. Sie sind keineswegs »aus dem Dunkel« gekommen, sondern waren eine der ersten Völkergruppen aus der großen vorgeschichtlichen indogermanischen Völkergemeinschaft, verwandt mit den Skythen, Hethitern und Thrakern im Südosten, mit den Illyrern und Griechen im Süden, aber auch mit den Slawen und Indern im Osten und den Völkern im Norden Europas, die später als Germanen in Süddeutschland einbrachen (das Wort König z. B. heißt im Altindischen »raj«, im Lateinischen »rex« und im Keltischen »rix«). Die Kelten waren das erste Volk der Frühgeschichte im bayerischen Raum, von dem wir dank überkommener Nachrichten antiker Autoren (Herodot, Diodorus) einen Namen wissen, während die Jäger und Siedler der Vorgeschichte, die Träger der Kulturen von der Steinzeit bis zur Hallstattzeit, namenlos geblieben sind. Vermutlich zählten auch die Siedler in Bayern vor dem 4. Jahrhundert v. Chr. bereits zu den Kelten. Jedenfalls waren die Kelten oder Gallier oder Galater in den Jahrhunderten vor 600 v. Chr. (bis 100 n. Chr.) in Spanien, Frankreich und auf der britischen und der irischen Insel, nach 400 v. Chr. in Italien, zwischen 300 und 200 auf dem Balkan und noch später in Kleinasien (Paulus' Briefe an die Galater) ansässig. Sie brachten mit ihren Viereckschanzen (Versammlungsplätze für kultische Feste), von denen in den Wäldern Bayerns heute rund fünfzig bekannt sind, eine neue Note in die Landschaft, und sie veränderten dieselbe wesentlich mit ihren ersten Stadtanlagen. Die Hauptstadt der bayerischen Kelten, von den Römern Vindeliker (im Westen) und Noriker (im Osten) genannt, entstand im 2. Jahrhundert v. Chr. bei Manching in der Nähe von Ingolstadt. Von dieser ersten bedeutenden Stadt (Oppidum) im gesamten deutschen Raum sind eine 7 Kilometer lange Stadtmauer ausgegraben worden, ferner ganze Straßen mit Häusern, in denen eine Münzschmiede, eine Glasherstellungswerkstatt und eine Bronzegießerei entdeckt wurden. Auch die altbayerischen Städte Salzburg, Regensburg, Kempten, Straubing und Passau gehen auf keltische Gründungen zurück und hießen einst Juvavum, Radasbona, Cambodunum, Sorviodorum und Boiodurum. Diese Namen übernahmen die Römer nicht nur in ihre Sprache, sie wurden auch nach der Römerzeit von der alten Bevölkerung an die Neueinwanderer weitergegeben und bewahrt.

Während eines einzigen Sommers, im Jahre 15 v. Chr., kam das plötzliche Ende keltischer Selbständigkeit im Gebiet des heutigen Bayern, als die beiden römischen Feldherren Drusus und Tiberius, die Stiefsöhne des Augustus, die Alpen sowohl am Brenner als auch durch die Schweiz zur gleichen Zeit überschritten, die Kelten in die Zange nahmen und ihnen eine vernichtende Niederlage bereiteten. Damit geriet für nahezu fünf Jahrhunderte das Gebiet der Vindeliker und Noriker unter die römische Herrschaft. Das Schicksal der alteingesessenen Bevölkerung unter der römischen Besatzung und während der späteren Romanisierung ist unklar, doch wurden sie sowohl unter den Römern als auch danach weder ausgerottet noch ganz vertrieben, sonst hätten beispielsweise die alten Orts- und Flußnamen nicht bis heute überleben können. Die Romanisierung, das beweisen die zahllosen Ausgrabungen, erfaßte in erster Linie die handwerklichen und kunstgewerblichen Erzeugnisse in den römischen Provinzen Raetien (etwa von der Donauquelle und dem Bodensee bis zum Inn, mit Tirol, Vorarlberg und Graubünden) und Noricum (ostbayerisches und österreichisches Gebiet östlich vom Inn). Als römische Grenzprovinzen wurden sie zuerst militärisch, später auch verwaltungsmäßig dem Römischen Weltreich einverleibt. Die militärische Präsenz der Römer manifestierte sich in den zahlreichen, über das ganze Gebiet verteilten Kastellen und ab etwa 80 n. Chr. durch die Grenzbefestigungsanlage des Limes, der sich über 548 Kilometer vom Rhein bis zur Donau (bei Eining/Regensburg) erstreckte. Als bedeutendste Städtegründung ist Augsburg (Augusta Vindelicorum, um 50 n. Chr.), der spätere Sitz des Prokurators der Provinz Raetia, zu nennen. Die alten keltischen Städteanlagen wurden dort, wie auch an anderen Orten, von den Römern neu aufgebaut, allerdings nicht an derselben Stelle.

Nach mehreren Einfällen und Verwüstungen durch die germanischen Alemannen und Markomannen, die ihrerseits von Völkerbewegungen im Norden Europas wie Billardkugeln nach vorn gestoßen wurden, litt die Provinz Raetia vor allem unter Gallienus (253–268), einem Sohn des in Raetia zum Kaiser ausgerufenen Valerian, unter weitreichenden Verheerungen durch Kriegseinwirkung. Unter Marc Aurel (270 bis 275) und seinen Nachfolgern stabilisierte sich die Lage wieder. Marc Aurel notierte selbst, daß er »den Vindelikern das Joch der Barbarenknechtschaft vom Nakken genommen« habe. Das Ende der Römerherrschaft im bayerischen Voralpenland kam jedoch erst nach 400, nachdem unter neuen anhaltenden Einfällen germanischer Stämme die römische Verteidigung und Verwaltung endgültig zerfiel. Aus derselben Zeit zeugen auch bereits Inschriften auf Grabdenkmälern vom christlichen Glauben. Ein letzter literarischer Nachweis über Reste römischer Truppen in Bayern findet sich in der Lebensbeschreibung des heiligen Severin, der im 5. Jahrhundert, in einer Zeit des politischen Chaos, für die einfachen Menschen ein Heiliger im Mönchsgewand war. Nach Severin gibt es keine Zeugnisse mehr über das römische Bayern, das zum Spielball rivalisierender germanischer Völker absank.

Links außen: Jungsteinzeitliche Dolchklinge, die ursprünglich noch mit einem Holz- oder Horngriff versehen war (11,8 cm lang, Silex, um 2000 v. Chr.); gefunden 1951 in der Vils bei Eichendorf (Landau/Isar).

Links unten: Stempelverzierter Tonkrug der Bronzezeit (14,8 cm hoch, um 1400 v. Chr.); gefunden bei Marnbach (Weilheim).

Oben: Kostbarer eiserner Dolch eines römischen Offiziers, Scheide und Griff mit Holz gefüttert und silbertauschiert (23,7 cm lang, frühes 1. Jh. n. Chr.); gefunden 1901 bei Oberammergau.

Bayerische Vorgeschichte von 100000 bis 700 v. Chr.

Die Fundorte der Zeugnisse aus der Vorgeschichte Bayerns liegen im Raum zwischen Donau und Main, wo die Steinzeitjäger in den Höhlen der Fränkischen Alb natürlichen Unterschlupf fanden. Etwa um 4000 v. Chr. wurden die Steinzeitjäger im bayerischen Raum seßhaft. Die nachfolgende Bronzezeit dauerte von etwa 1800 bis in das 8. Jahrhundert v. Chr.

Oben: Zweiseitiger Faustkeil, ältestes Universalinstrument zum Stechen, Schaben und Schneiden (etwa 18 cm lang, Jurahornstein, 100 000 v. Chr.), gefunden 1912/13 bei Neuessing, Altmühltal.

Oben: Die »Rote von Mauern«, die erste menschliche Darstellung aus bayerischem Boden (7 cm hoch, etwa 20 000 v. Chr.), gefunden 1948 bei Mauern (Neuburg/Donau).

Oben rechts: Bronzeblech-Helm aus der älteren Urnenfelderzeit (22,8 cm hoch, 1250–1000 v. Chr.), gefunden 1881 in der Pockinger Haid (Inn).

Unten links: Bronzener Kesselwagen für Kulthandlungen (17,7 cm lang, 1000 v. Chr.), gefunden 1970 in einem Steinkammergrab bei Acholshausen nahe Ochsenfurt, Unterfranken.

Unten: Bronzene Hieb- und Stichschwerter der Urnenfelderzeit (zwischen 60 und 70 cm lang, Klingenbreite bis zu 5 cm, um 1000–750 v. Chr.), gefunden um 1920 bei Erlach (Niederbayern), Königsdorf (Wolfratshausen) und Weltenburg (Donautal).

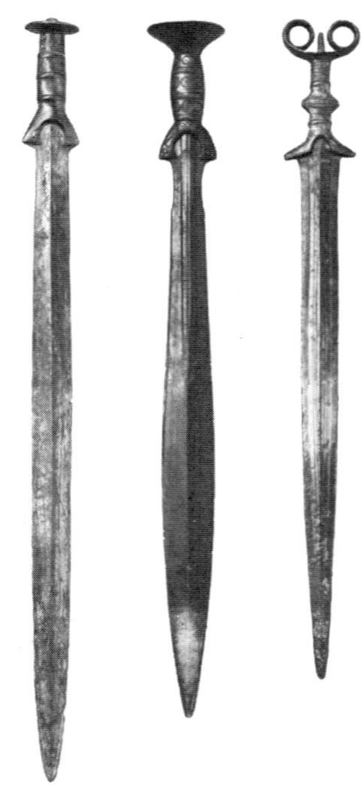

Die Kelten in Bayern von 700 bis 100 v. Chr.

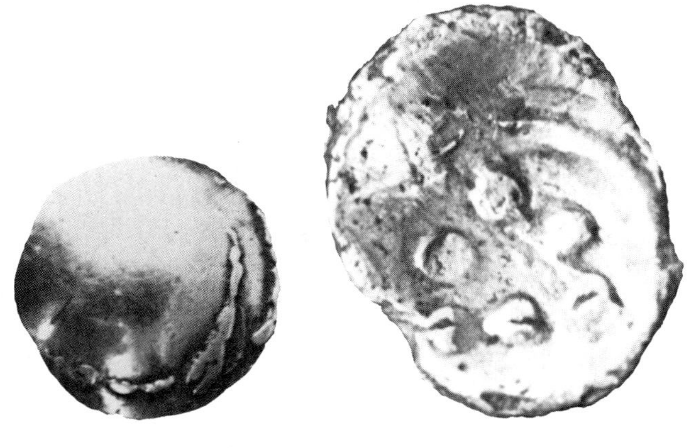

Mit der Eisenzeit (Hallstattzeit) wurde das erste, dank antiker Autoren namentlich bekannte Volk der Frühgeschichte auch in Bayern heimisch. Die Kelten beherrschten den süddeutschen Raum bis zur römischen Eroberung.
Oben: Bewaffnete Kelten im Lendenschurz auf einem Steinrelief (Archäolog. Museum Bologna).
Oben rechts: Keltische Bronzefibel mit Menschenkopf (9 cm lang, 2. H. d. 5. Jh. v. Chr.), gefunden bei Parsberg vor 1900.
Rechts: Keltisches Geld (Regenbogenschüsselchen, um 500 v. Chr.), gefunden bei Straubing.

Oben und rechts unten: Zwei fränkische Fibeln aus einem alemannischen Fürstengrab der Merowingerzeit (etwa 7./8. Jh. n. Chr.), gefunden in Wittislingen (Dillingen).
Oben rechts: Onyxgemme, vermutlich von einem Siegelring (1,35 cm lang, frühes 1. Jh. n. Chr.), gefunden 1902 am Auerberg (Schongau).
Unten: Venus-Statuetten aus Ton (18–20 cm hoch, 2. Jh. n. Chr.), gefunden 1947 in Gauting und Günzburg.
Links: Vergoldete römische Bronzemaske von orientalischem Typ, die aus einem Beuteschatz stammt, den ein Plünderer um 233 n. Chr. verscharrte; gefunden 1950 am Alburger Hochweg in Straubing.

Die Römer in Bayern von 15 v. bis 400 n. Chr.

TAXAT SINGVLIS SINGVLAS
A D XVII K IVLIAS
C LAECANIO BASSO COS
M LICINIO CRASSO FRVGI
PAG II K A P XVI
ALAE GEMELLIANAE CVI PRAEST
Q POMPONIVS Q F COL RVFVS
GREGALIBVS
CATTAO BARDI F HELVETIO
ET SABINAE CAMMI FILIAE VXORI EIVS HELVETIAE
ET VINDELICO F EIVS
ET MATERIONAE FILIAE EIVS
DESCRIPT ET RECOGNIT EX TABVLA AENEA QVAE FIXA EST
ROMAE IN CAPITOLIO POST AEDEM IOVIS O M IN
BASI Q MARCI REGIS PR

Die militärische Abschirmung Bayerns als römische Grenzprovinzen geschah durch den Limes. – Oben: Relief von der Trajans-Säule in Rom (114 n. Chr.) mit römischen Wachttürmen und Soldaten an der Donau. – Links: Rückseite eines Militärdiploms (17,5 cm breit) für den Helvetier Cattaus, der nach seinem Heeresdienst am 15. 6. 64 n. Chr. mit seiner Familie das römische Bürgerrecht erhielt; gefunden 1842 bei Geiselprechting (Traunstein).

Die Herren der Welt

Vor Christi Geburt haben die Römer, weiland Herren der ganzen Welt, unsere Lande und Heimat zum römischen Reich gebracht, haben … diese Lande bis in das fünfhundertfünfunddreißigste Jahr mit Gewalt innegehabt. Nach dieser Zeit sind die Baiern wieder aufgekommen und der Römer allmählich Herr geworden, sind aus dem alten Baiern vom Nordgau aus dem böhmischen Wald über die Donau in das alte römische Reich über die alten Christen hergefallen, haben sich und ihre Vorvorderen also wieder an den Römern gerächt …

Aventinus (J. Turmair, 1477–1534), Bayerische Chronik, 3. Buch

Oben: Eine der zahlreichen ausgegrabenen Jupiter-Statuetten, gefunden bei Passau.
Oben rechts: Ein phallisches Amulett, als Anhänger am Hals, Gürtel oder am Wagengeschirr getragen, das mit den Symbolen der Fruchtbarkeit und Zeugungskraft zu Kindersegen verhelfen sowie Impotenz beim Mann und Unfruchtbarkeit bei der Frau abwehren sollte; gefunden am Auerberg (Schongau).
Rechts: Die Porta Raetoria in Regensburg, dem ehemaligen römischen Kastell Castra Regina, das 179 n. Chr. unter Kaiser Marc Aurel fertiggestellt wurde. Heute ist das Baudenkmal Teil eines Hotels in Regensburg.

Oben: Ausschnitt aus einem Steinfußboden-Mosaik aus der Villa eines reichen Römers in der Provinz Raetien (Länge insgesamt 95,3 cm, Breite 73,5 cm, 1. Drittel d. 3. Jh. n. Chr.), gefunden 1856 in Westerhofen (Ingolstadt).
Links: Teller, Tablett, Kasserolle, Becher und Löffel des größten Silberschatzes aus Bayern (3. Jh. n. Chr.), der vermutlich ein Tempelgeschirr darstellt, das der Priester bei einem Alamanneneinfall im zerfallenen keltischen Oppidum versteckt hatte (nach Prof. Kellner); gefunden 1955 innerhalb des keltischen Ringwalles in Manching bei Ingolstadt.
Unten: Stein-Grabplatte mit dem Relief einer Wirtshaus- und Bordellszene, die vermutlich als Wirtshausschild diente (97 cm lang, 42 cm hoch, 3. Jh. n. Chr.); gefunden 1838 westlich der Via Augustana in Regensburg.

Links: Bronzene Beinschiene einer Paraderüstung (37 cm lang, 3. Jh. n. Chr.), gefunden in Regensburg. – Oben: Römischer Prunkhelm (4. Jh. n. Chr.), gefunden in Augsburg-Pfersee. – Unten: Eines der ältesten christlichen Zeugnisse in Bayern, ein Grabstein mit der Inschrift »Zum frommen Gedächtnis an Sarmannia, die in Frieden ruht, den Märtyrern beigesellt« (39 cm hoch, Anfang 4. Jh. n. Chr.); gefunden in Regensburg.

Der erste bayerische Staat

Das Stammesherzogtum unter fränkischer Oberhoheit vom 5. Jahrhundert bis 788

Im Jahre 391, also wenige Jahrzehnte vor dem Untergang des Weströmischen Reiches, wurde unter Theodosius I. (347–395) das Christentum römische Staatsreligion. Und im Jahre 486, fast hundert Jahre später, besetzten die fränkischen Merowinger das Land zwischen Somme und Loire im heutigen Frankreich. Diese beiden Daten, obwohl sie Ereignisse außerhalb des bayerischen Raumes betreffen, signalisieren entscheidende Veränderungen in der Entwicklung des ganzen süddeutschen Raumes ab dem 5. Jahrhundert. Das Christentum setzte sich allerdings gegen das keltisch-germanische Götterkult-Erbe nur sehr langsam durch, während die Auswirkung des zweiten Datums viel schneller wirksam wurde und sehr rasch zur politischen Vorherrschaft der fränkischen Merowinger in Süddeutschland führte. Die Archäologen nennen heute deshalb auch diese frühmittelalterliche letzte Epoche der Vor- und Frühgeschichtsforschung, einsetzend mit der Sitte der sogenannten flachen Reihengräberfriedhöfe ab dem 5. Jahrhundert, die Merowingerzeit. Diese Reihengräberfelder, in denen die Toten auf großen Gemeinschaftsfriedhöfen begraben wurden (die Männer mit Waffen und Geräten, die Frauen mit ihrem Schmuck und Utensilien für den täglichen Gebrauch), haben die Archäologen bis in das 8. Jahrhundert hinein im bayerischen Gebiet nachgewiesen.
Bedeutsam ist die Tatsache, daß die Funde auf bayerischem Gebiet überall auf enge Zusammenhänge der Siedler mit allen damals bekannten germanischen Stämmen in der Nachbarschaft hindeuten, also sowohl auf Thüringer, Goten, Awaren und Langobarden als auch auf Alemannen und Franken. So konnten die Archäologen wesentlich dazu beitragen, das Dunkel über die Anfänge des bayerischen Volkes aufzuhellen und mit der bis heute noch teilweise vertretenen These aufzuräumen, nach der um 550 eine bayerische »Landnahme« stattgefunden habe und ein aus dem Osten eingewandertes Volk der Bajuwaren das von den Römern entvölkerte Land in Besitz genommen hätte.
Die Stürme der Völkerwanderungszeit im 6. Jahrhundert hatten wohl viele Siedlungen und Stadtanlagen zerstört, doch nicht alle. Und wenn auch die Oberschicht der Bevölkerung sich nach dem Süden absetzte, die einfache Landbevölkerung hat sicher auch damals wie in vergleichbaren Katastrophenzeiten unseres Jahrhunderts ihren heimatlichen Boden nicht so rasch aufgegeben. So können wir davon ausgehen, daß der Stamm der Bayern etwa ab dem Ende des 5., Anfang des 6. Jahrhunderts aus verschiedenen Völkerschaften entstanden ist. Wahrscheinlich gaben Zuwanderer aus Böhmen (Baiaheim) den Anstoß zu dem Namen für das neu entstehende Volk, einer Mischung von keltischer bäuerlicher Urbevölkerung mit im Lande verbliebenen römischen Veteranen und Neusiedlern aus benachbarten germanischen Stämmen. Der Name »Baiern« leitet sich wohl von dem keltischen Wort »Bojo« ab, hat wie viele andere keltische Worte die Zeitläufte überdauert und ist schließlich, abgewandelt in Bojovarier, Bajovarier oder Bajuwaren zum Namen für die stärkste Gruppe in dem keltisch-romanisch-germanischen Völkergemisch im südostdeutschen Raum geworden. Diese hatte sich am besten gegen die anderen durchsetzen können, gleichzeitig aber schon damals eine Fähigkeit entwikkelt, die auch heute noch in Altbayern überall zu beobachten ist, nämlich mit allem Fremden und Neuen, das auf sie zukommt und das sie anziehen, mühelos fertig zu werden, es aufzusaugen.
Die geografischen Grenzen des altbayerischen Stammesgebietes lassen sich mit Hilfe der Ortsnamen auch heute noch ziemlich exakt abstecken. Nachweislich stammen alle Orte mit der Endung -ing aus der frühesten Zeit des bayerischen Volkes, sind also Gründungen aus dem 6. Jahrhundert. Heute finden wir im Norden im Altmühltal, im Süden in Kärnten, im Westen am Lech und im Osten am Neusiedler See Dörfer mit dem Namen Wimpasing. Zwischen diesen Markierungen lag im 6. Jahrhundert das Gebiet, in dem sich der erste bayerische Staat, das Herzogtum Bayern, ausbreitete.
Die Agilolfinger, das erste Herrschergeschlecht in Bayern, waren nach ihrer Herkunft Burgunder, also Nachfahren eines ostgermanischen Volksstammes, der in der ersten Hälfte des 5. Jahrhunderts sich im heutigen Gebiet von Savoyen ansiedelte und dort einen Staat aufbaute, in dem, ähnlich wie bei den Bajuwaren, Germanen und Romanen gleichberechtigt nebeneinander lebten, der aber schon 534 von den Franken unterworfen und dem Reich der Merowinger eingegliedert worden war. Es ist gut vorstellbar, daß die merowingischen Kö-

nige burgundische Adelige, eben die Familie der Agilolfinger, als Herzöge über das eben sich formierende bajuwarische Volk einsetzten, denn die Merowinger sandten die Burgunder bereits vier Jahre nach deren Annexion in fränkischem Auftrag zur Belagerung von Mailand aus. So konnte der erste namentlich bekannte bayerische Herzog Garibald als wohl verläßlicher Gefolgsmann der Merowinger-Könige zwischen 553 und 593 dem ersten bayerischen Staat zu Profil und Ansehen verhelfen und seine Tochter Theodolinde sogar mit den Langobardenkönigen Authari und Agilulf nach Italien verheiraten. In dieses Bild anfänglicher burgundisch-fränkischer Oberhoheit über Bayern paßt auch, daß das Land unter den Agilolfingern dem mächtigen merowingischen Frankenreich gegenüber keinen Tribut zu zahlen hatte, auch wenn es politisch von ihm abhängig war. Und schließlich gab es, nach neuen Forschungen der Historiker, zwischen Burgund und Bayern von Anfang an auch starke religiöse, kulturelle und siedlungsmäßige Beziehungen: so waren bayerische Adelige in Burgund ansässig, während fränkisch-burgundische Adelige die Klöster Tegernsee und St. Pölten gründeten.

Der langobardische Geschichtsschreiber Paulus Diaconus (um 720–790) nannte die Agilolfinger in Bayern Könige, während diese selbst sich nur als Herzöge bezeichneten, denn so war es nach dem ersten bayerischen Volksrecht, dem »Lex Baiuvariorum«, dem ältesten bayerischen Gesetzbuch (stufenweise vom 6. bis 8. Jahrhundert entstanden und überarbeitet) geschrieben: »Der Herzog, der dem Bayernvolk vorsteht, der war immer aus dem Geschlecht der Agilolfinger und muß es immer sein. Denn so haben es unsere königlichen Vorfahren ihnen zugestanden, als sie denjenigen aus diesem Geschlecht als Herzog über das Volk setzten, der klug war und dem König treu ergeben.« Das Erbrecht für die Herrschaft der Agilolfinger in Bayern war also, das geht aus diesem Text klar hervor, von Gnaden des fränkischen Merowingerkönigs in Reims. Natürlich wandelten sich die Formen der Abhängigkeit Bayerns von den Franken im Laufe der fast drei Jahrhunderte, in denen die Agilolfinger regierten, aber mit Hilfe der von der fränkischen Oberhoheit abgeleiteten Königsgewalt konnten die Großen in Bayern Zug um Zug ihren Herrschaftsbereich erweitern: um 680 waren die Bajuwaren in Bozen, Südtirol wurde bayerisch, im Osten konnten sie sich gegen Slawen und Awaren behaupten. Und der berühmte letzte Agilolfinger, Herzog Tassilo III. (748–788) konnte noch 772 als Sieger über die Slowenen die Herrschaft in den Alpen festigen, bevor er von dem Eroberer Karl d. Gr. politisch und militärisch eingekreist wurde. Tassilo war diesem zu stark geworden und beharrte wohl auch nachdrücklicher als andere Fürsten auf seiner Meinung, was zu dem Scheinprozeß gegen Tassilo führte und 785 mit seiner Absetzung und dem Abschieben in ein Kloster endete.

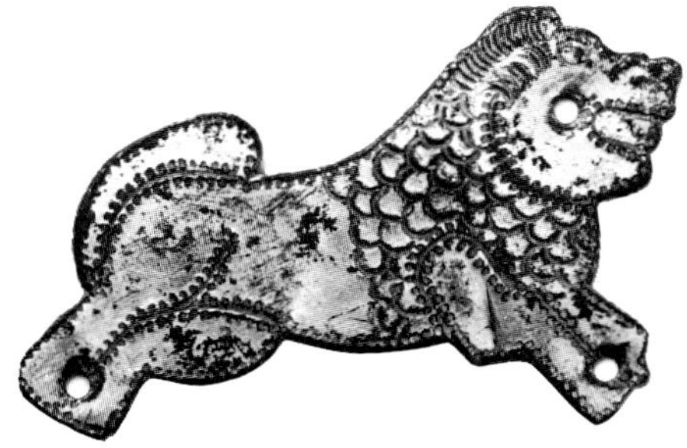

Die Macht der Klöster in Bayern war damals die zweite politische Komponente, die dem Stammesherzogtum zur Erweiterung und Bedeutung verhalf. Von Anfang an war das römische Christentum »Reichsreligion« in Bayern. Schon der erste bekannte Agilolfinger-Herzog Garibald mußte ein Christ gewesen sein, da der Merowinger-König Chlodwig sich schon um 498 mit seinem Stammesadel hatte taufen lassen und bekanntlich Garibalds Tochter Theodolinde ihre noch dem ketzerischen arianischen Glauben dienenden langobardischen Untertanen zum rechten römischen Glauben bekehrte. Ein späterer Agilolfinger, Herzog Theodo, unterstützte um 700 die Mission des von Poitiers kommenden Emmeram, der um 690/700 in der damaligen Hauptstadt des Herzogtums Bayern, in der alten Römerstadt Regensburg, ein Kloster übernahm. Weiter wirkte in Salzburg Rupert mit Hilfe irischer Mönche, in Freising der aus Arpajon bei Melun stammende Korbinian. Herzog Theodo vereinbarte 716 in Rom mit dem Papst auch die Errichtung einer bayerischen Landeskirche, die etwa zwanzig Jahre später unter Bonifatius zur ersten Entfaltung kam. Auch die Klöster, die vor allem unter den Herzögen Odilo (737–748) und Tassilo III. gegründet wurden, erlangten große Bedeutung als wichtige Zentren für den späteren wirtschaftlichen und kulturellen Fortschritt, so etwa Niederaltaich oder Weltenburg, Innichen, Kremsmünster oder Benediktbeuren. Die überlieferten Lebensbeschreibungen der ersten Missionare lassen auch klar erkennen, mit welchen Schwierigkeiten die streitbaren Glaubensverkünder bei den heidnischen bajuwarischen Bauern zu kämpfen hatten. Papst Gregor III. (731–741) hat diese Schwierigkeiten sogar im Detail aufgezählt: »Das Wahrsagen und das Losdeuten, die Totenopfer, die Beobachtung von Vorzeichen in den Wäldern und an den Quellen, die Amulette, Beschwörungen, Zauber und Hexen und alle gotteslästerlichen Gebräuche, die bei euch in Übung sind, die sollt ihr verachten und verabscheuen ...« Wieviel davon noch heute lebendig geblieben ist, mag der Zeitgenosse unseres Jahrhunderts sich selbst fragen, wenn er die Bewohner des Landes betrachtet, von dem Bischof Arbeo in Freising um 770 schwärmte: »Herrlichstes Land, erstrahlend in Anmut, überreich an Wäldern, fruchtbar an Wein, ergiebig an Eisen, an Gold und Silber und Purpur; die Männer hochgewachsen und strotzend in Kraft, aber gutmütig und handsam; das Erdreich gesegnet mit Garben, Zugvieh und Herden so viel, daß sie fast den Boden bedecken; Bienen und Honig in Mengen; in den Seen und Flüssen ein Gewimmel von Fischen; das Land bewässert durch Quellen und Bäche; Salz, was man nur braucht; auch das Bergland fruchtbar und für die Weide bereitet; gute Kräuter im Überfluß; die Wälder prachtvoll besetzt mit Hirschen und Elchen und Auerochsen, mit Gemsen und Steinböcken und mit Wildzeug aller Art.«

Links: Taufe von Heiden durch einen der großen Missionare unter den Agilolfingern in Bayern, den heiligen Rupert, der etwa ab 696 in Salzburg wirkte.
Oben links: Langobardischer Schildbeschlag aus dem Grab eines bajuwarischen Kriegers (7. Jh. n. Chr.); gefunden um 1880 bei Ischl a. d. Alz (Traunstein).
Oben: Armreif aus Silberblech (awarisch, 7. Jh. n. Chr.); gefunden 1921 bei Straßlach (Wolfratshausen).

In der Merowingerzeit entstand nach den Stürmen der Völkerwanderungszeit im 6. Jahrhundert unter fränkischer Oberhoheit der erste bayerische Staat mit einem keltisch-romanisch-germanischen Völkergemisch, trotz ständiger Bedrohung aus dem Osten und unter Führung der burgundischen Agilolfinger, die wiederum unter fränkischer Oberhoheit standen.
Oben: Herzog Garibald II. jagt 610 den Slawen bei Innichen in Südtirol die Beute ab.
Unten: Miniatur aus dem 12. Jh. vom Martertod des heiligen Emmeram auf der Reise von seinem Kloster in Regensburg nach Rom in der Nähe von Kleinhelfendorf (Oberbayern) 715.

Oben: Germanische Lanzen aus dem 7. Jahrhundert (gefunden in alamannischen und bajuwarischen Reihengräbern in Bayerisch Schwaben und Oberbayern).

Die Agilolfinger vom 6. bis zum 8. Jahrhundert und die »Lex Baiuvariorum«

Bayern gegen Slawen und Awaren

Zum Jahr 591: In dieser Zeit wurde Tassilo (I.) von dem Frankenkönig Childebert in Bayern als König eingesetzt. Er rückte alsbald mit einem Heer in das Land der Slawen ein, gewann einen Sieg und kehrte mit großer Beute ins eigene Land zurück.
Zum Jahr 595: Zu dieser Zeit wurden gegen 2000 Bayern, die einen Einfall in das Land der Slawen machten, sämtlich erschlagen, da den Slawen der Oberhäuptling der Awaren zu Hilfe kam.
Zum Jahr 610: Zu dieser Zeit wurde nach dem Tod des Bayernherzogs Tassilo (I.) dessen Sohn Garibald (II.) bei Agunt von den Slawen geschlagen und das Gebiet der Bayern wurde geplündert. Doch die Bayern sammelten sich wieder, nahmen den Feinden die Beute ab und vertrieben sie aus ihrem Land.

Paulus Diaconus (um 720–799), Historia Langobardorum

Das älteste bayerische Gesetzbuch, die »Lex Baiuvariorum«, entstand stufenweise vom 6. bis 8. Jahrhundert im Regensburger Bereich. In 23 Artikeln wurden darin das Recht der einzelnen Stände (Klerus, Herzog, Adel, Freie, Freigelassene, Knechte) sowie die Bestimmungen des Straf-, Prozeß- und Privatrechts behandelt. Die rechts abgebildete 1. Seite der »Lex Baiuvariorum« hat folgenden Wortlaut: »Im Namen unsers Herrn Jesu Christi beginnt die Vorrede zum Gesetze der Bayern. Moses vom Volke der Hebräer hat als erster von allen die göttlichen Gesetze in der Heiligen Schrift erläutert. Soroneus, der König, hat zuerst für die Griechen Gesetze und Gerichte angeordnet. Merkurius Trimegistus hat zuerst den Ägyptern Gesetze gegeben. Solon hat als erster für die Athener Gesetze erlassen. Lykurg hat zuerst für die Lazedämonier im Namen Apollos Rechte niedergeschrieben. Numa Pompilius, der Romulus im Königtum nachfolgte, hat als erster den Römern Gesetze gegeben. Als später das aufrührerische Volk keine Obrigkeit mehr dulden wollte, versammelte es zur Abfassung von Gesetzen 10 Männer, welche die Gesetzesbestimmungen aus den Büchern des Salomon in die lateinische Sprache übertrugen ...«
Unten: Rekonstruktion eines Wohnhauses nach der »Lex Baiuvariorum« (Torsten Gebhard, Germania 29, 1951).

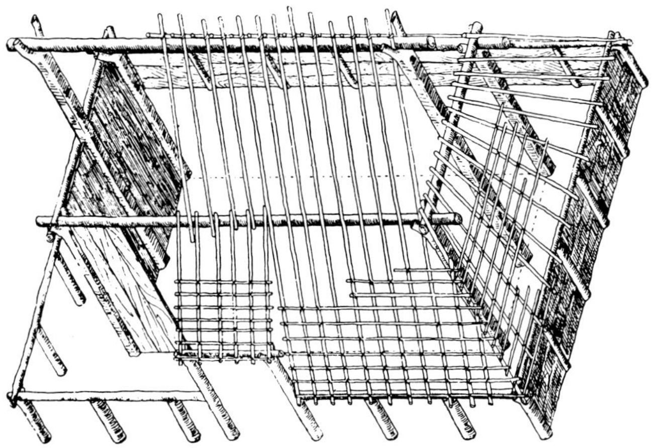

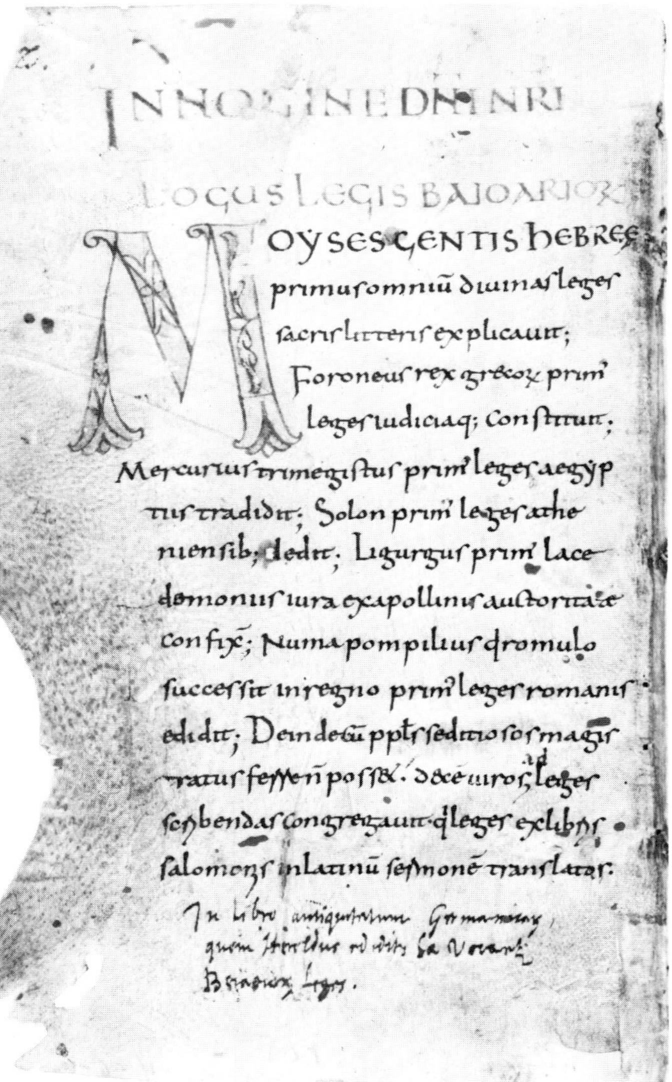
IN NOMINE DNI NRI
LOGUS LEGIS BAIOARIOR
MOYSES GENTIS HEBREE
primus omnium divinas leges
sacris litteris explicavit;
Foroneus rex grecor. prim.
leges iudiciaq; constituit;
Mercurius trimegistus prim. leges aegyp
tiis tradidit; Solon prim. leges athe
niensib. dedit; Ligurgus prim. lace
demoniis iura ex apollinis auctoritate
confix; Numa pompilius q romulo
successit in regno prim. leges romanis
edidit; Deinde cu pplts seditiosos magis
tratus ferre n possit. decemviros ad leges
scribendas congregavit q leges ex libris
salomonis in latinu sermone translatar.

Auszüge aus der »Lex Baiuvariorum«

Vom Herzog und den Rechtsfällen, die ihn angehen:

Wenn einer auf das Leben seines Herzogs, den der König in jenem Lande eingesetzt oder den das Volk sich zum Herzog gewählt hat, einen Anschlag macht und darauf dessen so überführt wird, daß er es nicht leugnen kann, so soll jener Mann und sein Leben in der Gewalt des Herzogs stehen und seine Güter sollen zum Fiskus eingezogen werden. Das aber soll nicht aus irgend einem Anlaß geschehen, sondern (erst), wenn eine erwiesene Sache die Wahrheit ans Licht bringt. Auch nicht mit nur einem, sondern mit drei ebenbürtigen Zeugen muß das bemit drei ebenbürtigen Zeugen muß das bewiesen werden ... Wenn es aber nur ein Zeuge wäre und der Gegner leugnet die Tat, dann sollen sie das Gottesurteil auf sich nehmen und auf den Kampfplatz treten; und dem Gott den Sieg verleiht, dem glaubet ...

Von Frauen und ihren Rechtsfällen, die sich häufig zutragen:

Wenn einer beim Weibe eines andern liegt, die eine Freie ist, wird er darüber ertappt, mit dem Wergeld (Sühnegeld) jenes Weibes soll er gegenüber dem Ehemann büßen. Und wenn er im Bett zusamt dem Weibe umgebracht wird, so liege er statt der Buße selbst, die er dem Ehemann hätte zahlen sollen, tot in seiner Schandtat ohne Rache. Und wenn er mit einem Fuße in das Bett gestiegen ist, von dem Weibe aber gehindert, nichts weiter tat, der soll mit 15 Schilling büßen, weil er zu Unrecht ein fremdes Ehebett betreten hat ...

Wenn einer aus böser Lust an eine Freie Hand anlegt, sie sei eine Jungfrau oder das Weib eines andern, was die Bayern »unzüchtigen Griff« nennen, der büße es mit 6 Schillingen. Wenn er ihr die Kleider über die Knie aufhebt, was sie »Kleidzerrung« nennen, der büße es mit 12 Schillingen. Wenn er ihr aber die Kopfbedeckung vom Haupte reißt, was sie »Walcwurf« nennen, oder, wenn er einer Jungfrau in Geilheit Haare vom Kopf reißt, der büße es mit 12 Schillingen ...

Von Knechten, wie sie gebüßt werden:

Wenn einer einen fremden Knecht aus Zorn schlägt, soll er es mit einer Tremisse (alte Münze) büßen. Wenn er dabei Blut vergießt, so soll er es mit ½ Schilling entgelten. Wenn er an ihm rechtswidrig »Einfang« verübt, oder ihn am Kopf verwundet, daß der Schädel heraussieht, oder eine Ader anschlägt oder eine Wunde, die anschwillt, zufügt, der büße es mit 1 Schilling ...

Der letzte Agilolfinger: Tassilo III. 748–788

Oben: Figur Tassilos III. (geschaffen 1667 von Johann Peter Spaz) am Brükkentor des von ihm begründeten Klosters Kremsmünster in Oberösterreich, das seine Blüte um 1300 erlebte und im 17. Jahrhundert barock umgebaut wurde.

Die Bayern und ihr erstes Herrschergeschlecht, die Agilolfinger, wuchsen unter der tatkräftigen Führung ihrer Fürsten zu einer Einheit zusammen und spielten im frühen Mittelalter als Bewahrer der römischen Kirche im süddeutschen Raum eine bedeutende Rolle.
Unten: Der Tassilo-Kelch aus Kremsmünster, entstanden zwischen 769 und 788.
Rechts: Gemälde eines unbekannten Malers zur Tausendjahrfeier 1753 von Kloster Wessobrunn: Tassilo soll 753 auf der Jagd im Traum eine Leiter zum heiligen Petrus im Himmel gesehen und an dieser Stelle das Kloster gegründet haben.
Rechts Mitte: Ausschnitt aus dem Traditionsbuch des Jahres 824 mit der Abschrift der Grundstücksübereignung des Ortes Innichen im Pustertal (Südtirol) an Abt Atto von Scharnitz durch Herzog Tassilo III. 769.
Rechts unten: Französischer Stich um 1780: die Verurteilung Tassilos durch Karl d. Gr. 788.

Gründung von Kremsmünster

Ich Tassilo, Herzog der Bayern, habe im 30. Jahre meiner Regierung erwogen, von dem Besitz, dessen mich der Herr gewürdigt hat, Gott selbst wieder etwas darzubringen. Denn schon meine Vorgänger seligen Angedenkens haben soviel als möglich ihre Habe Gott geopfert, Kirchen erbaut, sie mit eigenen Mitteln begabt, auch Klöster errichtet und mit nicht geringen Geldsummen bedacht. Daher habe auch ich mich entschlossen, mit dem höchsten Beistand des Herrn Jesus Christus in seinem Namen ein Kloster zu erbauen, was mit seiner Hilfe auch geschehen ist. Denn ich habe ein Kloster errichtet an dem Flusse, genannt Krems, zu Ehren unseres Erlösers . . . und habe ihm zum Abt den Fater gegeben mit zugeeigneten Mönchen, auf daß an der ehrwürdigen Statt ein geistliches Leben vollführt werde . . .

Aus der Gründungsurkunde Tassilos, 777

Tassilo und Karl der Große 787/788

Nachdem Tassilo 787 von Karl zum Hoftag nach Worms vorgeladen, aber nicht erschienen war: »Dann begann der König Karl zusammen mit seinen Franken einen Kriegszug ins Bayerland mit seinem Heerbann. Er selbst rückte bis an einen Ort vor, den man Lechfeld nennt, nahe der Stadt Augsburg. Ein zweites Heer aus austrasischen Franken, aus Thüringern und Sachsen ließ er bei Pföring über die Donau ziehen. Ein drittes Heer schließlich befahl er von Italien herbei. Herr König Pippin kam bis Trient und blieb selbst hier, sein Heer aber sandte er weiter bis nach Bozen. Da sah Tassilo, daß er von allen Seiten eingekreist war, und er mußte erkennen, daß alle Bayern dem König Karl treuer seien als ihm . . . Da wurde Tassilo gezwungen, sich selbst zu stellen. Er fand sich bei König Karl ein, legte seine Hände in die des Königs und ergab sich ihm als Vasall. Er gab das Herzogtum zurück, das ihm vom König Pippin verliehen worden war und er bekannte, daß er in allen Stücken gesündigt und schlecht gehandelt habe. Dann erneuerte er seine Eide, gab zwölf Geiseln und als dreizehnten seinen eigenen Sohn Theodo.« (Aus den fränkischen Reichsannalen.)
Kurz vor Tassilos Verurteilung und Absetzung sowie Einweisung ins Kloster, eine unter den Karolingern übliche Maßnahme für mißliebige Gegner, mußte das bayerische Rechtsbuch, die »Lex Baiuvariorum«, den folgenden Satz auf höheren fränkischen Befehl aufnehmen: »Sollte der vom König [gemeint ist der Frankenkönig] eingesetzte Herzog so kühn und hartnäckig sein, so leichtsinnig, frech und aufgeblasen, so übermütig und rebellisch, daß er einen Befehl des Königs mißachtet, so soll er des Geschenkes des Herzogtums verlustig gehen.«

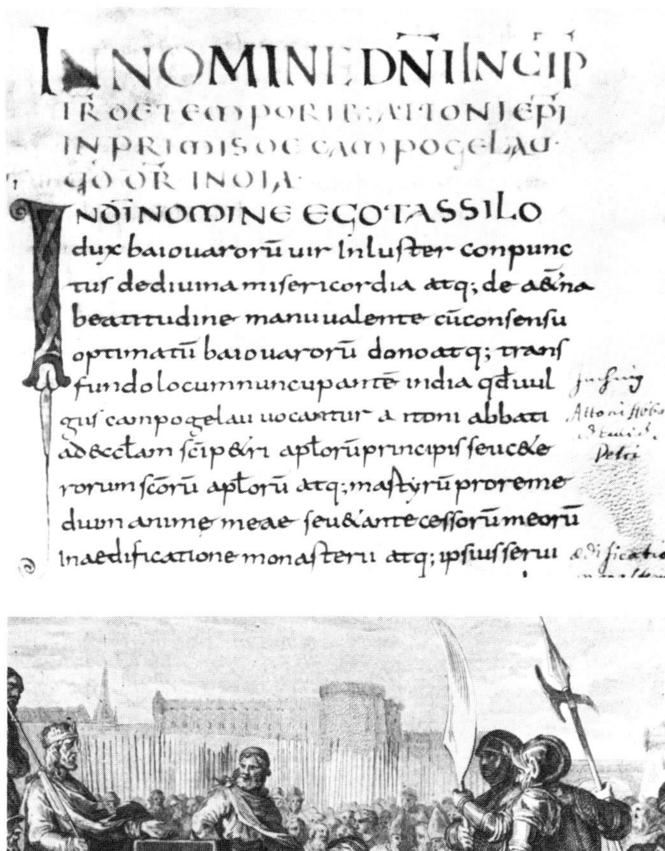
IN NOMINE DNI INCIP

IN DNI NOMINE EGO TASSILO
dux baiouarorū uir inluster conpunc
tus dediuina misericordia atq; de aeterna
beatitudine manu ualente cūconsensu
optimatū baiouarorū dono atq; trans
fundo locum nuncupante india qd uul
gus campogelau uocatur a ttoni abbati
adecclam scip&ri aptorū principis seu cete
rorum scorū aptorū atq; martyrū pro reme
dium animę meae seu&antecessorū meorū
inaedificatione monasterii atq; ipsius seru

Links: Fränkische Edelmetallfibel (5,4 cm Durchmesser; Eisen auf Bronze mit Silber- und Messingstegen, in der Mitte grünes Glas mit orangefarbiger Einlage, mit Silberfäden eingefaßt; um 600 n. Chr.); gefunden um 1965 in Kleinlangheim (Unterfranken).

Der allmächtige Gott

Als da noch nichts war von Enden und
Wenden,
Da war schon der allmächtige Gott,
Der Männer Mildester, und da waren auch
viele mit ihm
Der guten Geister
Allmächtiger Gott, der Du Himmel und
Erde gewirkt hast
Und den Menschen so viel Gutes gegeben,
gib mir in
Deiner Gnade rechten Glauben und guten
Willen, Weisheit
Und Klugheit und Kraft, den Teufeln zu
widerstehen
Und Böses zu meiden und Deinen Willen zu
wirken.

Aus dem Wessobrunner Gebet, um 800

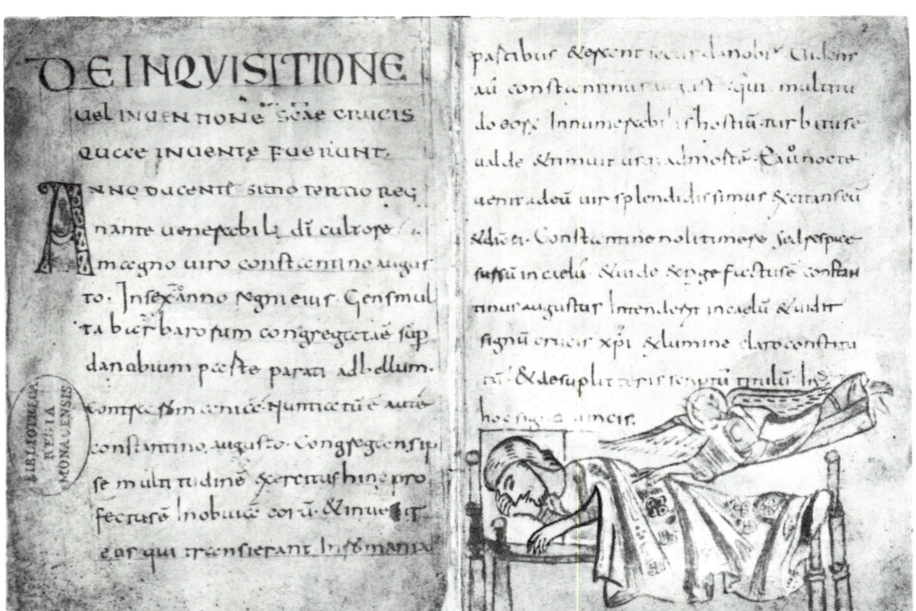

Links: Doppelseite mit Miniatur aus dem Wessobrunner Gebet, dem vor 814 entstandenen ältesten Stabreimgedicht in althochdeutscher Sprache.

Unten: Kloster Weltenburg mit Donaudurchbruch durch die Fränkische Alb bei Kelheim, über dessen Lage 1819 I. A. Schultes in seinem Buch »Baierns Donau-Strom von Ulm bis Engelhardszell« schrieb: »Es wird keine schönere Einsamkeit geben an der weiten baierischen Donau als die um Weltenburg, wo nichts mehr um den Einsamen umher zu leben scheint als der Strom, und auch dieser, ein Bild des Lebens, hinter unübersteiglichen Felsen verschwindet.« Weltenburg ist eine Gründung iroschottischer Mönche um 620 und wurde im 8. Jahrhundert von Bonifatius mit Benediktinern besiedelt. Die Abteikirche, 1717–21 von C. D. Asam gebaut, ist ein Meisterwerk des bayerischen Rokoko.

Herzöge, Könige und Kaiser aus Bayern

Das Herzogtum in der Zeit der Karolinger, Luitpoldinger, Sachsen und Welfen von 788 bis 1180

Die unwürdige Behandlung des letzten Agilolfingers durch Karl den Großen erklärt sich auch mit grundlegenden Veränderungen im Frankenreich. Dort hatte zu Beginn des 8. Jahrhunderts die völlig degenerierte Dynastie der Merowinger dem Haus der Karolinger Platz machen müssen. Unter Karl Martell, Pippin dem Kurzen und vor allem dann unter dessen Sohn Karl, dem ein mitteleuropäisches Reich mit Zentrum Deutschland vorschwebte (Residenzen in Aachen, Worms und Frankfurt), mußten die Vasallenstaaten, also auch das bayerische Herzogtum, ständig Kriegsdienste an Fronten leisten, wo die bodenständigen Bayern keinerlei eigene Interessen zu verteidigen hatten. Schon Tassilos Vater wurde 743 aus diesem Grund von den neuen fränkischen Herren mit Waffengewalt zur Ordnung gerufen. Und Tassilo selbst hatte in den fünfziger Jahren des 8. Jahrhunderts schon dreimal brav seine Bayern gegen die Aquitanier in Südfrankreich geführt, ehe er 763 das fränkische Heer im Stich ließ, um damit seine Forderung nach mehr Unabhängigkeit für seine Bayern zu unterstreichen.

Ein weiterer Grund für Tassilos Beseitigung war für Karl d. Gr. auch dessen Bündnis mit den im Südosten benachbarten Awaren, das Tassilo noch kurz vor seiner Absetzung erreichte. Das war für Karl aber gleichbedeutend mit Landesverrat, denn er wollte die Awaren ausrotten. Bayern wurde daher in seine Kriegsvorbereitungen mit einbezogen, fränkische Truppen besetzten Bayern. Doch die Awaren griffen ihrerseits, getreu dem Bündnis mit Tassilo, das Frankenreich an. Im Gegenschlag führte Karl gegen Ende des 8. Jahrhunderts mehrere Feldzüge, in denen er die gefürchteten Reiterheere der Awaren zwischen Donau und Theiß vernichtete. Um 826 wurden die Awaren zum letzten Mal in zeitgenössischen Chroniken genannt.

Zur Befriedung der Ostgrenze errichtete Karl in Bayern eine eigene Landeskirche, verlegte den Sitz des Erzbischofs von Regensburg nach Salzburg, wies diesem den Südosten als Missionsfeld zu und stattete die vier bayerischen Hochstifte mit reichen Gütern im verwüsteten Osten aus: Regensburg (St. Emmeram) setzte sich im 9. Jahrhundert im Burgenland fest und gewann weitreichenden Einfluß bis in die Slowakei, Freising wurde 816 das Kloster Innichen übertragen und gewann Güter in Kärnten und in den Dolomiten, Passau stieg zum kirchlichen Mittelpunkt zwischen Inn und Wienerwald über Traun und Enns hinaus auf und erwarb Besitz in Niederösterreich, bei Wien und um 900 schließlich die Abtei Kremsmünster als Eigenkloster. Das Erzstift Salzburg selbst griff weit nach Pannonien und in die Slowakei aus, und Klöster wie Mondsee, Tegernsee, Niederaltaich, Metten und Herrieden in Mittelfranken erhielten Besitz in den Ostgebieten jenseits der Enns. Der bayerisch-fränkische Adel

aber war gleichzeitig maßgeblich bei der Erschließung und Kultivierung des Landes in der Wiener Gegend beteiligt. Sievering, Grinzing, Ottakring und Mödling wurden damals von oberbayerischen Adelssippen aus dem Gebiet zwischen Inn und Salzach gegründet und nach diesen benannt. Die drückenden Kriegslasten unter Karl dem Großen aber zwangen den freien Bauern immer mehr in die Abhängigkeit des Großgrundbesitzers, adeligen oder kirchlichen.

Diese Machtausweitung Bayerns nach Südosten hielt unter Karls Sohn Ludwig dem Frommen und seinem Enkel Ludwig dem Deutschen an. Letzterer war nach der Teilung des Frankenreiches als König von Bayern ins Land gekommen und residierte in Regensburg nach dem Muster der Kaiserpfalz in Aachen: »Ferner wollen wir, daß Ludwig Bayern erhält, und die Karantanen, die Böhmen, die Awaren und die Slawen, die im Osten Bayerns wohnen ...« (Teilungsvertrag von 817). Für Ludwig den Deutschen blieb Bayern fortan auch die feste Machtbasis, von der aus er alle Völker und Länder rechts des Rheines zu einem großen Ostfrankenreich vereinigte. Bayern und Franken, Schwaben, Sachsen und Thüringer führte er zusammen und legte damit den Grundstein für das spätere deutsche Reich. Bayern blieb zwar eine karolingische Provinz, konnte sich aber mit Recht als »Königsland« der Karolinger verstehen, auch noch unter Ludwigs Sohn Karlmann und dessen Sohn Arnulf von Kärnten, der von 896 bis 899 auch deutscher Kaiser war und dem in St. Emmeram in Regensburg sogar die böhmischen Adeligen huldigten.

Als der letzte Karolinger, Ludwig das Kind, 911 starb, bekamen die Bayern für etwas mehr als vier Jahrzehnte endlich Herrscher rein bayerischen Blutes: die Luitpoldinger. Die Geschichtsschreibung nannte sie später so nach dem Markgrafen Luitpold von Kärnten, der noch den Karolingern als Feldherr treu gedient und bereits im Jahre 901 den neuen Feind der Völker des »Abendlandes«, die Ungarn, bei einem ihrer ersten Vorstöße besiegt hatte. Von einer Völkerbewegung rund um das Schwarze Meer in Bewegung gebracht, hatten die Ungarn im Westen nach Land gesucht, Mähren erobert und sich in Pannonien, der alten Heimat der Awaren, festgesetzt. Markgraf Luitpold fiel 907 in der Schlacht bei Preßburg, wo die Bayern eine furchtbare Niederlage einstecken mußten. Die Ungarn verwüsteten hinterher das östliche Bayern, zerstörten Klöster und Siedlungen. Doch dann arrangierten sich die Bayern, wie schon vorher im Falle der Awaren und Slawen, mit den neuen Nachbarn. Herzog Arnulf, Luitpolds Sohn, handelte mit ihnen Abkommen über nachbarliche Beziehungen aus, die den Bayern für dreißig Jahre Ruhe brachten, während die Ungarn in den ersten Jahrzehnten des 10. Jahrhunderts die Schwaben, Franken und Thüringer weiter attackierten. Die Ostmark des Stammesherzogtums mußten die Bayern allerdings dem Ungarnkönig abgeben, der sich jedoch mit der Hoheit über dieses Gebiet begnügte und die Bayern im Land behielt. Im Nibelungenlied finden wir deshalb auch die tragische Gestalt des Rüdiger von Bechelaren (dem heutigen Pöchlarn in Österreich), der als Markgraf zwischen der Treue zu seinem ungarischen Lehnsherrn und zu seinen bayerischen Verwandten schwankte. In diese Phase der ungarisch-bayerischen Verständigung und der schwierigen Behauptung Bayerns auch innerhalb des deutschen Königreichs gegenüber dem Franken Konrad (911–918) und dem Sachsen Heinrich dem Vogler (919–936) fällt auch die Geschichte von dem Duell am Regensburger Hof im Jahre 924 zwischen dem Ungarn Craco und dem Regensburger Bürger Dollinger, an die heute noch der Dollinger-Saal am Zieroldsplatz in Regensburg mit der Großplastik der Turnierszene aus dem 13. Jahrhundert sowie eine dort einzusehende Pergament-Handschrift über dieses Duell aus dem Jahr 1522 erinnert.

Als Arnulf, »von Gottes Gnaden Herzog der Bayern und auch der angrenzenden Gebiete« (Titulatur aus seinen Urkunden) 937 starb, war der Sachse Otto I. bereits ein Jahr deutscher König. Die Nachfolger Arnulfs waren dessen Format nicht gewachsen, und so verlieh Otto, später der Große genannt, im Jahre 947 seinem Bruder Heinrich das bayerische Herzogtum, obwohl seine einzige Bindung zu Bayern seine Heirat mit einer Luitpoldingerin war. Bis 1070 war danach Bayern unter sächsischer Herrschaft, stieg aber in dieser Ära zu einer bedeutenden Macht auf. Im Jahre 952 wurde die Markgrafschaft Verona mit Friaul und Istrien angegliedert. Bayern reichte damals vom Lech bis zur Leitha und vom Böhmerwald bis zur Adria, es war größer als je zuvor oder danach und hätte zwangsläufig in eine Mittlerrolle zwischen dem deutschen und dem italienischen Teil des Römischen Reiches deutscher Nation hineinwachsen können. Aber diese »Großmachtstellung« Bayerns hielt nur zweieinhalb Jahrzehnte an: 976 wurde Kärnten mit Verona von Bayern wieder abgetrennt, die 955 nach dem mit Hilfe bayerischer Truppen errungenen Sieg auf dem Lechfeld bei Augsburg über die Ungarn wieder »heimgeholte« Ostmark wurde von König Otto II. (973–983) ebenfalls 976 den Babenbergern übertragen. Diese bauten dort ihre Herrschaft immer weiter aus, auch wenn ihre Lehensabhängigkeit von Bayern noch bis zum Jahre 1156 anhielt.

Im Innern Bayerns blieben die Sachsen, ebenso wie später die Welfen, ungeliebte Herrscher. Die Abneigung gegen die fremde Bevormundung übertrug sich sogar auf Heinrich II. (955–976, 988–995), den Sohn der Luitpoldingerin. Er rebellierte mehrmals gegen seinen König und bekam deshalb den Beinamen »der Zänker«. Ein weiterer Heinrich, der Sohn des Zänkers, wurde als bayerischer Herzog im Jahre 1002 zum deutschen König und (ab 1014) zum römischen Kaiser gewählt. Der mit seiner Gemahlin Kunigunde später heiliggesprochene Heinrich stiftete das stolze Bistum Bamberg, wo er auch residierte. Da der heilige Heinrich aber kinderlos starb, wurde Bayern nach ihm über fünfzig Jahre lang unter der Oberhoheit der Salier-Kaiser an mehrere Herzöge verschachert, die für Bayern bedeutungslos blieben. Erst mit der Auseinandersetzung zwischen Kaiser und Papst um die weltliche Einsetzung eines Bischofs durch den König (Investiturstreit), bekam das Herzogtum Bayern mit dem ersten Welfenherzog wieder kontinuierliches Profil.

Herzog Welf I. (bis 1102) folgten noch fünf weitere Herrscher aus diesem Geschlecht, das vor allem im benachbarten Oberschwaben und später in Italien seine Pfründe angelegt hatte. Auch die Erweiterung Bayerns durch das Herzogtum Sachsen weckte keine Liebe im Volk, zumal der vierte in der Reihe der Welfenherzöge, Heinrich der Stolze (1126–1138), dem Bayernland durch seine schlechte Politik (Bruderkrieg mit den Staufern) nie wieder gutzumachende territoriale Verluste und erhebliche Machteinbußen zufügte. Die Auseinandersetzung zwischen Welfen und Staufern um die Vormachtstellung in Deutschland wurde nämlich auf dem Rücken der Bayern ausgetragen, denn als der Sohn Heinrichs des Stolzen, der spätere Heinrich der Löwe, nachdrücklich seine erblichen Ansprüche auf Bayern, das inzwischen wieder einmal von anderen Herren regiert wurde, bei Kaiser Friedrich I. Barbarossa, seinem staufischen Vetter, anmeldete, kam es bei Regensburg im Jahre 1156 zu der folgenschweren Teilung Bayerns: das Land zwischen Inn und Wienerwald, die von Bayern christianisierte, kultivierte und gegen Awaren und Ungarn verteidigte Ostmark, wurde, diesmal für immer, vom Stammesherzogtum abgetrennt. Heinrich der Löwe erhielt den restlichen Teil Bayerns. Letzte Station der Welfenherrschaft über Bayern war 1158 die Verlegung der Zollstelle von Oberföhring durch Heinrich den Löwen. Die Einnahmen daraus sollten seiner herzoglichen Kasse zugute kommen, denn mehr hatte er mit der gleichzeitigen Gründung der Siedlung Munichen nicht im Sinn. Doch München überlebte den Sturz des Welfenherzogs anno 1180. Bayern verlor mit der Absetzung des Löwen auch noch die Steiermark, gewann aber ein neues Herrscherhaus, mit dem es bis in die Gegenwart hinein in meist gutem Verhältnis eng verbunden blieb: die Wittelsbacher.

Links: Kopf der Statue Karls d. Gr. an der Fassade von St. Michael in München. Unten: Kaiser Friedrich I. Barbarossa belehnt nach der Absetzung Heinrichs des Löwen den Grafen Otto I. von Wittelsbach mit dem Herzogtum Bayern (16. 9. 1180). Die Darstellung stammt aus der Folge der Otto-von-Wittelsbach-Teppiche in der Residenz in München (ca. 1620).

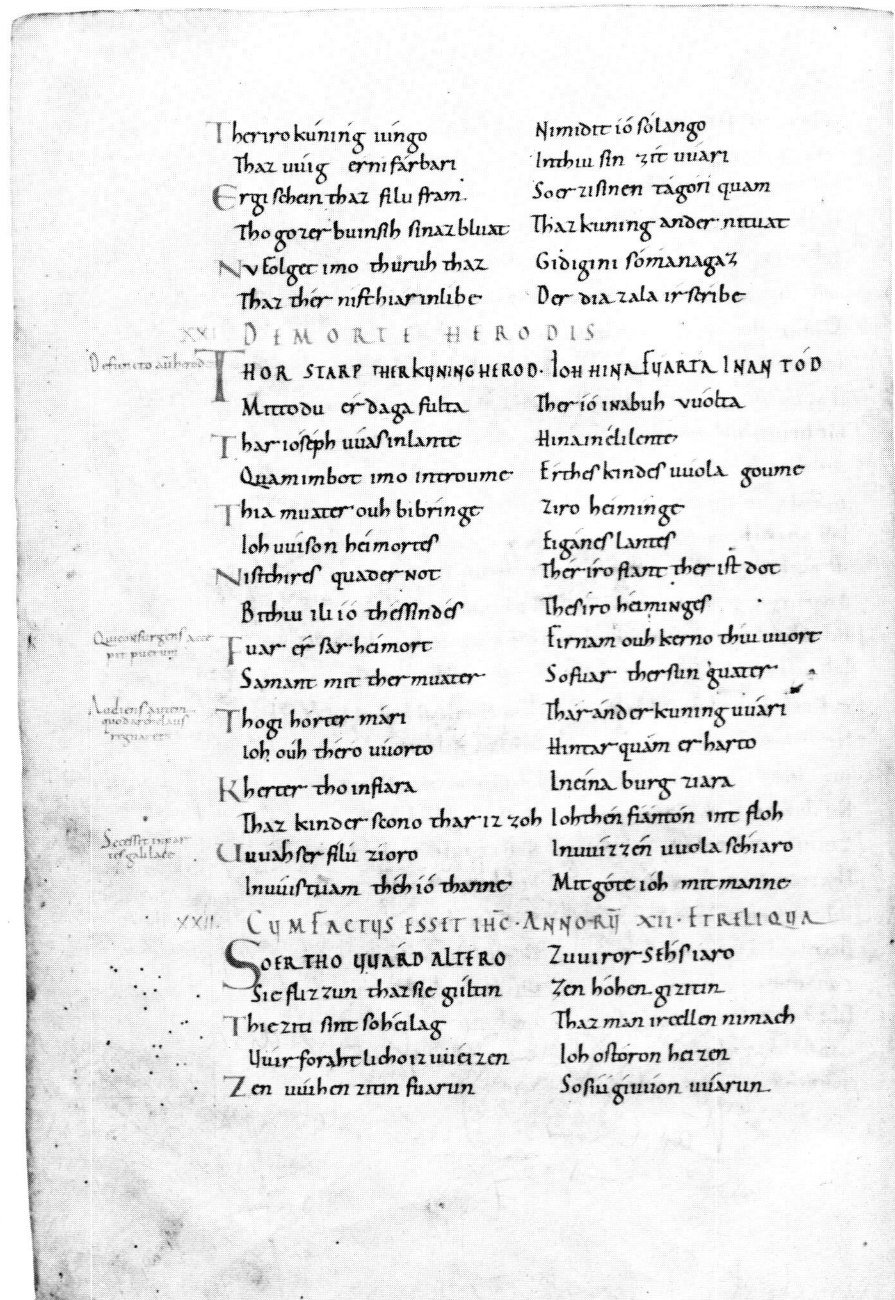

Ther iro kuning iungo / Nimidit io so lango
Thaz uuig erni fárbari / Inthiu sin zit uuari
Ergi scheinthaz filu fram. / Soer zi sinen tagon quam
Tho gozer buinsth sinaz bluat / Thaz kuning ander nituat
Nu folget imo thuruh thaz / Gidigini sómanagaz
Thaz ther nist hiar inlibe / Der dia zala irscribe

XXI DE MORTE HERODIS

Thor starp ther kuning herod · Ioh hina suarta inan tód
Mittodu er daga fulta / Ther io inabuh vuolta
Thar iosiph uuas inlante / Hinan ellente
Quam imbot imo introume / Ertheskindes uuola goume
Thia muater ouh bibringe / Ziro heiminge
Ioh uuison heimortes / Eiganes lantes
Nist thir es quader not / Ther iro fiant ther ist dot
Bithiu ili io the ssindes / Thes iro heiminges
Fuar er sar heimort / Firnam ouh kerno thiu uuort
Samant mit ther muater / Sosuar ther sun guater
Thogi horter mari / Thaz ander kuning uuári
Ioh ouh thero uuorto / Hintar quám er harto
Kherter tho in fiara / Ineina burg ziara
Thaz kinder scono thar iz zoh / Ioh then fianton int floh
Uuah ser filu ziora / Inuuizzen uuola schiaro
Inuuistuam thehio thanne / Mit gote ioh mit manne

XXII. CUM FACTUS ESSET IHC · ANNORŨ XII · ET RELIQUA

Soer tho uuard altero / Zuuiror sehs iaro
Sie fuzzun thaz sie giltin / Zen hohen gizitin
Thez zu fint soh elag / Thaz man irsellen nimach
Uuir forahtlichoiz uuiezen / Ioh ostoron hei zen
Zen uuihen zitin fuarun / Sosiu giuuon uuarun

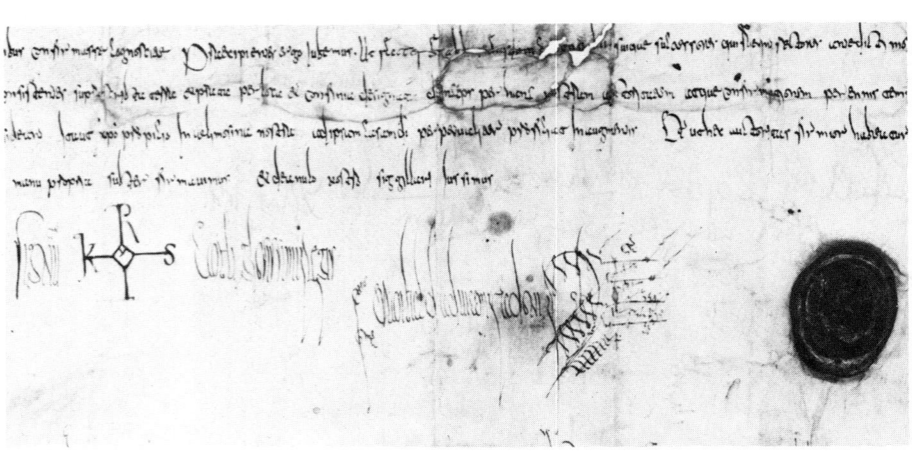

Zeit der Karolinger 8./9. Jahrhundert

Alle Bildung in der Karolingerzeit war eng verknüpft mit der Neugründung von Klöstern. – Links: Urkunde Karls d. Gr., mit der er am 22. 2. 794 St. Emmeram angrenzendes Land schenkte. – Oben links: Die Bestiensäule (um 1160) in der Krypta des Doms zu Freising (um 720). – Oben: Freisinger Handschrift der »Evangelienharmonie« von Otfried von Weißenburg (vollendet 863–871).

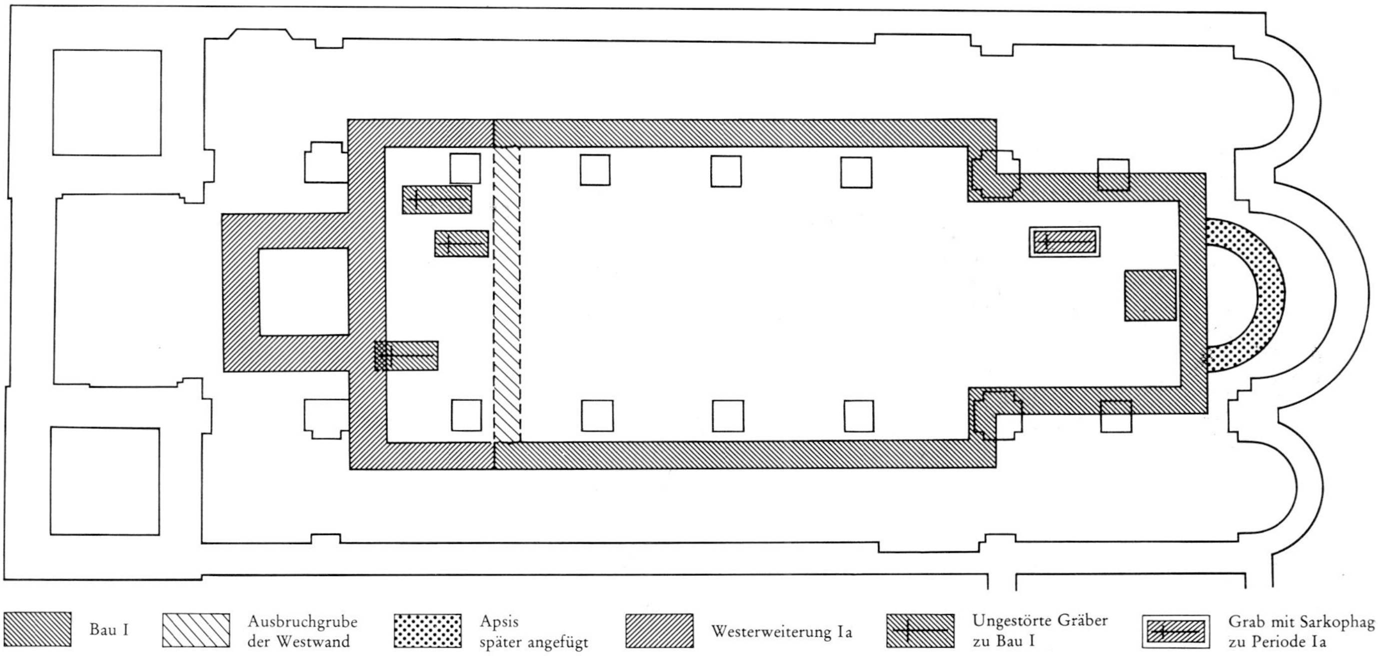

Die Denkmalpfleger kommen bei der Festlegung des Alters von Baudenkmälern aus dem Mittelalter in jüngster Zeit immer wieder zu überraschenden Ergebnissen, aufgrund deren Bauwerke um mehrere Jahrhunderte zurückdatiert werden müssen. Oben: Die Grundrißskizze vom Dom St. Peter in Straubing ist neuesten Datums und zeigt klar innen (Schraffur »Bau I«) den Kern des bisher insgesamt (äußerer Grundriß ohne Schraffur) als spätromanisch (um 1200) geltenden Baus. Dieser Kern reicht nach den freigelegten Gräbern (»Ungestörte Gräber zu Bau I«) in die Karolingerzeit zurück und soll sogar »unmittelbar in und auf spätrömische Schichten gesetzt« (Landesamt f. Denkmalpflege) worden sein. Weitere jetzt freigelegte Teile (»Westerweiterung Ia« und »Grab mit Sarkophag zu Periode Ia«) stammen aus dem frühen 11. Jahrhundert.

Unten: Bei Ausgrabungen für eine Heizung im Bamberger Dom stieß man 1969 auf bis dahin noch nicht gefundene Teile der Ostkrypta der bereits 1012 von Heinrich II. geweihten Domkirche. Dieser Gründungsdom war durch den im 13. Jh. erstellten Dom-Neubau nahezu ganz beseitigt worden.

Das ostfränkische Reich (ab 843) mit dem Zentrum Bayern wurde zum Kern des späteren deutschen Reiches. Bayern blieb weiterhin der südöstliche Eckpfeiler gegen die slawische Welt. Abwechselnd Kriege oder Verträge bestimmten im 10. Jahrhundert die Beziehungen Bayerns mit den seit 900 das Abendland bedrohenden Ungarn. – Links: Im Jahre 907 fiel Luitpold, ab 895 Markgraf in Bayern, mit dem Großteil des bayerischen Adels bei Preßburg im Kampf gegen die Ungarn. – Unten: Die Identität der dargestellten Figur auf dem 1578 im Schloßhof von St. Emmeram in Regensburg errichteten Kurfürstenbrunnen ist umstritten: allgemein wird sie für Herzog Arnulf von Kärnten (887–899) gehalten, von dem Emmeram-Abt Vogl 1680 aber als Standbild Herzog Arnulfs von Bayern (907–937) bezeichnet, der ebenfalls in St. Emmeram begraben liegt.

Die Luitpoldinger und die Ungarn 10. Jahrhundert

Erste Ungarneinfälle

Im Jahre 900: Die Ungarn setzten unerwartet mit einem gewaltigen Heer über die Enns und fielen feindlich in Bayern ein, so daß sie an einem einzigen Tag fünfzig Meilen in die Länge und in die Breite alles mit Feuer und Schwert verwüsteten.
Im Jahre 901: An der Fischa wurde von den Bayern der König Cussal mit einem großen Heer seines Adels besiegt.
Im Jahre 904: Die Ungarn wurden hinterlistig von den Bayern zu einem Gastmahl geladen. Ihr König Cussal und sein Gefolge wurden dabei erschlagen.
Im Jahre 907: Schlacht bei Preßburg. Der bayerische Stamm ist beinahe vernichtet worden.
Im Jahre 908: Die Ungarn in Sachsen. Der Thüringerherzog Burchard, Bischof Rudolf, Egine und viele andere sind getötet worden. Das Land ist verwüstet.
Im Jahre 909: Die Ungarn in Schwaben. Mit großer Beute an Menschen und Vieh sind sie zurückgekehrt.
Im Jahre 910: Die Ungarn kämpften mit den Schwaben und Franken und besiegten sie.
Im Jahre 911: Die Ungarn verwüsten Franken und Thüringen.

Aus den Klosterannalen, nach Kurt Reindel, Bayern im Mittelalter

Bayern blieb unter Herzog Arnulf (907–937) vor Ungarneinfällen verschont, da Arnulf ein vertraglicher Ausgleich mit Ungarn gelang. Und als Arnulf sich auch mit dem neuen deutschen König Heinrich I. verständigte, gestand ihm dieser weitgehende Sonderrechte zu, die den Bayernherzog sogar in die Lage versetzten, eine selbständige Außenpolitik zu betreiben. In diese friedliche Zeit paßt die Geschichte von dem Turnierduell am Regensburger Hof vor den Augen König Heinrichs »des Voglers«, die ein Regensburger Chronist nacherzählte: »Anno 924 kam ein ungläubiger Ungar, eine Person von zehn Schuh Länge, Craco mit Namen, allhero, um Leib und Seel zu kämpfen. Dieweil er anderer Orten oblegen, wollte sich hie niemand seiner annehmen. Endlich erbat sich Hans Dollinger, ein adelicher Burger allhie, dessen Vor-Eltern adeliche Güter in Bayrn gehabt, und wagt sich an den Hayden, der aber den Teufel zum Beystand hatte. Der erste Ritt misslunge dem Dollinger, in dem andern aber hat er den Hayden umbgebracht.«

Oben: Die an dieses Duell erinnernde Großplastik (4,70 m breit und 2,10 m hoch, 13. Jh.) im Dollingersaal in Regensburg.

Rechts: Kopf König Heinrichs I. von der überlebensgroßen Plastik aus demselben Saal in Regensburg, entstanden ebenfalls noch vor dem Jahr 1300.

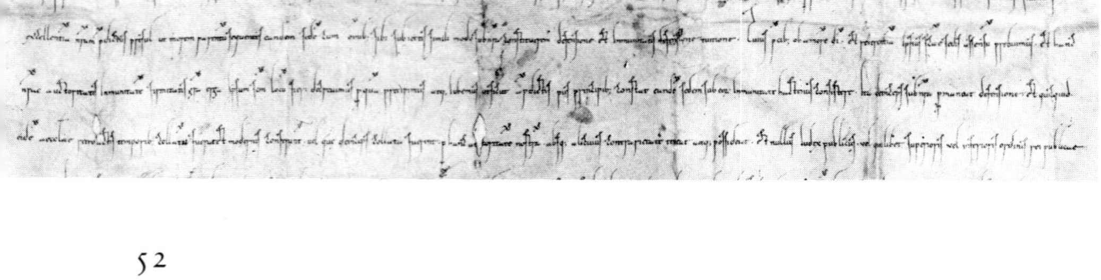

In der Ära der sächsischen Herzöge in Bayern erlebte das Herzogtum seine größte Ausdehnung: vom Lech bis zur Leitha, vom Böhmerwald bis zur Adria. Oben: Die Ungarn fielen 955 wieder in Bayern ein, drangen bis zur Iller vor und wurden auf dem Lechfeld bei Augsburg von König Otto mit Hilfe der Bayern vernichtend geschlagen (Gemälde von Michael Echter, 19. Jh.). Links: Otto II. bestätigt am 22. 7. 976 (Ausschnitt aus der Urkunde) der Kirche von Passau die Immunität und den Besitz der Klöster St. Florian, St. Pölten und Kremsmünster.

Die sächsischen Herzöge in Bayern 10./11. Jahrhundert

Oben: Das enge Verhältnis von Kirche und Staat im frühen Mittelalter erklärt, daß beispielsweise Papst Benedikt VIII. am 14. 2. 1014 an den neuen Kaiser Heinrich II. kirchliche Wirtschaftshöfe in Bayern gegen den Königshof bei Terma (Spoleto) urkundlich (im Bild Papst-Siegel und -unterschrift) vertauschte.
Unten: Herzog Heinrich II. von Bayern (955–976, 988–995) hatte noch eine Luitpoldingerin zur Mutter und wurde in St. Emmeram in Regensburg begraben. Wegen seiner rebellischen Haltung gegen den König nannte man ihn den »Zänker« (Miniatur aus einer Handschrift um 990).

Die Ungarn vernichtet bis auf sieben Überlebende ...

955 brach das wilde Volk der Ungarn in unübersehbaren Scharen wieder in Deutschland ein, bedeckte das ganze Land wie ein Heuschreckenschwarm und kam so bis an den Lech und in die Nähe von Augsburg ... Ihnen trat König Otto entgegen, der auf Ulrichs (Bischof von Augsburg) Mahnung hin seine Hoffnung mehr auf die Hilfe Gottes als auf die Waffen setzte, und brachte ihnen eine so furchtbare Niederlage bei, daß seitdem dieses wildeste aller Völker nicht nur nicht mehr ins Reich einzufallen wagte, sondern voller Schrecken das eigene Land durch Wälle und in sumpfigen Gegenden durch Palisaden gegen etwaige Einfälle der Unsrigen zu schützen suchte. In dieser Schlacht fiel Konrad, Herzog von Worms und Eidam des Königs. Die Ungarn aber sollen – man kann es fast nicht glauben – bis auf sieben Überlebende vernichtet worden sein ...

Otto von Freising (1111–1158), Weltchronik

Sieben unserer Gefährten ...

Sieben unserer Gefährten aber verschonte man nach der großen Schlacht, schnitt ihnen die Ohren ab und schickte sie heim nach Pannonien: Geht hin und sagt euren Ungarn, sie sollten fernerhin nicht mehr in unsere Länder kommen ... Für alle Zeiten mußten sie gemeinsam im gleichen Gebäude wohnen und sich bis an ihr Lebensende vom Betteln ernähren ...

Zeitgenössische ungarische Chronik

Links: Der vierte Herzog Heinrich aus sächsischem Geschlecht (995–1004, 1009–1018) war der erste bayerische Herzog, der zum deutschen König (1002) und römischen Kaiser (1014) gewählt wurde (Silbermünze).

Mittelalterliche Literatur in Bayern

Rechts: Heinrich »der Zänker« verheiratete seine Tochter Gisela 997 mit dem Ungarnkönig Stefan. An deren Brautzug nach Ungarn erinnert das Nibelungenlied (Handschriftprobe aus dem von einem Dichter aus dem bayerisch-österreichischen Raum um 1200 geschaffenen Epos). – Oben: Kaiser Heinrich II., ein Bruder Giselas, wurde mit seiner Gattin Kunigunde heiliggesprochen (Kunigunde geht zum Beweis ihrer ehelichen Treue über glühende Kohlen). Unten: Otto der Heilige, Bischof von Bamberg (um 1060–1139), missionierte um 1125 in Pommern.

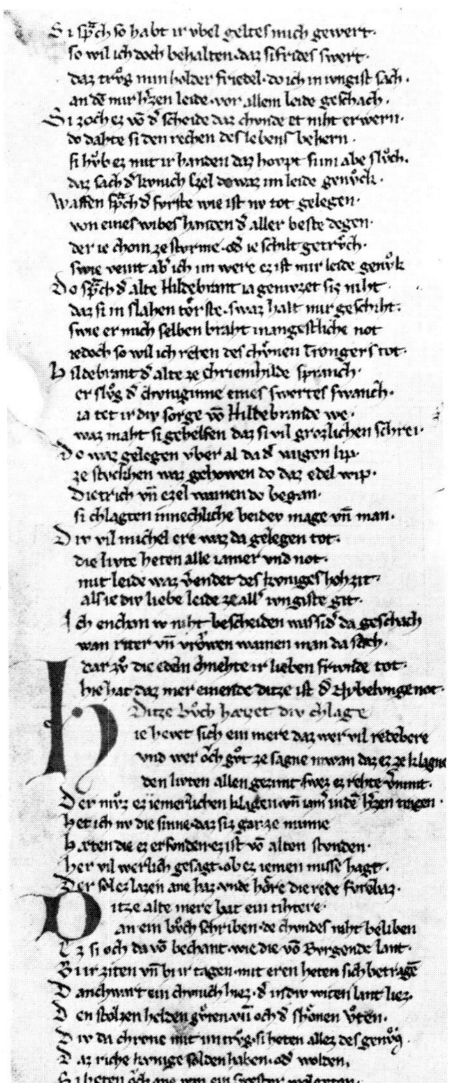

Bayern, Ungarn und das Nibelungenlied

Bayern halfen König Stefan beim Aufbau seines Staates, und das bayerische Herzogtum seines Schwiegervaters blieb auch bei dessen Organisation das große Vorbild. Das bayerische Gesetzbuch, die Lex Baiuvariorum, wurde auf weite Strecken wörtlich übernommen, bayerische Beamte organisierten die ungarische Kanzlei, nach bayerischem Vorbild prägte man Münzen, erhob man Zölle, gründete man Märkte.
Weit öffnete König Stefan die Türen für die christliche Mission in seinem Lande ... Und wieder kamen bayerische Missionare an die Theiß und knüpften an das Werk ihrer Vorgänger an, die zur Zeit des Herzogs Arnulf den Steppenreitern den christlichen Glauben gepredigt hatten. Diesmal aber mit mehr Erfolg: das ganze Land wurde mit einem Netz von Kirchen und Bischofssitzen überzogen ... In diesem christlichen Staat war kein Platz mehr für die alten Kämpen. Die letzten Reste ungarischen Heidentums zogen sich in die Weite der Pußta zurück ... Uralt und gebeugt war der Sänger, der ans flackernde Feuer trat und den schweigenden Männern erzählte von den alten Zeiten, da der fremde Herzog aus dem Bayernland geritten kam zu ihren Zelten ...
»Da ward der Helden Herrlichkeit verschlungen von dem Tod.
Die Menschen hatten alle viel Jammer und viel Not.
Mit Leid ward nun beendet des Königs hohes Fest,
Mit Leid nach allen Freuden das Schicksal uns entläßt.«

Kurt Reindel, Bayern und die Ungarn im 10. Jahrhundert. In: Alois Fink (Hg.), Bayern. Streifzüge durch zwölf Jahrhunderte.

Rechts: Schloß Prunn im Altmühltal wurde 1037 erstmals erwähnt. Seit 1288 Lehen der bayerischen Herzöge war es eine Pflegestätte mittelhochdeutscher Dichtung in Bayern. Im 14. Jahrhundert entstand dort der Prunner Codex, eine Handschrift des Nibelungenliedes (heute Bayerische Staatsbibliothek München).

GRAMMATA·QVI SOPHIE·QVERIT COGN·SCERE VERE
EN QVI·VERACES SOPHIE FVLSERE SEQVACES
HOC MATHESIS PLENE QVADRATVM PLAVDET HABERE
ORNAT PERFECTAM REX HE·INRIH STEMMATE SECTA

Links: Die Vorderdecke des Perikopenbuches Kaiser Heinrichs II., des Heiligen, deutschen Königs und Herzogs in Bayern (11. Jahrhundert).

Rechts: Hohenaschau in Oberbayern, die größte Höhenburg Bayerns aus dem 12. Jahrhundert.
Unten: Die Kaiserburg in Nürnberg, in ihren ältesten Teilen unter Kaiser Konrad II. oder Heinrich III. im 11. Jh. erbaut (Blick vom Turm von St. Sebald auf die Burg).

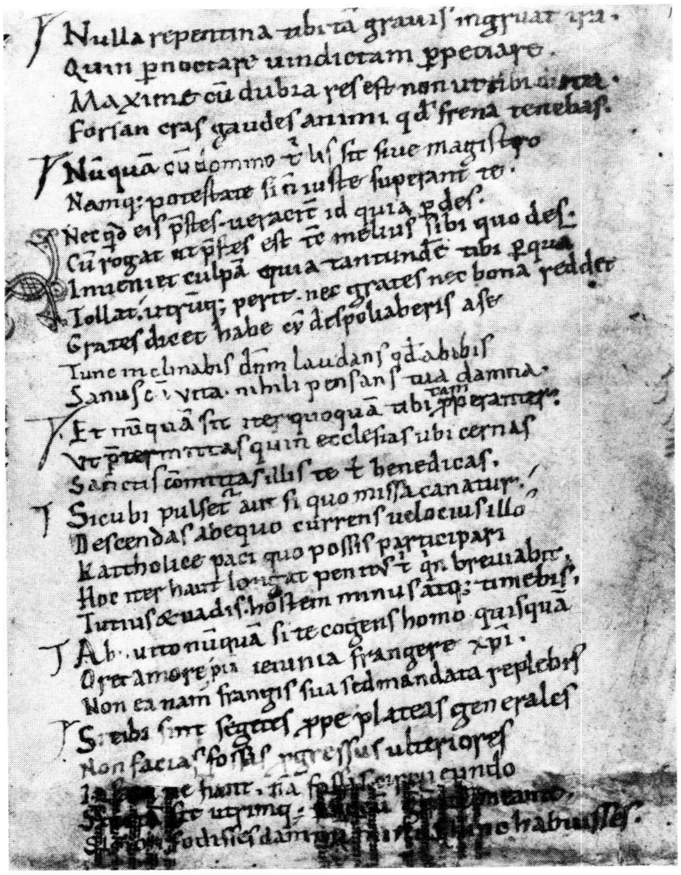

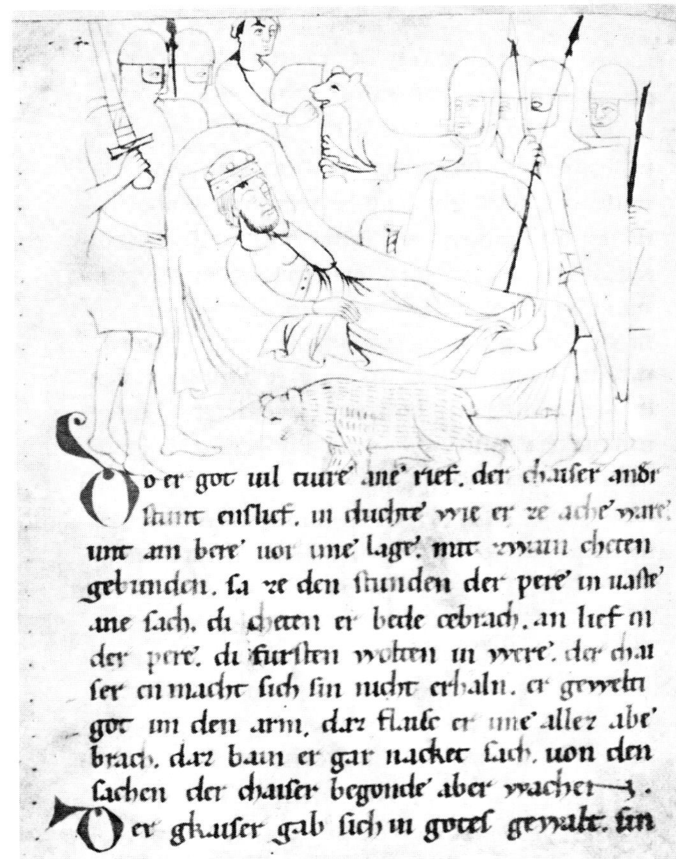

Oben: Der »Ruodlieb«, lateinischer Versroman, um 1015 im Kloster Tegernsee (im Bild unten, aus Wening, Topographie Bayerns, 1700) von einem unbekannten Mönch verfaßt, ist das erste mittelalterliche Ritterepos »aus dem Reich der Heldensage, des Märchens, des Schwankes und der Legende ... abgehoben von der realen geschichtlichen Welt des 11. Jahrhunderts.« (G. Weber).

Oben rechts: Eine Seite aus dem »Rolandslied« des Pfaffen Konrad, in Regensburg um 1170 als Nachdichtung des altfranzösischen »Chanson de Roland« entstanden, das den Kampf Rolands, eines Neffen Karls des Großen, auf dem Spanienfeldzug des Kaisers gegen die Mauren erzählt (Handschrift im welfischen Stil mit Regensburger Federzeichnungen, die dem Original sehr nahekommt).

Du bist min, ich bin din,
Des solt du gewis sin.
Du bist beslozzen
In minem herzen;
Verlorn ist daz slüzzelin:
Du muost immer drinne sin.

Wernher von Tegernsee

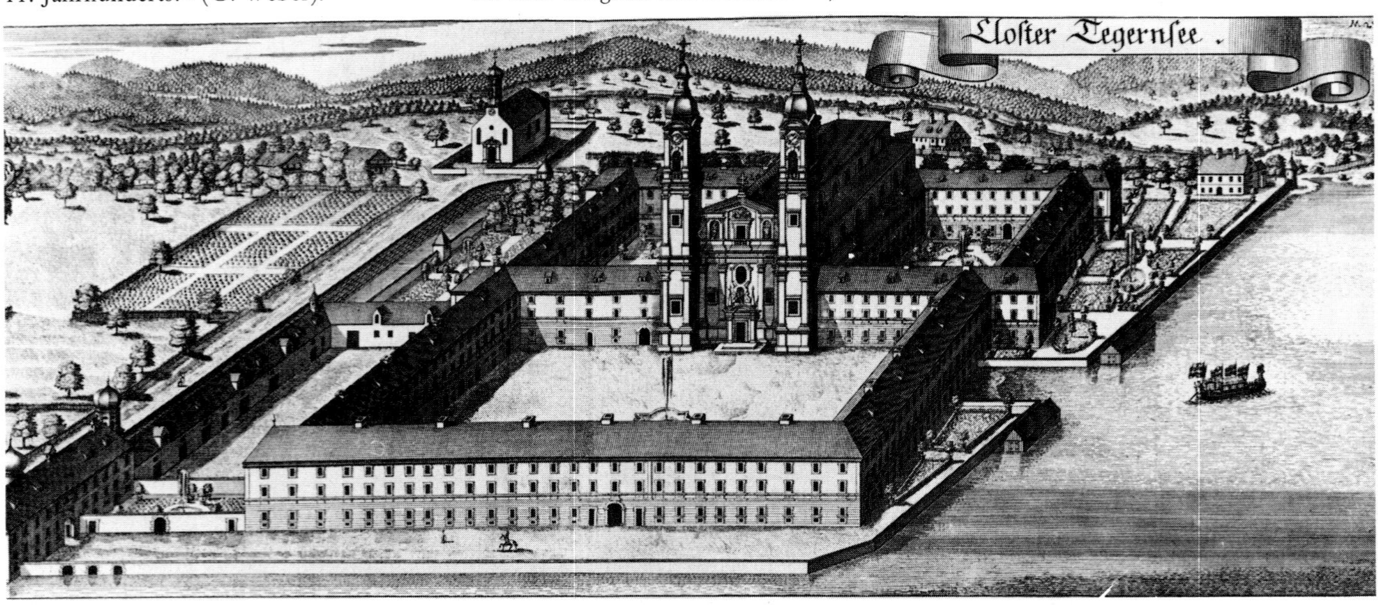

Die Welfen-Herzöge in Bayern 11./12. Jahrhundert

Die Welfen in Bayern

Im Jahre 1065 kam König Heinrich IV. zur Regierung und überwarf sich mit dem Bayernherzog Otto von Nordheim (1061 bis 1077) ... Zu Weihnachten 1070 verlieh König Heinrich IV. dem Welfen das Herzogtum Bayern, aus dem Otto von Nordheim verjagt wurde. Bayern hatte seinen ersten Welfenherzog ... Welf kannte keine Skrupel, wenn es um den Erfolg ging, wenn seine Interessen auf dem Spiele standen. Er war ein Mann, der nur allzugut hineinpaßte in die Zeit des Investiturstreites, damals, als sich in den großen Kampf zwischen Kaiser und Papst allerlei kleinliche Interessen mischten, als fast ein jeder unter dem Vorwand, für große Ideen zu streiten, seinem privaten Vorteil nachjagte.

Herzog Welf trug keine Bedenken, in dem jetzt ausbrechenden Streit wiederum die Partei zu wechseln, den König zu verlassen und sich dem Papst anzuschließen. Es war eine Entscheidung, die nicht von moralischen Erwägungen bestimmt war, sondern nur von solchen des Nutzens. Diesmal war es der Papst gewesen, der den höheren Preis geboten hatte: er hatte eine Ehe vermittelt zwischen dem Sohn Welfs, dem gleichnamigen Welf II. und der reichsten Erbin südlich der Alpen, der Markgräfin Mathilde von Tuszien (Toscana). Diese Eheschließung war für die Zeitgenossen eine Zielscheibe des Spottes, denn die Braut war 43 Jahre alt, der Bräutigam 17 ... Doch die Entscheidung Herzog Welfs I. ... war wohl der größte Fehler, den der Herzog während seines ganzen Lebens begangen hatte. Er hat Bayern eingebüßt, ohne etwas anderes dafür zu gewinnen ... Zwanzig Jahre lang war Welf ein Herzog ohne Land ... hat dabei gegen seine eigenen ehemaligen bayerischen Untertanen Schlachten geschlagen ... Schließlich mußten die Welfen auch noch einsehen, daß ihnen aus der Heirat mit der Markgräfin von Tuszien kein Gewinn zuwachsen würde: Mathilde hatte ihr reiches Erbe schon lange der römischen Kirche vermacht. Daraufhin machten die Welfen im Jahre 1096 mit Kaiser Heinrich IV. ihren Frieden, sie erhielten Bayern zurück und blieben jetzt fünf Generationen Herrscher über das Land ...

Kurt Reindel, Bayern im Mittelalter

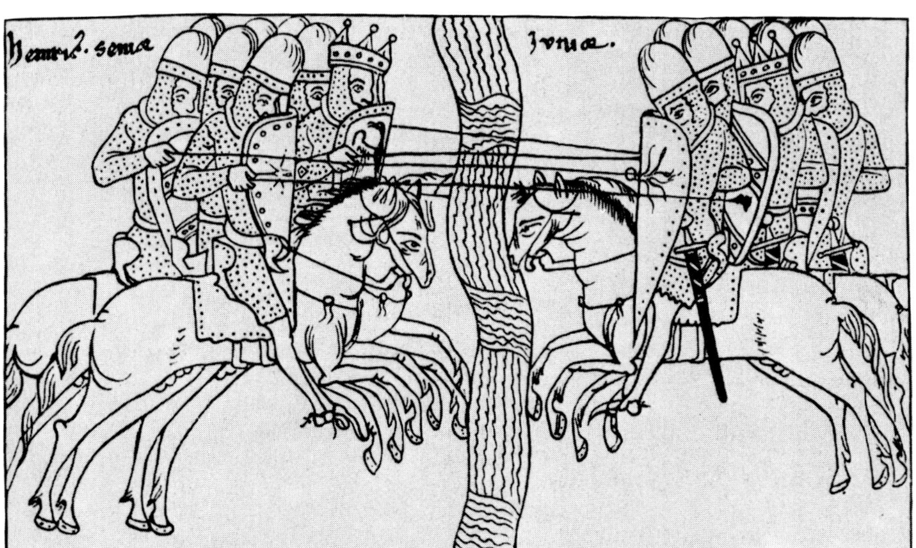

Oben: Steinplastik Ottos von Freising (1111–1158), aus dem Haus der Babenberger stammend, Berater Kaiser Konrads III. und Friedrichs I. Barbarossa, seines Onkels, Geschichtsschreiber und Philosoph, Verfasser einer bedeutenden, von Augustinus' Zweistaatenlehre beeinflußten »Weltchronik«, aus der wir mehrmals zitiert haben.

Links: Miniatur aus der »Weltchronik« Ottos von Freising: die Begegnung König Heinrichs IV. mit seinem abtrünnigen Sohn, dem späteren Heinrich V., am Regen im Jahre 1102: »So war das Reich wieder von Unfrieden zerrissen, die Kampfkraft zersplittert, das Land durch Fehden verwüstet, und Vater und Sohn lagen sich am Regen feindlich gegenüber ...«

Herzog Heinrich der Löwe 1156–1180

Ein halbes Jahrhundert nach dem Investiturstreit brachte die Welfenherrschaft in Bayern dem bayerischen Volk erneut einen Bürgerkrieg während der Auseinandersetzungen zwischen Welfen und Staufern. Als dieser endlich 1156 beendet wurde, entschied sich der Reichstag von Regensburg endgültig zur Abtrennung der Ostmark von Bayern, was die Geburtsstunde Österreichs bedeutete.

Links: Plastik Friedrichs I. Barbarossa im Kreuzgang des Nonnenklosters St. Zeno in Bad Reichenhall (Ende 12. Jh.)
Oben: Das Nordportal der Schottenkirche St. Jakob in Regensburg, bedeutendes Denkmal romanischer Plastik in Bayern (2. Hälfte des 12. Jh.).

Heinrich der Löwe und die Abtrennung der Ostmark von Bayern 1156

1154 stritt Herzog Heinrich der Löwe von Sachsen, ein Vetter König Friedrichs I., um das Herzogtum Bayern, das er aus der väterlichen Erbschaft für sich beanspruchte, mit Heinrich Jasomirgott, dem Sohn Leopolds III., dem Oheim König Friedrichs, der Bayern als Lehen von König Konrad empfangen hatte; beide Herzöge verfochten ihre vermeintlichen Ansprüche und Rechte mit großer Erbitterung. Von dem Wunsch beseelt, diesen Streit zu schlichten, traf Friedrich, mit dem beide blutsverwandt waren, 1156 auf dem Reichstag zu Regensburg auf den Rat der Fürsten folgende Entscheidung: die Ostmark, die bisher nach Lehensrecht zum Herzogtum Bayern gehörte, wurde von Bayern getrennt und zu einem selbständigen Herzogtum erhoben, mit dem Heinrich Jasomirgott als Herzog belehnt wurde ...

Otto von Freising, Weltchronik (von Otto von St. Blasien fortgesetzt)

Gründungsgeschichte Münchens

Wenn auch die Welfen eine großzügige Städtepolitik vornehmlich in Sachsen betrieben, so lassen sich doch auch in Bayern Ansätze hierzu nicht verkennen. Neben der Stellung des Herzogtums in Regensburg, wo die Welfen ja die berühmte Steinerne Brücke erbauen ließen, gehört hierher besonders der Kampf mit Freising um den Oberföhringer Brückenzoll, der 1158 zur Gründung Münchens führte. Heinrich der Löwe zerstörte damals die bischöfliche Zollbrücke, und der Kaiser entschied auf dem Reichstag zu Augsburg, daß Markt, Münze und Brückenzoll in Oberföhring aufgehoben bleiben sollten, aber dem Bischof ein Drittel der Einnahmen zustände. Nach dem Sturz des Herzogs 1180 wurde diese Regelung nur teilweise rückgängig gemacht, insofern jetzt München selbst an Freising fiel; erst 1240 ging es nach langen Auseinandersetzungen an die Wittelsbacher über und konnte sich jetzt erst als Stadt entfalten.

Max Spindler, Handbuch der bayerischen Geschichte, Band 1

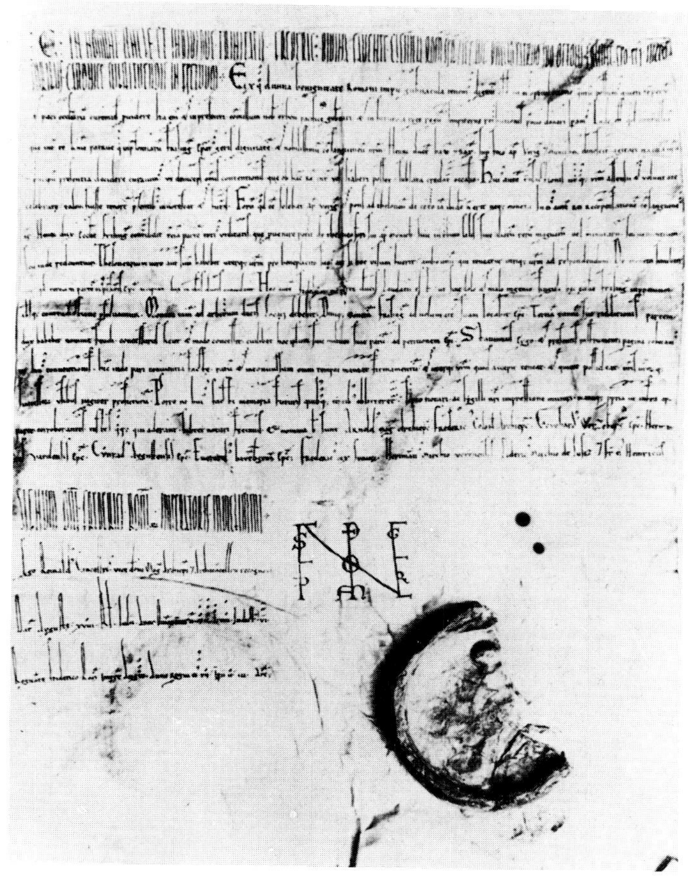

Der Sturz Heinrichs des Löwen

Jetzt aber erinnerte er (Kaiser Friedrich I.) sich der ihm von Herzog Heinrich dem Löwen in Chiavenna bezeigten Verachtung und beklagte sich bei allen Fürsten, daß sich jener auf die Seite der italischen Feinde des Reiches gegen das Kaisertum gestellt habe. Vor drei verschiedene Reichstage wurde Herzog Heinrich gefordert, erschien aber auf keinem. Schließlich wurde auf einem Reichstag in Würzburg 1180 Herzog Heinrich durch den Spruch der Fürsten des bayerischen und des sächsischen Herzogtums und allen Besitzes an Eigengütern und Lehen beraubt und mit Lehensstrafe belegt; und da er gleich seinem Vater sich nicht demütigte und den Kaiser nicht um Gnade bat, fiel er, der so sicher zu stehen meinte, und erhielt bis zu seinem Tod das Verlorene nicht wieder; denn der Kaiser, dem die Eigengüter und Lehen zugefallen waren, verlieh das Herzogtum Bayern dem Pfalzgrafen Otto von Wittelsbach und das Herzogtum Sachsen dem Grafen Bernhard von Anhalt. Mit einem Heer unterwarf er alle Städte, Burgen und Besitzungen Herzog Heinrichs in Schwaben, Bayern und Sachsen; Braunschweig wurde allerdings vergeblich belagert, nur alles Land diesseits der Elbe wurde unterworfen. Das geschah 1181.

Otto von Freising, Weltchronik (von Otto von St. Blasien fortgesetzt)

Die Welfenherrschaft hat in Bayern noch heute sichtbare Spuren hinterlassen: die Gründungen von Schongau, Landsberg, Rottenbuch und Steingaden im schwäbisch-bayerischen Grenzgebiet sowie die Gründung der Landeshauptstadt.
Rechts oben: Gründungsurkunde Munichens vom 14. 6. 1158, unterschrieben von Kaiser Friedrich I. Barbarossa.
Rechts: Der erste Wittelsbacher, Herzog Otto I., der von 1180 bis 1183 regierte, hatte dem Kaiser schon als Ritter gedient und auf dem ersten Italienzug Friedrichs I. (1155) und dem Sturm auf die Höhen der Etschklause bei Rivoli dessen Heer gerettet (aus den Wittelsbach-Teppichen, ca. 1620).

Vom Territorial- zum Fürstenstaat

Das Herzogtum der Wittelsbacher von 1180 bis 1623

Die Wittelsbacher waren im Jahre 1180 wohl reich mit Gütern gesegnet, aber keineswegs mächtig im Lande. Das kam Kaiser Friedrich Barbarossas Politik aber nur entgegen, der in seinem Reich keine starken Herzogtümer haben wollte. Die ehemaligen Grafen von Scheyern, die sich seit 1115 nach ihrer Burg Witelinesbach bei Aichach nannten, besaßen große Ländereien mit einem Kerngebiet im Winkel zwischen Lech und Donau und zahlreiche Besitzungen über das ganze Land verstreut (Dachau, Wartenberg, Valley bis Bozen, Burglengenfeld, Schwandorf).
Beim Aufbau seines wittelsbachischen Staates war das neue Herrscherhaus erheblich vom Glück begünstigt, denn im 13./14. Jahrhundert starben seine mächtigsten adeligen Rivalen um die Herrschaft in Bayern aus: die Andechser und Bogener, die Burggrafen von Regensburg, die Diepoldinger, die Staufer und viele andere Geschlechter. Die an den Staat Bayern damit zurückgefallenen Grundbesitze, Grafschaften und Vogteien verstanden die wittelsbachischen Herzöge geschickt festzuhalten und neuzuordnen, gelegentlich auch mit brutaler Gewalt. Sie gründeten an zentralen Orten neue Städte (so 1204 Landshut und 1218 Straubing) und vergrößerten innerhalb von rund siebzig Jahren, in drei Generationen, ihren Machtbereich um das Dreifache. Den größten Anteil an diesem Aufstieg des wittelsbachischen Territorialstaates – in Deutschland hatte sich ab dem 12. Jahrhundert die Herausbildung des Staates in die einzelnen Territorien (maiores: meliores terrae) verlagert – hatte der Sohn des ersten wittelsbachischen Herzogs, Herzog Ludwig I. der Kelheimer (1183–1231). Er gab auch den späteren Wittelsbachern ein leuchtendes Beispiel dafür, wie man mit zielbewußter Heiratspolitik Machtzuwachs erreichen kann: nach dem Tod seines gefährlichsten politischen Widersachers, des Grafen von Bogen, heiratete er dessen Witwe, eine Nichte Ottokars I. von Böhmen. Mit den Lehen und Ämtern der ausgestorbenen Andechser fiel übrigens Herzog Ludwig nach seinem politischen Engagement für den jungen deutschen König Friedrich II. im Jahre 1214 auch die Pfalzgrafschaft bei Rhein zu, ein Restbestand der Pfalzgrafschaft Oberlothringen, die vorher (von 1195–1214) den Welfen gehört hatte. Seither hat Bayern den Löwen welfisch-staufischer Herkunft in seinem Wappen, die weißblauen Rauten übernahmen die Wittelsbacher 1242 von den ausgestorbenen Grafen von Bogen.
Unter Otto II. dem Erlauchten (1231 bis 1253), dem Sohn des auf der Kelheimer Brücke ermordeten Herzogs Ludwig I., war das Wittelsbacher Herzogtum bereits so stark, daß sogar der mächtige Erzbischof von Salzburg und die Bischöfe von Freising, Passau, Eichstätt und Bamberg sowie alle Grafen und Adeligen des Landes im Jahr 1244 sich vor dem Herzog zu einem Landtag versammelten, um zur Eindämmung des Fehdewesens über Landfriedensgesetze zu beraten, die dann auch erlassen wurden. Doch zehn Jahre später kam erneut das Unglück über das wieder erstarkte Herzogtum Bayern, als die nächste Generation der Wittelsbacher nach der verhängnisvollen Tradition der germanischen Erbfolge daran ging, das Land unter allen erbberechtigten Söhnen aufzuteilen. Nach dieser Praxis wurde Bayern in den kommenden zwei Jahrhunderten immer wieder geteilt, zuerst in Ober- und Niederbayern, dann gab es mehrere Herzöge in Niederbayern, in der Pfalz und in Oberbayern. Im Jahre 1392 wurde Bayern schließlich in drei Herzogtümer (Ingolstadt, Landshut, München) aufgeteilt, bis dann mit dem Aussterben zweier Linien ab 1505 die wesentlichen Einzelteile dieser Linien wieder an das dritte Herzogtum Bayern-München zurückfielen.

In diesen zwei Jahrhunderten konnte lediglich ein Herrscher während seiner Regierungszeit das geteilte Bayern und darüber hinaus noch weitere Gebiete zusammenführen. Dies war Herzog Ludwig der Bayer (1282–1347), ein Mann, der als Ritter mit dem Schwert ebenso umgehen konnte, wie er als Politiker zielstrebig taktierte. Nachdem er 1310 seinem älteren Bruder Rudolf den nordwestlichen Teil Oberbayerns (mit Ingolstadt als Hauptstadt) abgetrotzt hatte, bereinigte er das provinzielle Gezänk um die Vormundschaft über Niederbayern durch seinen Sieg bei Gammelsdorf (1313) über seinen Habsburger Vetter Friedrich den Schönen, der sich in bayerische Belange mischte. Dieser Sieg erschreckte die anderen deutschen Fürsten so, daß sie ihm die gerade vakante deutsche Königskrone antrugen. Ludwig nahm an und verteidigte sie triumphal in der letzten Ritterschlacht auf deutschem Boden, der Schlacht von Mühldorf im Jahre 1322. Der Unterlegene war wiederum Friedrich der Schöne. Ludwigs nächster Gegner war Papst Johannes XXII., der ihm die römische Kaiserkrone verwehrte und aus seinem südfranzösischen Exil in Avignon gegen Ludovicus Bavarus 1324 den Bann aussprach. Aber Ludwig erhob einen Laien zum Gegenpapst und ließ sich zum Kaiser krönen. Sein kaiserlicher Hof in München wurde mit gelehrten Mönchen wie Wilhelm Occam und Marsilius von Padua Mittelpunkt einer letzten Machtprobe zwischen Kaiser und Papst im 14. Jahrhundert, zu einer Zeit, da ohne Rücksicht auf das Papsttum die Weichen in Richtung konkurrierender nationaler Fürstenstaaten bereits gestellt waren.
Nur sechs von 33 Regierungsjahren verbrachte Ludwig in seinem Land, aber er war bei den Bayern beliebt, weil er einer der Ihren und erfolgreich war: Mit den Nachkommen seines Bruders, den er aus Oberbayern und der Pfalz verdrängt hatte, verglich er sich im Hausvertrag von Pavia 1329 (die Abmachung, daß beim Aussterben eine Linie die andere beerben sollte, trat nach 450 Jahren in Kraft, als 1777 die Linie Ludwigs des Bayern mit Max III. Joseph ausstarb und Karl Theodor von Pfalz-Sulzbach nach München kam) und vereinigte 1340

nach dem Aussterben der niederbayerischen Linie wieder Ober- und Niederbayern (bis 1392). Als er aber 1342 die Tirol-Erbin Margarete Maultasch mit seinem Sohn verheiratete, um Tirol für Bayern zu kassieren, wurde er den deutschen Fürsten zu mächtig; sie wählten im Jahre 1346 den Luxemburger Karl IV. zum Gegenkönig. Ein Jahr später starb Ludwig der Bayer und hinterließ sechs erbberechtigte Söhne. Damit begann erneut die Zeit der Zerstückelung Bayerns. Sie dauerte von 1349 bis 1506 und führte auch zu kriegerischen Auseinandersetzungen, in denen sich die kleinmütigen Herzöge untereinander bekämpften. Eine wichtige politische Veränderung brachte diese Entwicklung mit sich: Während die Herzöge sich selbst in ihrer Macht beschnitten und dabei in wachsende Geldnot gerieten, konnten sich die Besitzenden im Lande mehr und mehr Einfluß erkaufen, also der Adel, die kirchlichen Amtsträger und das reiche Bürgertum. Nach und nach wirkte sich das in Verwaltung, Recht und Landfrieden aus und schränkte die Selbstherrlichkeit der Fürsten etwas ein. Die Bauern allerdings blieben nach wie vor arm und rechtlos. Am meisten Prestigezuwachs konnte das Bürgertum in den Städten vom 14. bis 16. Jahrhundert verbuchen. In den Residenzstädten der verschiedenen Teilherzogtümer Bayerns, also in Ingolstadt, Straubing, Deggendorf, Burghausen, vor allem aber in Landshut und München, war der Aufschwung von Wirtschaft, Handel und Kultur vor der Kulisse der Bauten, die zur Selbstdarstellung der Landesherren dienten, besonders eindrucksvoll.

»Nein, wie ihr gewirtschaftet habt!« läßt Hebbel in seinem Drama »Agnes Bernauer« den Herzog Ernst ausrufen. Erst dessen Urenkel, Herzog Albrecht IV. (1467 bis 1508), zurecht »der Weise« genannt, räumte mit der Mißwirtschaft im zerrissenen Bayern auf, vereinigte 1505 nach dem Landshuter Erbfolgekrieg wieder Ober- mit Niederbayern (allerdings muß er an Ottheinrich und Philipp von der Pfalz das Fürstentum Pfalz-Neuburg und an seinen Bundesgenossen König Maximilian I. Kufstein, Kitzbühel, Rattenberg, das Zillertal und Mondseeland abtreten) und erläßt 1506 endlich ein Gesetz, wonach in Bayern künftig nur dem ältesten Erben die Herrschaft zugesprochen wird (Primogeniturgesetz).

Die große Reformation und die Bauernkriege zu Beginn des 16. Jahrhunderts wurden vor den Grenzen Altbayerns gestoppt. Dafür gab es mehrere Gründe. Einmal war die jahrhundertelange Tradition des »rechten« Glaubens mit dem Mißtrauen gegen-

über allem Neuen eine feste Symbiose eingegangen, die heute noch ein wichtiges Wesensmerkmal der Bayern ist. Dann aber waren die bayerischen Herzöge von Anfang an doch fest verwurzelt im katholischen Glauben – auch wenn sich einmal ein Ludwig der Bayer aus politischen Gründen gegen eine falsche Papstentscheidung stellte. Schließlich sorgten Herzog Wilhelm IV. (1493 bis 1550) und sein Kanzler Eck mit eisernem Besen dafür, daß rebellische Wortführer eingesperrt, reformatorische Druckschriften eingezogen und auch »überführte« Hexen ihrer Strafe zugeführt wurden (der unheilvolle Kelheimer »Hexenhammer« wurde von 1487 bis 1669 insgesamt 29mal gedruckt!). Die bayerischen Bauern aber hielten die Herzöge mit Verbesserungen des Landrechts sowie Reformen des Straf- und Steuerrechts bei der Stange, als die schwäbischen Bauern sie im Namen des »Gemeinsamen Vaterlandes« zum Widerstand gegen die ständige Ausbeutung aufforderten. Herzog Albrecht V. (1528–1579) schließlich wollte den Katholizismus in Bayern wieder mit friedlichen Mitteln sichern. Er beteiligte am Landsberger Bund zur Wahrung des Friedens gemäß dem Augsburger Religionsfrieden auch protestantische Reichsstände. Er baute die Residenzstadt München zur führenden Kunststadt in Deutschland aus, allerdings belastete er dafür Bayern mit einem gewaltigen Schuldenberg, und er holte Orlando di Lasso an seinen Hof. Einige Leistungen von besonderem kulturhistorischem Rang wurden unter großen finanziellen Opfern erreicht, etwa der Ankauf bedeutender Bibliotheken (Hartmann Schedel und Fugger-Bibliothek) als Grundstock für die heutige Bayerische Staatsbibliothek.

Als mit dem Konzil von Trient (1545–1563) schließlich die Weichen für die Gegenreformation gestellt wurden, waren die bayerischen Herrscher von nun an in der vordersten Front dieser Bewegung zu finden, ausgestattet mit den im Konkordat von 1583 eingeräumten Hoheitsrechten. Die Päpste sahen in den Wittelsbachern die stärkste Bastion unter den deutschen Fürstenhäusern für den Katholizismus, weshalb ein Sohn Albrechts auch 1575 zum Universalbischof von Deutschland eingesetzt wurde und ihm noch bis 1761 fünf weitere bayerische wittelsbachische Kurfürsten von Köln folgten.

Im Jahr 1597 gab Herzog Wilhelm V. seine Herrschaft mit einer völlig zerrütteten Staatskasse an seinen Sohn Maximilian I. (1597–1651) ab. Maximilian ordnete zuerst durch eiserne Sparsamkeit den Haushalt. Er vernachlässigte dabei aber nicht die katholische Sache, wenn er auch viel umsichtiger als sein Vater taktierte. Einerseits gründete er 1609 die katholische Liga, die Kernzelle der Gegenreformation, andererseits hielt er anfangs Bayern noch aus dem Krieg heraus und vereinbarte noch im Sommer 1620 mit Markgraf Joachim Ernst von Ansbach, dem Vertreter der Protestantischen Union, einen Frieden. Doch mit dieser Taktik isolierte Maximilian den »Winterkönig« Friedrich von der Pfalz als einzigen Gegner, schickte dann seine Truppen unter Tilly los und holte Anfang November 1620 mit dem Sieg in der Schlacht am Weißen Berg bei Prag Böhmen für den Kaiser zurück. Für Bayern aber gewann er mit dieser europäischen »Großmachtpolitik« 1623 die Kurwürde. Das bayerische Volk jedoch mußte diese Erfolge seines frischgebackenen Kurfürsten im weiteren Verlauf des Dreißigjährigen Krieges noch teuer bezahlen.

Links: Hundsgugel aus Stahl (27 cm hoch, um 1400/10). – Oben: Alpenländischer Eulenkrug aus dem Allgäu (Fayence, 1543).

Die Wittelsbacher und Regensburg im 12./13. Jahrhundert

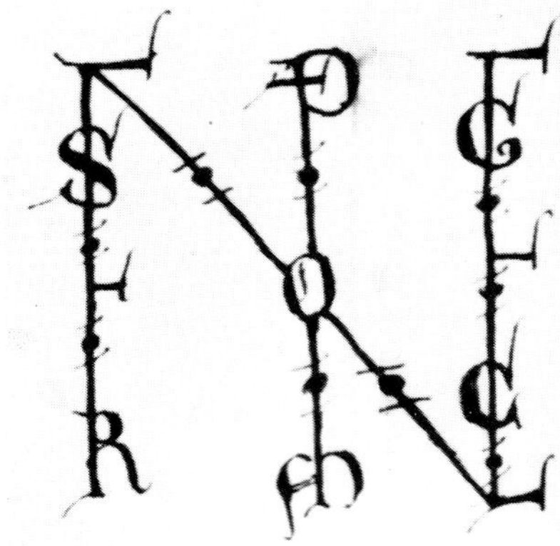

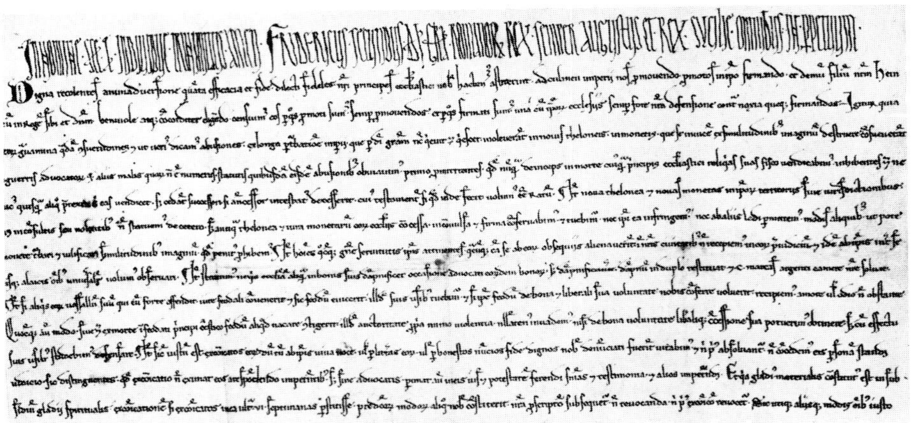

Von den Agilolfingern bis 1245 war Regensburg Hauptstadt des Herzogtums Bayern, danach freie Reichsstadt bis zum Jahr 1810, als Stadt und Hochstift an Bayern übergeben wurden.
Oben links: Die älteste Darstellung der Steinernen Brücke in Regensburg (1135 begonnen) im Siegel des Brückenmeisters (13. Jh.).
Oben: Signatur Kaiser Friedrichs I. auf der Urkunde vom 26. 9. 1182, mit der er für die Brücke Zollfreiheit gewährte.
Mitte links: Am 26. 4. 1220 gestand mit dieser Urkunde (Ausschnitt) Kaiser Friedrich II. den geistlichen Fürsten, die seinen Sohn einmütig zum deutschen König gewählt hatten, in ihren Territorien freie Ausübung verschiedener Rechte (Verfügung über Lehen, Nichtanerkennung der Rechtsfähigkeit der Gebannten, Verbot des Burgen- und Städtebaues auf kirchlichem Grund) zu, die die Bischöfe zu Landesherren machte.
Unten links: Der romanische Löwe im Kreuzgang von Schloß Berchtesgaden (Ende 12. Jh.)

Ratispona – Regensburg

Diße statt hat im latein vil name. Dan man hatt sie vorzeiten genempt Ratispona, das ist, Floßordnung, und von einem Wasser das da für fleiißt Reginopolis oder Reginoburgum, das ist, küngispurg, und auch Imbripolim, Regenstat oder Regenspurg. Sie hat auch vor fünffzehenhundert jare oder umb die selbige zeit Tiberina geheissen, dan Tiberius hat sie gebuwen oder ernewert. Sie ist vor alten zeiten haer die hauptstat im Baierland gewesen, und han die künig und hertzogen von baiern do selbst hoff gehalten.

Hartmann Schedel, Weltchronik 1493

Ketzer und Katzen

... Und das hat unser Herr nicht ohne Ursache getan, daß er sie Ketzer nannte. Also warum hieß er sie nicht Hunde oder Mäuse oder Vögel oder Schweine oder Böcke? Er nannte den Ketzer einen Ketzer. Das tat er deshalb, weil sich dieser so gut verstecken kann, daß man ihn nicht leicht erkennt, eben wie die Katze: die kann sich auch wohl einschmeicheln und anschmusen, es gibt kein solches Untier, welches so zutraulich ist, das so schnell großen Schaden anzurichten imstande ist, am meisten und am schnellsten im Sommer. Darum hüte sich alle Welt vor den Katzen! Da geht sie hin und leckt eine Kröte, wo sie sie findet ..., bis die Kröte blutet: jetzt wird die Katze von dem Eiter sehr durstig, und wenn sie dann zu dem Wasser kommt, von dem die Leute essen oder trinken sollen, dann trinkt sie davon und steckt die Leute an ... Deshalb, meine Herrschaften, treibt sie von euch, denn ihr Atem ist sehr ungesund und gefährlich, der ihnen aus dem Hals kommt. Laßt sie aus der Küche treiben oder wo ihr seid, denn sie sind totunrein. Und deshalb heißt eben der Ketzer ein Ketzer, daß er mit seinem Wesen keinem Untier so sehr gleicht wie der Katze.

Aus einer Predigt des Bruders Berthold von Regensburg, gest. 1272

Die Wittelsbacher verhinderten einen Zerfall Bayerns in kleinste Territorien, ihnen verdankt Bayern seine staatliche Existenz bis in die Neuzeit hinein, während die alten Herzogtümer Sachsen und Franken im Verlauf der Jahrhunderte untergegangen sind.
Oben: Ahnengalerie früher Wittelsbacher: Otto I. (1180–83), Otto II. (1231–53), Otto III. von Niederbayern (1290–1312), aus einer bayerisch-schwäbischen Bilderhandschrift (16. Jh.).
Links: Berthold von Regensburg (gest. 1272) predigt zu dem vor der Kanzel kauernden Volk (Federzeichnung von 1444 aus einer Sammlung der Predigten Bertholds).
Rechts: Holzplastik des heiligen Albertus Magnus, von 1260–62 Bischof von Regensburg (Prämonstratenser-Kloster Speinshart-Waldsassen/Opf., 15. Jh.).

Lolita

Spiel' ich mit Zäzilien,
braucht ihr nichts zu fürchten;
denn als Wächter fühl' ich mich
ihres zarten Alters,
daß nicht welke vor der Zeit
ihrer Keuschheit Lilie.

Knospe ist sie, Knospen bricht
nur, wer unverständig,
wachsen soll die Traube mir,
bis sie reif geworden.
Und so wart' ich hoffnungsfroh,
bis die Zeit gekommen.

Darum will ich spielen nur,
also nichts als schauen,
plaudern, fühlen mit der Hand,
allerhöchstens küssen.
Doch des Fünften, »es« zu tun,
soll man mich nicht zeihen.

Was auch immer andre tun,
Mädchen, wir zwei wollen,
wie die Schicklichkeit befiehlt,
es beim Spiel belassen.
Zärtlich, wie wir beide sind,
sei auch unser Tändeln.

Aus Carmina Burana, 12.–13. Jh. (übersetzt von Josef Eberle)

Oben: Miniaturen aus der Pergament-Handschrift der »Carmina Burana« von 1230 aus dem Kloster Benediktbeuren in Oberbayern. Mit etwa 300 Liedern bietet dieses Werk einen umfassenden Querschnitt durch die weltliche Lyrik des 12./13. Jh.
Links: Miniatur des Minnesängers Tannhäuser (1205–1270) aus Tannhausen bei Neumarkt in der Oberpfalz (Manesse-Handschrift, 13. Jh.).
Rechts oben: Mönche kredenzen einem Fürsten selbstgebrautes Bier (Gemälde von Zeno Diemer). Heute sind von den 300 Klosterbrauereien im mittelalterlichen Bayern nur noch fünf tätig: Andechs, Ettal, Metten, Scheyern und Schäftlarn.
Rechts: Durchblick vom frühgotischen Chor in das spätgotische Langhaus von Chammünster aus dem 13. Jahrhundert.

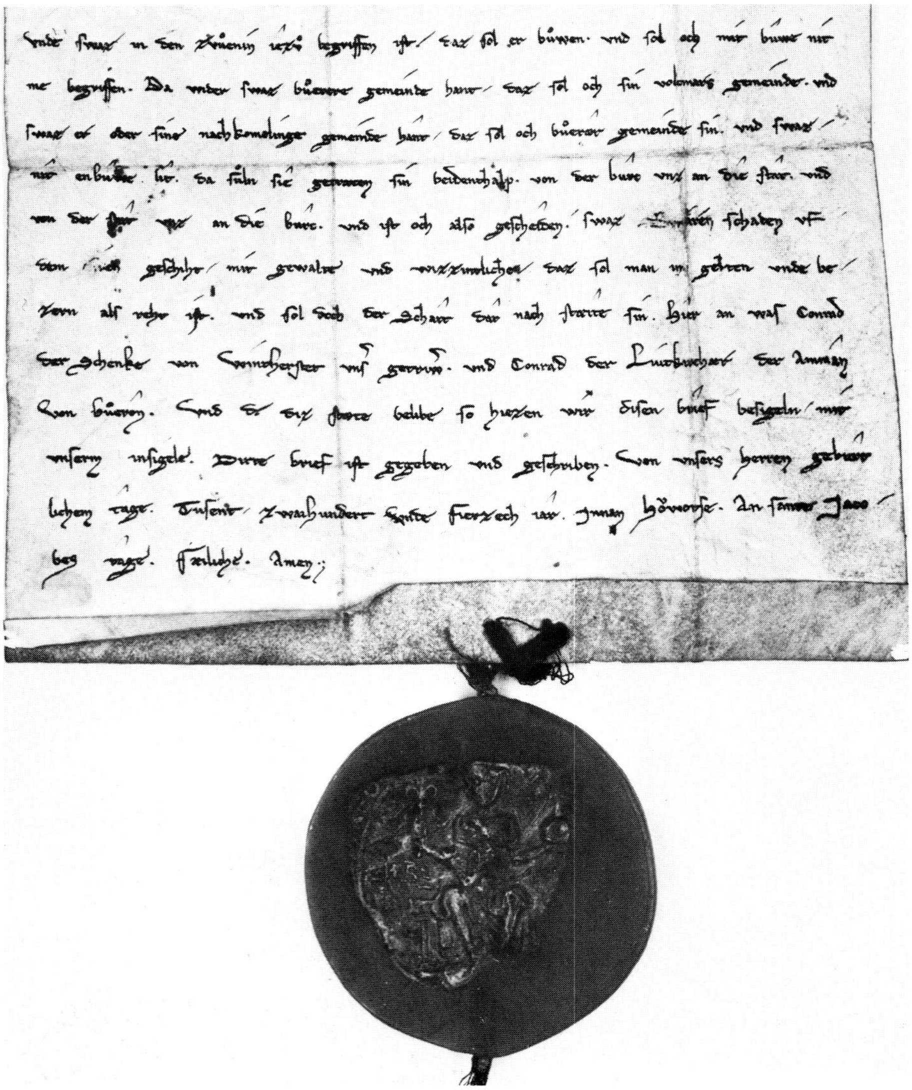

Teilung des Herzogtums in Ober- und Niederbayern ab 1255

Links: Ab 1180 vergrößerten die Wittelsbacher innerhalb von rund siebzig Jahren ihren Machtbereich um das Dreifache. Bereits unter Otto II. (1231–1253) war das Herzogtum auch so gefestigt, daß 1244 ein Landtag zur Besprechung eines Landfriedensgesetzes zusammenkam. Aus dieser Zeit, vom 25. 7. 1240, stammt die erste deutschsprachige Königsurkunde (Ausschnitt mit Siegel), in der Konrad IV. einen Vergleich zwischen Folcmar von Kemnathen und der Reichsstadt Kaufbeuren verkündete.
Links unten: Ludwig der Strenge von Oberbayern und Heinrich XIII. von Niederbayern besiegen die Böhmen bei Mühldorf 1257.

Ludwig der Strenge und die Abtei Fürstenfeld

Wir verlassen also in Maisach den Zug, der brausend gegen Augsburg rollt, während wir in einem kunstlosen Stellwagen dem Marktflecken Bruck zuwanken, welcher schön gebaute Häuser, mehrere Brauereien, einige schattenreiche Sommerkeller, im ganzen aber nichts besitzt, was uns länger aufhalten könnte. Deswegen gehen wir unverweilt über die Amperbrücke und schlagen den Fußpfad ein, der zur ehemaligen Abtei Fürstenfeld leitet, welche, im dreizehnten Jahrhundert Herzog Ludwig von Bayern zur Sühne gestiftet, weil er in einem jähen Anfalle blinder Eifersucht sein Ehegemahl, Maria von Brabant, hatte enthaupten lassen. Von dieser Tat erhielt er den Beinamen der Strenge, der ihm auch verblieb, trotz der lebenslänglichen Reue und Zerknirschung. Das Gotteshaus wird noch im Stand erhalten, hat aber die gotische Melancholie längst von sich getan und schillert jetzt im farbenreichen Bombaste des letzten Jahrhunderts. Die Kirche gilt übrigens bei den Bürgern und Bauern für die schönste weit und breit.

Ludwig Steub, Das bayerische Hochland, 1860

Rechts: Nach der Tradition der germanischen Erbfolge teilten 1255 die Söhne Ottos II. Bayern in Ober- und Niederbayern. Ludwig II. der Strenge von Oberbayern residierte in München, Heinrich XIII. von Niederbayern auf Deutschlands größter Burganlage, auf Burghausen über der Salzach (1 Kilometer lang, 1253 erbaut, 1480 erweitert). Burghausen war bis 1503 Residenzstadt, sein Schloß Hofburg. Unter der Herrschaft der Landshuter Herzöge (ab 1392) war Burghausen jedoch in erster Linie Residenz der Fürstinnen, also Kinderstube und Witwensitz. Wenn die Herzöge ihre Gattinnen aus Landshut loswerden wollten, wurden sie nach Burghausen »verbannt«.

In den zwei Jahrhunderten der ständigen Teilungen des Herzogtums konnte nur Herzog Ludwig der Bayer (1282–1347) das Land während seiner Regierungszeit einigen und noch wesentlich vergrößern. Ein Zeitgenosse, Matthias von Neuenburg (gest. um 1370), charakterisierte den Herzog und späteren König und Kaiser (unten im Bild mit seiner Gattin Margarethe von Holland auf einem Relief im Alten Hof in München) so: »Jetzt, Schreiber, schärfe deinen Geist, denn ein schweres Stück Arbeit harrt deiner, willst du schildern den langen und langsamen Flug eines gewaltigen Adlers, der töricht zugleich und klug, achtlos und sorgenvoll, träge und ungestüm, niedergeschlagen und heiter, kleinmütig und tapfer, bei allem Unglück doch glücklich noch aufstieg, als ihm die Flügel schon versengt waren.«

Ludwig der Bayer: Herzog, König und Kaiser 1302–1347

Im Streit um die Vormundschaft über die Vettern in Niederbayern besiegte Ludwig der Bayer Friedrich den Schönen 1313 bei Gammelsdorf (nahe Moosburg/Oberbayern), wurde 1314 zum deutschen König gewählt und besiegte Gegenkönig Friedrich den Schönen erneut 1322 bei Mühldorf/Ampfing. – Oben: Deckengemälde in der Gedächtniskapelle in Ampfing. – Unten: Der Berg der ausgestorbenen Linie der Andechser (Darstellung aus dem »Chronicon Andecense MDCII«).

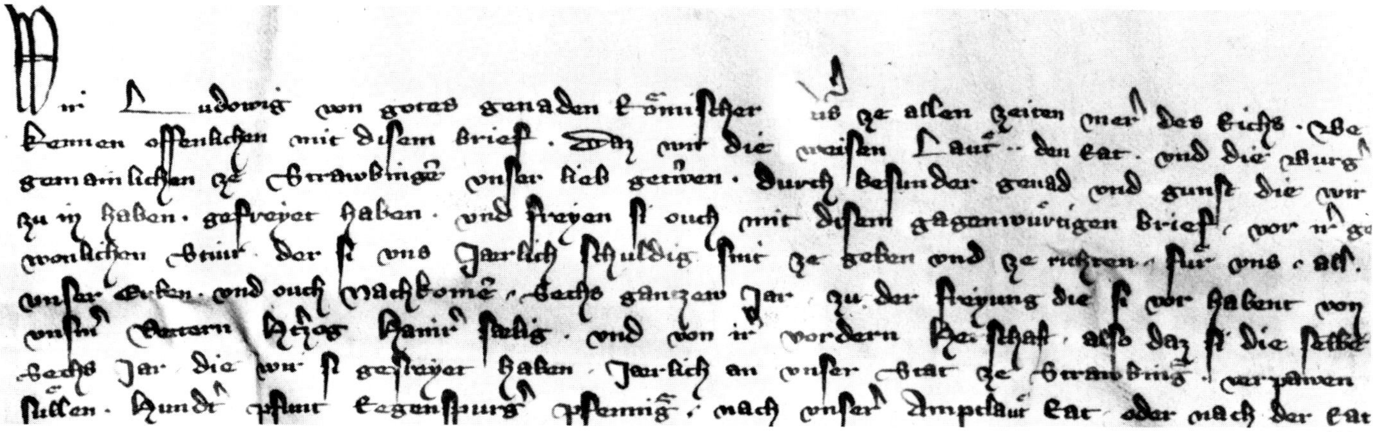

Ludwig der Bayer vereinigte 1340 nach Aussterben der niederbayerischen Wittelsbach-Linie das Herzogtum wieder und holte 1342 und 1346 durch eigene und seines Sohnes Heiraten Holland, Seeland, Friesland und Tirol zu Bayern.
Oben: Mit dieser Urkunde gewährte Ludwig der Bayer Straubings Bürgern 1340 für sechs Jahre Steuerbefreiung, damit sie ihre Stadtbefestigungen ausbauen konnten.

Unten: Titelblatt des von Ludwig dem Bayern 1346 abgeschlossenen Landrechts, das Grundlage auch der späteren Rechtsreformen von 1518, 1616 und 1756 blieb.
Unten links: Siegel der »Goldenen Bulle« Kaiser Karls IV., nach der, entgegen dem Hausvertrag von Pavia, die Wittelsbacher Kurfürstenwürde bis 1623 nur von den Pfälzern ausgeübt wurde.

Der Hausvertrag von Pavia 1329

Von dannen zog Kaiser Ludwig gen Mailand, und zu Pavia teilte er mit seinen Vettern, seines Bruders Söhnen, den Pfalzgrafen am Rhein, gab ihnen in Altbaiern und Franken die Stadt Amberg mit ihrem Zugehör und vereinte sich auch der Kur halber mit ihnen; die sollt umgehen, ihre Nachkommen sollten die erste Wahl, seine Nachkommen die andere allezeit haben ...

Aventinus (Joh. Turmair), 1477–1534

Das Landrecht Kaiser Ludwigs des Bayern 1346

Das Landrecht ... stellt einen Wendepunkt in der deutschen Rechtsgeschichte dar. Es stellte das bis dahin mündlich überlieferte Recht fest; als schwerwiegendste Neuerung setzte es an die Stelle der Urteilsfindung durch die Schöffen den anhand des Buches zu fällenden Urteilsspruch des Richters. Das »Buch«, wie das Landrecht in der Gerichtssprache kurz genannt wurde, mußte bei allen Gerichten aufliegen ...

R. M. Kloos und A. Liess in: Bayern. Kunst und Kultur 1972

Dreiteilung Bayerns: Ingolstadt, Landshut, München 1392–1505

Nach dem Tod Ludwigs des Bayern (1347) regierten seine Söhne bis zur Dreiteilung 1392 gemeinsam das Herzogtum. Tirol ging 1369, Brandenburg 1373 und Holland 1425 den Wittelsbachern verloren. Nach 1392 gab es die Herzogtümer Bayern-Ingolstadt (bis 1447) unter Stephan III. und Ludwig dem Gebarteten, Bayern-Landshut (bis 1505) unter Friedrich, Heinrich, Ludwig und Georg, den Reichen; schließlich Bayern-München unter Johannes II., Ernst, Wilhelm, Albrecht III., Sigmund und Albrecht IV. Links: Miniatur aus der Richental-Chronik, darstellend Herzog Ludwig den Gebarteten beim Auszug Papst Martins V. aus Konstanz im Mai 1418. Unten: Die älteste Ansicht Ingolstadts aus dem Jahr 1519.

Heinrich der Reiche von Landshut

Herzog Heinrich (1393–1450) regierte gar fürstlich und für sich und seine Untertanen gar nützlich und löblich. Zuerst war er arm, aber als er aus dem Konzil heimkehrte, paßte er besser auf und ward reich und mächtig und mit ihm sein Land und seine Leute. Solches Regiment führte er allein mit den Seinen, mit den Besten und Weisesten in Baiern und achtete der roten Barette (Rechtsgelehrte) gar wenig. Er duldete auch wenig Ausländer in seinem Rat, und wenn er der Gelehrten Rat brauchte, so ließ er etliche seiner Prälaten oder auch aus den Stiftern Freising, Regensburg oder Passau zu sich kommen. Bei dem guten Frieden und dem guten Regiment sammelte der Fürst einen so großen Schatz, wie ihn seit langer Zeit kein Fürst mehr gehabt hatte; den Schatz legte er in den Turm zu Burghausen.

Veit Arnpeck, gest. 1495 in Landshut

Die Schlacht bei Alling 1422

Do kam hertzog Ludwigs volk und prannten zu Pasing und Germaning. Als man das zu München sach, an stund slueg man an den sturm und mit dem allerersten waren berait die drey fürsten mit ihr aigen person, hertzog Ernst, hertzog Wilhelm, sein brueder, und hertzog Albrecht, des gemelten hertzog Ernst sun, der noch vast jungk was. Dise fürsten kamen zu aller vodrist und ersten an die veind und griffen sy manlich an. Do ward gar ein rösches slahen, wann die von München zugen mit Haufen zue. Do gewan der edel fürst hertzog Ernst, auch seiner genaden sun und brueder die oberhandt, viengen und füerten die veindt bei den zwayn hundert gefangen gen München …

Ulrich Fuetrer, gest. 1492

Rechts: Miniatur von Abr. Riedenthaler aus Conc. Contantiente von der erblichen Belehnung Herzog Ludwigs I. mit Bayern am 15. 11. 1208 in Frankfurt durch König Otto IV. Damit verzichteten die Welfen endgültig auf ihre Restitution in Bayern. Den Wittelsbachern brachte diese Belehnung den Rechtsanspruch auf das Herzogtum ein, was ihnen eine kontinuierliche Entwicklung ihrer Herrschaft verbürgte.
Rechts unten: Miniatur einer Badeanstalt im süddeutschen Raum (aus »Bellifortis« von dem aus Eichstätt stammenden Kyeser, ca. 1415).

Belagerung Münchens 1403

An Herrenfastnacht kamen Herzog Heinrich mit 1000 Pferden gegen Feldmoching und die Herzöge Ernst und Wilhelm mit 1000 Pferden gegen Mosach, es war gar gutes Volk. Am Montag zogen die drei Herrn und an die 2000 Bauern vor München und hielten da den langen Tag bis in die Nacht. Die nahmen den Münchnern alles Wasser, das in die Stadt geht, ganz und gar, brachen alles verderblich nieder und nahmen die ganzen Isarbrücken mit Gewalt. Da traten die von München mit 600 Mann in die Schranken ... man sah aber nie eine größere Flucht ... Am Dienstag lagen die zwei Haufen still, und die von Landsberg und der Hofer mit 70 Pferden berannten Pasing, damit es sich ergeben sollte ... Am Aschermittwoch zogen all die Herrn und Haufen mit guter Reiterei wieder vor München und blieben dort stehn und warteten, ob die Münchner bis zum Nachmittag herauskämen. Währenddessen nahm man ihnen alle Brücken und verbrannte vierzig Mühlen an der Stadt und in der Nähe herum, sowie alle Häuser, die draußen lagen, auch verbrannte man ihnen alles Holz völlig, ließ es im Wasser forttreiben, vernichtete den Brennstädel der Bürger und tat ihnen den größten Schaden an, der einer Stadt je an einem Tag widerfahren ist ...

Aus der Denkschrift des Jörg Kazmair über die Unruhen zu München in den Jahren 1397 bis 1403

Ludwig der Gebartete von Ingolstadt und die Klöster

Herzog Ludwig belegte die Klöster und alle geistlichen Güter in seinem Land gar schwer mit Jägern und Falknern nach französischer Sitte. Er hatte auch im letzten Krieg den Klöstern viel Zins- und andere Güter genommen, was die Prälaten nicht dulden wollten. Darum zogen sechs Klöster, Scheyern, Fürstenfeld, Indersdorf, Angerkloster zu München, Geisenfeld und Hohenwart, den Fürsten vor das geistliche Gericht (das Basler Konzil) und urteilten, daß er gegen König Karls Willen gefrevelt habe; sie belegten ihn (1433) mit dem Bann, darin er sein Lebtage blieb. Sie verkündeten den Bann von Baiern bis gen Budapest auf Veranlassung der anderen Herren von Baiern. Doch besaß und behielt Herzog Ludwig mit Gewalt die Güter der Klöster, solange er regierte ...

Veit Arnpeck, gest. 1495

Agnes Bernauer und die Landshuter Hochzeit

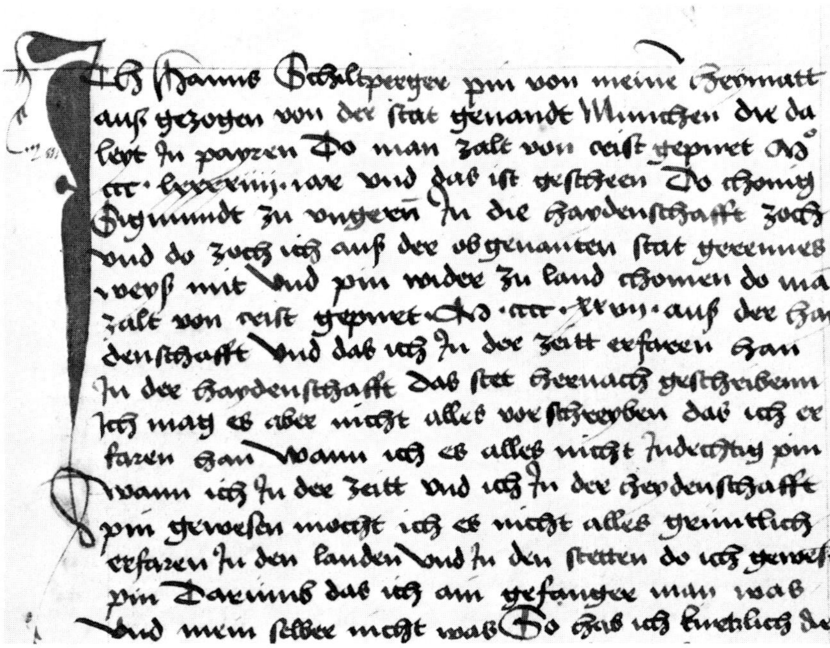
Ich Hanns Schiltperger pin von meine heimatt
auß gezogen von der stat genandt Munchen die da
leyt in payren do man zalt von crist gepurt do
ccc·lxxxxiiij·iar vnd das ist geschehen do konig
Sigmundt zu vngern in die haydenschaft zoch
vnd do zoch ich auß der obgenanten stat gerennes
weyß mit vnd pin wider zu land chomen do ma
zalt von crist gepurt ·ccc·xxvij·auß der hay
denschafft vnd das ich in der zeitt erfaren han
in der haydenschafft das stet hernach geschriben
Ich mag es aber nicht alles verschreyben das ich er
faren han wann ich es alles nicht Indechtig pin
wann ich in der zeitt vnd ich in der heydenschafft
pin gewesen macht ich es nicht alles heimlich
erfaren in den landen vnd in den stetten do ich gewesen
pin Darumb das ich am gefangner man was
vnd mein selber nicht was Do hab ich kurtzlich die

Links: Die ersten Sätze aus den Reisebüchern des Hans Schiltberger (1380 bis um 1450), der gegen Türken kämpfte und nach seiner Gefangennahme in den Diensten der Türken nach Kleinasien, Ägypten, Turkestan, der Krim und dem Kaukasus kam: »Ich, Hans Schiltberger, bin von meiner Heimat ausgezogen, von der Stadt, genannt München, die da liegt in Bayern, da man zählt von Christ Geburt 1394 Jahr. Und das ist geschehen, da König Sigmund zu Ungarn in die Heidenschaft zog. Und da zog ich aus der obgenannten Stadt als Reiter mit und bin wieder zu Land kommen, da man zählt von Christ Geburt 1427, aus der Heidenschaft. Und das ich in der Zeit erfahren hab in der Heidenschaft, das steht hernach geschrieben ...«

Unten: Grabstein der Bernauerin, gest. 1435, in der Kapelle bei St. Peter in Straubing. – Unten rechts: Versöhnung zwischen Herzog Ernst und Sohn Albrecht (Ausschnitt aus dem Gipsabguß vom Grabmal Kaiser Ludwigs des Bayern in der Frauenkirche München).

Herzog Albrecht und die schöne Agnes Bernauer

Im Jahre 1428 lernte Albrecht, der einzige eheliche Sohn Herzog Ernsts von Bayern-München, in Augsburg, vielleicht auf einem Tuernier im Fasching, das er besuchte, die schöne Agnes Bernauer kennen und verliebte sich in sie. Sie war die Tochter eines Barbiers und Baders und half wohl als Bademagd im väterlichen Geschäft. Wahrscheinlich weigerte sich Agnes, Albrecht anzuhören, wenn er sie nicht zur rechtmäßigen Gattin machte, und so ging Albrecht mit ihr eine heimliche Ehe ein. Spätestens seit dem Frühjahr 1432 lebten die Ehegatten zusammen, meist in Straubing. Aus Eintragungen in die Münchener Stadtrechnungen geht hervor, daß Agnes sich nicht verborgen hielt, sondern am herzoglichen Hof eine Rolle spielte.

Sigmund Riezler, 1885

Herzog Ernst ließ ertränken zu Straubing Agnes Bernauerin, eines Barbiers Tochter, um daß sie seinen Sohn Albrecht zur Ehe genommen hatte und dies nicht widerrufen wollte (1435) ... Man sagt, daß sie so hübsch gewesen sei, wenn sie roten Wein getrunken habe, so hätte man ihr den Wein in der Kehle hinabrinnen sehen ...

Veit Arnpeck, gest. 1495

Oben: Die »Hohe Schul« zu Ingolstadt (Zeichnung von Schafhäutl), 1472 gegründet, war bis 1800 bayerische Landesuniversität, ehe sie nach Landshut und 1826 nach München verlegt wurde.
Oben rechts: Sandsteinsäule am Rößlberg bei Pähl mit dem Wappen des Landrichters und Dichters Hanns Heselloher. Das Marterl erinnert an den 1483 verstorbenen Dichter der »Bauernschlacht« und anderer Lieder.
Rechts: Ein glanzvolles Fest war die berühmte Landshuter Hochzeit 1475 zwischen dem späteren Herzog Georg dem Reichen und einer polnischen Königstochter (Darstellung eines Königsmahls, Nürnberg 1491).

Die vier Gänge des Hochzeitsessens in Landshut 1475

Das erste, das Hochzeitessen, hatte vier Gänge: Eier und Schmalz, ein gespickter Vogel, ein Mandelgemüse, ein Essen von Konfekt. Danach gefüllte Oblaten, Hühner in einer weißen Brühe, heißer Fisch, Ohrenbraten, weißes Gemüse, drei Pasteten aufeinander, darin dreierlei Essen, danach braunes Gemüse, Schweins-Wildbret, Sülze, Hühner in Rosinen, frische Lachsforellen in einer sauren Tunke, Schweinsköpfe, gebackene Schiffl, Siedfleisch, dicke weiße Milch, Lebersulz von Spanferkeln, heiße Krebse, gepreßter Schweinskopf in einer Gallerte, dicke Erbsen, Vögel in einer braunen Brühe, Gemüse mit Herzog Jörgs Farben, grüne Lachsforellen mit Petersilie, Braten, braunes Gemüse, Gebackenes, danach viel Kuchen, Milch und Gebackenes, mit Herzog Jörgs Farben verziert, ein Essen, auf dem das ganze Schachbrett hergerichtet war. Danach ein Essen Mandelkerne mit Wein …

Hans Seyboldt von Hochstetten an der Donau, beschrieben und beendet anno 1482; nach Lorenz Westenrieder, Beiträge zur vaterländischen Historie, Bd. II, 1789

Oben: Thronende Muttergottes (Holzplastik, um 1220/1230, Ruhpolding, Oberbayern). – Oben Mitte: Hochgotische Federzeichnung von Adam und Eva aus einer »Biblia pauperum« (Armenbibel), entstanden zwischen 1360 und 1375. – Oben rechts: Nürnberger Pfannenschmied um 1425. – Unten: Augsburger Geschlechtertanz im Tanzhaus am Weinmarkt (um 1500), einer jener bürgerlichen Bälle der Patrizier, die bis ins 16. Jahrhundert hinein abgehalten wurden. – Rechte Seite: Erasmus Grasser (um 1450–1518) schuf 1477 die 16 Moriskentänzer-Holzfiguren für den Tanzsaal des alten Münchener Rathauses, von denen heute noch zehn erhalten sind. Zur gleichen Zeit, um 1480, vollendete Jörg von Halspach in München das Alte Rathaus und die Frauenkirche.

Als Ludwig der Gebartete von Ingolstadt, ein Schwager des französischen Königs Karl VI., 1447 in Landshuter Gefangenschaft starb, fiel sein Land an Bayern-Landshut. Dieses Herzogtum fiel 1503, nachdem der letzte Landshuter Herzog Georg keinen Sohn hinterließ, an die Vettern in München zurück. Herzog Albrecht IV. erließ 1506 das Primogeniturgesetz, das künftige Teilungen des Landes verhinderte, da nur noch der älteste Erbe die Herrschaft übernahm.
Links: Turnier als höfischer Sport in München unter Albrecht IV. im Jahre 1500.
Links Mitte: Anfang des herzoglichen Reinheitsgebots des Bieres von 1516, das bis heute in Bayern aufrechterhalten wird (aus der Handschrift der Landesordnung).
Links unten: Titel eines Nachdrucks der Gerichtsordnung Herzog Wilhelms IV. für Ober- und Niederbayern 1520.

Bayerns Wiedervereinigung (1505) und die Zeit der Bauernkriege 1525

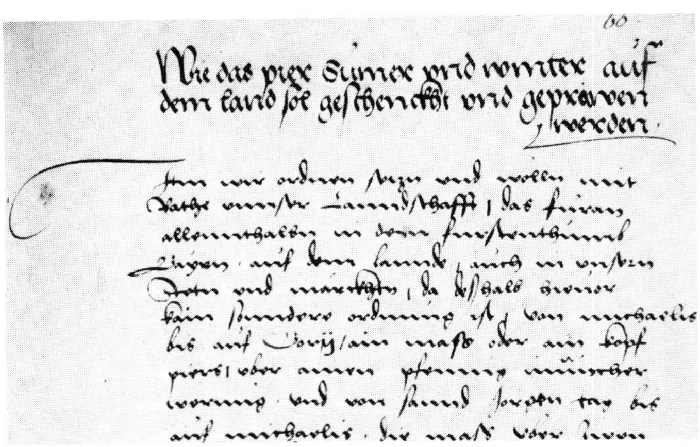

60

Wie das pier Sumer und winter auf dem Land sol geschenckt und gepraven werden

Item wir ordnen setzen und wollen mit Rathe unnser Lanndtschafft, das füran allenthalben in dem Fürstenthumb Bayrn, auf dem lannde, auch in unnsern Stetn und märckthen, da deshalb hievor kain sonndere ordnung ist, von Michaelis bis auf Georij, ain mass oder ain kopf piers, über ainen pfenning müncher werung, und von sannd Jorgen tag bis auf Michaelis, die mass über zwen

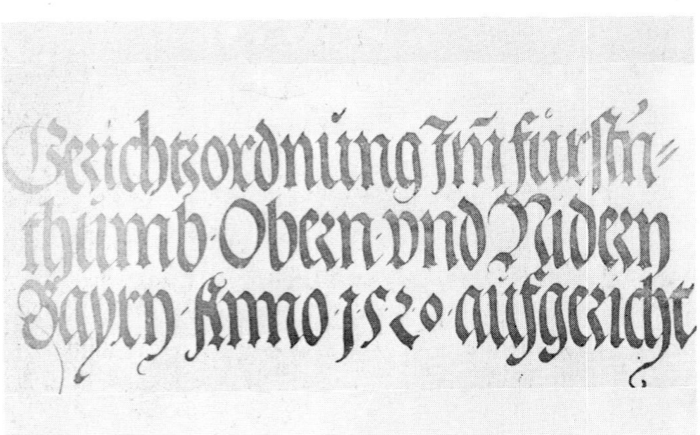

Gerichtsordnung im Fürstenthumb Obern und Nidern Bayrn Anno 1520 aufgericht

Königsbesuch in Landshut, Freising und München 1491

Anno 1491 am Fastnachtssamstag kam der römische König gen Landshut. Als das hörte sein Schwager Herzog Albrecht, fuhr er am Fastnachtsmontag (gaylmontag) von München ab auf der Isar gen Landshut. Darnach, am Aschermittwoch, kam der König mit 700 Pferden gen Freising ... Er ritt bei der Nacht ein und war über Nacht in dem Schloß in der neuen Dürniz ... Herzog Albrecht war in des Bischofs Stuben und Kammer und der Bischof in der alten Dürniz und hielt den König und alle, die mit ihm waren, frei mit Essen und Trinken ... Als nun der Bischof alle Fürsten und ihr Volk wohl gespeist hat, ritt der König mit den Fürsten gen München. Der Bischof gab ihm das Geleit, so weit sein Land reichte. Zu München war der König gar fröhlich von seiner Schwester empfangen. Man machte ihm zu lieb dieselbe Nacht einen Tanz. Er tanzte zweimal mit seiner Schwester ...

Veit Arnpeck, gest. 1495

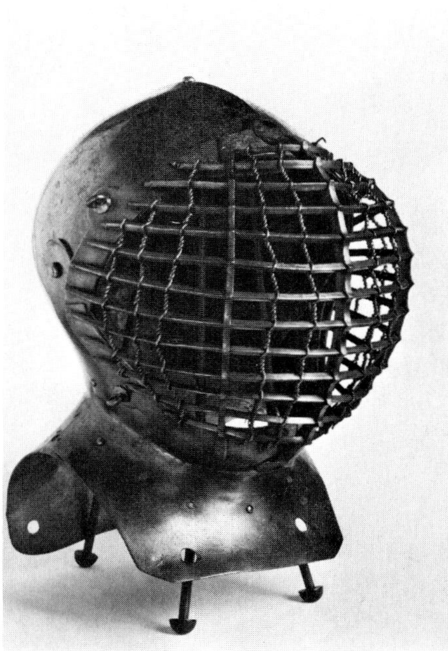

Um ein Übergreifen des Bauernkrieges auf Bayern abzuwehren, ließ Herzog Wilhelms Kanzler Leonhard von Eck Landsknechtsverbände aus Italien heranrücken. Einem ihrer Führer, Kaspar Winzerer, schenkte der Herzog zum Dank für seine Dienste gegen die Bauern die Roseninsel im Starnberger See. Doch im Gegensatz zum Allgäu, der Kurpfalz und Franken, wo der Bauernkrieg losbrach, standen in Altbayern bis auf einige Ausnahmen in Niederbayern die Bauern zu ihrem Herzog. – Oben links: Kolbenturnierhelm mit Gittervisier aus Landshut (um 1500), dessen Plattner weit über Bayerns Grenzen hinaus berühmt waren. – Oben: Schwur der oberbayerischen Bauern 1525 auf dem Hohenpeissenberg auf ihre Landesherren. – Unten: Kupferstich »Bauernkirchweih« von Daniel Hopfer (um 1470–1536) aus Augsburg.

Oben: Das »Herzogfenster« (Glasgemälde, um 1447, 130 cm Durchmesser) aus der Kirche des Dorfes Jenkofen bei Landshut zeigt links den Stifter Herzog Heinrich den Reichen von Landshut (1393–1450) kniend vor drei Heiligen.
Links: Fresken-Detail vom Kaiserbad in Regensburg, gemalt von Albrecht Altdorfer (um 1480–1538).
Rechts: Liebespaar auf einem Keramikfragment aus der Werkstätte der Rattinger in Straubing, um 1500.

Oben rechts: Bayerns Kanzler Leonhard von Eck (1480–1550) war die Seele des »Schwäbischen Bundes«: »Wer die Bauern schont, zieht seinen Feind groß« (Radierung von B. Beham).
Oben: Allegorie zur Reformation von Peter Vischer d. J. (um 1524), die Luthers Werk würdigt: Luther als Herkules, der die verweltlichte Kirche (tönerner Koloß) gestürzt, das Volk und die Jugend befreit und zur Gerechtigkeit hingeführt hat, die ohne Ansehen der Person entscheidet.
Rechts: Michael Ostendorfer (um 1490–1559, Regensburg) prangerte mit seinem Holzschnitt »Die Pilgerfahrt zur Kirche der ›Schönen Maria‹ in Regensburg« Wundergläubigkeit und Wallfahrtswesen der römischen Kirche an.

Reformation und Gegenreformation

Glaubenskampf in München

Die Möglichkeit, zwischen alter und neuer Lehre zu wählen, hat zunächst auch in München dem Luthertum Anhänger zugeführt ... Noch 1510 soll Luther in der Münchner Augustinerkirche »gut päpstlich« gepredigt haben ... Der namhafte Münchner Buchdrucker Hans Schobser druckt Schriften Luthers, bis ihm 1521 das Sendschreiben »An den christlichen Adel deutscher Nation« beschlagnahmt wird. 1523 verliert auf Veranlassung Wilhelms IV. ein Bäckergesell das Leben, weil er die Muttergottes geschmäht hat. 1527 trifft das Todesurteil einen Messerschmied wegen grober Störung einer Predigt über das Abendmahl ...
Szenen der Hinrichtung und der Buße sind nichts Ungewöhnliches in jener Zeit. 43 Exekutionen registriert man in München zwischen 1575 und 1591. Seitdem 1578 die ersten Hexen gefangengenommen wurden, greift eine grausame Justizpraxis in die Schichten der bedauernswertesten Menschen hinein ...

Aus Ludwig Schrott, Münchener Alltag in acht Jahrhunderten

Herzog Albrecht V.
1550–1579

Das Ergebnis des Augsburger Religionsfriedens von 1555

Wegen der Lehre, der Religion und des Glaubens des Augsburgischen Bekenntnisses sollen der Kaiser, der König Ferdinand und die übrigen Fürsten und Stände niemanden im ganzen Reich auf irgendeine Weise verletzen noch zum Aufgeben seiner Religion, der Zeremonien und der Gesetze, die in seinem Machtbereich die Verbündeten des Augsburgischen Bekenntnisses schon erlassen haben oder nach diesem erlassen werden, durch Befehl oder auf irgendeine andere Weise zwingen und auch nicht verachten, sondern sie sollen jenen diese Religion frei erlauben und zugleich die Güter, das Vermögen, die Einkünfte, die Besitzungen und Rechte, so daß sie diese in Frieden gebrauchen und genießen könnten; und auch den Meinungsstreit der Religion sollen sie nicht mit anderen als frommen, freundlichen und ruhigen Mitteln schlichten. Auf die gleiche Weise sollen sich die Augsburgischen Bekenntnisses gegen Kaiser, König Ferdinand und die übrigen Stände, die der alten Religion verbunden sind – sowohl geistliche als weltliche –, und gegen alle übrigen des kirchlichen Standes und deren Gemeinschaften verhalten ...

Johannes Sleidanus (1506–1556), Chronist des Schmalkaldischen Bundes und Teilnehmer an den Religionsgesprächen

Der Augsburger Religionsfriede von 1555, der beide christlichen Religionen tolerierte, wurde die Grundlage der künftigen Religionspolitik in Deutschland. In Bayern wurden 1583 mit dem Konkordat den bayerischen Herzögen bedeutende Hoheitsrechte eingeräumt, und Papst Pius V. bezeichnete Herzog Albrecht V. als »Hauptsäule des katholischen Glaubens in Deutschland, der seinesgleichen im Reich nicht hat«.

Oben: Zu Markte ziehende Bauern, ein Kupferstich von Martin Schongauer (um 1420–1499). – Unten: Ausschnitt aus dem Grenzvisier von der uralten, stabilsten Grenze Europas zwischen Bayern und Böhmen aus dem Jahr 1514. In Gänze zeigt das Grenzvisier (4,25 m lang und 46 cm hoch) die bis heute nur unwesentlich veränderte Grenze von der Further Senke bei Cham bis zum Dreisesselberg bei Freyung.

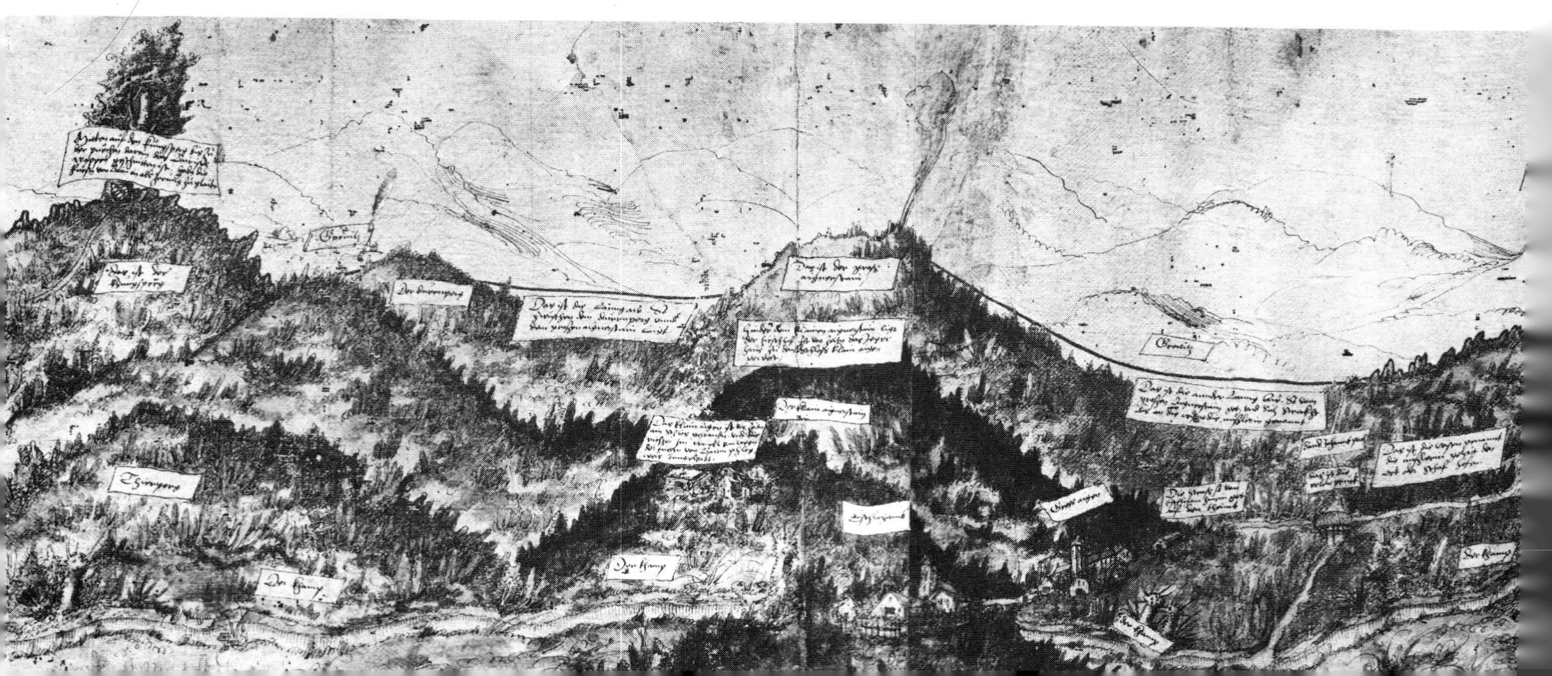

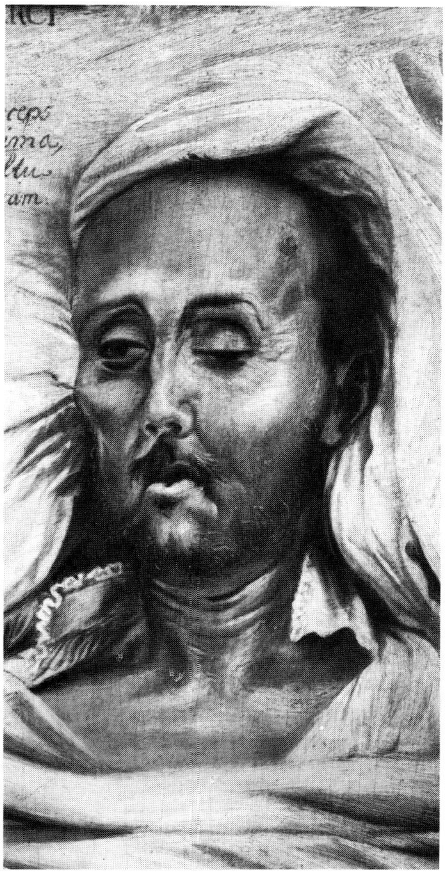

Oben: Herzog Wilhelm IV. von Bayern auf dem Totenbett (7. März 1550), ein für das 16. Jahrhundert erstaunlich realistisches Totenbildnis eines Herrschers von Hofmaler Hans Mielich (1516–1573). Oben rechts: Ebenfalls von Mielich stammt diese Miniatur von Herzog Albrecht V. und seiner Gattin aus dem »Kleinodienbuch der Herzogin Anna« (1552).

Hexenverfolgungen in Bayern

Wie offt sie ausgefahren? Vf wenn, vnd durch was sie hinauskhommen? Zue was Zeiten, Item obs sie vorn oder hinden gesessen? Was sie vor dem ausfahren für wort gesprochen? Ob es balt oder langsam von statten gegangen? Wan es finster gewesen, wie sie sich in der Luft erkhennen mögen, wo sie seye? An welche örther sie khommen, wie sie haissen? Wenn ein Tanz gewesen, was sie für spilleith gehabt? Ob man auch in der Ordnung herumtanze? Ob nit bißweillen baar vnd par vf die seithen wischen vnd was sie bisweillen zu thuen pflegen? Mit wenne ein yedes Tannze vnd, mit weme sie getannzt habe? Ob nit ainer vor der handt seye, deme man ehrerbiettung erweisen miesse, vnd was gestalten? Item ob er sitze oder stehe, vnd wie er beklaidt, auch wer er seye? Wie lang dieser Tannz wehre, vnd waß man alsdann anfange? Wie oft der Teifel im Jahr ausser den hexen Tänzen mit ihr vnzucht getrieben, an welchem Orth, im Haus oder sonnsten? Ob zur nachts oder beim Tag geschehen? Wie sie ihne erkhandt? Wie er claidt oder wie er sonsten ausgesehen?

Ausschnitt aus einem Schema für Hexenverhöre, entnommen dem Kelheimer Hexenhammer

Die Residenzstadt München im 16. Jahrhundert

Links: Am 24. 2. 1568 heiratete Herzog Wilhelm V. Renata von Lothringen. Das Hochzeitsmahl wurde in der Neuveste abgehalten (Eisenradierung von Nikolaus Solis, um 1542–1584); danach fand auf dem Marienplatz in München ein Turnier statt, an das noch heute die überlebensgroßen bemalten Kupfer-Figuren des Glockenspiels auf dem Münchener Rathausturm erinnern.
Unten: Schon unter Albrecht V. hatte der Ausbau Münchens begonnen. Im Bild das 1569/70 erbaute Antiquarium in der Residenz.

Oben: Der dreigeschossige Arkadenhof in der Münze wurde 1563–67 von Hofbaumeister Wilhelm Egkl erbaut und ist bis heute in seiner ursprünglichen Form erhalten geblieben. Unter Wilhelm V. kamen dazu der Grottenhoftrakt in der Residenz, das Jesuitenkolleg, die Michaelskirche und die Maxburg.

Unten: Aus dem »Lobspruch des großen Schießens« in München im Jahre 1577.

München 1580/81

München hat ein schönes Schloß und schönere Stallungen, als ich je in Frankreich und Italien gesehen habe, gewölbt und zur Aufnahme von zweihundert Pferden bereit. Es ist eine stark katholische, bevölkerte, schöne und handelsreiche Stadt. Einen Tag hinter Augsburg kann man für jeden Tag mindestens vier Livres für Mann und Pferd, vierzig Sous für den Diener rechnen. Wir fanden dort in unsern Zimmern Vorhänge, aber keine Betthimmel vor, und im übrigen alles sehr sauber; die Fußböden werden mit Holzwichse, die gekocht sein muß, gebohnert. Der Herzog, der gegenwärtig regiert, hat die Schwester des Herzogs von Lothringen geheiratet, und aus dieser Ehe entsprangen zwei Knaben und eine Tochter. Die beiden Brüder leben nebeneinander in der gleichen Stadt; am Tag unserer Anwesenheit waren sie auf die Jagd gezogen mit Damen und allem Gefolge.

Michel de Montaigne, Journal du voyage en Italie, par la Suisse et l'Allemagne en 1580–81

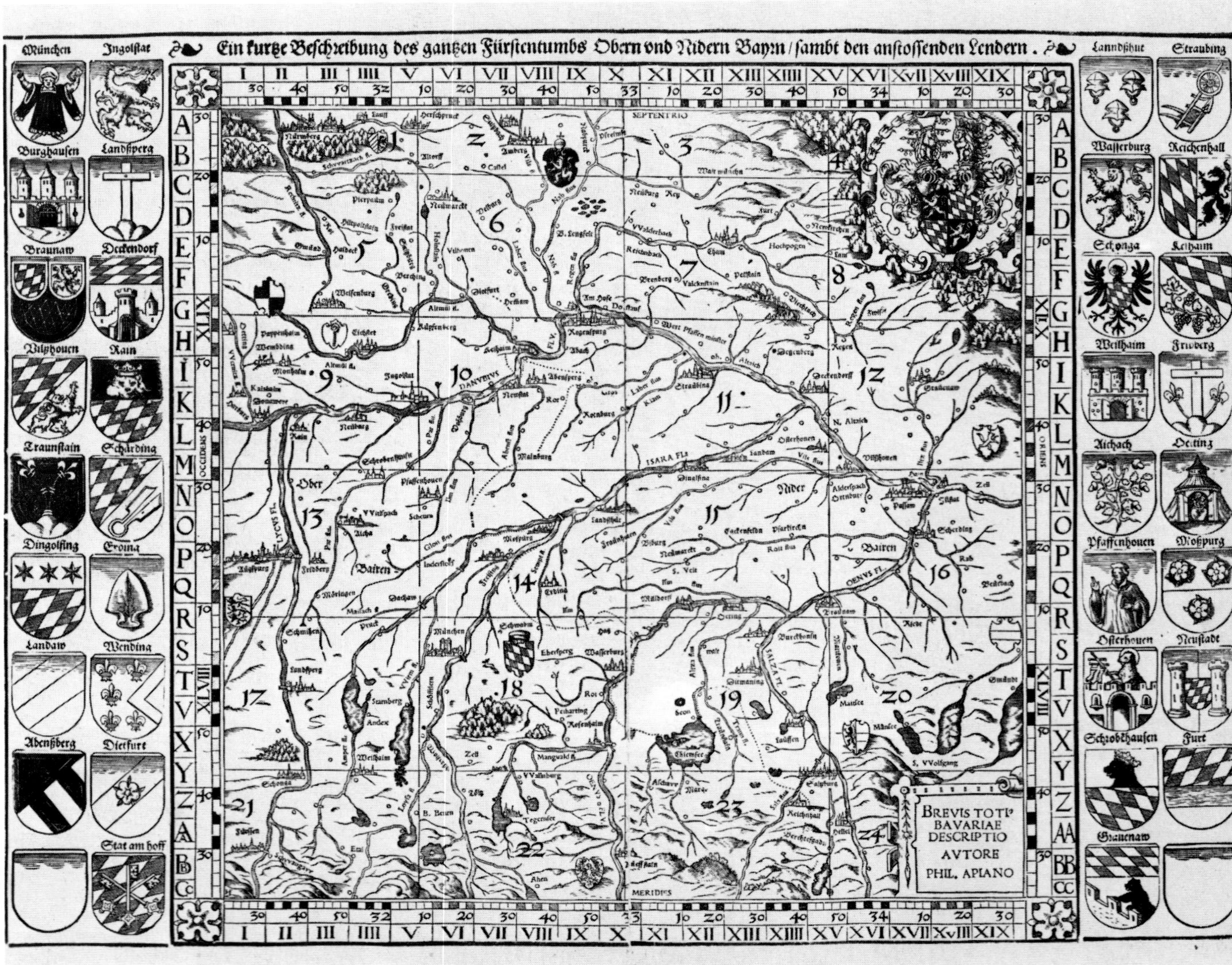

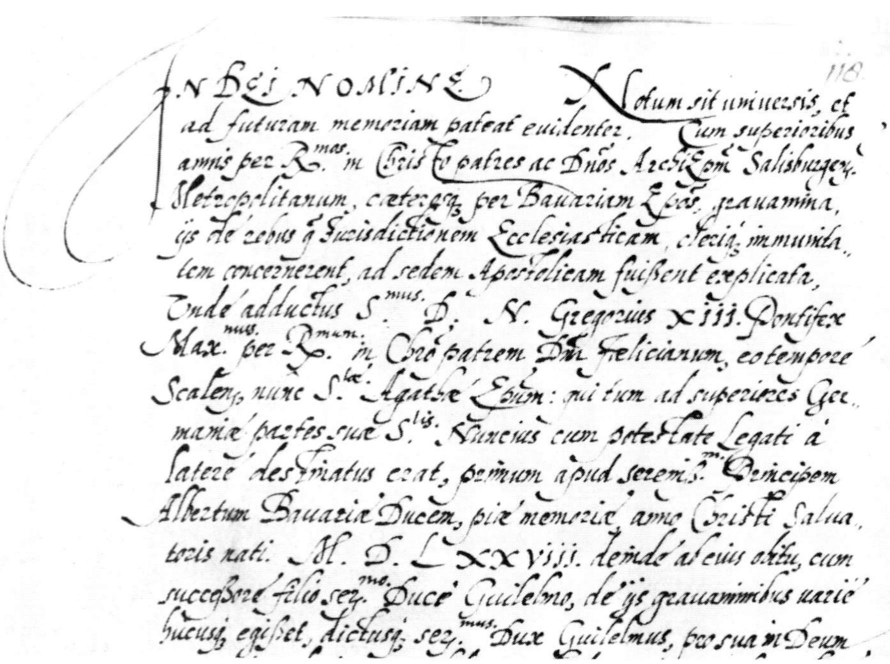
In Dei Nomine. Notum sit universis, et ad futuram memoriam pateat evidenter. Cum superioribus annis per R.mos in Christo patres ac D.nos Archiepum Salisburgen. Metropolitanum, caeterosque per Bavariam Epos, gravamina, iis de rebus quae Iurisdictionem Ecclesiasticam, Clericique immunitatem concernerent, ad sedem Apostolicam fuissent explicata, Unde adductus S.mus D. N. Gregorius XIII. Pontifex Max.mus per R.mum in Christo patrem D.num Felicianum, eo tempore Scalen., nunc S.te Agathae Epum: qui tum ad superiores Germaniae partes suae S.tis Nuncius cum potestate Legati a latere destinatus erat, primum apud Serenis.mum Principem Albertum Bavariae Ducem, piae memoriae, anno Christi Salvatoris nati M.D.LXXVIIII. deinde ab eius obitu, cum successore filio Ser.mo Duce Guilelmo, de iis gravaminibus varie hucusque egisset, dictusque Ser.mus Dux Guilelmus, pro sua in Deum

Oben: Der Ausbau Münchens zur führenden Kunststadt in Deutschland im 17. Jh. erfolgte mit der Belastung eines hohen Schuldenberges für den Staat. Von besonderem kulturhistorischem Rang war neben dem teuren Ankauf bedeutender Bibliotheken als Grundstock für die heutige Bayerische Staatsbibliothek jedoch die mit großen finanziellen Opfern erreichte erste methodisch vorgenommene Landvermessung Bayerns durch Philipp Apian (1531–1589), die bis zu Adrian von Riedls Landesaufnahme von 1801 verbindlich blieb (die Apian-Grundkarte Bayerns von 1566 ist in 24 Teilkarten aufgeteilt, an den Seiten sind bayerische Stadtwappen eingezeichnet).
Links: Auszug aus der Staatsverwaltung-Abschrift vom Konkordat Bayerns mit dem Vatikan aus dem Jahr 1583.

Orlando di Lasso in München

»Mein Hauswirt«, schreibt Orlandos Frau einmal an den Herzog, »läßt sich gegen Euer fürstliche gnaden entschuldigen, das er E. f. g. jetzt nit schreibt, er mues vor rasten, dan er ist gar miet, sunderlich vom pallon spill.« Greift der Meister selber zur Feder, so bekommt der Herzog gelegentlich auch freundschaftliche Rippenstöße wie diesen: »Wenn die arbeit ir f. g. wol gefelt, / Das bringt mir in mein seckel khain gelt.« Eine Tonart, die den Herzog nicht verstimmt. Wilhelm V. schenkt seinem übrigens hochbesoldeten Hofkapellmeister sogar in Schöngeising, wo die Straße von Fürstenfeld her in den Ort mündet, ein Besitztum mit einem Garten, »60 schrit lang und 40 prait«. Sonst wohnt Orlando in München am Platzl ... In das Idyll paßt völlig die gut münchnerische Ehefrau, Regine Wäckerlin. Und in allen ihm geläufigen Sprachen sagt es darum der Meister aus den Niederlanden oft und oft, daß es nirgends so schön sei als daheim, daheim – in Bayern.

Aus Ludwig Schrott, Münchner Alltag in acht Jahrhunderten

Rechts: Eine Seite aus den Bußpsalmen-Bänden, vertont von Orlando di Lasso (um 1532–1594) und im Auftrag Herzog Albrechts V. 1565 bis 1570 von Hofmaler Hans Mielich mit Illustrationen ausgestattet, die den Höhepunkt der Buchmalerei der deutschen Renaissance darstellen. Unten: Vor Lauingen an der Donau lagerte im Herbst 1546 das Heer Kaiser Karls V. »wider die Schmalckeldischen Bundtnus«. Vor dem Kaiserzelt huldigt der Stadtrat, der damals um die Erhebung Lauingens in den Reichsstand verhandelte; Gemälde von Matthias Gerung, um 1500–1568/70, ehemaliger Hofmaler des Pfalzgrafen Ottheinrich.

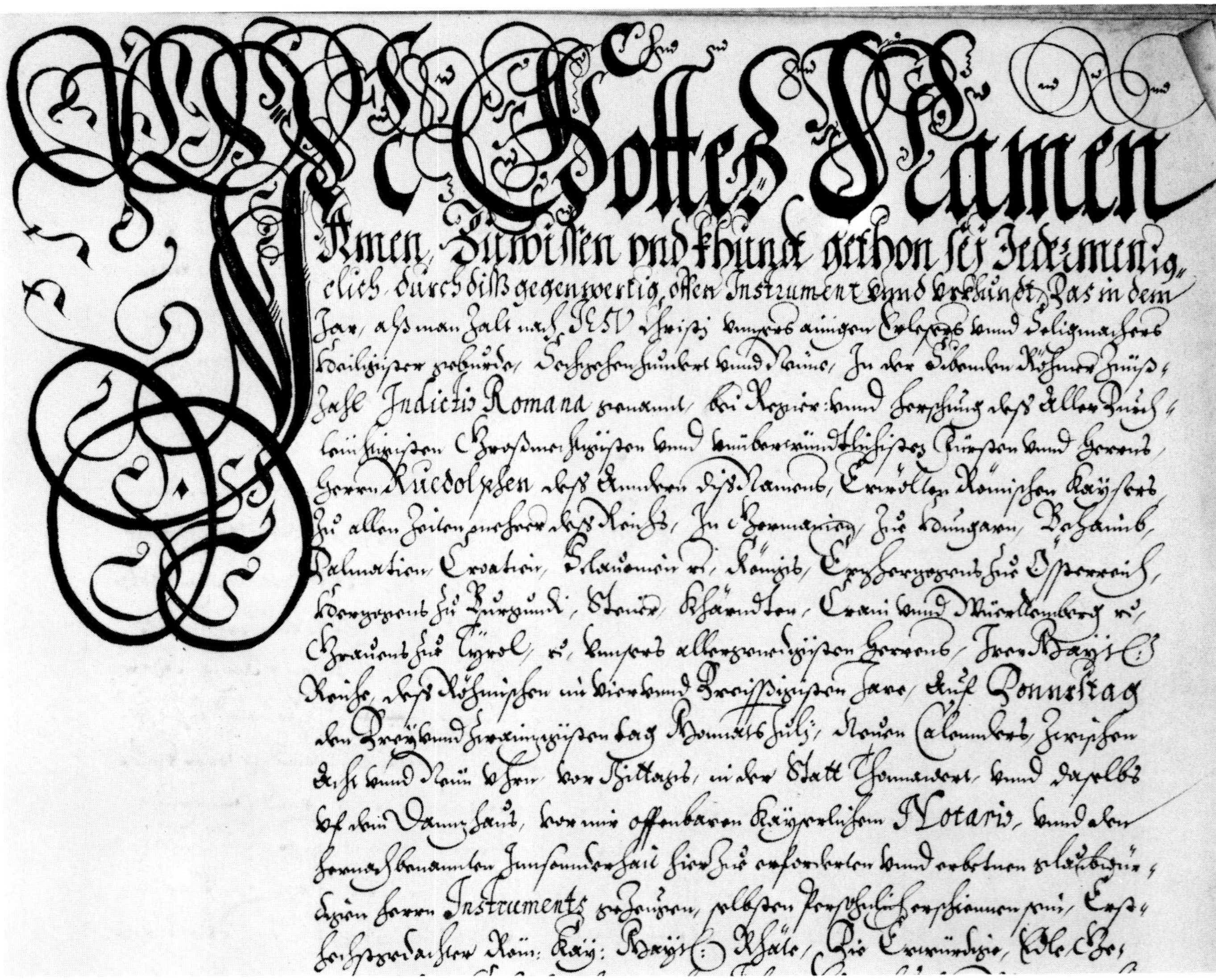
In Gottes Namen
Amen. Zu wissen und khundt gethon sei Jedermenig-
clich durch diß gegenwertig offen Instrument und urkhundt, das in dem

Oben: Auszug aus dem Notariatsinstrument über die Lossprechung der Stadt Donauwörth von der Reichsacht am 23. 7. 1609, gleichzeitig Huldigung Donauwörths an den Kaiser und Eidesleistung für den Pfandbesitzer der Stadt, Herzog Maximilian I. von Bayern. Die Stadt hat eine bewegte Vergangenheit, typisch für eine ehemalige freie Reichsstadt im schwäbisch-bayerischen Grenzbereich. Schon 1030 erstmals urkundlich erwähnt, wurde sie 1191 staufisch, fiel 1268 an Ludwig II. von Oberbayern, wurde aber 1301 mit Waffengewalt für das Reich eingezogen. 1307 zählte ein königliches Landfriedensgebot sie unter die schwäbischen Reichsstädte. Zwischen 1376 und 1434 war Donauwörth wieder an Bayern verpfändet. Als die Stadt in der Reformationszeit protestantisch wurde, belegte man sie 1607 mit der Reichsacht und zwang sie durch Besetzung, wieder katholisch zu werden, eine Fehde, die eine nicht unbedeutende Rolle beim Ausbruch des Dreißigjährigen Krieges spielte. Endgültig an Bayern kam die Stadt erst 1749 und wurde schließlich 1782 zur bayerischen Landstadt ernannt.

Links: Das Riedertor in Donauwörth, ein Teilstück des steinernen Stadtmauerrings, der schon im 13. Jahrhundert beendet, später noch wiederholt verstärkt worden ist, Anfang des 19. Jahrhunderts aber teilweise niedergelegt wurde.

Kurwürde an Bayern unter Maximilian I. 1623

Als Wilhelm V. wegen der von seinen Vorgängern übernommenen Staatsschulden, die er noch durch seine Ausgaben für einen zehnjährigen Krieg um Köln vermehrte, vor dem Zusammenbruch des Staatshaushaltes stand, übergab er 1597 die Regierungsgeschäfte seinem Sohn Maximilian I. (1597–1651). Dieser füllte mit harten Sparmaßnahmen die Kasse wieder auf und wich so lange wie möglich kriegerischen Verwicklungen aus. Oben: 1609 gründete Maximilian die Katholische Liga, der erste Schritt zur Konfrontation mit den Protestanten im Dreißigjährigen Krieg, in den Bayern 1618 mit seinen Truppen unter Tilly eingriff, Böhmen »befreite« und vom Kaiser für die Hauptlasten im Krieg um die katholische Sache 1623 mit der Kurwürde belohnt wurde. Rechts: Kurfürst Maximilian I. von Bayern; goldenes Kleinod in emaillierter Einfassung.

Absolutismus und Barock, Aufklärung und Neuordnung

Bayern als Kurfürstentum von 1623 bis 1806

Der böhmisch-pfälzische Krieg, der den »Großen Krieg« einleitete, war nur eine Episode. Als sich das Kriegsgeschehen von Böhmen ins Reich verlagerte, wurde Bayern durch sein Bündnis mit dem Habsburger Kaiser zwangsläufig in die europäischen Auseinandersetzungen des Hauses Habsburg hineingezogen. Als Pfand für die Kriegskosten erhielt Bayern Oberösterreich und die Oberpfalz in seine Verwaltung. Doch Kurfürst Maximilian I. sollte an dem Pfand Oberösterreich keine Freude haben. Nachdem dort ein nachgeholter Bauernkrieg von den kaiserlichen Soldaten blutig niedergeschlagen worden war, gab Maximilian Oberösterreich dem Kaiser wieder zurück und ließ sich 1628 dafür die Oberpfalz, das damalige »Ruhrgebiet« Deutschlands, als Fürstentum vertraglich zusichern. Mit aller Härte wurde dort die calvinistische Bevölkerung rekatholisiert und der Widerstand des Adels und der Amberger Bürger gewaltsam gebrochen. Die enorme Machtstellung Maximilians im Reich nach dem Regensburger Kurfürstentag 1630, als der deutsche Protestantismus endgültig geschlagen schien, sein Restitutionsedikt von 1629, mit dem er die im protestantischen Norddeutschland säkularisierten Bistümer und Abteien wiederherstellen wollte, rief schließlich die Schweden als Wortführer des Protestantismus auf den Plan. Sie marschierten 1632 in Bayern ein. In den weiteren sechzehn Kriegsjahren, als die Liga gegen eine schwedisch-französische Übermacht kämpfte, trug nicht nur Maximilians Kurstaat die finanzielle Hauptlast im Kampf um die katholische Sache (von 54 Millionen Gulden für das Heer der Liga mußte Bayern allein 38 Millionen aufbringen), die bayerische Bevölkerung litt gleichzeitig schwer unter der Geißel dieses Krieges. Ingolstadt und Regensburg wurden vor dem Ansturm der Schweden gehalten, München mußte sich mit 300 000 Reichstalern von der Brandschatzung loskaufen. Die Schweden dämmten in Bayern aber auch die Hexenbrände ein, die kein anderer bayerischer Fürst mit immer neuen Gesetzen zur Verfolgung angeblicher Hexen so angeheizt hatte wie gerade Kurfürst Maximilian I. während seiner ganzen Regierungszeit.

Obwohl von jedem herbeigesehnt, wurde niemand in Europa des Kompromiß-Friedens von Münster und Osnabrück recht froh. Bayern war von nun an zwischen den beiden europäischen Großmächten Österreich und Frankreich eingerahmt und mußte sich mit sehr wechselndem Erfolg in dieser Position behaupten. Außerdem erholten sich Land und Volk von den Folgen des Krieges nur sehr langsam; westlich des Inns waren in Altbayern von rund 5000

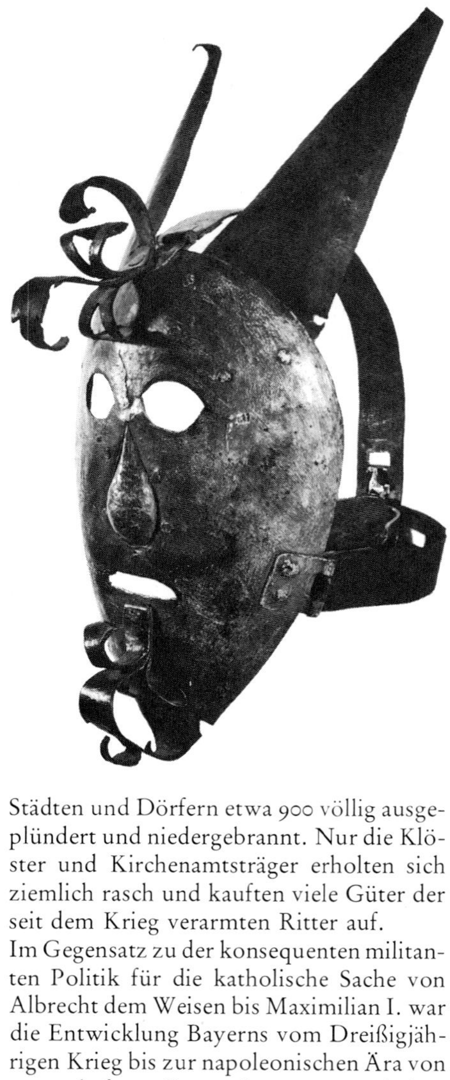

Städten und Dörfern etwa 900 völlig ausgeplündert und niedergebrannt. Nur die Klöster und Kirchenamtsträger erholten sich ziemlich rasch und kauften viele Güter der seit dem Krieg verarmten Ritter auf.

Im Gegensatz zu der konsequenten militanten Politik für die katholische Sache von Albrecht dem Weisen bis Maximilian I. war die Entwicklung Bayerns vom Dreißigjährigen Krieg bis zur napoleonischen Ära von sprunghaften Kursänderungen zwischen Paris und Wien geprägt, die allerdings auch abhängig waren von neuen geistigen und kulturellen Strömungen, die mehr und mehr auch in Bayern Fuß fassen konnten.

Den ersten Kurswechsel vollzog Bayern unter Kurfürst Ferdinand Maria (1651 bis 1679). Er und sein Kanzler Kaspar von Schmid öffneten Bayern in Richtung Frankreich, wobei mit dieser Allianz auch der Boden für den späteren Siegeszug des Rokoko in Bayern vorbereitet, aber auch ganz allgemein die Übernahme frankophiler Merkmale in Kultur und Gesellschaft eingeleitet wurde.

Nach dem Vorbild des Sonnenkönigs von Versailles war Max Emanuel ein echter Barockfürst, Kunstfreund und Frauenheld (»das Evangelium der Liebe ist Abwechslung«), aber auch ein mutiger Feldherr. Trotz der frankophilen Ader ließ sich der ruhmsüchtige bayerische Kurfürst aber vom österreichischen Gesandten, Graf Kaunitz, angesichts der drohenden Türkengefahr für ein Defensivbündnis mit Wien überreden. 1688 erstürmte er an der Spitze der kaiserlichen Truppen, deren Oberkommando er übernommen hatte, die Mauern von Belgrad. Der ruhmreiche Sieg kostete Bayern 20 Millionen Gulden und Tausenden bayerischer Soldaten das Leben. Max Emanuel stieg er in den Kopf, er hegte fortan hochfliegende Großmachtträume. Er hoffte, durch seine Heirat mit der Habsburger Kaisertochter das spanische Weltreich zu erben (als spanischer Statthalter in den Niederlanden sammelte er von 1691 an entsprechende Erfahrungen). Doch solche Gedanken zerstoben schnell, als die Kurfürstin und ihr Sohn nacheinander starben und der Spanische Erbfolgekrieg zwischen Wien und Paris die Welt in Bewegung brachte. Um sich eventuell doch noch mit Frankreichs Hilfe Machtansprüche an Spanien zu sichern, gab Max Emanuel dem Werben des Sonnenkönigs nach. Er stellte sich damit in eine Front neben Ungarn, Mantua und die wittelsbachischen Kurfürsten von Köln und Frankreich. Die Gegner waren Habsburg, England, Holland und Portugal. 1704 verlor Max Emanuel im Kampf gegen Prinz Eugen und den Herzog von Marlborough bei Höchstädt den Sieg und das Land an die Österreicher, die 1705/06 die aufständischen Bauern des Ober- und Unterlandes in Bayern bei Sendling und Aidenbach brutal niedermetzelten. Während dieser für Bayern so bitteren Jahre versuchte sein Kurfürst im französischen

Exil obendrein noch in Geheimverhandlungen das von den Habsburgern ausgeplünderte Land dem Hof in Wien im Tausch gegen Sizilien oder die Niederlande anzudrehen, wurde jedoch schroff zurückgewiesen. Erst 1714 kam es mit Ludwig XIV. zu einem neuen Vertrag, der dem Kurfürst 1715 die Rückkehr nach München gestattete und ihm sogar die »Freiheit« ließ, 1717 bayerische Soldaten unter Prinz Eugen gegen die Türken marschieren zu lassen.

Max Emanuels Zickzack-Kurs auf der Jagd nach der Kaiserkrone brachte Bayern wieder einmal an den Rand des Staatsbankrotts. Wirtschaftlich erholte sich das Kurfürstentum im ganzen 18. Jahrhundert nicht mehr. Selbst noch Kanzler Montgelas mußte zu Beginn des Königreichs Finanzhilfe von jüdischen Finanziers (ebenso wie Habsburg und das Preußen Friedrichs des Großen) annehmen, »um das ›neue‹ Bayern über Wasser zu halten« (Bosl). Kurfürst Karl Albrecht (1726–1745) hatte aus den politischen Fehlern seines Vaters nichts gelernt. Er trug zwar als dritter Wittelsbacher von 1742–1745 als Karl VII. die Kaiserkrone, doch sein Land mußte in diesen drei Jahren die Ausschreitungen der habsburgischen Panduren und Kroaten erdulden. Und seinem Sohn Max III. Joseph (1745–1777) schließlich wurde von Maria Theresia im Frieden von Füssen das Versprechen abgenommen, auf alle Erbansprüche zu verzichten, was endgültig den Schlußpunkt jeder Großmachtpolitik in der Münchener Residenz bedeutete.

Max III. Joseph, der letzte altbayerische Wittelsbacher, hieß bei seinem Volk der »Vielgeliebte«. Gemäß seiner aufgeklärten absolutistischen Maxime, »alles für das Volk, aber nichts durch das Volk schaffen«, begründete er 1759 mit der Akademie der Wissenschaften eine Stätte geistiger Auseinandersetzungen, zollte dem Triumph des bayerischen Rokoko (die Brüder Asam und Zimmermann, Johann Michael Fischer, Johann Baptist Gunezrainer, Ignaz Günther) mit dem 1751/53 von Cuvilliés erbauten Residenztheater seine Reverenz, öffnete 1770 nach einem Jahr der Mißernte zur Linderung der Hungersnot auch seine landesherrliche Privatschatulle und förderte Reformen in der für Bayern so wichtigen Agrarstruktur (Kartoffelanbau). Schließlich schaffte Max III. Joseph auch das Kunststück, die 32 Millionen Gulden Staatsschulden des Vaters und des Großvaters auf 15 Millionen zu senken.

Nach langen Verhandlungen im Immerwährenden Reichstag zu Regensburg (seit 1663) wurde Bayern nach dem Tod Max' III. Joseph gemäß dem Hausvertrag von Pavia als »Kurpfalzbayern« an den Pfälzer Karl Theodor (1777–1799) übergeben. Außer der Linie Zweibrücken-Birkenfeld vereinigte Karl Theodor damit wieder den Besitz aller seit 1329 getrennten wittelsbachischen Linien unter seiner Herrschaft in München, die er sehr ungern antrat. Seine geliebte Mannheimer Residenz, die er verlassen mußte, war zu einem Zentrum geistiger Kultur in Deutschland geworden (z. B. Nationaltheater mit Erstaufführung von Schillers »Räuber«). Karl Theodor machte sich zudem in Altbayern keine Freunde, als auch er gegenüber Kaiser Joseph II. Tauschangebote für Bayern, diesmal gegen Gebiete am Rhein, bekundete. Friedrich der Große intervenierte erfolgreich beim Kaiser, und Frankreich und Rußland garantierten schließlich international die weitere Staatsexistenz Bayerns im Frieden von Teschen (1779); lediglich das Innviertel mit Braunau und Ried ging an Österreich.

Mit Max IV. Joseph (1799–1825) kam wieder ein Fremder nach Bayern, diesmal ein Wittelsbacher aus Zweibrücken. Unterstützt von dem genialen Staatsmann Maximilian von Montgelas wurden in Bayern unter Max IV. Joseph zielstrebig die Grundlagen für den modernen bayerischen Staat geschaffen. Darunter war nicht nur der territoriale Ausbau Bayerns durch den zwangsläufigen Zuwachs an Staatsgebieten in den wenigen Jahren des Bündnisses mit Napoleon zu verstehen. Ab 1802/03 wurden die fränkischen, bayerischen und schwäbischen Reichskreise (seit 1500 neueingeteilt) auf dem Boden des ehemaligen Stammesherzogtums Bayern nacheinander im Rahmen der Neuordnung Mitteleuropas durch Napoleon angegliedert. Das trotz anfänglicher Widerstände durch geduldige Politik schließlich doch erreichte Zusammenwachsen der neuen Gebiete mit Altbayern zu einem großen Staatsgebilde wäre zweifellos schwieriger geworden, wenn nicht Max Joseph und sein Kanzler gleichzeitig auch die notwendige innere Umgestaltung des Staates eingeleitet hätten: die Einführung der religiösen Toleranz (1801 muß München auf Verpflichtung des Landesherrn den ersten evangelischen Bürger in der Stadt akzeptieren); die Aufhebung der Leibeigenschaft (1802); die Säkularisierung der Masse des Kirchengutes in Bayern, also 46 Prozent des anbaufähigen Bodens (1803); die Umformung Bayerns in einen Staat, in dem der Monarch sich vom selbstherrlichen Landesherrn zum integrierten Staatsorgan wandelte.

Linke Seite: Schandmaske aus Wasserburg am Inn für Frevler und Opponenten gegen die Obrigkeit (17. Jh.) – Oben: Die »Gotzinger Trommel« in Miesbach erinnert an die Sendlinger Mordweihnacht 1705. – Links: Engel aus der Verkündigungs-Gruppe Ignaz Günthers (1725 bis 1775) in der ehemaligen Stiftskirche Weyarn/Oberbayern.

Bayern im Dreißigjährigen Krieg 1620–1648

Als der Krieg sich wegen des spanisch-französischen Konflikts immer noch länger hinzog, obwohl der Schwung des Siegeszugs der Schweden 1632 beendet war, schrieb Maximilian 1647 dem Kaiser, er könne ihm nicht sein Land und Volk »als Brandopfer« darbringen. Durch seinen befristeten Waffenstillstand mit Schweden und Frankreich zwang er den Kaiser zum Friedensschluß. – Oben: Die Belagerung und Eroberung Chams in der Oberpfalz durch die Kaiserlichen 1634. – Unten: Titelblatt der Friesenegger-Chronik (siehe das nebenstehende Zitat).

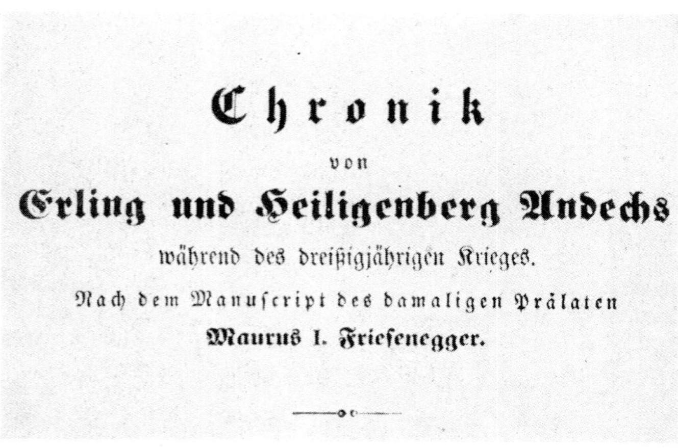

Chronik

von

Erling und Heiligenberg Andechs

während des dreißigjährigen Krieges.

Nach dem Manuscript des damaligen Prälaten

Maurus I. Friesenegger.

Und tyrannisierten alle Gegend grausam durch ...

Den 25. Oktober 1646 endlich gingen beide Armeen, die kaiserliche und baierische über den Lech, und folgten dem Feinde in Schwaben. Es vergingen aber nicht 8 Tage, so gingen die Schweden bei Kaufering wieder über den Lech herüber, weiß nicht, aus was für Schuld, oder Übersehenheit, schnitten den Unseren den Rückweg ab, und tyrannisierten alle Gegend vom Lech bis München grausam durch. Gleich anfänglich empfanden ihre ganze Wut das Kloster, und der Markt Dießen, wo sie marterten, und quälten, plünderten, und raubten, so, daß es nach der Hand, sowohl im Kloster, als im Markte auch an notwendigen Lebens-Unterhalt fehlte. Pferde, und Vieh war alles und gesamt hin. Auch Weiber, und Kinder entgingen ihrer Marter so, wie ihrem Mutwillen nicht ... Den 9. Dezember wollten 10 kaiserliche Reiter bei einem Bauern im Dorf das Vieh wegtreiben. Hierüber entstund ein Lärmen, die Bauern widersetzten mit Gewalt sich, ruften auch unsere Salva Guardia zu Hilfe. Diese eilet zu Hilfe. Als aber einer von unseren 3 erschossen wurde, sprengten die Kaiserlichen ohne Beute, und anderem Schaden davon. Das meiste bei diesem Einfall der Schweden haben doch immer die Lechrainer gelitten, die nebst andern Qualen, Plünderungen und Tyranneien sehr viele Häuser, halbe, und ganze Dörfer im feindlichen Feuer verloren haben. Diesseits der Ammer, wo sich Baierische, und Kaiserliche sehen ließen, war es viel sicherer, das weggerechnet, was die Freunde getan haben ...

Maurus Friesenegger, Abt zu Andechs, in seinem »Tagebuch aus dem 30jährigen Krieg«

Ein Fürst von höchster Urteilskraft

Maximilian, ein Fürst von höchster Urteilskraft und Klugheit ... wird von seinen Untertanen aufs äußerste gefürchtet, weil er streng ist und ihm aufs Wort gehorcht werden muß. Er ist mager, leidet beständig an Kopfschmerzen und ist überhaupt nicht allzu gesund ... Seit je kleidet er sich nach französischer Art, hält sich indessen mehr als jeder andere deutsche Fürst an das spanische Zeremoniell ...

Carlo Carafa, Nuntius in Wien, 1628

Rechts: In diesem Hof in Eger wurde 1634 Wallenstein ermordet. Eger war bis zur Reichsunmittelbarkeit 1149 bayerisch, entwickelte sich mit Nürnberger Stadtrecht (1242) zur Königsstadt, wurde 1277 Reichsstadt und von Ludwig dem Bayern 1322 an die Böhmen verpfändet. Unten: Das Friedensmahl im Nürnberger Rathaus am 25. 9. 1649, veranstaltet von Karl Gustav, dem späteren Schwedenkönig, zum Abschluß eines sechsmonatigen diplomatischen Kongresses in Nürnberg (rechts im Bild ein Selbstbildnis des Malers dieses Gemäldes, Joachim von Sandrart, 1608–1688).

Kurfürst Ferdinand Maria 1651–1679

Daß der außenpolitische Zickzack-Kurs der bayerischen Kurfürsten vom 17. bis Anfang des 19. Jahrhunderts Bayern keinen existentiellen Schaden zufügte, ist wohl in erster Linie nur dem immer stärkeren Zusammenwachsen von Land und Volk in dieser Zeit zu einer erstaunlich zähen, unlösbaren Einheit zu danken.

Oben: Kurfürst Ferdinand Maria (Relief, mit seiner Gemahlin Henriette Adelaide von Savoyen, von Wolfgang Leutner, um 1635–1726).

Oben rechts: Schützenscheibe aus Tittmoning von 1660.

Unten links: Wirtshaustanz, Radierung von Hans Ulrich Franck (um 1595–1675), der von Kaufbeuren nach Augsburg kam, aus dem Jahr 1656.

Unten: Oberfränkischer Jagdhumpen, um 1670, heute in der Glas-Sammlung auf der Veste Coburg zu besichtigen.

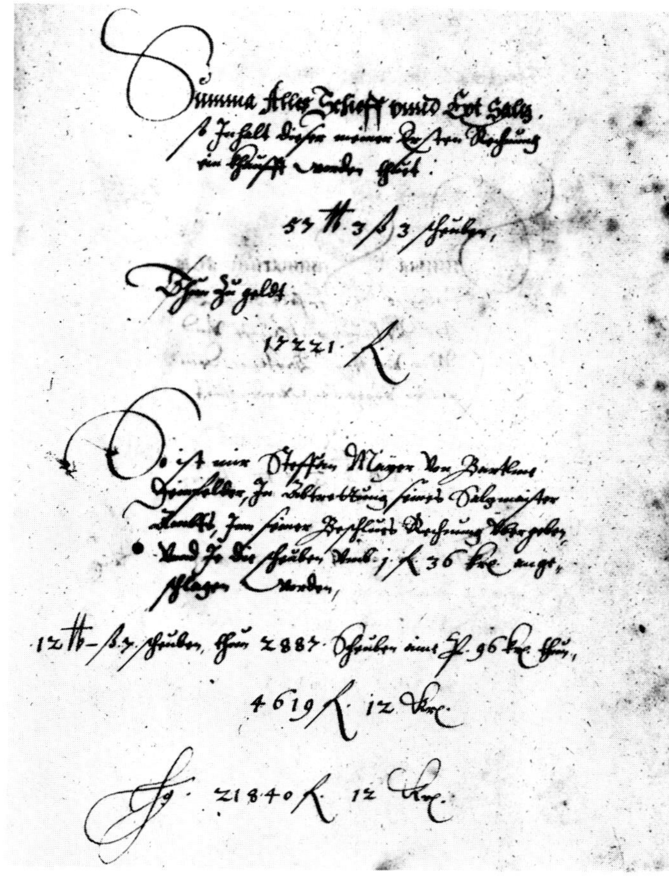

Überall war der Tisch großartig bestellt

Der Hof nahm die Mahlzeiten fast täglich an einem anderen Orte ein, bald in dem Saal der Perspektiven, bald im Antikensaal, bald in einem der Gärten. Überall aber war der Tisch großartig bestellt … Die schönsten Früchte Italiens, Pfirsiche, Muskatellertrauben waren schon Mitte Juli in größter Auswahl auf der kurfürstlichen Tafel vorhanden. An den Fasttagen gab es riesengroße Fische, die die bayerischen Seen in Hülle und Fülle liefern … Man handelte hier nach dem Ausspruch eines der Schriftsteller des Altertums, der sagte, man müsse auf die Zusammenstellung und Zubereitung eines Gastmahls die gleiche Sorgfalt verwenden wie auf die Aufstellung einer Schlachtreihe.

Aus einem Bericht des Abbé Chapuzeau anläßlich eines 1660 erfolgten Besuches des Fürstbischofs von Salzburg in München, nach Biehm, Feste und Feiern im alten Europa

Die Kurfürstin Henriette Adelaide von Savoyen sorgte auf kultureller Ebene für entscheidende Veränderungen am Münchener Hof. Durch sie kamen Theater, Musik und Architektur – vom Kurfürsten nur zögernd finanziert – fest in italienische Hand. Eine neue Schulordnung behielt hundert Jahre lang Gültigkeit. Baudenkmäler in München aus dieser Zeit sind die Theatinerkirche (von Barelli und Zuccalli zwischen 1663 und 1688 in italienischem Barock erbaut) und der Baukern des Nymphenburger Schlosses (Barellis »Castello delle Ninfe«).

Links oben: Pestsäule aus Schönfleck bei Wasserburg/Inn, aus dem 17. Jahrhundert stammend.

Oben: Teil einer Salzamtsrechnung aus Amberg 1596.

Unten: Handzeichnung Tobias Volckhmers einer Soleleitung von Reichenhall nach Traunstein, Teilstück Reichenhall und Inzell, die 1617 bis 1619 von Reiffenstuel gebaut wurde.

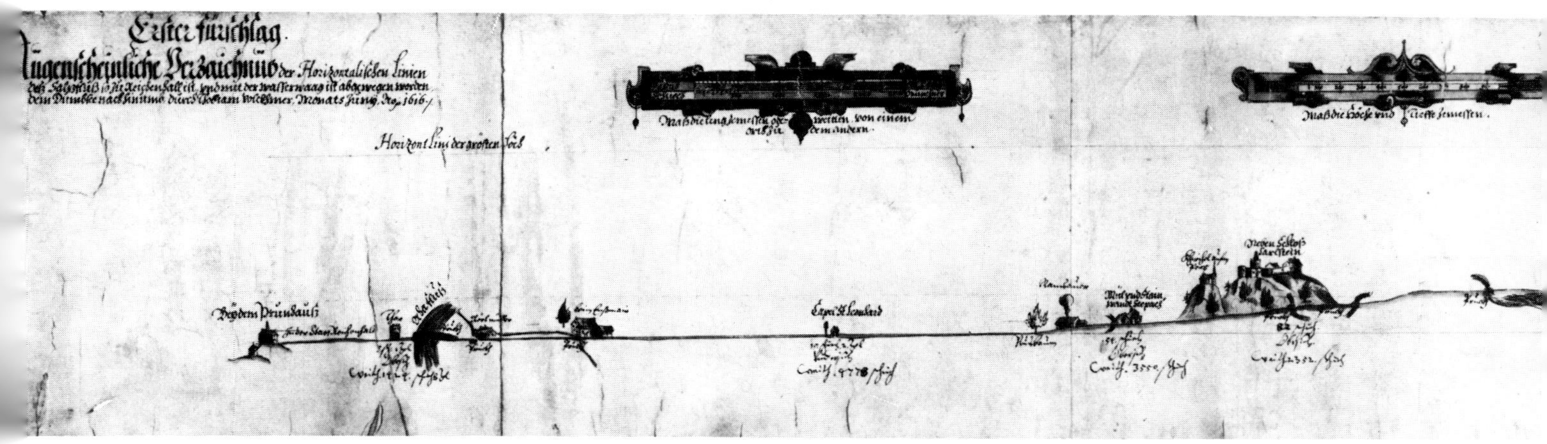

Kurfürst Max II. Emanuel, der »blaue König«, 1679–1726

Kurfürst Max II. Emanuel war ein Barockfürst wie der »Sonnenkönig«. Seine militärische Feuertaufe erlebte er als Einundzwanzigjähriger vor Wien, als er 1683 mithalf, die türkische Belagerung zu sprengen. Sein glänzendster Sieg war 1688 die Eroberung der seit 1521 türkischen Festung Belgrad. – Links: Der junge Max Emanuel (versilberte Schnitzfigur aus dem Museum Ottobeuren). – Oben: Italienischer Kupferstich der Belagerung Belgrads am 9. 8. 1688. – Rechts: Rüstkammer-Saal des 17. Jahrhunderts auf der Veste Coburg.

Die Eroberung Belgrads 1688

Schon in der Nacht vom 12. zum 13. August wurden die Laufgräben vor der Festung eröffnet und am 17. August konnte die Beschießung der feindlichen Festungswerke aus den schweren Geschützen beginnen. Max Emanuel trieb rastlos vorwärts; unbekümmert um das feindliche Feuer weilte er Tag und Nacht in den Laufgräben. Am 2. September erhielt an seiner Seite der kaiserliche Feldmarschalleutnant Prinz Eugen von Savoyen eine schwere Schußwunde am Knie, die ihn für längere Zeit dienstunfähig machte. Um diese Zeit war bereits in die innere Grabenwand Bresche geschossen, und nachdem sodann die äußere Grabenwand mittels Sprengung durch Minen eingeworfen war, konnte Max Emanuel den Befehl zum Sturm geben. Nach vierstündigem Kampfe war Belgrad genommen.

Karl von Landmann, in Otto Kronseder, Lesebuch zur Geschichte Bayerns

Max Emanuel erweiterte ab 1702 Nymphenburg, bereicherte die Münchener Residenz und baute die Schleißheimer Schlösser; seine Architekten hießen Effner, Viscardi und Cuvilliés.
Oben: Schloß Nymphenburg.
Links: »Der stürmische Galan« von Franz Anton Bustelli (1723–1763) aus der Manufaktur Nymphenburg.
Rechts: Detail vom Hochaltar aus der Kirche in Rohr, Niederbayern, von E. Q. Asam (1692–1750).

Nymphenburg

Nymphenburg, dies berühmte kurfürstliche Lustschloß 3/4 Stunden von München gelegen, wurde 1663 ... nach dem Plan von Versailles (gebaut) ... Sehr schön ist der Zutritt am Kanal ... Jeder Kenner bewundert die inneren Einrichtungen des Schlosses sowie die großen Anlagen des Gartens, seine Wasserwerke, die nicht leicht schönere zur Seite haben mögen, und seine kleineren geschmackvollen Lusthäuser als Pagodenburg, die Eremitage, Badenburg und Amalienburg ...

Joseph Hazzi, Statist. Aufschlüsse über das Herzogtum Baiern, 1801

Bayern um 1700

Eines der Wunder dieser Zeit

Kaum gewahrte man den See, als schon vom Schlosse Salutschüsse abgefeuert wurden. Überrascht erblickten nun der Erzbischof und sein Hofstaat den Buccentauro. Alle Herrlichkeiten und Merkwürdigkeiten, die man in Bayern zu sehen bekommt, überflügelt dieser Buccentauro leicht, wenn er auf dem eine Meile breiten und sechs Meilen langen Starnberger See dahinsegelt. Er muß wohl als eines der Wunder dieser Zeit gelten. Nicht nur, daß er jenem vielgerühmten von Venedig in nichts an Schönheit und Größe nachsteht: er ist sogar heiterer und prächtiger. Vom Bug bis zum Heck ist er bis an den Wasserspiegel herunter vergoldet, und auf dem Deck steht ein großes Portal, vor welchem ein hoher und schöner Springbrunnen sich befindet. Durch dieses Portal ist eine Galerie als Balkon angebracht und mit Gold und Malereien verziert. Die Kajüte am rückwärtigen Teil des Schiffes ist auf zwei Löwen gestützt, die eine große Schiffslaterne tragen, und am Bug ist eine Riesenstatue des Neptun ... Im Innern entspricht die Pracht der Einrichtung dem äußeren Prunk. Und dieses erstaunliche Gefährt wird von hundertfünfzig Ruderern fortbewegt, die unsichtbar untergebracht sind wie jene in Venedig, und deren bemalte und vergoldete Ruder dem Auge ein ausnehmend schönes Bild bieten ...

Georg Jacob Wolf nach Chapuzeau, Rélation de l'estat présent de la maison électorale et de la cour de Bavière, 1673

Oben: Der Starnberger See mit dem Schloß im Hintergrund, im Vordergrund links das berühmte Buccentauros-Prunkschiff aus der Zeit der Herzogin Henriette Adelaide (siehe Zitat links). Der Kupferstich stammt aus der »Beschreibung deß Churfürsten- und Hertzogthumbs Ober- und Nidern Bayrn« von Michael Wening (1645–1718), der bedeutendsten Landbeschreibung von Altbayern, die von 1701 bis 1726 in vier Bänden erschienen ist.
Unten links: Titelblatt des ersten Bandes von Wenings Topographie.
Unten: Die Südseite der Kirche am Platz (um 1050 bereits nach dem Vorbild von Tegernsee erbaut).

Historico-Topographica
DESCRIPTIO.
Das ist:
Beschreibung /
Deß
Churfürsten- vnd Hertzogthums
Ober- vnd Nidern Bayrn.
Welches
In vier Theil oder Renntämbter /
Als
Oberlandts München vnd Burgkhausen /
Underlandts aber in Landshuet vnnd
Straubing abgetheilt ist:
Warbey alle Stätt / Märckt / Clöster / Graf- vnd Herrschafften / Schlösser / Probsteyen / Commenduren / Hofmarchen / Sitz / vnd Sedl / deß gantzen Lands Gelegen- vnd Fruchtbarkeit / als Mineralien, Perlen / Saltz / See / Fischereyen / Waldungen / vnd Jagdbarkeiten /
Wie auch anderen merckwürdigen Historien / so sich von einer zur anderer Zeit zugetragen haben / nit allein außführlich beschriben: sondern auch durch beygefügte Kupffer / der natürlichen Situation nach / entworffner vorgestellt werden /
So von Michael Wening / Churfürstl. Portier vnd Kupfferstecher in loco delinirter ins Kupffer gegeben worden / vnd allda zu finden ist.
Mit Churfürstl. Gnad / vnd Freyheit auff kein Form oder Weiß / weder nachzutrucken / noch nachzustechen.

Kurfürst Max Emanuel heiratete 1685 die Habsburger Kaisertochter Maria Antonia in der Hoffnung, mit ihr das spanische Weltreich zu erben. Doch es kam ganz anders: Maria Antonia mußte auf Spanien verzichten, lediglich in den Niederlanden konnte Max Emanuel Statthalter werden. Dann starb Maria Antonia 1692 im Kindbett, und ihr Kind, Kurprinz Joseph Ferdinand, schon zum Universalerben der spanischen Monarchie eingesetzt, folgte der Mutter 1699 nach einer fiebrigen Magenentzündung in den Tod. Ein Jahr später brach zwischen Frankreich und Habsburg dann der Krieg um die spanische Erbfolge aus.
Rechts: Deckengemälde im Kaisersaal von Schloß Eglofsheim bei Regensburg mit der Darstellung Kaiser Leopolds I. mit seinen Vasallen (Ende 17. Jh.).
Unten: Ausschnitt aus einem Gedenkbild an den Hunneneinfall von 955, das die Stadt Mühldorf am Inn um 1700 zeigt, mit Katharinenkirche, Vogtturm, Münchener Tor, das salzburgische Pflegerschloß (links) sowie das Rathaus mit dem Renaissancegiebel (in der Mitte hinten).

Höchstädt 1704 – Die Österreicher in Bayern 1705–1714

Im Spanischen Erbfolgekrieg wählte Max Emanuel die falsche Seite. Mit Hilfe Frankreichs hoffte er weiter auf Machtzuwachs, verlor aber nach der Niederlage bei Höchstädt für zehn Jahre sein Land, das die Österreicher besetzten und systematisch ausbeuteten.
Oben: Rückzug der Armee Max Emanuels nach dem ersten verlorenen Treffen am Schellenberg bei Donauwörth; Stich von Philipp Rugendas.
Unten: Wie hart die österreichische Besatzung die Bayern unterdrückte, läßt dieses Dokument der Kaiserlichen Regierung vom 14. 11. 1705 ahnen: wer sich nicht fügte, sollte »mit Feuer und Schwert auf das schärfste verfolgt« werden.

Josephus / von GOttes genaden / Erwöhlter Römischer Käyser / auch zu Hungarn und Böhaimb König / zu allen Zeiten Mehrer deß Reichs ꝛc.

ENtbieten allen und jeden Unsern Pflegern / Pflegsverwaltern / Richtern / auch Städt: Märckten: und Hoffmarchen. Unsern Gruß und Gnad zuvor / und geben denenselben hiemit zuvernemmen / welchermassen Wir unseren Commendanten zu München / den Obristen de Wendt mit gwissen Regimentern zu Pferdt und zu Fuß Commandiert haben / daß in Landt Bayrn hin: und wider zusamen gerottierte Baurn / und anders lose Gsindl außeinander zutreiben: mithin dem Burger und Landt-Innwohner die vorige Ruhe zuschaffen / werden also alle Städt / Märckt / Dorffschafften und ainschichtige Baurschafften / durch dises offne Patent, ernstlich erinnert / und ermahnt / daß sie nicht allain ihre Söhn / und Knecht nacher Hauß und Hoff beruffen sollen / und alle Baurn bey ihrem Hauß und Hoff / nebst ihren Söhnen verbleiben sollen / sonder in aller devotion und Underthänigkeit / mit aller Treu Uns jederzeit sich gehorsamb erweisen: Und ihren vorgesötzten Beambten den schuldigen gehorsamb und parition laisten: widrigen fahls ermelter Obrist de Wendt Befelcht ist / den / der wider dises Patent handlet / mit Feur und Schwerdt auff das schärffiste zuverfolgen / und soll ain jeder Burger und Baurs-

Höchstädt, 13. 8. 1704

Höchstädt, eine Pfaltz-Neuburgische Stadt an der Donau, anderthalbe Meil oberhalb Donawerth und eine Meil unter Dillingen gelegen. Selbige soll den Namen führen von der Römer hohem Lager. Es ist eine kleine Stadt, treibet mit Vieh und dem Feldbau ihre Nahrung, und hat gegen der Donau ein Schloß ... Anno 1634 haben die Croaten allhier grausam gehaust. Es ist aber dieser Ort sonderlich merckwürdig worden, indem der Churfürst von Bayern den Grafen von Styrum den 10. September anno 1703 hierselbst geschlagen, hingegen dieser den Kayserlichen beigebrachte Streich den 13. August anno 1704 von dem Printzen Eugenio und Hertzoge von Marleborough so wohl an den Bayern als Frantzosen gar nachdrücklich ersetzt wurde, worbey deren gegen 20 000 Mann auf der Wahlstatt, und wohl 12 000 nebst dem Frantzösischen Marschall von Tallard gefangen, blieben.

Isaak Iselin (1728–1782), Historisch-geographisches Lexikon

Im Herbst 1705 rückten die Österreicher erstmals gegen aufständische Bauern und Bürger in den Isarwinkel vor. Eine in Ober- und Niederbayern gegründete »Kurbayer. Landesdefension« wollte sich im Dezember bei München vereinen, um die Österreicher zu vertreiben. Doch diese metzelten die unzulänglich ausgerüsteten Aufständischen aus Oberbayern am 24. 12. 1705 bei Sendling und die aus Niederbayern am 8. 1. 1706 bei Aidenbach blutig nieder. – Rechts: Allegorie auf die Niederwerfung des Aufstandes; Kupferstich, anonym. – Unten: Votivbild aus Lenggries (Kalvarienbergkapelle Hohenburg) zur Sendlinger Mordweihnacht.

Eine »abschailiche Action ...«

Eur Hoch Fürstliche Gnade kann ich unbericht nit lassen, wie daß am nechstverwichenen heiligen Weihnachtstag, den 25. hujus, in der Frue Zu Undter-Sendling zwischen denen kaiserlichen Völkern und denen aus underschidlichen Gerichten, absonderlich bei Töltz zusamen gerothen Bauern, ain abschailiche Action und Bluetbad vorbei gangen, indem in und außer dem Dorff bei 3000 Bauren abscheulich seindt niedergehaut, massecriert und plessiert wordten, und was mich zunechst bestürzt, ist, daß sie sogar das rev. S. Margarithae Gotteshaus zu under Sendling nit verschondt, dieses mit Bluetvergießen und Beraubung der hineingeflichten Bauren provanirt, auf dem Freythoff etliche erschossen und nidergemacht haben...

Aus dem Bericht des Pfarrers von Sendling an den Fürstbischof von Freising vom 28. Dezember 1705

Aber der Bürgermeister geht zum Frühstück ...

Draußen streiten die Bergessöhne für Münchens Befreiung den Todeskampf. Sie wollen sich ergeben und haben auf dreimalige Zusicherung der Gnade die Waffen weggeworfen, werden aber jammervoll an ein paar Tausend niedergemetzelt. Dort röcheln die Sterbenden, schreien die Verwundeten nach Wasser und Verband. Aber der Herr Bürgermeister geht zum Frühstück bei der Frau Mutter und versteckt sich in der Hlg. Geist-Kirche, die drei Weihnachtsmessen zu hören. Der Weheruf der Hingeschlachteten geht den Vertretern der Hauptstadt nicht im mindesten zu Herzen. Sie eilen keineswegs aufs Schlachtfeld, beschwören nicht die feindlichen Hauptleute um Schonung, noch zuvörderst den Statthalter ...

Joh. Nep. Sepp, Der bayerische Bauernkrieg mit den Schlachten bei Sendling und Aidenbach, München 1884

Wir Maria Theresia
von GOTTES Gnaden zu Hungarn, Bö-
heim, Dalmatien, Croatien und Slavonien etc.
Königin, Ertz-Herzogin zu Oesterreich, Herzogin
zu Burgund, zu Brabant, zu Mayland, zu
Steyer, zu Kärnthen, zu Crain, zu Mantua,
zu Parma und Piacenza, zu Limburg,
zu Lützemburg, zu Geldern, zu Würtemberg,
Ober- und Nieder-Schlesien, Fürstin zu
Schwaben und Siebenbürgen, Marggräfin
des Heyl. Röm. Reichs, zu Burgau, zu
Mähren, Ober- und Nieder-Laußnitz, gefürstete
Gräfin zu Habspurg, zu Flandern, zu Tyrol,
zu Pfird, zu Kyburg, zu Görtz, zu Gradisca,
und zu Arthois, Gräfin zu Namur

Kurfürst Karl Albrecht (Kaiser Karl VII.) 1726–1745

1715 kehrte Max Emanuel nach München zurück. 1722 vermählte sich sein Sohn Karl Albrecht (ab 1726 Kurfürst) mit einer Habsburgerin, weil er beim Aussterben des Mannesstammes der Habsburger miterben wollte. So entschied er sich 1741 gegen die Mahnungen seines Kanzlers Unertl (»Denken Sie an Ihren Herrn Vater und an das Los, das ihm und Bayern wurde!«) zum Krieg mit der jungen Maria Theresia. Zwei Tage nach seiner Kaiserkrönung in Frankfurt (12. 2. 1742) überzogen dann österreichische Panduren München und Bayern mit Terror und Verwüstung, drei Jahre lang. – Oben: Im Frieden von Füssen (Titelblatt) muß Bayern, nun unter Max III. Joseph, auf alle Erbansprüche gegen Habsburg verzichten. – Unten: Votivbild von Pfarrer Kipfelsberger aus Straubing, der Panduren-Mißhandlungen 1743 überlebte.

Oben: Schnitt durch das 1751/53 von François Cuvilliés erbaute alte Residenztheater in München (Kupferstich von Valerian Funck, um 1771). Das Kurfürstliche Hoftheater mit strenger Rangordnung (von unten nach oben sitzend der Stadtadel, Hochadel, niedere Adel und die Hofbeamten) wurde erst 1795 der Öffentlichkeit zugänglich gemacht. Seine im Zweiten Weltkrieg rechtzeitig vor der Zerstörung geretteten Schnitzereien sind im 1958 neueröffneten Cuvilliés-theater in der Münchener Residenz wiederverwendet worden.

Ein Franzose als Baumeister

Noch einen Blick aufs Hoftheater! maßen ein Fremder diese Gebäude niemals übersehen muß; die bei uns, so wie vormals bei Griechen und Römern, für einen der vornehmsten Zierate der Städte gelten müssen. Es ist unnötig, Ihnen zu sagen, der Baumeister desselben sei ein Franzose gewesen. Sie werden es sofort an der Art des Risses, und an der vielen Vergoldung der Logen gewahr werden, die es ziemlich glänzend, und fast so schimmernd als die Bühne selbst machen. Indessen bilden Sie sich nicht ein, daß die Schaubühnen zu Paris eben so aussehen; denn dieses ist schön, und jene sind (mit der Franzosen Erlaubnis) höchst garstig.

Johann Ludwig Bianconi, Briefe über die vornehmsten Merkwürdigkeiten der churbairischen Residenzstadt München, und den umliegenden Lustgegenden. München und Leipzig 1771

Barock und Rokoko in Bayern 18. Jahrhundert

Jagdabenteuer des Kurfürsten Karl Albrecht

Bei Verfolgung eines Ebers kam der Kurfürst von der Jagd ab, und da der Wächter, dem der Verschluß der Parktore oblag, eines offenstehen ließ, so rannte der Eber hinaus und lief auf der anderen Seite des Flusses, genannt Würm, dahin. Der Kurfürst, welcher ihn nicht aus den Augen ließ, wollte den Weg abkürzen, indem er den Fluß mit seinem Pferde namens »Flieger« durchreiten wollte. Da aber an der anderen Seite des Flusses das Ufer ziemlich hoch war, wollte er dasselbe nicht zu Pferde erklimmen, in der Furcht rückwärts zu überschlagen und in das Wasser zu fallen. Er sprang daher am Rande des Ufers, das an diesem Orte sehr steil war, vom Pferde ... Da brach der Zweig, an dem der Kurfürst sich hielt, und höchstderselbe fiel in den hier ziemlich reißenden Fluß. Er hatte große schwere Stiefel an, die ihn am Schwimmen hinderten. Es war höchste Zeit, daß er mit Gottes Hilfe einen Stiefel wegbrachte und glücklich aus dem Wasser stieg, er warf den andern Stiefel auch weg und marschierte fast eine Viertelstunde in Strümpfen, dabei immer schreiend, um sich seinem Gefolge vernehmbar zu machen. Der Baron Mayrhofen hörte ihn, verfolgte die Richtung und war aufs äußerste überrascht, den Kurfürsten ganz allein zu Fuß und in Strumpfsocken und ganz durchnäßt anzutreffen ...

Aus dem Tagebuch des Kammerfräuleins der Kurfürstin Amalie, Marie Therese Gombert, aufgezeichnet am 26. 11. 1734 (nach Biehn, Feste und Feiern im alten Europa)

Links: 1754 wurde die von Dominikus Zimmermann aus Wessobrunn (1685–1766) erbaute Wallfahrtskirche Wies bei Steingaden in Oberbayern eingeweiht (Blick auf den Hochaltar).

Rechts: Kuppelfresko von Johann Jakob Zeiller (1708–1783) in der aus dem 14. Jh. stammenden Klosterkirche Ettal, die im 18. Jh. nach Plänen von Zuccalli umgebaut wurde.
Unten: Graf Max Cajetan von Törring-Seefeld, ab 1743 Generalfeldmarschall der Kurbayerischen Armee (aus dem Turnierbuch des Kurfürsten Karl Albrecht).
Unten rechts: Pferderennen bei Nymphenburg 1779; Gemälde von Josef Stephan, 1709–1786.

Münchens Bauten im 18. Jahrhundert

Bedenkenswert, was in dieser Epoche, in die zwei Kriegskatastrophen fallen, wiederum in München und Umgebung geschaffen worden ist: der Bürgersaal, die Dreifaltigkeitskirche, Schloß Fürstenried, das neue Schloß in Schleißheim, die Erweiterung Nymphenburgs und des Parks, sein Kanal, die Pagodenburg und die Badenburg, das Preysing-Palais, das Palais Lerchenfeld, die alte St. Anna- und die Herzogspitalkirche, die Reichen Zimmer der Residenz, die Damenstiftskirche, die Asamkirche, das Palais Holnstein (heute Erzbischöfliches Palais), die Amalienburg, St. Michael in Berg am Laim, die Kurfürstenzimmer der Residenz, das Törring-Palais, das Residenztheater, der große Saal in Nymphenburg und die Rondellbauten.

Aus Ludwig Schrott, Münchener Alltag in acht Jahrhunderten

Kurfürst Max III. Joseph (1745–1777) und »Kurpfalzbayern« unter Karl Theodor 1777–1799

Der Patriot in Baiern.
Eine Wochenschrift mit Kupfern.

Mit Churfürstl. allergnädigster Freyheit.
München 1769.

Kurfürst Max III. Joseph orientierte sich wieder nach Wien, schloß befristete Verträge mit England und Frankreich und hielt seinem Volk den Krieg fern. Im Innern ließ er durch Wiguleus von Kreittmayr neue Straf- und Zivilgesetze formulieren, die bis 1813 bzw. 1900 galten. Er starb jedoch kinderlos, weshalb nach dem Hausvertrag von Pavia (1329) sein Thron an den Pfälzer Karl Theodor von der Wittelsbach-Linie Zweibrükken–Birkenfeld überging. Dieser kam ungern nach München, das ihm den Englischen Garten durch Rumford, die Uraufführung der ersten Mozart-Opern sowie die Öffnung der Hofbibliothek für die Bevölkerung verdankt.

Links: Der vom Volk als Beschützer der Bauern und Rebell gegen obrigkeitliches Unrecht verehrte Wildschütz und Räuber Matthäus Klostermaier alias Bayerischer Hiasl vor seiner Aburteilung 1771 (Radierung von J. A. Stockmann, gest. 1783).

Unten links: Kurfürst Max III. Joseph an einer Drehbank; Gemälde von Dörner, um 1770.

Unten rechts: Titelblatt einer der ersten Wochenschriften in Bayern aus dem Jahr 1769.

Das Urteil über den Hiasl

In peinlichen Verhörssachen entgegen, und wider den Mathias Klostermeyr sogenannten baierischen Hiesel von Kissing des Landgerichts Friedberg in Baiern gebürtig, wird vor der Hochfürstl. augspurgischen weltlichen Regierung allhier mit Urtheil zu Recht erkannt, daß dieser Erzbösewicht wegen seiner vielfältigen Wilddiebereyen, offentlichen Gewaltthaten, Landesfriedbrüchen, Raubereyen, und fürsetzlichen Todschlägen, den göttlichen, natürlichen und menschlichen Gesetzen, auf die vermessenste und ärgerlichste Weise zu widergehandelt, und dahero das Leben verwirket habe; weßwegen derselbe zu seiner wohlverdienten Strafe, anderen aber zum abscheuenden Beyspiel dem Scharfrichter zu Handen und Banden übergeben, zur Richtstatt geschleift, daselbst mit dem Rad, durch Zerstoßung seiner Glieder von oben herab, vom Leben zum Tode gerichtet, alsdann der Kopf von dem Körper abgesondert, dieser aber in vier Stücke zerhauen, und auf den Landstraßen aufgehangen, der Kopf hingegen auf den Galgen gesteckt werden solle.

Von Rechtswegen also geurtheilt und vollzogen in der Hochfürstl. Residenzstadt Dillingen den 6. Herbstmonat 1771.

Nach Paul Ernst Rattelmüller, Matthäus Klostermaier

Mozart an München

Unter all den Städten, wo ich kampieret,
Viel musiziert und instrumentieret,
In München ich auch einst logieret,
Am Hofe dort fein konzertieret
Opera Idomenea 1780 komponieret,
Wozu in Kurfürst's Brauhaus ich mich restaurieret
An seinem Bier mich delektieret,
Mit allen Gästen mich primo amusieret
Drum sei Ihnen dieser Spruch auch deduzieret!

W. A. Mozart; nach Gerstner, München im Gedicht

Landesfürstliche und öffentliche Gebäude, Erholung des Publikums

Die kurfürstliche Residenz verspricht nach altbaierischer Sitte von außen wenig, leistet aber von Innen desto mehr. Sie steht für jedermann offen. Im alten Hofe sind Finanzkollegium, Forstamt, Münzamt, Bergmeisteramt, Wechsel- und Handelsgericht und das Bücher-Censurkollegium untergebracht. Im Hoftheater gibt es wöchentlich drei Vorstellungen und häufig Concerte, Hofbibliothek und Gemäldegalerie sind öffentlich. Das Schloß Nymphenburg besitzt bei der Landsberger Chaussee einen angenehmen Thiergarten. Der Erholung der Münchner dient auch der Hofgarten, der Englische Garten, eine Schußstätte vor dem Karlsthor und ein Überfluß an Wirtshäusern, Kaffeehäusern und Billards. Die berühmtesten Gasthöfe sind: Schwarzer Adler, goldner Hahn, goldner Hirsch, schwarzer Bär, goldne Ente, römischer König und Londnerhof.

Aus Adrian von Riedl, Topographische Skizze von München, 1796

Wir verordnete und geschworne Vorgeher des Handwercks der Burgerlichen … in der Churf. Haupt- und Regierungs-Stadt Straubing bescheinen und urkunden hiemit daß gegenwärtiger … Gesell Nahmens … von … gebürtig, so 18 Jahr alt und von Statur … ist bey uns allhier … Jahr … Wochen in Arbeit gestanden, und sich solcher Zeit über treu, fleißig, still, fridsam und ehrlich wie es einem jedem Handwercks Pürschen gebühret, verhalten hat, welches wir attestiren, und deßhalben unsere sammentliche Mit-Meister disen … Gesellen nach Handwercks Gebrauch überall zu fördern, geziemend ersuchen wollen. Zu Urkund dessen haben wir gegenwärtige Kundschafft mit … Handwercks Insigl gefertiget und von uns Vorgehern eigenhändig unterschriebner ihme … So geschehen in Straubing den 19. Monats Tag … im Jahr 1803

Oben: Gesellenbrief eines Straubinger Drechslers aus dem Jahr 1803 (Vorderseite). Auf der Rückseite (unten) hat der Geselle vermerkt, durch welche Orte und Städte er auf seiner Wanderung bis 1809 gekommen ist: Landshut, Freising, München, Augsburg, Günzburg, Ludwigsburg, Heilbronn, Heidelberg, Mannheim, Bruchsal, Straßburg, Colmar, Paris.
Unten links: Nürnbergischer oder augsburgischer Gewichtssatz mit Seepferdchen, Seehunden, Meerweibchen auf dem Deckel (Messing, 1713).
Unten rechts: Berchtesgadener Spanschachtel, 18. Jahrhundert.

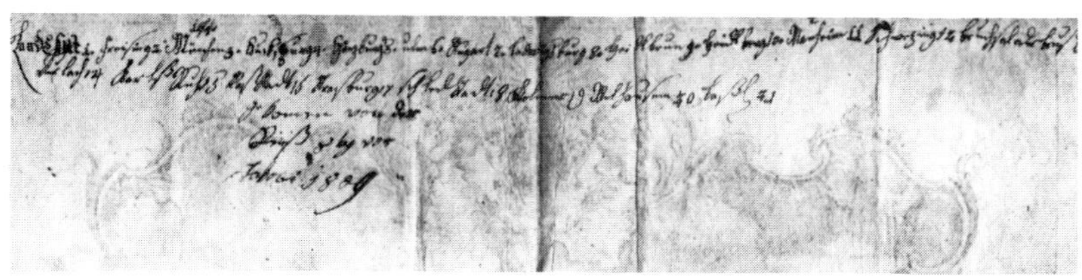

Wasserburg am Inn 1805

Die Stadt hat eine wilde düstere Lage in der Tiefe des Innbettes und ist von den hohen entblößten Ufern oder Sandbergen wie in Nacht verhüllt; daher herrscht hier, besonders zur Herbstzeit, beständiger Nebel. Die Gebäude in dem Orte sind ziemlich ordentlich und das Rathaus, die vielen Bogengänge und Gewölbe haben vielen Raum. Zur Salzniederlage sieht man verschiedene kurfürstliche Gebäude, so wie auch eine Schopperstadt, eine Einrichtung zum Schiffbau für die Salzfrachten. Durch den üblen Lokalumstand des Inns, der die Stadt wie eine Insel umringt, wird die Schiffahrt sehr erschwert ...

Joseph von Hazzi, Statistische Aufschlüsse über das Herzogtum Baiern, Bd. V., 1805

Stubenmädchen und Kellnerinnen

Das weibliche Geschlecht in München ist schön. Die Stubenmädchen, die schön sind, minaudieren [zieren sich] nicht wenig, aber auf ganz andere Art als die sächsischen und die wienerischen. Es ist etwas Ruhiges, Katholisches, Herziges, Bayerisches in ihren kleinen Manieren. Es scheint, die Wirte studieren darauf, schöne Kellnerinnen zu haben.

Christoph Friedrich Nicolai, 1785

Oben: Zeichnung eines unbekannten Künstlers vom Rathaus in Wasserburg am Inn aus dem Jahr 1795. Im Vordergrund angetreten die Bürgerwehr. Links: Der Titel eines Meisterbriefes für einen Musikmeister aus Wasserburg am Inn aus dem Jahre 1786.

Reichs-Friedens-Deputations Verhandlungen v. J. 1803 Convol. VIII.

Bayern und Napoleon, Max IV. Joseph und Montgelas

Als in Paris die Bastille gestürmt wurde, ging in München zur gleichen Zeit das von Graf Rumford ein Jahr später reformierte Militär daran, die Wiesen am Schwabinger Bach in Gartenland für den »Theodor-Park«, später »Englischer Garten«, zu verwandeln, den der Gartenarchitekt Sckell ausgestaltete und erweiterte. Zehn Jahre später wurde Max IV. Joseph, Herzog von Zweibrücken, neuer Kurfürst von Pfalz und Bayern. Er und sein genialer Minister Maximilian von Montgelas (1759–1839) legten mit ihrer toleranten Reformpolitik und dem mit Hilfe Napoleons (1801) erreichten Gebietszuwachs die Grundlagen für den heutigen bayerischen Staat.

Oben: Titel des Textes der »Reichs-Friedens-Deputations-Verhandlungen« vom 25. 2. 1803, die Bayern als Entschädigung für verlorenes linksrheinisches Land (nach dem Frieden von Luneville mit Napoleon) die Säkularisation der landständischen Klöster bestätigen.

Oben rechts: Minister Maximilian von Montgelas; Lithographie von J. Fertig nach einem Gemälde von Heuß (1799–1827).

Rechts: Veröffentlichung des Besitzergreifungs-Patents über die fränkischen Fürstentümer vom 22. 11. 1802. Insgesamt kamen 1802/3 an Bayern: die Bistümer Würzburg, Bamberg, Augsburg, Freising, Teile von Eichstätt und Passau, 15 Reichsstifte und 13 Reichsstädte in Franken und Schwaben.

Wir Maximilian Joseph,

Pfalzgraf bei Rhein, in Ober- und Niederbaiern Herzog ꝛc. ꝛc.

des heil. röm. Reichs Erztruchseß und Churfürst.

Entbieten allen und jeden, die dieses lesen, oder lesen hören, Unsere Gnade, und Unsern Gruß, und fügen denselben zu wissen:

Da durch den zwischen Seiner Römisch-Kaiserlichen Majestät und dem teutschen Reiche, dann der Republik Frankreich am 9ten Februar 1801 zu Lüneville errichteten Friedensschluß, Unsern mit dem ersten Consul am 24ten August vorigen Jahres unterzeichneten besondern Frieden, und die zwischen Frankreich und Rußland am 3ten des abgewichenen Monats Junius abgeschloßene, von der Reichs-Deputation angenommene Uebereinkunft, Uns, Unserm Churhause, dessen Erben und Nachkommen, zur Entschädigung wegen den an Frankreich abgetretenen Besizungen auf dem linken Rheinufer, unter andern teutschen Ländern, Städten, Abteyen, Prälaturen, Stiftern und Orten auch mehrere im fränkischen Kreise gelegene als eine erbliche Besizung dergestalt zugetheilt worden sind, daß Wir und Unsere Nachfolger an der Chur in denselben alle Landesherrliche Gewalt, wie in Unsern andern Staaten ausüben sollen:

So haben Wir Unsern Landesdirections-Präsidenten und außerordentlichen Commissär im Herzogthum Berg, Johann Wilhelm Freiherrn von Hompesch, als General-Commissär ernannt, um davon für Uns und Unser Gesammthaus Besiz zu nehmen.

Wir versehen Uns demnach zu sämmtlichen Landsassen und Lehnleuten, den Civil- und Militärbedienten, Beamten und Magistraten der Städte, und endlich zu allen Einwohnern, wessen Standes, Würde, oder Wesen sie seyn mögen, daß sie Uns von nun an für ihren rechtmäßigen und einzigen Landesfürsten erkennen und ansehen, einen vollkommenen Gehorsam und unverbrüchliche Treue beweisen, und, sobald Wir es erfodern, die feierliche Huldigung leisten, überhaupt aber, sich als treue und gehorsame Unterthanen betragen werden.

Dagegen ertheilen Wir die Versicherung, daß Wir ihnen mit Landesväterlicher Huld und Gnade allezeit zugethan seyn, allen Schuz angedeihen lassen, der Beförderung der gemeinen Wohlfahrt unermüdete Vorsorge widmen, und überhaupt alles anwenden werden, sämmtlichen Unsern neuen Unterthanen den möglichsten Grad von Wohlstand zu verschaffen.

Wir lassen die feierliche und allgemeine Landeshuldigung noch ausgesezt, und es vor der Hand bey der gewöhnlichen Vereidung und Verpflichtung der Landescollegien, der Militär- und Civildienerschaft, der Beamten, Magistrate und übrigen Vorgesezten bewenden.

Damit aber durch diese Veränderung des Subjects der Oberherrschaft die Regierungsgeschäfte zum Nachtheile des gemeinen Wesens nicht unterbrochen, sondern in ihrem unverrückten Gange erhalten werden, so wollen Wir, daß sämmtliche Collegien, Aemter, und sonstige obrigkeitliche Stellen ihre Verrichtungen in ihrem dermaligen Stande gesezmäßig fortsezen, und es bei der bisherigen Behandlungs- und Verfahrungs-Art, unter der obersten Aufsicht und Leitung Unsers oben genannten Commissärs, sein Verbleiben habe.

Die Aussertigungen bey den Collegien sollen zwar nach den bey Unsern ältern Landesstellen gebräuchlichen Fertigungen in Unserm Namen erlassen, die alten Sigille aber noch so lange, bis die neue verfertigt sind, beibehalten werden.

Uebrigens hoffen Wir nicht, in den unangenehmen Fall zu kommen, sträfliche Widersezlichkeiten ahnden zu müssen, sondern versehen Uns vielmehr, daß sich jedermann bestreben werde, diesen Unsern gerechten Anordnungen Folge zu leisten.

Gegeben in Unserer Haupt- und Residenzstadt München den 22ten November 1802

Max Jos. Churfürst

Der letzte Fürstbischof von Bamberg, Christoph Franz von Busek, legte am 28. November 1803, nachdem Bamberg an Bayern fiel, die weltliche Regierung in seinem Bistum nieder. – Oben: Ansicht der Stadt Bamberg auf dem Kleebaumkeller um 1822. Gemälde von E. Neureuther und J. B. Lachmüller. – Unten: Anonymer Holzschnitt, »Blinde Narren sind ungerechte Richter«, aus der »Bamberger Halsgerichtsordnung«, verfaßt von Johann zu Schwarzenberg 1507 für die Bischöflich-Bambergischen Lande; sie wurde die Grundlage der berühmten »Carolina« von 1532, des ersten deutschen Reichsstrafgesetzbuchs. – Links unten: Einige Zeilen aus der »Chronik von Bamberg« von Hartmann von Schedel, 1497. – Unten: Ältester Siegelstempel der Stadt Bamberg, um 1230–40, Messing.

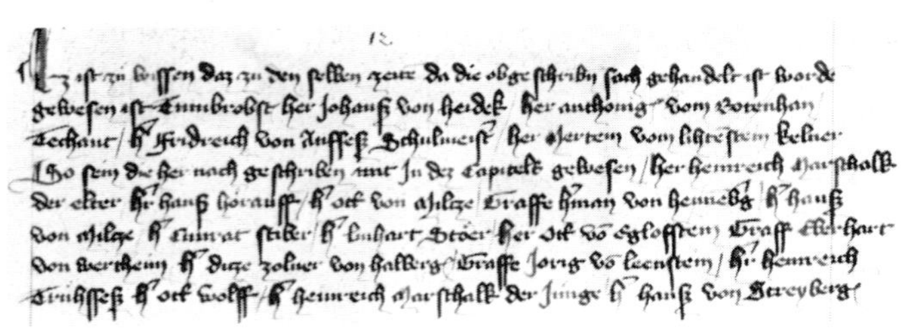

12

Es ist zu wissen daz zu den selben zeitn da die obgeschriben sach gehandelt ist worde
gewesen ist Thumbrobst her Johanß von Heideck her anthonig von Rotenhan
Techant / h. Fridreich von Auffseß Schulmeist her Mertein von lichtenstein kelner
Also sein die hernach geschriben auch in der capitel gewesen / her Heinreich Marschalk
der elter h. Hanß Horauff h. Ott von Ahilze Graffe Hman von Henneb. h. Hanß
von Ahilze h. Cunrat Stiber h. Lushart Stöer her Ott vo Egloffstein Graff Eberhart
von Wertheim h. Dietz Zollner von Halberg Graffe Jorg vo Leenstein / h. Heinreich
Truhsess h. Ott Wolff / h. Heinreich Marschalk der junge h. Hanß von Streyberg

Bamberg an Bayern 1802/03

Rechts: Karikatur von Soldaten der Bürgerwache in Bamberg, gezeichnet von dem Dichter E. T. A. Hoffmann, der von 1808 bis 1813 in Bamberg lebte und wirkte.
Unten: Barocker Türknopf aus dem 18. Jahrhundert am Haus Eisengrube 14 in Bamberg, Vorbild für das »Äpfelweibla« in Hoffmanns Erzählung »Der goldene Topf«.
Mitte rechts: Rechnung für Einquartierungskosten für zwei Offiziere vom 6. 12. 1800, ausgestellt vom Gastwirt zum »Schwarzen Adler« in Bamberg.
Ganz unten: Der Kaisersaal in der Bamberger Residenz (Anfang des 17. Jh.). An den Fensterpfeilern befinden sich Standbildnisse deutscher Kaiser von Balthasar Katzenberger, über Fenstern und Türen Büsten von west- und oströmischen Herrschern.

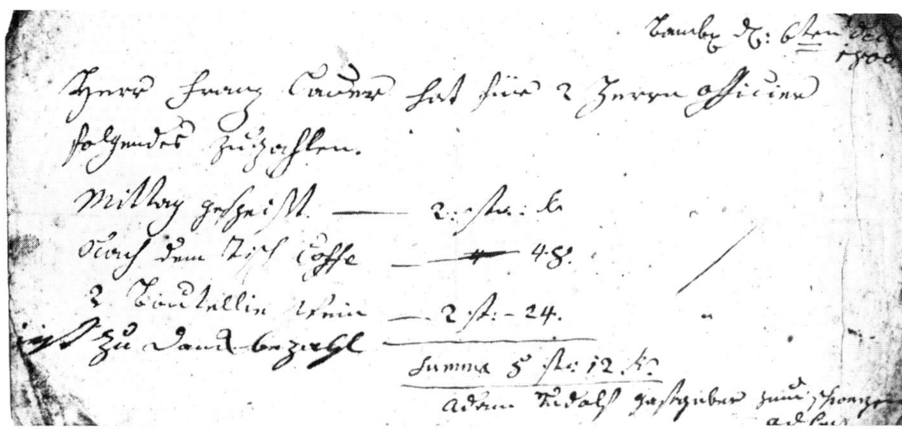

Fränkische und schwäbische Gebiete an Bayern 1803/05

Im Herbst 1805 hatte Bayern wieder die Österreicher als Feinde im Land, nachdem es mit Frankreich ein Schutz- und Trutzbündnis geschlossen hatte und dafür weiteren Gebietszuwachs nach Napoleons Sieg bei Austerlitz erhielt: die Restbistümer von Eichstätt und Passau, die Markgrafschaft Burgau, die Städte Lindau und Augsburg sowie Tirol, das sich aber auf die Dauer nicht halten ließ. – Oben: Blick in den Dom von Eichstätt, 14./15. Jh. – Links: Audienzzimmer der Fürstäbtlichen Residenz von Kempten, als Reichsstift 1803 an Bayern.

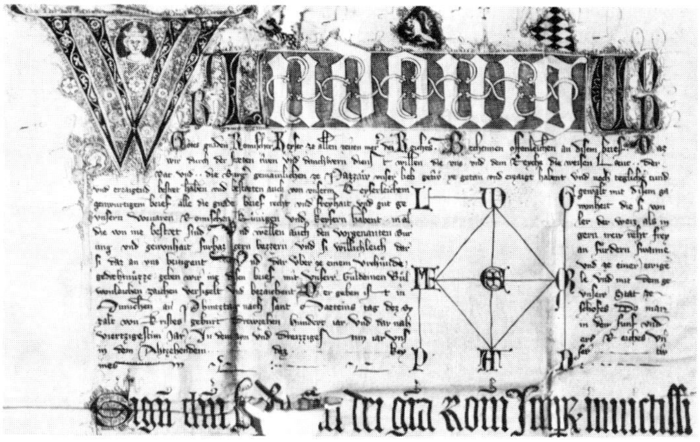

Nicht alle Gebiete, die Bayern durch Napoleons Neueinteilung von Mitteleuropa erhielt und die von 1803 bis 1819 die Landfläche Bayerns verdoppelten, waren als Gewinn anzusehen. Viele der kleinen Territorien waren stark verschuldet, das Fürstbistum Passau stand sogar vor dem Bankrott. – Oben: Kaiserurkunde Ludwigs des Bayern, mit der einst Passau am 17. 11. 1345 die hergebrachten Rechte und Freiheiten bestätigt worden waren. – Unten: Die Dreiflüsse-Stadt Passau im Luftbild. – Rechts: Luftbild von Nördlingen im Ries, über dessen Stadtkern aus dem 13. Jh. die Besiedlung erst in unserem Jahrhundert hinausgegriffen hat. Noch heute zeigt sich der Stadtkern Nördlingens als gewachsene Reichsstadt des Mittelalters, geschützt von der noch vollständig stehenden Stadtmauer (14. Jh.) mit 16 Türmen (davon fünf Toren), Gräben und Alter Bastei.

Oben: Ein eindrucksvolles Beispiel bayerischer Volkskunst und bürgerlichen Standesbewußtseins im 18. Jh. geben diese beiden sogenannten Treuegelöbnisbilder der Familie Freidhofer aus Wasserburg am Inn. Die von Johann M. Delser gemalten Ehepartner versicherten sich mit den vorgezeigten Billetts ihrer gegenseitigen Treue über die Zeit einer längeren Trennung wegen einer Reise: »Liebste Gemahlin, das versprech ich Dir, zweifle gar nicht, der Sohn auch mit mir.« »Gemahl und Sohn, laßt Euch gesaget sein, das ist die Bluem Vergiß nicht mein.«

Links: Seite aus dem »Stubenberger Liederbuch«, einer einzigartigen Sammlung von geistlichen und weltlichen Volksliedern, die ein Bauer aus Stubenberg bei Simbach am Inn zwischen 1796 und 1815 zusammengetragen hat (teilweise mit Texten aus dem 12. Jh.). Illustriert wurde das Werk von dem Sammler im Stil bäuerlicher Hinterglasmalerei.

Rechts oben: Scheibenschießen zu Bayerisch-Zell; Aquarell von Lorenzo II Quaglio, 1793–1869.

Rechts: Blick auf München um 1761; Gemälde von Bernardo Bellotto, der sich nach seinem Onkel auch Canaletto nannte (1697–1768).

Augsburg an Bayern 1805/06

Oben: Das Augsburger Rathaus und der Perlach-Turm um 1700. – Oben rechts: Miniatur Jakob Fuggers »des Reichen« (1459–1525) mit seinem Buchhalter; Jakob war der Bankier von Päpsten und Kaisern und besaß das Kupfermonopol in Europa. – Unten links: Das Rennen der »Jungen Gesellen und gemeinen Frauen« beim Augsburger Armbrustschießen 1509 (Handschrift von Sebastian Schertlin von Burtenbach, um 1570/77). – Unten: Nr. 34 der Augsburger »Post-Zeitung« vom 23. 11. 1697. – Rechts: Der »Goldene Saal« im alten Augsburger Rathaus, 1620–26 von Matthias Kager ausgestattet, wurde im Zweiten Weltkrieg völlig vernichtet.

NUM. 94.

Wochentliche Ordinari - Post = Zeitung.

Den 23. Novemb. / Anno 1697.

Seynd Donnerstags / und Sambstags zu haben
In Augspurg / bey Matthias Meta / ist wonhafft auf den
Untern Graben / in den Boltzischen - Hauß.
Mit Römisch- Käyserl. Majestät sonderbaren Gnad / und Freyheit.

Wienn den 16. Novemb.

VOrgestern haben sich Jhr. Maj. der Röm. König mit dero Hoffstatt nacher Closter - Neuburg erhoben / gestern daselbst das Fest deß H. Leopoldi celebrirt / und deß Abends dahier wider angelangt; beede Kays. Maj. seynd dahier hinterblieben / und wurde Jhr. Maj. deß Kaysers Nahmenstag bey Hoff in schöner Galla begangen. Aus Sibenbürgen hat man / daß allda Kundschafft eingeloffen / daß sich der Türckische Kayser annoch zu Nissa befinde / und wegen viler Rauber sich nicht weiter hinein getraue. Nachdeme der Hr. Obrist - Leutenant Graff von Herberstein aus Caransebes berichtet / daß zu Vipalancka nur 100. und zu Banzoua 300. Türcken in Guarnison ligen / seye der Hr. Gen. Rabutin mit 3000. Teutschen und allen Raitzen / auch 6. Stucken / einen Böller und anderen Requisiten dahin aufgebrochen / umb die beyde Plätze zu emportiren / und zu besetzen / umb dardurch die Communication zwischen Belgrad und Temeswar abzuschneiden / und so dann alle Bauren umb gedachtes Temeswar zuruck und anderstwohin zu ziehen / damit zu selbiger Türcken Subsistentz nichts angebauet werden möge. Aus Pohlen kombt / daß die sammentliche Lunomirskische nach erhaltenen Kön. Pardon / die Kön. Parthey angenommen / und auch den Cron - Schatzmeister und Lithauischen Feldherrn / nebst selbigen Grandes und gantze Armee auf Königl. Seiten gebracht / welche Submission nun zur innern Ruhe selbigen Königsreichs grosse Hoffnung gibt.

Fridens-Tractat / zwischen Jhro Käyserl. Maj. und dem Reich / und dem König in Franckreich.

1. SOll zwischen Jhr. Kayserl. Maj. und dero Nachfolgern / dem gantzen Röm. Reich / dero Reiche und Erblanden / Clienten und Unterthanen / an einem / und Sr. Aller-Christlichsten Königl. Majest. dero Nachfolgern / Clienten und Unterthanen / andern Theils / ein Christlicher / allgemeiner ewiger Fride und wahre Freundschafft seyn / und derselbe so aufrichtig gehalten und gehandhabet werden / daß kein Theil zu deß andern Schaden und Nachteil es sey unter was Schein und Vorwand es immer wolle / etwas unternehme / oder denen / die dergleichen unternehmen und Schaden thun wollen / Hülffe leiste / es mag Namen haben / wie es wolle: So soll auch kein Theil deß andern rebellirende und ungehorsame Unterthanen unter einigem Vorwand / aufnehmen / schützen / und denenselben helffen / sondern vilmehr eines deß andern Nutzen / Ehre und aufnehmen ernstlich befördern / daran nit hindern / sondern abgethan und vernichtet seyn sollen / alle im Gegentheil gethane Zusagen / Tractaten / und Bündnüsse / wie selbe auch gemachet / oder hinkünfftig mögen gemachet werdẽ.

2. Soll alles das jenige / was beyderseyts feindseeliges geschehen / es seye an Ort und Stelle / auf Art und Weise / wie es wolle / durch eine Amnestie und Vergessenheit allerseits abgethan und aufgehoben seyn / solcher Gestalt / daß weder disertwegen / noch unter einiger andern Ursach und Vorwand ein Theil dem andern etwas feindlich / oder verdrießliches / es geschehe directe oder indirecte / thätlich oder den Weg Rechtens / einiger masse thue / oder zugebe / daß solches geschehe / sondern es sollen alle und jede Injurien und Gewalt-Thaten / sie seyen ge-

Hhhhh sche

Zu Gast beim Bankier Fugger

Es lud einst Herr Marx (Marcus) Fugger Ihre Fürstliche Gnaden nebst einem Herrn von Schönberg, welcher auch bei uns im Losament lag, zu Gaste. Ein dergleichen Bankett ist mir bald nicht vorgekommen: besser mag auch der römische Kaiser nicht traktieren und mit so überschwenglicher Pracht. Das Mahl war in einem Saale zugerichtet, in dem man mehr von Gold als von Farbe sah. Der Boden war von Marmelstein und so glatt, als wenn man auf dem Eise ginge. Es war ein Kreuztisch aufgeschlagen durch den ganzen Saal, der war mit lauter Kredenzen besetzt und merklich schönen venedischen Gläsern, welches Geschirr, wie man sagte, weit über eine Tonne Goldes wert sein sollte …
Es führte der Herr Fugger Ihre fürstliche Gnaden im Hause spazieren, welches ein so gewaltig großes Haus ist, daß der römische Kaiser auf dem Reichstage mit dem ganzen Hofe darin Raum gehabt. Es führte uns auch Herr Fugger in ein Türmlein, darin er uns einen Schatz von Ketten, Kleinodien und Edelstein, auch von seltsamen Münzen und Klumpen Goldes wie Köpfe groß wies, der, wie er selbst sagte, über eine Million Goldes wert wäre …

Aus der Lebensbeschreibung des Ritters Hans von Schweinichen, 1575

Die Anfänge des modernen Bayern oder »Revolution von oben«

Das Königreich von 1806 bis zur Revolution 1848

Ab 1. Januar 1806 war Bayern ein Königreich, ein souveräner Staat von Napoleons Gnaden, dessen territoriale Neuordnung Mitteleuropas Bayern zwischen den Jahren 1803 und 1819 die Verdoppelung des Landes einbrachte. Die Annahme dieser Art Souveränität durch die Königreiche Bayern und Württemberg kann man als Verrat an der alten Reichsidee ansehen, denn innerhalb des alten Reiches sollte es keine souveränen Staaten geben. Freilich war das alte Reich bereits seit Jahrhunderten in der Auflösung begriffen. Napoleon konnte deshalb leicht seine deutschen Satellitenstaaten in den unter seinem Protektorat gegründeten Rheinbund drängen. Das bedeutete das Ende des alten Römischen Reiches Deutscher Nation: am 6. August 1806 verzichtete der Habsburger Franz II. auf die deutsche Kaiserkrone. Bayern aber, so schreibt der französische Historiker Marcel Dunan heute, war und blieb die »bedeutsamste und dauerhafteste Gründung im napoleonischen Deutschland«.

Der Gefahr, daß Bayern auch eine französische Verfassung erhielt, kam der erste Minister des Bürgerkönigs Max I. Joseph, Maximilian von Montgelas, mit seiner Konstitution von 1808 geschickt zuvor, einer Verfassung, in der der König die Gleichheit aller seiner Untertanen vor dem Gesetz bestimmte. Bayerische Untertanen wurden damit alle Einwohner in den nach weltlicher oder geistlicher Herkunft, Kultur und Geschichte so verschiedenartigen über 80 kleinen und großen neuen Landesteilen, die unter Napoleon zu Bayern kamen und die nach dem Untergang des alten Reiches nicht mehr lebensfähig waren. Natürlich gestand man sich dies in den alten Reichsstädten Nürnberg, Regensburg und Augsburg nur ungern ein. Es gab auch anfangs einige Widerstände gegen die bayerische Machtübernahme. So trauerte man in den fränkischen Markgrafentümern der preußischen Zeit nach, in den Bischofsstädten Eichstätt, Bamberg und Würzburg blieb man auf Distanz zu Altbayern, und ein schwäbischer Pfarrer schrieb gar in seinem Bericht: »Wir sind also bayerisch. Gott gnade uns allen.«

Bayern reichte nun von Aschaffenburg bis Berchtesgaden, von Hof bis Lindau. Diesen Raum allmählich und mit Geduld in ein einheitliches Staatsgebilde integriert zu haben, war die große Leistung von Max I. Joseph und Minister Montgelas. Mit dem Jahr 1806 begann die Geschichte eines neuen Bayern, das in seinen Grundzügen, sogar in den Grenzen, bis auf wenige Veränderungen noch heute besteht. Dieser Wendepunkt in der bayerischen Geschichte dokumentierte sich auch in einem äußerlichen Zeichen persönlicher Entscheidung: im Sommer 1806 ließ sich König Max I. Joseph seinen Zopf, jenes Requisit des Ancien régime, abschneiden.

Achtzehn Jahre lang führte Graf Montgelas die bayerische Regierungspolitik als Außenminister und – von 1806 bis 1817 – auch als Finanz- und Innenminister. Sein Programm einer »Revolution von oben« brachte Bayern innere Reformen, die auf den Erfahrungen des aufgeklärten Absolutismus in Preußen und Österreich, aber auch auf den Ideen der Französischen Revolution aufbauten. Neben der Gleichstellung der christlichen Bekenntnisse im Zuge der Säkularisation gehörte dazu der Aufbau einer straffen Verwaltung mit einem effektiveren Beamtentum, die Einführung der allgemeinen Schulpflicht (bei den Volksschulen noch unter Aufsicht der Kirchen), Beseitigung der Steuerfreiheit und anderer Privilegien des Adels und die Humanisierung des Strafrechts, aus dem erst jetzt (1813) die Hexenverfolgung endgültig gestrichen wurde. Mit der Konstitution von 1808 wurde auch die Sicherheit von Person und Eigentum, eine unabhängige Rechtsprechung und die Gewissens- und Pressefreiheit garantiert.

Der Rheinbund hatte seine Mitgliedstaaten zur militärischen Gefolgschaft für Napoleon verpflichtet. Bayern leistete daher unter Max I. Joseph und Montgelas, die beide der französischen Sprache und Kultur verbunden waren, treue Waffendienste in der Grande Armée gegen Österreich, Preußen und Rußland. Allein im Rußlandfeldzug Napoleons 1812 opferte Bayern 30 000 Soldaten. Erst im Sommer 1813, als die nationale Befreiungsbewegung auch in Bayern Fuß faßte und eine mächtige napoleonfeindliche Gruppe mit Kronprinz Ludwig an der Spitze den König zu einem Frontwechsel drängte, ließ Max I. Joseph durch General Wrede Verhandlungen mit Österreich einleiten. Im Vertrag von Ried vom 8. Oktober 1813, eine Woche vor der Völkerschlacht von Leipzig, trat Bayern an die Seite der Alliierten gegen Napoleon und ließ sich dafür von Österreich und Preußen seine Souveränität und Entschädigungen für spätere Gebietsabtretungen (Salzburg, Tirol und das Innviertel) garantieren. Im Kampf gegen Napoleon waren bayerische

Truppen entscheidend beteiligt an der Schlacht von Hanau 1813 und in den Feldzügen in Frankreich 1814/15. Im Jahre 1816, ein Jahr nach der Gründung des Deutschen Bundes auf dem Wiener Kongreß, war Bayern in dem neuen Staatenbund unter österreichischer Vorherrschaft der drittgrößte unter 35 deutschen Kleinstaaten, nachdem die linksrheinische Pfalz an Bayern zurückgekommen, während bereits 1803 die rechtsrheinische alte Kurpfalz mit Mannheim und Heidelberg an Baden abgetreten worden war.

Die Entlassung Montgelas' zu Beginn des Jahres 1817 geschah auf Drängen des Kronprinzen Ludwig, denn zwischen diesem und dem Grafen Montgelas gab es denselben Gegensatz wie zwischen Kronprinz und König. Schon im Jahre 1803 hatte Ludwig (benannt nach seinem Taufpaten König Ludwig XVI. von Frankreich) seinen Vater Max I. Joseph und sich selbst so charakterisiert: »Er voll Vorliebe für die Franzosen, für Tricolore, für Republik, für Napoleon, ihm entschiedener Freund; ich entschieden dessen Feind, ja ein glühender Feind der Franzosen, ob sie weiß oder tricolor, voll teutschen Sinnes ...« Es spricht für den politischen Instinkt von Max I. Joseph, daß er aus Gründen der Staatsräson den persönlichen Gegensatz zu seinem Sohn überwand und Ludwigs spätere Herrschaft optimal vorbereitete, so mit dem Konkordat von 1817, nach dem der Staat die Versorgung und den Schutz der Kirche übernahm, vor allem aber mit der im wesentlichen von dem Kurpfälzer Georg Friedrich von Zentner erarbeiteten Verfassung von 1818. Es war eine oktroyierte Verfassung im Zeichen des monarchischen Prinzips, nach der der König und zwei Kammern (eine Ständekammer und eine mit Volksvertretern) gleichberechtigt zusammenwirkten. »Vater Max«, wie der im Lande überall wegen seiner Kontaktfreudigkeit und realistischen Politik gerühmte Bürgerkönig genannt wurde, hinterließ den Neubau eines fortschrittlichen Staates; ihn repräsentativ einzurichten wollte er der Künstlernatur seines Sohnes überlassen.

Was den äußeren Rahmen betrifft, leistete Ludwig I. ganze Arbeit. Ihm verdankt vor allem die Landeshauptstadt München ihren Aufstieg vom anfangs noch recht bäuerlichen Stadtbild zu einer glanzvollen Residenzstadt mit vielbeachteten Bauwerken. Sein Ziel war: »Ich will aus München eine Stadt machen, die Teutschland so zur Ehre gereichen soll, daß keiner Teutschland kennt, wenn er nicht München gesehen hat.« Mit seinen Architekten, den »Nordlichtern« Klenze und Gärtner, baute er die Residenz, den Odeonsplatz und die nach ihm benannte Prachtstraße aus, weiter den Königsplatz mit der Glyptothek, die Pinakothek für die Wittelsbacher Gemäldesammlung, die er wesentlich bereicherte, schließlich die Feldherrnhalle und das Siegestor. Ludwig I. ist aber auch verantwortlich für den Bau der Befreiungshalle bei Kelheim und der Walhalla bei Regensburg, mit denen er sein Königtum, zweifellos erheblich ins Monumentale übersteigert, dokumentierte. Spätere Zeitgenossen sahen in diesen Bauten sogar eine angebliche »Größe des Deutschtums« sich ankündigen. Dem Nebeneinander von vielerlei Stilen in der Architektur entsprach eine bunte Palette von Namen im Zusammenhang mit der kulturellen Bedeutung Münchens unter Ludwig I. Für viele seien hier nur einige genannt: die Bildhauer Thorwaldsen und Schwanthaler, die Maler Cornelius, Schwind, der junge Wilhelm Kaulbach, Kobell, Spitzweg und Stieler.

Der letzte unumschränkte Herrscher in Bayern, der »deutscheste« unter den damaligen Fürsten, war aber auch als Regent ein »Mann mit hundert Widersprüchen« und dem liberalen Zeitgeist nur so lange zugetan, als er seine königlichen Kreise nicht störte: »In Bayern regiert nicht der Minister, sondern der König, und ich nehme, wie wohl jedem meiner Untertanen bekannt sein wird, von dem, was geschieht, genau Kenntnis ...« Nach dieser Devise mischte sich Ludwig I. überall ein, verzettelte sich in politischer Kleinarbeit und scheiterte so daran, seine Staatsauffassung mit den liberalen Forderungen der Zeit zu verbinden. Er flüchtete sich in den »Starrsinn des wittelsbachischen Pfalzgrafen« (Hubensteiner), sein »patrimonial-absolutistisches System widersprach dem Geist des herrschenden Konstitutionalismus« (Bosl). Auch das griechische Abenteuer des unglücklichen Prinzen Otto, der fast dreißig Jahre lang auf einem nur von bayerischen Soldaten gestützten Thron aushalten mußte, bis er von den von Ludwig so romantisch idealisierten Hellenen davongejagt wurde, hatte nur wenig mit Einsicht in politische Realität zu tun. Absolut hilflos stand der starrsinnige Monarch den Anfängen der Arbeiterbewegung, die durch die beginnende Industrialisierung bedingt war und die bald weite Kreise des »niederen« Volkes erfaßte, gegenüber. Als das Bürgertum schließlich seine Schwäche für das weibliche Geschlecht nicht mehr goutierte, nachdem er selbstherrlich auf seiner Liaison mit der Tänzerin Lola Montez beharrte, warf er im Strudel der Ereignisse des Frühjahres 1848 das Handtuch und dankte gekränkt zugunsten seines Sohnes Max II. ab, um die Dynastie zu retten: »Dreißig Jahre regiert habend wie ich, kann ich nicht in die neue Art eingehen; der noch nicht regiert hat, kann es.«

Links: Abschied der Franzosen aus Nürnberg nach 1806; Kupferstich von Johann Trautner. – Oben: Nymphenburger Vase mit Porträt Ludwigs I., 1820.

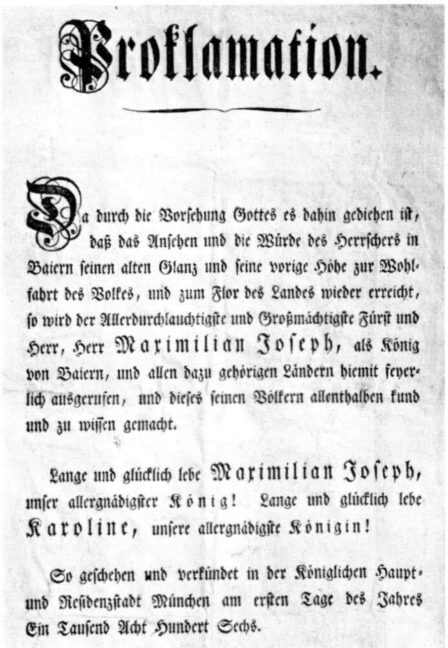

Proklamation.

Da durch die Vorsehung Gottes es dahin gediehen ist, daß das Ansehen und die Würde des Herrschers in Baiern seinen alten Glanz und seine vorige Höhe zur Wohlfahrt des Volkes, und zum Flor des Landes wieder erreicht, so wird der Allerdurchlauchtigste und Großmächtigste Fürst und Herr, Herr Maximilian Joseph, als König von Baiern, und allen dazu gehörigen Ländern hiemit feyerlich ausgerufen, und dieses seinen Völkern allenthalben kund und zu wissen gemacht.

Lange und glücklich lebe Maximilian Joseph, unser allergnädigster König! Lange und glücklich lebe Karoline, unsere allergnädigste Königin!

So geschehen und verkündet in der Königlichen Haupt- und Residenzstadt München am ersten Tage des Jahres Ein Tausend Acht Hundert Sechs.

Oben: Die Königsproklamation von Max I. Joseph von Bayern.
Oben rechts: Fraternisierung 1806 in Nürnberg; im gleichen Jahr wurde der dortige Buchhändler Johann Philipp Palm von Franzosen erschossen, weil er den Namen des anonymen Verfassers der Flugschrift »Deutschland in seiner tiefsten Erniedrigung« nicht preisgeben wollte.

Bayern wird Königreich 1806
Die Franzosen in Bayern

Napoleon in München

1805. Den 26. Oktober. Heute mittag belustigte sich der Kaiser Napoleon mit einer kleinen Jagd, von welcher er um drei Uhr, während des Durchmarsches der Armee durch die Kaufingergasse, zurückkehrte. Er ritt, wie der Einzige von einsamer Größe, in einen ganz einfachen Rock gekleidet, auf einem Schimmel voraus, und ihm folgte eine große Menge von Gold und Silber schimmernden Generale und dergleichen ...

Ausrufung Max Josephs zum König

1806. Den 1. Januar (Mittwoch) um zehn Uhr wurde durch den Landesherold der Kurfürst Maximilian zum König von Bayern auf den Hauptplätzen der Stadt ausgerufen. Der Herold wurde von der bürgerlichen Kavallerie und ihren Trompetern, dann von Hoftrompetern begleitet. Nachmittags wurde von 3–4 Uhr in den Pfarrkirchen geläutet, und während dieser Stunde wurde auch mit Kanonen geschossen. Auf die Nacht wurde eine Beleuchtung angesagt, welche aber etwas ärmlich ausfiel, teils weil sie zu spät angesagt, teils weil mit der Ankündigung von der Ankunft französischer Truppen und sohin mit Einquartierung gedroht wurde. Heute hing der Kaiser unserm Kronprinzen einen Degen um, mit den Worten: »Mein Sohn! Dieser Degen enthält keine Kostbarkeit; allein mit diesem Degen habe ich in der Schlacht bei Austerlitz kommandiert. Erinnern Sie sich dessen und bedienen Sie sich desselben zur Verteidigung Ihrer Gerechtsamen und Ihres Vaterlandes.«

Lorenz von Westenrieder, Tagebücher

Auch kulturpolitisch setzten Bayerns erster König und sein erster Minister im Rahmen ihrer inneren Reformen neue Akzente. So wurden die Akademie der Wissenschaften reformiert (1807) und für sie, ebenso wie für die Universität in Landshut, auch protestantische Wissenschaftler aus Norddeutschland gewonnen. Zu den »Nordlichtern« gehörten z. B. die Philosophen Jacobi und Schelling, die Philologen Wolff und Thiersch und die Juristen von Gönner und von Feuerbach.
Oben: Schloß Zweibrücken (1720–25 von J. E. Sundahl erbaut), die pfälzische Heimat der Wittelsbach-Linie der Könige von Bayern.
Rechts: König Max I. mit Familie in Kreuth; Gemälde von A. v. Heckel.
Unten: Französische Soldaten an der Isar; Zeichnung von Wilhelm von Kobell (1766–1855).

Nürnberg an Bayern 1806

Nürnberg und das Heilige Römische Reich Deutscher Nation

Kaum ein deutsches Gemeinwesen war in seiner Entwicklung so eng mit der Geschichte des Heiligen Römischen Reiches Deutscher Nation verbunden wie Nürnberg. Nicht eine römische Grundlage oder ein Bischofssitz bildeten die Keimzelle des nach 1050 erstmals genannten Nourenberc, sondern ein Königshof, den Kaiser Konrad II. etwa um 1025 auf dem südlichen Pegnitzufer anlegte. Nicht eine günstige Lage … ließ diese Stadt erwachsen, deren fränkisches Umland im 11. Jahrhundert noch zu den unentwickelten Reichsgebieten gehörte, sondern ein königliches Machtgebot verlieh der Stadt ihre Bedeutung: Sie wurde wichtig als letzter großer Straßenknotenpunkt vor der Grenze Böhmens, das seit dem 11. Jahrhundert dem Reiche immer enger verbunden war, und als Stätte zahlreicher königlicher Hoftage, auf denen man die Macht des Reiches an seiner östlichen Grenze eindrucksvoll zeigte.

Bayerische Landeszentrale für Heimatdienst 1956

Links außen: Blick in die Kapelle der Kaiserburg in Nürnberg (12. Jh.). – Links unten: Seite aus Albrecht Dürers »Unterweysung der Messung mit dem Zirkel«, mit eigenhändigen Korrekturen und einer Zeichnung Dürers (1471–1528).

Rechts: Uhr aus der Zeit Peter Henleins (um 1480–1542). Unten: Geschlechterbräutigam mit zwei Knaben; Holzschnitt von Jost Ammann (1539–1591). – Ganz unten: Meistersinger-Handschrift aus den Jahren 1530–1593 mit über 160 Meisterliedern von Hans Sachs und Zeitgenossen. – Unten rechts: Die Septemvirn des Nürnberger Rats im Jahre 1611 (oben die dreiköpfige Prudentia, in den Ecken die Jahreszeiten und an den Seiten Herkules und Minerva, unten Ansicht Nürnbergs in Wachs auf Schiefer; bemalt, vergoldet, mit Edelsteinen und Perlen besetzt).

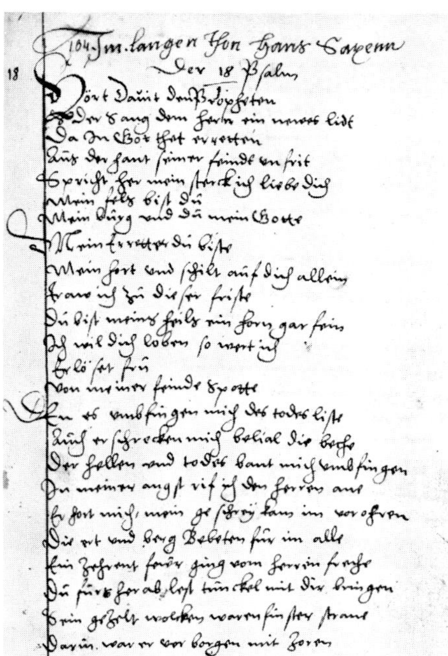

Nürnberg, wo bis zum 15. 9. 1806 die Patrizier die Verfassung bestimmten, hatte im 16. Jahrhundert eine außerordentliche Kulturbedeutung und pflegte weitreichende Handelsbeziehungen. Oben: Nürnberger Hauptmarkt; Gemälde von Lorenz Strauch (1554–1630). Unten: Selbstbildnis (Sandstein) von Adam Krafft (um 1460–1508/9) am Sockel des Sakramentshäuschens in St. Lorenz, Nürnberg.
Rechts: Madonna mit Kind (Holz) von Veit Stoß (um 1450–1533).

Aus Nürnberger Polizeigesetzen über Hochzeiten um 1340

Wer Hochzeit halten will, der mag zwei Hochzeitsmahle geben, eins des Nachts, wenn man die Braut zulegt, und eins des Morgens, wenn sie des Nachts beigelegen ist. Es sollen bei diesem Mahle weder Knechte, Ammen, noch Mägde mitessen ... Es soll auch ein jeglicher Bürger und Bürgerin, die Hochzeit haben wollen, die Braut des Morgens, wie sie die erste Nacht beigelegen ist, zur Kirche führen, wenn er will ... Es ist auch bestimmt, daß niemand, es sei Frau oder Mann, zu einer Hochzeit, noch in ein Kindbett etwas bringen, geben, noch senden sollen, es sei Kleinod, Geld oder wie es genannt sei ...

Rechte Seite oben: Entwurf zu einem Wandgemälde der Nürnberger Kaufleute (16. Jh.)
Rechte Seite unten: Blick auf die Nürnberger Burg; Federzeichnung von Johann Adam Delsenbach (1687–1765).

Weiterer Gebietszuwachs Bayerns bis 1810

Das ehemalige Markgrafentum Ansbach-Bayreuth war seit 1603 in zwei Linien geteilt, die 1792 zusammen für wenige Jahre zu Preußen kamen und durch Hardenberg eine modernisierte Verwaltung erhielten, ehe Ansbach 1806 und Bayreuth 1810 an Bayern fielen. Die Eingliederung dieser Gebiete, die wie andere neubayerische Städte vornehmlich protestantisch waren, wäre ohne das Religionsedikt von 1803, das in Bayern alle christlichen Konfessionen auf eine Stufe stellte, nicht so rasch geschehen. Kurfürst Maximilian Joseph mußte 1801 in München die Bürgerrechts-Zuerkennung für den ersten Protestanten vom Magistrat erzwingen. Als der Weinwirt Michel 1818 starb, las man auf seinem Grabstein: »Hier ruht der erste Protestant, dem Bayerns Hauptstadt das Bürgerrecht verlieh, und er war dieser Ehre wert.«

Links oben: Stich vom Einzug des Markgrafen von Bayreuth in die Universität Erlangen 1747. Markgräfin Wilhelmine von Bayreuth, eine Schwester Friedrichs des Großen, notierte damals: »Sehr tüchtige Leute sind da, und so hoffe ich, die Universität wird gedeihen.« Die Nürnberger Universität in Altdorf war eine große Konkurrenz.
Links: Das Markgräfliche Opernhaus in Bayreuth, 1748 fertiggestellt, eine Mischung aus Rokoko, französischem Klassizismus und schwerem Barock.
Unten: Fassadenentwürfe von Carl Philipp von Gontard (1731–91) für das Alte Schloß Bayreuth, um 1753 (nicht ausgeführt).

Zwischen 1806 und 1810 kam noch eine Anzahl kleinerer fränkischer und schwäbischer Reichsstädte, Grafschaften und Reichsrittergebiete an Bayern. Mit diesen Gebieten wurde auch die Schlösserpracht aus Franken und Schwaben bayerisch, so kam beispielsweise 1806 mit dem reichsunmittelbaren Gebiet der Grafen von Schönborn auch das berühmte Barockschloß Pommersfelden (1711–1726 nach Plänen von Johann Dientzenhofer erbaut) zu Bayern, das 1730 der Preußenkönig Friedrich Wilhelm I. mit Kronprinz Friedrich besuchte. Bayern profitierte von nun an auch vom bedeutenden Gewerbe und der aufblühenden Industrie in diesen Territorien.
Rechts: Eine der Gnomenfiguren aus dem frühen 18. Jahrhundert im Hofgarten des Neuen Schlosses von Oettingen, Bayerisch Schwaben.
Unten links: Der Renaissancehof in der Plassenburg in Kulmbach, Oberfranken, das mit Bayreuth und dessen Schuldenlast von 10 Millionen Gulden 1810 an Bayern kam.
Unten rechts: Das Ellinger Tor aus dem 15. Jh. in Weißenburg in Mittelfranken. Weißenburg war seit dem 13. Jh. freie Reichsstadt gewesen.

Regensburg kommt zu Bayern 1810

Regensburg, die alte Hauptstadt des Herzogtums Bayern und Reichsstadt, war seit 1663 Sitz des Reichstages, seit 1748 auch noch Residenz des Generalpostmeisters Fürst Thurn und Taxis. Links: Der »Steinwerfer« aus dem 14. Jh. über dem Regensburger Rathausportal. Unten: Zunftzeichen der Fischer in Regensburg, 1630.
Unten links: Evangelische Taufe in einer Hauskapelle in Regensburg. 1542 trat die Stadt zur Reformation über, 1552 wurde Religionsfreiheit gewährt.

1806 kam Regensburg an den Fürstprimas des Rheinbundes, Karl Theodor von Dalberg (1744–1817). 1809 war Regensburg in österreichischer Hand und wurde von den Franzosen zurückerobert. – Rechts: Einnahme und Brand von Regensburg im April 1809; Radierung von Oldendorp um 1810. – Rechte Seite, oben links: Nach der Eroberung Regensburgs wandte sich Napoleon gegen Wien. Von Schönbrunn aus bedauerte er am 19. Juni 1809 in einem Schreiben an Dalberg die Aktion gegen Regensburg: »Ich wär gern in Regensburg. Ich erfuhr mit Schrecken, wie groß die Verluste sind ...« – Rechte Seite, oben rechts: Drei der zwanzig Geschlechtertürme (Haustürme der Patrizier) von Regensburg, Zeugen der Blütezeit der Kaufmannsstadt im 12.–14. Jh.

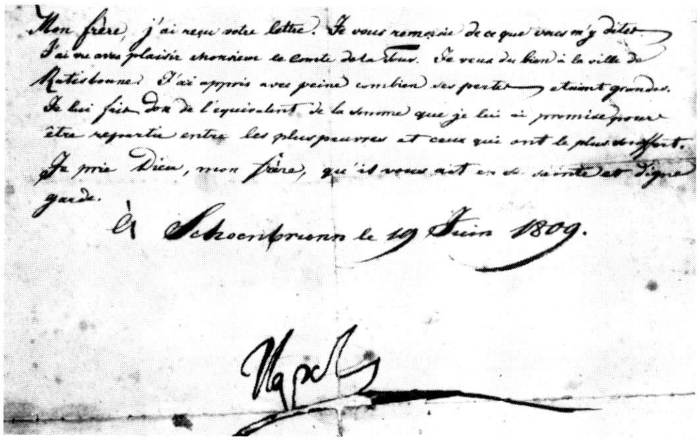

Mon frère, j'ai reçu votre lettre. Je vous remercie de ce que vous m'y dites. J'ai vu avec plaisir monsieur le Comte de la Tour. Je veux du bien à la ville de Ratisbonne. J'ai appris avec peine combien ses pertes étaient grandes. Je lui fais don de l'équivalent de la somme que je lui ai promise pour être repartie entre les plus pauvres et ceux qui ont le plus souffert. Je prie Dieu, mon frère, qu'il vous ait en sa sainte et digne garde.

À Schoenbrunn le 19 Juin 1809.

Napol

Regensburg 1781

Man sollte die Frage: ob der Reichstag der Stadt vorteilhaft ist, gar nicht aufwerfen. Mir scheint sie ausgemacht. Es kann sein, daß die öffentlichen Einkünfte der Stadt dadurch leiden, weil die Gesandten alles zollfrei hineinbringen, und vielleicht zuweilen auf ihre Namen manches hineinkommt; aber die Einwohner haben sicherlich Vorteil dabei. Welche Einöde würde Regensburg sein, wenn die sämtlichen Gesandtschaften aus der Stadt weg wären! ... Die Gesandtschaften kaufen doch auch sehr vieles in Regensburg selbst; und die Handwerker haben von ihnen beständige Arbeit ...

Christoph Friedrich Nicolai, Beschreibung einer Reise durch Deutschland und die Schweiz im Jahre 1781

ANNALES
Von den Reichs Vogten vnd Burggraffen,
Protocollen, vnd Handlungen, auch alten
sammen getragen.
A°. M DC. XVIII.

Linke Seite: Titelblatt des ersten Bandes der sechsbändigen »Annalen« der Reichsstadt Nürnberg, eigenhändig vom Ratsschreiber Johannes Müllner (1565–1634) von 1598 bis 1623 niedergeschrieben und mit kolorierten Karten und Wappen versehen. Erst kürzlich wiederentdeckt, hat das Stadtarchiv einen ersten Band (bis 1315) neu veröffentlicht. Die Bedeutung der »Annalen« geht über das Lokale weit hinaus, da Nürnbergs Rolle als Reichsstadt eng mit der Entwicklung des Reiches und der der anderen Reichsstädte verbunden war. Das kolorierte Titelblatt ist hier erstmals publiziert.

Rechts: Ebenfalls bisher nicht veröffentlicht worden ist dieses farbige Titelblatt einer dreibändigen Ausgabe (J. G. Cotta, 1839) der Gedichte König Ludwigs I. von Bayern. Der Illustrator ist unbekannt. Ludwig dichtete nach seiner Thronbesteigung 1825:
»Vorwärts, vorwärts sollst
du schauen,
Darfst zurücke niemals seh'n
Ach! der Ruhe stille Auen,
Mußten wie ein Traum verweh'n.«
Im 3. Band bemerkte er selbstkritisch »An mich in Betreff der Aufnahme meiner beyden ersten Theile gedruckter Gedichte«: »Daß dich nicht täusche das reichliche Lob; denn was du gedichtet, Ungepriesen blieb's, säßest du nicht auf dem Thron.«

Bayern vor den Befreiungskriegen

Knisternde Bratwürste, würziges Bier ...

Das Fest beginnt alljährlich am ersten Sonntag im Oktober, dieses Jahr am 7. Oktober. Mehrere Tage vorher sind alle Straßen des Reiches von Fremden und Landsleuten bedeckt, am Hauptsonntag die ganze Ebene und die natürlichen Hänge der Wiese. In der schnell entstandenen bretternen Stadt waltet reger Lebensgenuß, in allen Ecken ertönt muntere Musik. Große Vogel- und Scheibenschießen, Stoß- und Kegelbahnen, Tanz und Gesang, knisternde Bratwürste, würziges Bier, Pfälzerwein, Glühwein und Punsch vereinigen sich, zum Genusse der verschiedensten Art einladend. Amor hat so viele Geschäfte, daß er sich die Schwindsucht an den Hals rennen könnte. Die Wiese war die ganze Woche über gut besucht, besonders am 12. Oktober zu Türkischen und Harmonischen Musikdarbietungen. Die Maß Bier kostet zwischen vier und fünf Kreuzer.

Aus einem Bericht über das Oktoberfest im Jahre 1821

Oben: Das erste Oktoberfest 1810 war gar kein Fest, sondern ein Pferderennen mit festlichem Aufzug (Gemälde von Wilhelm von Kobell, 1766–1855), das in München eine alte Tradition hatte. 1810 wurde die Vermählungsfeier des damaligen Kronprinzen Ludwig mit der Prinzessin Therese von Sachsen-Hildburghausen mit einem Pferderennen verschönt. Auf der nach der Braut benannten Theresienwiese wurde von da an, ausgenommen in Kriegszeiten, alljährlich das Oktoberfest abgehalten und wird es noch heute.
Unten: Die Vereidigung der Nördlinger Bürgerwehr auf den bayerischen König am 12. 10. 1811.

Bayerische Soldaten in Rußland 1812

1812 erhielt Bayern für sein Bündnis mit Napoleon eine bittere Gegenrechnung: Von den rund 33 000 bayerischen Soldaten, die mit Napoleon in den Reihen der Grande Armée Rußland erobern wollten, kehrten nur wenige tausend wieder zurück. Einer von den wenigen Rückkehrern war der Schlachtenmaler Albrecht Adam (1786–1862), der Skizzen von der Tragödie im russischen Winter mitbrachte.
Oben: Adam-Zeichnung vom Übergang der bayerischen Kavallerie unter General Graf Preysing über die Düna am 24. 7. 1812.
Unten: Ausschnitt aus einer Lithographie von Adam »Auf dem Schlachtfeld an der Moskwa«, datiert vom 17. 9. 1812.

»Alle, die ich sterben sah, sind lächelnd gestorben ...«

Hier in Wilna muß alles verlassen werden, Tote und Halbtote, alles Gebäck, Kanonen und Munitionswägen, die ehrenvollen baierischen 7. Regimentsfähn, wo viele die Türkenkriege mit beygewohnt haben: es sind 22 an der Zahl. Sie waren alle in einem Wagen gebackt gewesen; sie sollen nach einigen samt den Wagen verbrannt worden sein – sie sind nicht mehr zurückgekommen. Seht nur das an sehr kräftig! Uralte baierische Ehre! muß zu Staub und Aschen werden hier in dem öden wilden kalten Norden. Und durch wem? Ich sage: durch den Stolz und Herrschsucht fremder Nation.
Kamerathen müssen verlassen werden in dem allergrößten Elend, Hunger, Blöße und Kälte und aller Krankheit breißgegeben. Wer mag wohl das alles beschreiben? Alle wehklagenden Stimmen werden gleichgültig angehört, denn alle Herzen waren vor lauter Elend versteinert; alle Menschenfreundlichkeit hatte unter uns aufgehört. Keine Träne sieht man fließen; das war der größte Trost: daß die Sterbenden zumeist lächelnd in ihrer Phantasi gestorben sind, die Erbarmungswürdigen. – – An vielen und von vielen wird solches bemerkt; selbst ein Doktor, N. Jaut, bewundert solch Wunderbares, da er sagt: »alle die ich sterben sah, sind lächelnd gestorben.« ...
Geht man in eine Hütte hinein, da traf man tote Soldaten aller Nationen, vier bis zehn oder noch mehr, denn aus Hunger, Kälte und Mattigkeit schüren sie Feuer und kochen Luderfleisch, aber sie erloschen mit dem Feuer. Einige wollen gesehen haben, daß sich einige selbst angenagt sollen haben ...

Aus den Aufzeichnungen des Soldaten Josef Deifl vom kgl. bayer. 5. Linien-Infanterieregiment, der zu den wenigen überlebenden Bayern in Napoleons Grande Armée 1812 gehörte.

Links: Detail der Kiliansfahne (4,93 m hoch, 3 m breit), unter der 1266 die Koalition der Grafen von Hohenlohe, der Würzburger und des Domkapitels über die Grafen von Henneberg und Castell siegten. Die Fahne wurde auf einem Fahnenwagen hängend mitgeführt.

Würzburg an Bayern 1814

Unten: Ein Hauptwerk des deutschen Barock ist der 1744 vollendete Neubau der Residenz nach Plänen von Johann Balthasar Neumann (1687 bis 1753) mit seiner glänzenden Ausstattung (Treppenhaus und Kaisersaal mit Tiepolo-Fresken).

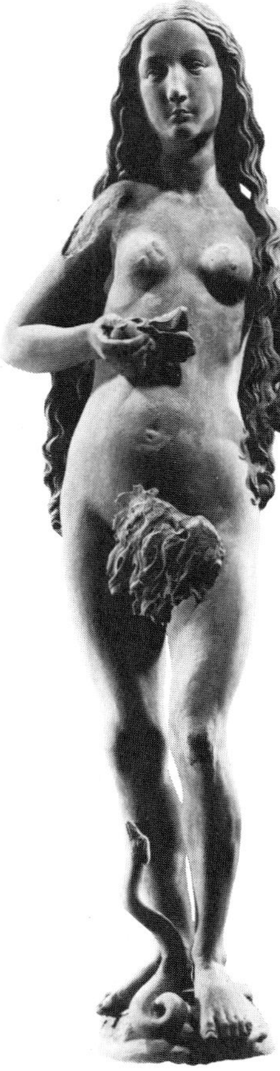

Schon 1803 kam mit den 25 Reichsständen des Fränkischen Reichskreises auch das Fürstbistum Würzburg an Bayern, gehörte jedoch 1806–14 dem Großherzog Ferdinand von Toscana, dessen Königreich Etrurien ab 1807 von Napoleon I. mit Frankreich vereinigt wurde. Erst 1814 kam Würzburg endgültig zu Bayern.
Oben: Mit Tilman Riemenschneider erreichte die Plastik der Würzburger Bildhauerschule um 1500 europäischen Rang (Adam und Eva 1493).
Rechts oben: Das Fürstentum Aschaffenburg kam 1814 von Österreich an Bayern. Blick auf Schloß Aschaffenburg, 1605–14 erbaut; Gemälde von Ferdinand Kobell (1740–1799).
Rechts: Zu Würzburg gehörte Veitshöchheim mit Hofgarten, Lustschloß und Park mit Gartenplastiken von Tietz und Wagner aus dem 18. Jahrhundert.

König Max I. Joseph auf dem Wiener Kongreß

Der König von Bayern sieht aus wie ein grober, verdrießlicher bayerischer Fuhrmann, hat aber dabei einen Anstrich von Biederkeit und Rechtlichkeit. Er ist der bürgerlichste König.

Graf Nostiz in »Leben und Briefwechsel«, 1848

Unser Leben hier ist sehr angenehm, nur wissen wir ganz und gar nicht, was vorgeht und was mit uns geschehen wird. Das Wiener Kabinett geht mit uns geradezu so vor wie seinerzeit die Franzosen. Man sagt uns gar nichts.

König Max I. Joseph zu Abbé Carpani in Wien 1815

Bayern am Ende der Napoleonzeit

Mit dem Vertrag von Ried vom 8. 10. 1813 zwischen Österreich und Bayern wurde Bayern als erstes Glied aus Napoleons Rheinbund herausgelöst. Metternichs Taktik zielte auch gegen die Wiederaufrichtung eines deutschen Kaisertums nach Napoleon. Im Deutschen Bund, der auf dem Wiener Kongreß begründet wurde, war Bayern der drittgrößte Staat unter 35 deutschen Kleinstaaten.

Oben: Bayern unter General von Wrede 1814 im Kampf gegen Napoleon bei Arcis sur Aube.

Rechts: Medaille auf die Anwesenheit König Max' I. Joseph beim Wiener Kongreß.

Unten: Mit dem Wiener Kongreß waren die Schrecken des Krieges vergessen, Geselligkeit, Vergnügen und Kunstgenuß wurden wieder groß geschrieben. Im Bild ein Künstlertreffen in München um 1812.

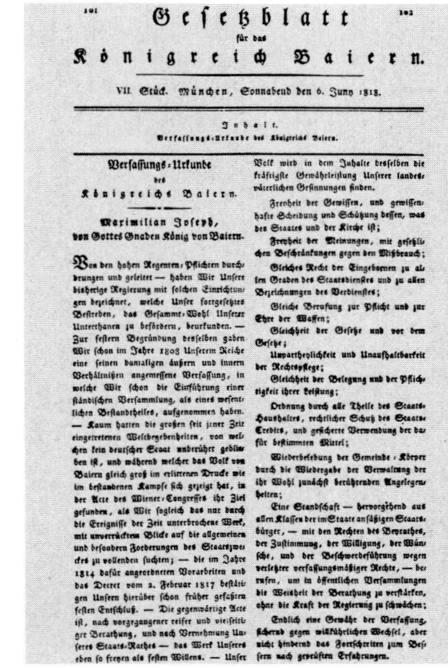

101 Gesetzblatt 102
für das
Königreich Baiern.

VII. Stück. München, Sonnabend den 6. Juny 1818.

Inhalt.
Verfassungs-Urkunde des Königreichs Baiern.

Verfassungs-Urkunde
des
Königreichs Baiern.

Maximilian Joseph,
von Gottes Gnaden König von Baiern.

Von den hohen Regenten-Pflichten durchdrungen und geleitet — haben Wir Unsere bisherige Regierung mit solchen Einrichtungen bezeichnet, welche Unser fortgesetztes Bestreben, das Gesammt-Wohl Unserer Unterthanen zu befördern, beurkunden. — Zur festern Begründung desselben gaben Wir schon im Jahre 1808 Unserem Reiche eine seinen damaligen äußern und innern Verhältnißen angemessene Verfassung, in welche Wir schon die Einführung einer ständischen Versammlung, als eines wesentlichen Bestandtheiles, aufgenommen haben. — Kaum hatten die großen seit jener Zeit eingetretenen Weltbegebenheiten, von welchen kein deutscher Staat unberührt geblieben ist, und während welcher das Volk von Baiern gleich groß im erlittenen Drucke wie im bestandenen Kampfe sich gezeigt hat, in der Acte des Wiener-Congresses ihr Ziel gefunden, als Wir sogleich das nur durch die Ereignisse der Zeit unterbrochene Werk, mit unverrücktem Blicke auf die allgemeinen und besondern Forderungen des Staatszweckes zu vollenden suchten; — die im Jahre 1814 dafür angeordneten Vorarbeiten und das Decret vom 2. Februar 1817 bestätigen Unsern hierüber schon früher gefaßten festen Entschluß. — Die gegenwärtige Acte ist, nach vorgegangener reifer und vielseitiger Berathung, und nach Vernehmung Unseres Staats-Rathes — das Werk Unseres eben so freyen als festen Willens. — Unser Volk wird in dem Inhalte desselben die kräftigste Gewährleistung Unserer landesväterlichen Gesinnungen finden.

Freyheit der Gewissen, und gewissenhafte Scheidung und Schützung dessen, was des Staates und der Kirche ist;

Freyheit der Meinungen, mit gesetzlichen Beschränkungen gegen den Mißbrauch;

Gleiches Recht der Eingebornen zu allen Graden des Staatsdienstes und zu allen Bezeichnungen des Verdienstes;

Gleiche Berufung zur Pflicht und zur Ehre der Waffen;

Gleichheit der Gesetze und vor dem Gesetze;

Unpartheylichkeit und Unaufhaltbarkeit der Rechtspflege;

Gleichheit der Belegung und der Pflichtigkeit ihrer Leistung;

Ordnung durch alle Theile des Staats-Haushaltes, rechtlicher Schutz des Staats-Credits, und gesicherte Verwendung der dafür bestimmten Mittel;

Wiederbelebung der Gemeinde-Körper durch die Wiedergabe der Verwaltung der ihr Wohl zunächst berührenden Angelegenheiten;

Eine Standschaft — hervorgehend aus allen Klassen der im Staate ansäßigen Staatsbürger, — mit den Rechten des Beyrathes, der Zustimmung, der Willigung, der Wünsche, und der Beschwerdeführung wegen verletzter verfassungsmäßiger Rechte, — berufen, um in öffentlichen Versammlungen die Weisheit der Berathung zu verstärken, ohne die Kraft der Regierung zu schwächen;

Endlich eine Gewähr der Verfassung, sichernd gegen willkührlichen Wechsel, aber nicht hindernd das Fortschreiten zum Bessern nach geprüften Erfahrungen.

Verfassung und erste Ständeversammlung 1818/19

1818 erhielt Bayern die damals modernste Verfassung aller deutschen Kleinstaaten und wurde eine konstitutionelle Monarchie.
Unten: König Max I. Joseph 1819 vor der ersten Ständeversammlung.
Oben links: 1821 ließ Graf von Schönborn zum dritten Jahrestag der Verfassungsverkündung den Grundstein für eine Gedenksäule bei Gaibach in Unterfranken legen; Gemälde von Peter von Hess (1792–1871).
Oben: Das »Gesetzblatt« mit der Veröffentlichung der Verfassung vom 6. 6. 1818.

König Ludwig I. 1825–1848

Das künstlerische Interesse Ludwigs I. wurde bereits 1806 in Paris geweckt, als er dort im Louvre die riesige Kunstbeute Napoleons aus Italien, den Niederlanden und Deutschland studierte. Schon vor der Thronbesteigung 1825 holte er Leo von Klenze nach München, das er zur führenden deutschen Kunststadt ausbauen wollte.

Oben: Kronprinz Ludwig in einer Weinkneipe auf Ripagrande in Rom in Gesellschaft von Thorwaldsen, Klenze, Graf Steinsheim, Wagner, Veit, Ringseis, Schnorr von Carolsfild, Gumpenberg; Gemälde 1824 von Franz Catel (1778–1856).

Links: Herzog Maximilian in Bayern (1808–1888), vom Volk liebevoll »Zithermaxl« genannt, war ein großer Musikliebhaber und gab 1846 eine bedeutende Sammlung oberbayerischer Volkslieder heraus; Lithographie von Leo Schöninger (1811–1879).

Aus einem Brief des Kronprinzen Ludwig an Kaiser Franz I. von Österreich

Vertrauensvoll wende ich mich zu Euerer Kaiserlichen Majestät, hierin bestärkt durch die gütige, und ich darf sagen, liebevolle Aufnahme, so mir von Höchstderselben in Heidelberg wurde. Voriges Jahr war die Gelegenheit, nun fast wunderbar, ist sie von neuem, und dann wohl nie mehr, wieder zu erlangen, was durch Verrath und Waffenglück Franzosen von unserm Vaterland an sich gerissen ... Darum beschwöre ich Euere Kaiserliche Majestät, daß wenigstens Elsaß mit Teutsch-Lothringen und das Vogesen-Departement doch wieder Teutsch werden; es wäre zu traurig, wenn dieses nicht geschähe, Südteutschlands Grenzen ferner jedem Einfall offen stünden. Es waren, sind und bleiben Teutschlands Feinde die Franzosen, welche Familie sie auch regiere. Obiges erwarten die Teutschen, und daß Frankreich die Kriegskosten zahle, wie daß es angehalten werde zur Rückgabe dessen, was es in Europa geraubt an Kunst- und wissenschaftlichen Werken. Ich sage dieses, obgleich Baiern sehr wenig Bedeutendes nur verlor ...

Bar le Duc,
den 3. Julii 1815

Dienstw., ganz ergebenster
Bruder, Vetter und Diener
Ludwig, Kronprinz

Rechts: Ludwig I. beim Briefeschreiben (unbekannter Maler).
Unten: Der Hofgarten in München zur Biedermeierzeit, Steinzeichnung von J. B. C. Förtsch, 1825.

Links: Josef Fraunhofer (1787–1826) war einer der bedeutendsten Vertreter der Wissenschaften und Erfinder im damaligen München. R. Wimmers Gemälde zeigt Fraunhofers Versuch mit einer Vogelfeder um 1820, Beugungsspektren zu erzeugen. Neben Senefelder muß hier auch noch Franz Xaver Gabelsberger genannt werden, der 1834 sein Kurzschriftsystem veröffentlichte.

Bayern unter König Ludwig I.

Unten: Johann Joseph Görres (Lithographie von E. Steinle, 1837) forderte 1825 vom neuen bayerischen König: »Wie Deine Herrschaft mit dem neuen Jubeljahr beginnt, so sei fortan ein Schirmvogt und Hort des Glaubens, damit Bayern wieder werde, was es zuvor gewesen, ehe sie das Gegenteil ihm angelogen: ein Schild und Eckstein der deutschen Kirche.« Wenige Jahre später wurde Görres nach Franz von Baader und Schelling an die von Landshut nach München verlegte Universität berufen. Heinrich Heine hoffte vergeblich auf eine Berufung, die »Pfaffenclique« (Heine) um Görres, Baader und vor allem Ignaz Döllinger war dagegen.

Industrie in München um 1820

Senefelders lithographische Kunst ist – auch insoferne sie nur der Industrie und nicht der höheren Kunst angehört – eine der wichtigsten und gemeinnützigsten Entdeckungen der neueren Zeit, welche in ihrer Wiege zu München auf einen sehr hohen Grad von Vollendung gediehen ist und fast überall ins tägliche Leben eingreift. Das mechanisch-optische Institut von Reichenbach und Utzschneider läßt alle neueren Arbeiten, selbst die des britischen Auslands, hinter sich, und die größten Sternwarten Europas wünschen sich Glück, aus dieser Werkstätte bayerischer Kunst, die in Herrn von Reichenbach ihren Herschel und Tollond besitzt, Teleskope und andere astronomische Instrumente zu beziehen, welche jetzt nur in München und sonst nirgends in solcher klassischen Vollkommenheit gefertigt werden. Die Gläser zu den astronomischen und mathematischen Instrumenten werden von Benediktbeuren, aus dem dortigen Institut Utzschneider und Fraunhofer geliefert …
Die kgl. Porzellanfabrik zu Nymphenburg liefert in diesem Augenblicke ausgezeichnete, schöne Arbeiten, die – wenn nicht in Hinsicht des Materials – doch in Form und Malerei den besten dieser Art an die Seite gesetzt werden können …

Christian Müller, 1816/17 in: G. J. Wolf (Hg.), Ein Jahrhundert München 1800–1900

Rechts: Einen Hauch von »Vormärz« erlebte die Pfalz am 27. 5. 1832 auf dem Hambacher Fest bei Neustadt, als dort eine Volksversammlung demokratisch-republikanisch gesinnter Bürger unter Führung der Publizisten Wirth und Siebenpfeiffer stattfand. Der damalige Regierungspräsident des Rheinkreises, Ferdinand Freiherr von Andrian-Werburg, berichtete seinem König (erste Seite des Berichtes im Bild) aus Speyer darüber und äußerte die Befürchtung, daß nach seiner Überzeugung »von Hambach aus die Revolution sich in alle Gaue Deutschlands« verbreiten werde. Er empfahl die Ausweisung der Rädelsführer.
Unten: In der zweiten außenpolitischen Frage, mit der Ludwig I. außer den Vorgängen in der Pfalz konfrontiert wurde, in der Griechenfrage, bewies der König wenig Einsicht in politische Realität. Im Zuge des Philhellenismus nach dem griechischen Befreiungskampf gegen die Türken 1821 schickte Ludwig I. 1832 seinen Sohn Otto als neuen König nach Athen, weil er über diesen Thron Bayern wieder zu einer europäischen Großmacht aufwerten wollte. Gestützt nur auf bayerische Soldaten war 1862 das griechische Abenteuer zu Ende, Otto wurde nach Hause geschickt. Im Bild besichtigt König Ludwig 1834 die aus Griechenland zurückgekehrten Chevaulegers-Eskadrons in München vor der Residenz.

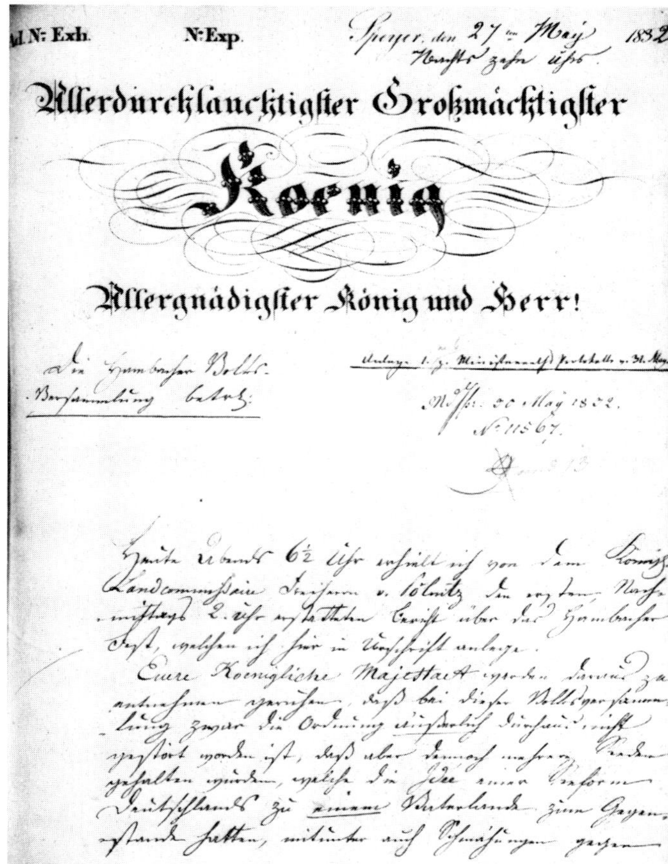
N: Exh. N: Exp. Speyer, den 27 Mai 1832

Allerdurchlauchtigster Großmächtigster

Koenig

Allergnädigster König und Herr!

Die Hambacher Volks-Versammlung betr.

No 11567.

Heute Abends 6½ Uhr erhielt ich von dem Königl. Landcommissaire Freiherrn v. Kölnitz den gestern Nachmittags 2. Uhr erstatteten Bericht über das Hambacher Fest, welchen ich hier in Abschrift anlege.
Eure Koenigliche Majestaet werden daraus zu entnehmen geruhen, daß bei dieser Volksversammlung zwar die Ordnung äußerlich durchaus nicht gestört worden ist, daß aber dennoch mehrere Reden gehalten wurden, welche die Idee einer Reform Deutschlands zu einem Vaterlande zum Gegenstande hatten, mitunter auch Schmähungen gegen

Handel, Handwerk und Verkehr 1835/40

Oben links: Schranne auf dem Marienplatz in München im Jahre 1836; Aquarell von Kurt Friedrich Heinzmann.

Oben: Am 1. 11. 1849 führte Bayern als erster deutscher Staat Briefmarken (»Wapperl«) ein. Im Bild die Ein-Kreuzer-Marke, die »Schwarze Einser«.
Links: Das Zunftzeichen der Nikolai-Bruderschaft (Innschiffer) aus dem Jahr 1844.
Unten: Der letzte Eisenhammer in Nürnberg; Gemälde von M. Hartmann (1792–1850).

Oben: Das Zunftzeichen der Brauer in München.
Oben rechts: Schnitt durch die Teilansicht eines Modells der Spaten-Brauerei in München 1812.
Unten: 1835 fuhr die erste deutsche Eisenbahn zwischen Fürth und Nürnberg; zeitgenössisches Aquarell aus Nürnberg. Auf dem Oktoberfest 1837 pries ein Schausteller seine Eisenbahn so an: »Die Wagen durcheilen in 1¼ Minuten eine Strecke von 438 Schuh [etwa 140 Meter] in unbegreiflicher Schnelligkeit.«

»Niedere Industrie« und bürgerliches Handwerk in München

In der Sphäre der niederen Industrie finden wir in München weniger Ausgezeichnetes. Es befinden sich da: ein königlicher Kupferhammer und zwei königliche Eisenhämmer ... eine große königliche Kattun- und Zizfabrik, zwei lyonische Spitzenfabriken ... drei Möbelfabriken ... zwei Papierfabriken, zwei Siegellackfabriken, drei Tabackfabriken ... sechs Lederfabriken ... Ferner sind noch vorhanden: Sechs Büchsenmacher, eine Baumwollmanufaktur, eine Handschuhfabrik, drei Hutfabriken ... Alles Übrige gehört zu den bürgerlichen Handwerken, unter denen nach Maßgabe des vorzüglichsten Erwerbszweiges – der Bierbrauerei – 60 Brauer mit 153 Bierwirten obenanstehen. Diesen schließen sich an: 64 Bäcker, 66 Metzger, 71 Leinweber, 107 Schneider, 69 Schuhmacher usw.

Christian Müller, 1816/1817

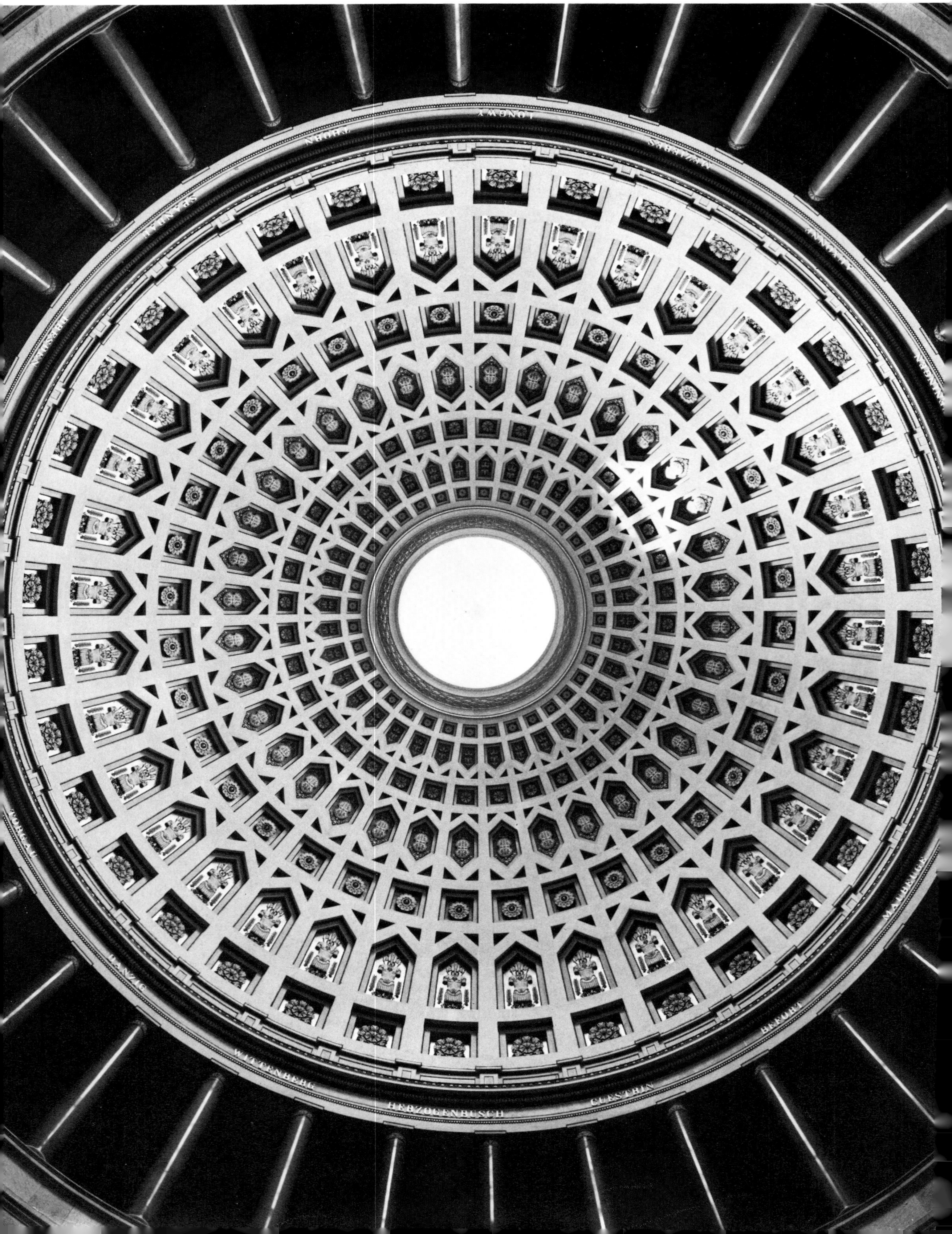
DANZIG
WITTENBERG
HERZOGENBUSCH
CUESTRIN
BELFORT

Ludwig I. lebte über die Verhältnisse seiner Staatskasse. Als sich Landtagsabgeordnete bei ihm über seine Art, Gelder auszugeben, beschwerten, soll er sich mokiert haben: »Und wem's nicht recht ist, wie ich, besser verstehend, Gelder verwende, der kann mich am Abend in Schleißheim besuchen!«

Ludwig I. als Freund der Schönen Künste

Oben v. l. n. r.: Aus der »Schönheiten-Galerie« von Karl Stieler 1827–50 im Auftrag Ludwigs I. gemalt: Anna Hillmayer, Caroline Lizius, Auguste Strobl. Links: Die Kuppel der Befreiungshalle in Kelheim, 1842–63 erbaut. Unten: König Ludwig I. mit Künstlern und Gelehrten; Gemälde von Wilhelm von Kaulbach (1805–74).

Künstlerfest 1840

Die schönsten jungen Leute, die kräftigsten Charaktere und die besten Stimmen sind unter den Malern. Ihr Gesang ist eine herrliche Arabeske im Münchener Künstlerleben. Regelmäßig erschallt er in einem Nebensaale des Englischen Kaffeehauses, wo an sechsunddreißig Kunstzöglinge sich unter dem Namen »Neu-England« zu einer heiteren Abendgesellschaft konstituiert haben ... Von Zeit zu Zeit gibt es eine ihren Standesgenossen und Freunden gewidmete Produktion. Der ausübenden Maler sind bei dieser Nova-Anglia (nur von dem Sitz der Gesellschaft so genannt) wenige; die meisten sind noch Schüler der Akademie. Ihre Lehrer und Professoren, meistens verheiratet, bleiben des Abends zu Hause; ihre Meister, vor deren Bildern sie auf dem Kunstverein und in deren Ateliers lernen, kommen teils bei dem Kafetier Schimon in der Kaufingerstraße, teils bei dem Stubenvollbräuer auf dem Anger zusammen ... Die deutschen Maler aus dem Zeitalter König Ludwig des Ersten haben sich in der großen Mehrzahl den Toilettenformen der Gegenwart entrückt; sie sind herrschend geworden und haben sich auf Natur, Geschichte und Romantik zurückgezogen. Die gefeierten Künstler-Bälle (1827–33), zuerst im »Bauhof«, hierauf im Hotel zum schwarzen Adler, dann im großen Odeonssaale gehalten, wozu die Elite der hiesigen Gesellschaft eingeladen war, wo die gesamte königliche Familie sich zeigte, können jetzt nicht mehr stattfinden; der Ton der Salonwelt, dem sich die Stifter und Chorführer unterwarfen, ist bei dem starken Volke unbeliebten Andenkens geworden. Nicht mit Unrecht ist ihm der Frack verhaßt; das Modern-Konventionelle ist der Tod des Poetischen.

S. F. Daxenberger in »Münchner Hundert und Eins« 1840

Links: Der Schäfflertanz in München; Lithographie von Gustav Wilhelm Kraus, 1844. Noch heute tanzen die Schäffler (Böttcher) alle sieben Jahre zur Erinnerung an das Pestjahr 1517, als es nach dem Erlöschen der Epidemie zuerst den Schäfflern gelungen war, die überlebenden Einwohner mit Musik und Tanz aus den Häusern zu locken.
Unten: König Ludwig I. bei der Abnahme einer Parade in der von ihm ausgebauten Ludwigstraße in München im März 1842.

Rechts: Anonyme Lithographie von der Hopfenernte bei Straubing um das Jahr 1830.
Unten rechts: Reiter und Bäuerin mit Kind; Gemälde von Wilhelm von Kobell (1766–1855). Die Trachten der Bäuerin und des Kindes ähneln der von Miesbach-Schliersee. Felix Dahn notierte in der von König Max II. um 1860 angeregten »Bavaria Landes- und Volkskunde des Königreichs Bayern« über diese Tracht u. a.: »Die Weiber dieser Gegend adoptirten vor etwa 20 Jahren statt des früheren langleibigen Schnittes ungemein kurze Formen, weit ausgeschnittene Mieder und Brustflecke; es war dieß die Nachwirkung der kurzen Taillen und des allzusittigen weiten Ausschnittes, die zu Anfang dieses Jahrhunderts in der vornehmen Welt gegolten hatte ...«

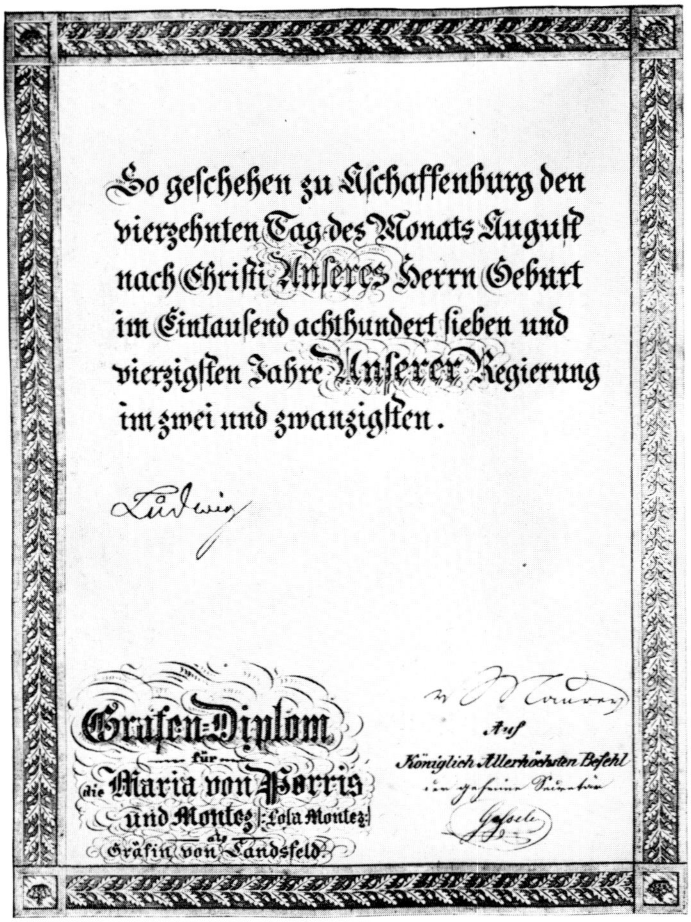

So geschehen zu Aschaffenburg den vierzehnten Tag des Monats August nach Christi Unseres Herrn Geburt im Eintausend achthundert sieben und vierzigsten Jahre Unserer Regierung im zwei und zwanzigsten.

Ludwig

Grafen-Diplom für die Maria von Porris und Montez (Lola Montez) als Gräfin von Landsfeld

Auf Königlich Allerhöchsten Befehl

Der »Starrsinn des wittelsbachischen Pfalzgrafen« (Hubensteiner) zeigte sich auch in König Ludwigs I. Haltung gegenüber den Anfängen der Arbeiterbewegung, deren Hintergründe er nicht begriff. Ebenso wollte er nicht wahrhaben, daß das Unbehagen über seine Liaison mit der spanischen Tänzerin Lola Montez bereits unter seinen Ministern rumorte, während die Verachtung des Volkes sich direkt gegen die von ihm geadelte und »leidenschaftlich geliebte Lolita« (Ludwig I.) richtete.
Oben: Kinderarbeit in den Fabriken war damals an der Tagesordnung; Zeichnung aus der Aschaffenburger Buntpapierfabrik Dessauer.
Links: Das Grafen-Diplom, von König Ludwig I. eigenhändig unterschrieben, mit der er seine Lola 1847 zur Gräfin von Landsfeld ernannte.
Unten links: Karikatur auf Ludwig I.; im Hintergrund Lola Montez, der er mit einer Rose winkt, während er seine Abdankung verfaßt.

Revolution 1848

Verachtung des Volkes für die Lola

Ein einziges Gefühl scheint Bayern und zwar sämtliche Volksklassen und Individuen zu durchglühen, und das ist die Verachtung und der Haß gegen die Lola ... Schon in Schärding, wo ich in Bayern eintraf, durch das ganze Land bis München und von da bis Salzburg, wo ich Bayern verließ, herrscht in dieser Beziehung nur ein Gefühl und eine Stimmung. Landgerichtsbeamte, die ich zufällig in München traf, und zwar aus verschiedenen Gegenden, versicherten mich, dieses sei überall der Fall. In welches Bräu- oder Wirtshaus oder sonst was immer für ein öffentliches Lokal man am Lande in Bayern eintritt, überall hört man von diesem Skandal erzählen, oder kann die Leute sehr leicht hierzu veranlassen, wenn man nur diese Saite anschlägt, wobei man schauderhafte Dinge und Übertreibungen der vorgefallenen Thatsachen erfährt. In München selbst ist dies weniger der Fall, weil sich die Leute, wie man sagt, wegen der erst jetzt errichteten geheimen Polizei, doch mehr und besonders gegen Unbekannte genieren.

August Fournier (Agent des Wiener Polizei-Ministeriums), Lola Montez (1847). In: Deutsche Revue, 27. Jg., 1902, Bd. III

»Eine neue Richtung hat begonnen ...«, schrieb Ludwig I. am 20. März 1848 in seiner Abschiedsbotschaft an sein Volk. Die Revolution verlief in Bayern im Vergleich zu Paris, Wien und Berlin unblutig. Als Ludwig gekränkt abdankte, war das Volk betroffen, die Revolution vorbei: »Der boarische Löw hat sich sakrisch verhaut, hat a spanische Fliagn für a Löwin angschaut!« – Rechts: Prinz Karl von Bayern beruhigte am 4. März 1848 auf dem Promenadeplatz in München die aufgebrachte Menge. – Mitte: Die ersten Zeilen des »März-Erlasses« König Ludwigs I. vom 6. März, in dem er noch von Reformen sprach. – Rechts unten: Münchener Freicorps 1848. Lithographie von Gustav W. Kraus.

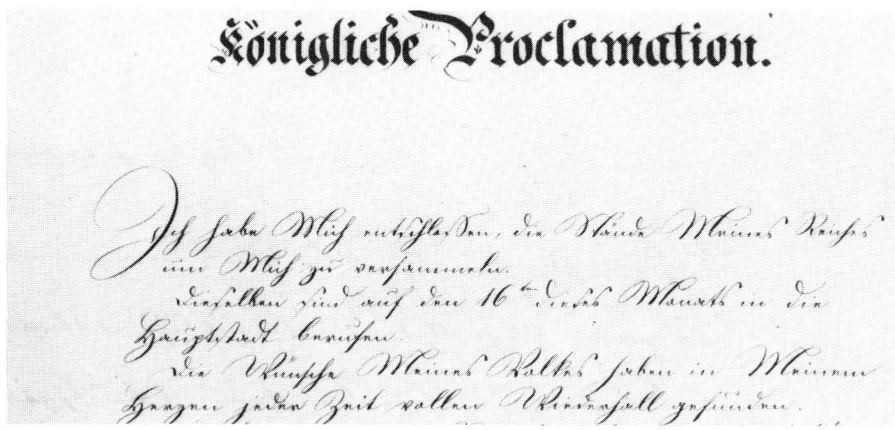

Königliche Proclamation.

Ich habe Mich entschlossen, die Stände Meines Reiches um Mich zu versammeln.
Dieselben sind auf den 16ten dieses Monats in die Hauptstadt berufen.
Die Wünsche Meines Volkes haben in Meinem Herzen jeder Zeit vollen Wiederhall gefunden.

Bald weinten alle ...

Um ein Uhr (18. März) versammelte er die volljährigen Prinzen, sagte zu Bruder Karl, er würde wohl verstehen, daß er unter den gegebenen Umständen nicht weiterregieren wolle. Karl stimmte zu, brach, wie auch Herzog Max, in Tränen aus. Letzterer war gegen eine Abdankung. Bald weinten alle, auch der König selbst. Nachdem er dreiundzwanzig Jahre so regiert habe, wie er es für richtig fand, könne er sich an keine neue Methode gewöhnen, wohl aber an einen Nachfolger. Dann las er seinen eigenhändig geschriebenen Aufruf an die Bayern vor. Kronprinz Maximilian sprach sich gegen die Abdankung seines Vaters aus. Da dieser nicht nachgab, kniete er vor ihm nieder und bat um den väterlichen Segen.

Adalbert Prinz von Bayern, Die Herzen der Leuchtenberg, München 1963

Ich lege die Krone nieder ...

Bayern! Eine neue Richtung hat begonnen, eine andere als die in der Verfassungsurkunde enthaltene, in welcher Ich nun im 23. Jahre geherrscht. Ich lege die Krone nieder zugunsten Meines geliebten Sohnes, des Kronprinzen Maximilian. Treu der Verfassung regierte Ich; dem Wohl Meines Volkes war Mein Leben geweiht; als wenn Ich eines Freistaates Beamter gewesen, so gewissenhaft ging Ich mit dem Staatsgute, mit den Staatsgeldern um. Ich kann jedem offen in die Augen sehen. Und Meinen tiefgefühlten Dank allen, die Mir anhingen. Auch vom Throne herabgestiegen, schlägt glühend Mein Herz für Bayern, für Deutschland.

Ludwig I. in seiner Abschiedsbotschaft an das bayerische Volk am 20. März 1848

Parlamentarismus und Nationalstaat, Reformer und Märchenkönig

Das Königreich unter Max II. und unter Ludwig II. als Bundesstaat im Deutschen Kaiserreich von 1848 bis 1886

»Bayern, steht mir bei in meinem festen Vorhaben, euch auf die Stufe zu heben, zu welcher ihr als freies Volk berufen seid, ein Achtung gebietender Staat im einigen deutschen Vaterland!« Dem liberalen Zeitgeist huldigend, sprach Maximilian II. in seiner ersten Proklamation vom 21. März 1848 als neuer König von Bayern solche Sätze. Und erfüllt von einer im Vergleich zu seinem Vater absolut gegensätzlichen Staatsauffassung, rief er in seiner Thronrede vor dem außerordentlichen Landtag aus: »Ich bin stolz, mich einen konstitutionellen König zu nennen. Unser Wahlspruch sei Freiheit und Gesetzmäßigkeit.« Es waren keine leeren Worte. Der 36jährige Max II., durch sein Studium in Göttingen und Berlin und nach vielen Auslandsreisen als weltgewandter Liberaler geprägt, machte sich sofort daran, endlich die Reformen durchzuführen, die sein Vater nicht mehr verantworten wollte. Mit Max II. »übernahm der Liberalismus für lange Zeit die geistige und auch politische Führung« (Bosl).

Zwei Monate nach dem Regierungsantritt von Max II. waren im bayerischen Landtag alle wichtigen Reformgesetze durchgebracht, also zu einer Zeit, da in Berlin und Wien die Schüsse der Revolution gerade verhallt waren, in Baden eine republikanische Erhebung unter Hecker von Bundestruppen niedergeschlagen wurde und in Frankfurt sich gerade das »Vorparlament« gebildet und die Einberufung einer deutschen Nationalversammlung beschlossen hatte. Im Zuge des Ausbaus der Verfassung von 1808 und 1818 verabschiedete der Reformlandtag bis zum 4. Juni 1848 insgesamt 26 Gesetze, darunter die völlige Bauernbefreiung durch Aufhebung der standes- und gutsherrlichen Gerichtsbarkeit und die Beseitigung der Umwandlung der Grundlasten, so daß jetzt auch die Adeligen, wie 1803 die Prälaten, ihre Privilegien preisgeben mußten. Weitere neue Errungenschaften der Reformen waren eine weitgehende Pressefreiheit, Versammlungsfreiheit, Vereinsfreiheit, die Öffentlichkeit und Mündlichkeit der Strafverfahren, Verbesserung des Rechtswesens (Schwurgerichte) und die Anbahnung einer Trennung von Justiz und Verwaltung. Am wichtigsten aber waren die Folgen eines neuen Wahlrechts, das die alte Ständeordnung beseitigte und den Parlamentarismus einführte, indem es aus den zwei Kammern eine echte Volksvertretung machte sowie die Bildung von Parteien ermöglichte. Der Landtag von 1849 wurde erstmals nach dem neuen Wahlgesetz gewählt, mit einer demokratischen Linken, einer konservativen Rechten und einem linken und rechten Zentrum. Als die Linksmehrheit des Landtags sich jedoch für die in der Frankfurter Nationalversammlung diskutierte Reichseinheit entschied und damit gegen die von Max II. angestrebte föderalistische Trias-Idee votierte, mit der die Spannung zwischen den Großmächten Österreich und Preußen mit den deutschen

Mittel- und Kleinstaaten unter Führung Bayerns als dritte Kraft im Gleichgewicht gehalten werden sollte, sah Max II. die Selbständigkeit seines Staates bedroht. Er löste deshalb am 10. Juni 1849 den Landtag auf und ließ Neuwahlen ausschreiben, die zu einem Landtag mit einer nach rechts tendierenden Mehrheit führten.

König Max II. war ein großer Förderer der Industrie, der nicht vergaß, bei Fabrikneugründungen die Unternehmer zur Fürsorge für die Arbeiter zu verpflichten. In Nürnberg ließ er den Bau von Arbeiterwohnungen aus eigener Tasche finanzieren, sorgte für die Gründung von Unterstützungskassen und wurde selbst Mitglied eines Arbeiterunterstützungsvereins. Sein praktisch-realistischer Sinn ließ ihn an allem wissenschaftlichen Fortschritt Anteil nehmen und Gespräche mit den Wissenschaftlern suchen, die er als »Nordlichter« nach München holen ließ (Liebig, Ranke, Sybel, Riehl). Er gründete Museen, und in seinem Maximilianeum sollten die Begabtesten seiner Landeskinder kostenfrei studieren. Höhepunkt dieser ganzen Entwicklung war 1854 die »erste allgemeine deutsche Industrieausstellung« im neuerbauten Glaspalast in München. Auch auf künstlerischem Gebiet orientierte er sich mehr nach Geistern aus dem Norden (Geibel, Heyse, Bodenstedt, Schack, Dingelstedt). Zünftig bayerisch ging es aber in den »Symposien« zu, den Abendkreisen bei Max II. in der Residenz, wo sich bei Bier und belegten Broten alles zusammenfand, was in München damals Rang und Namen hatte.

Als Max II. im März 1864 im Alter von 53 Jahren starb, hatte Bayern den Verlust des menschlichsten seiner Herrscher zu beklagen, dessen Fehler der bayerische Historiker Michael Doeberl »die Schatten seiner Tugenden« genannt hat. Erst heute wird die überragende politische Bedeutung dieses Monarchen zwischen den beiden Ludwig-Königen erkannt und gewürdigt; deren blendender Glanz hat lange Zeit den die Öffentlichkeit scheuenden Max II. zu Unrecht überschattet. So muß auch die Sozialreform von 1868 unter Ludwig II., die die Gewerbefreiheit, die Regelung der Armenpflege und neue Bestimmungen über Verehelichung und Heimatrecht brachte, noch dem Vater Max II., der sie vorbereitet hatte, als Verdienst zugerechnet werden.

Ludwig II., das Urbild eines Märchenprinzen, ein schöner schlanker Jüngling von achtzehn Jahren, mit dunklem Lockenkopf und tiefblauen Augen, war in keiner Weise auf sein hohes Amt vorbereitet. Unzureichend von nachlässigen Hauslehrern ausgebildet, hörte er gerade in der Universität die ersten Vorlesungen, als der Vater starb. Der weltabgewandte, unreife Jüngling stand völlig hilflos plötzlich Problemen und Entscheidungen gegenüber, die selbst einem erfahrenen und starken Herrscher große Schwierigkeiten bereitet hätten. In Berlin hatte inzwischen Bismarck damit begonnen, einen preußisch-deutschen Nationalstaat vorzubereiten. Dazu brauchte er die Mittel- und Kleinstaaten des Deutschen

Bundes, dem er durch den Ausschluß Österreichs nach Königgrätz und dem Prager Frieden von 1866 ein schnelles Ende bereitete. Weder in Wien noch in Paris oder in einer kleindeutschen Hauptstadt war ein Regierender an der Macht, der es mit Bismarck hätte aufnehmen können. Und gewiß war dazu am wenigsten der junge Bayernkönig in der Lage. Er konnte sich zwar rühmen, von 1866 bis 1870 König eines bayerischen Staates zu sein, der in diesen vier Jahren zum ersten- und letztenmal in seiner langen Geschichte ohne Eingliederung oder Zugehörigkeit zu einem übergeordneten Staatenbund, also de jure voll souverän existierte. Doch Bismarck hatte Bayern mit einem geheimgehaltenen Schutz- und Trutzbündnis schon in seiner Tasche. Nach dem gesamtdeutschen Sieg über Frankreich 1870/71 erhielt Bayern für die Mithilfe am Bau des Reiches und bei der Krönung des Preußenkönigs zum Kaiser immerhin einige Sonderrechte eingeräumt: eigene Post und Bahn, Militärhoheit im Frieden, beschränkte diplomatische Vertretung im Ausland.

Bismarck hatte sein Ziel mit allen Mitteln gesucht und erreicht. Dabei nützte er in Bayern sehr geschickt bestimmte Situationen aus. So ließ er frühzeitig in Bayern die öffentliche Meinung für die deutsche Einigung mit gutem Erfolg beeinflussen; er war auch der Drahtzieher bei der Bestellung des fränkischen Fürsten von Hohenlohe-Schillingsfürst zum leitenden Minister in Bayern (1866) und setzte, gewissermaßen als seinen »Statthalter«, 1867 den preußischen Gesandten von Werthern-Beichlingen »wie eine Spinne ins bayerische Netz« (Bosl). Ein Bismarck ergebener Mann seit den Verhandlungen in Versailles vor der Kaiserkrönung war auch der 1880 ins leitende Ministerium berufene Unterfranke Johann Lutz, bei dessen Ernennung Bismarck ebenfalls die Finger im Spiel hatte. Die spektakulärste Aktivität Bismarcks zur Gewinnung Bayerns für seinen Nationalstaat waren jedoch die finanziellen Zuwendungen an König Ludwig II. aus dem Welfenfonds, mit denen er den bauwütigen Bayernkönig und seinen Oberstallmeister kaufte. Ludwig II. hatte sich zu dieser Zeit schon mehr und mehr in eine Traumwelt in den Bergen zurückgezogen und brütete über seinen Bauplänen zu den steingewordenen Sagen aus einer erdachten Historie. Neuschwanstein, Linderhof und Herrenchiemsee hießen seine Fluchtburgen aus der Realität. Sie dokumentieren noch heute die von den Vorfahren der Mutter aus dem Hause Hessen-Homburg, wo schwere Degenerationserscheinungen mehrfach zu verzeichnen waren, ererbten Anlagen zur stufenweise fortschreitenden Persönlichkeitsspaltung ihres Schöpfers. Mit der bekannten Energie, die Geisteskranke in der Verfolgung ihrer Wahnideen aufbringen, hatte sich Ludwig II. in seine Bauprojekte verrannt. Seine politische Präsenz als Herrscher bestand lediglich noch in der Verteidigung seiner Königsrechte gegen Preußen- und Landtagspolitik. Für den geliebten Meister Richard Wagner, der mit seinen musikalischen Kolossalgemälden Ludwigs Traumwelt mit heraufbeschworen hatte, wollte er ein Festspielhaus über der Isar errichten. Um ein Bergschloß Falkenstein bei Pfronten errichten zu lassen, schickte der kranke König schließlich einen Chevauleger mit dem Befehl nach München, dort für ihn sechs Millionen Goldmark zu beschaffen. Dem Ministerium blieb nur noch die Wahl der Entmündigung, das Ende war der bis heute ungeklärte Tod Ludwigs II. im Starnberger See am 13. Juni 1886.

»Dem Bayernland starbst du zu früh, Dein treues Volk vergißt dich nie«, heißt es am Schluß des rührseligen Neuschwanstein-Liedes. Das Volk hat bis heute nicht Wahnsinn und Tod des Königs akzeptiert, der Kult zu seinem Gedenken blüht nach wie vor, auf T-Shirts von Touristen und auf den Autos königstreuer Bayern. Kein bayerischer Herrscher lebte jedoch in Gedanken und Taten weiter entfernt von seinem Volk als gerade dieser vom Volk bis zum Exzeß verehrte Ludwig II.

Links: Münchnerinnen beim Brotzeitmachen im Englischen Garten; im Hintergrund der Chinesische Turm; Gemälde von C. Engel, um 1850. – Oben: Die Wittelsbacher um das Jahr 1860: In der Mitte König Max II. mit seiner Gattin, Marie von Preußen; rechts daneben der abgedankte König Ludwig I. und dessen Sohn Otto, König von Griechenland; links hinter Max II. seine Söhne Otto und Ludwig, der spätere König Ludwig II.; ganz links die Familie des späteren Prinzregenten Luitpold. – Unten: Grabtafel des Wildschützen Jennerwein auf dem Friedhof Westenhofen bei Schliersee.

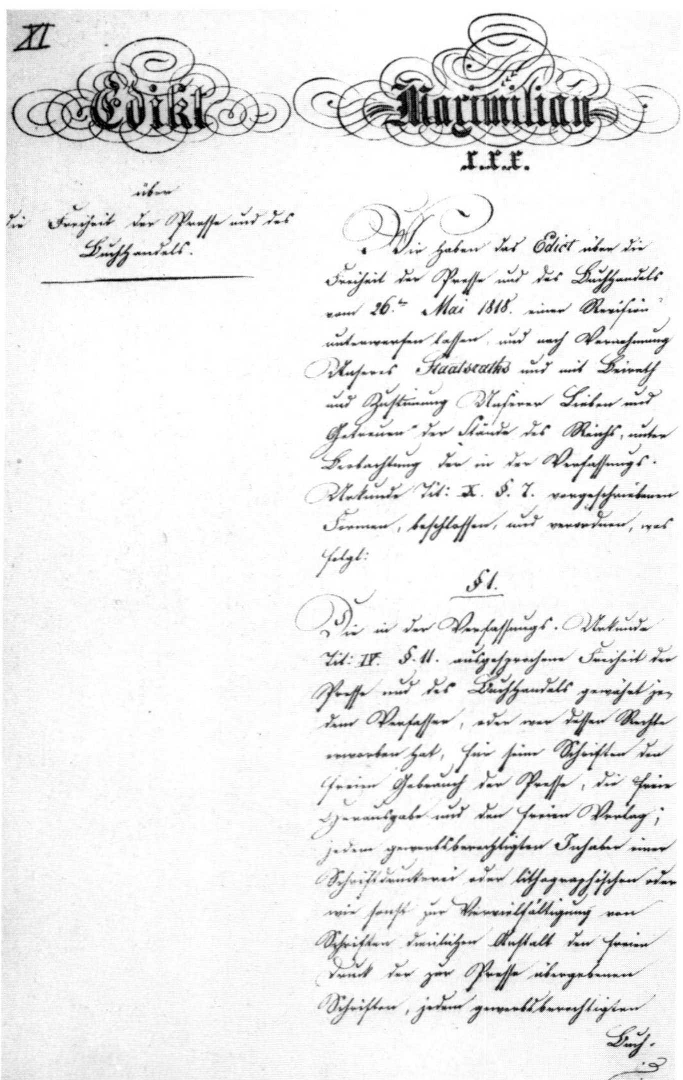

XI

Edikt Maximilian

x.x.x.

über

die Freiheit der Presse und des Buchhandels.

Wir haben das Edikt über die Freiheit der Presse und des Buchhandels vom 26ten Mai 1818 einer Revision unterwerfen lassen, und nach Vernehmung Unseres Staatsraths und mit Beirath und Zustimmung Unserer Lieben und Getreuen der Stände des Reichs, unter Beobachtung der in der Verfassungs-Urkunde Tit: X. §. 7. vorgeschriebenen Formen, beschlossen, und verordnen, was folgt:

§1.

Die in der Verfassungs-Urkunde Tit: IV. §. 11. ausgesprochene Freiheit der Presse und des Buchhandels gewährt jedem Verfasser, oder wer dessen Rechte erworben hat, für seine Schriften den freien Gebrauch der Presse, die freie Herausgabe und den freien Verlag; jedem gewerbberechtigten Inhaber einer Schriftdruckerei oder lithographischen oder wie sonst zur Vervielfältigung von Schriften dienlichen Anstalt den freien Druck der zur Presse übergebenen Schriften, jedem gewerbberechtigten Buch-

1

Ein liberaler Monarch: König Max II. 1848–1864

Der Historiker Michael Doeberl schrieb schon Ende der zwanziger Jahre unseres Jahrhunderts über König Max II.: »Erst die Nachwelt hat die großen Verdienste um die Wissenschaft und um die Förderung der geistigen und kulturellen Entwicklung Bayerns nach Gebühr gewürdigt, erst die Gegenwart hat die klare Linie seiner bayerischen und deutschen Politik schätzen gelernt.« Noch heute steht dieser liberale und menschliche Monarch immer noch zu Unrecht im Schatten zwischen den beiden glanzvolleren, aber politisch weitaus ineffektiveren Ludwig-Königen. – Oben: Die von Klenze zwischen 1848 und 1860 erbauten Propyläen am Münchener Königsplatz, von Ludwig I. noch kurz vor seiner Abdankung in Auftrag gegeben; Gemälde von Klenze. – Links: Entwurf der Gesetzesvorlage zum Edikt über die Freiheit der Presse und des Buchhandels vom 4. 6. 1848, erste Seite; eines von zahlreichen neuen Gesetzen, die der Landtag unter Max II. 1848 für eine neue Verfassung verabschiedete.

Ein Herrscher, weder zu Lebzeiten noch bis heute von seinem Volk recht erkannt ...

König Max II. Persönlichkeit war die eines Kavaliers, gleichsam eines englischen Lords, hoch und schlank gewachsen, mit verhältnismäßig kleinem Kopf, der zu zwei Dritteln Stirn zu sein schien; die großen, intelligenten Augen bald forschend scharf, bald verschwimmend, die Stimme verschleiert mild, fast frauenhaft, wie in der ganzen Mannesgestalt etwas Weibliches vorzuwalten schien; ein Herrscher, der weder zu seinen Lebzeiten, noch bis heute von seinem Volke recht erkannt und nach Gebühr geschätzt worden ist, allerdings nicht ganz ohne seine Schuld und nicht ohne tragische Buße. Tragisch schon darf man es nennen, daß er den Norden, woher er seine geistigen Helfer rief, zugleich liebte und haßte ...

Julius Grosse (1828–1902) in seinen Lebenserinnerungen »Ursachen und Wirkungen«

»Der Geist, der Europa durchdringt …«

Die Bewegung der Zeit und die großen Interessen des Vaterlands erheischen eine innigere Vereinigung aller deutschen Stämme. Auch Ich habe für Vertretung des Volkes am Bunde ungesäumt Einleitungen getroffen.
In einen neuen Abschnitt unsers öffentlichen Lebens sind wir eingetreten. Der Geist, der Europa durchdringt, gebietet es.
Nicht blos Bayern, sondern Deutschland richtet das Auge auf die Berathungen, die bevorstehen. Männlicher Freimuth möge sie bezeichnen, aber auch weise Mäßigung und Fernhalten von auflösenden, zerstörenden Tendenzen.
Der Ergebniß dieses Landtags bestimmt Bayerns Stellung in Deutschland.
Lassen Sie uns vorleuchten allen seinen Stämmen! Unser Wahlspruch sey Freiheit und Gesetzmäßigkeit.

König Maximilian II. vor der Ständeversammlung am 22. März 1848

Das Jahr 1848 war für Bayern das Geburtsjahr einer freien Presse und der politischen Parteien. – Oben rechts: Titelausschnitt aus Bayerns Gegenentwurf einer Bundesverfassung vom April/Mai 1848. – Rechts: König Max II. und Königin Marie, Tochter des Prinzen Wilhelm von Preußen. – Unten: Karikatur auf den die Reichsverfassung 1849 mit Füßen tretenden Ludwig Freiherr von der Pfordten, der von 1849 bis 1859 und von 1864 bis 1866 Erster Minister in Bayern war.

296

Entwurf von Grundzügen zu einer Nationalen Deutschen Bundes-Verfassung.

1te Abtheilung.
Von den Zwecken des Deutschen Bundesstaates.
§. 1.

Industrie um 1850

In der Mitte des 19. Jahrhunderts erlebte Bayern mit der Förderung der Wissenschaften unter Max II. auch einen Aufschwung von Industrie und Technik. Oben: Symbol für den technischen Aufschwung: die Industrieausstellung im neuen Glaspalast in München 1854. Unten: Kalkofen im Winter bei Großhesselohe; Gemälde von Heinrich Bürkel (1802–1869).

Industrie-Ausstellung und Cholera 1854

Die erste große Industrie-Ausstellung im neuerbauten Glaspalast war eröffnet worden zum großen Mißbehagen der ultramontanen Presse, die längst ein Konzert von Unkenrufen anstimmte. Gleichsam zur Bestätigung zog mit dem Fremdenstrom gleichzeitig die asiatische Seuche ein, um ihre Geißel zu schwingen. Die Zustände wurden allmählich schreckenerregend. Ein schwefelgelber Dampf schien über der Stadt zu liegen; auf den Straßen sah man nur die bekannten schwarzen Wagen, alle Fremden stoben in panischer Flucht davon. Schwer wie Blei stockte das Blut auch in den Gliedern der Gesunden, als wäre die Luft vergiftet. Die Zahl der Toten stieg allmählich auf hundert und mehr jeden Tag ... Meister Konrad Knoll, der Bildhauer, ... kam zu mir. »In unserem Hause sind heute nacht wieder fünf gestorben ... Geh mit mir nach Starnberg, bis Gauting können wir fahren.« So weit war in diesem Jahre bereits die neue Eisenbahn eröffnet.

Franz von Dingelstedt, Münchner Bilderbogen

ARBEITER
No. 422
Bildungs- und Unterstützungs-Verein
NÜRNBERG
Mitglied
Vorstand, Schriftführer, Cassier.

Oben: Porträtkamera des Fotografen Franz Hanfstaengl, München, 1850. – Oben rechts: Mitgliedskarte des Nürnberger Arbeitervereins von 1850. – Rechts: Ein Modell des von dem Münchener Wilhelm Bauer (1822–1875) konstruierten U-Bootes. Sein erstes Boot sank 1851 im Kieler Hafen, das zweite lief 1856 in Petersburg vom Stapel und erreichte nach 17 Stunden mit Tretkraft Kronstadt. – Unten rechts: Ansicht der Lokomotivenfabrik Maffei in München; Stahlstich um 1850. – Unten: Foto von der Eröffnung der Großhesseloher Brücke bei München um 1857.

Bürger.
Bewohner der baÿerischen
Hauptstadt.
der deutschen Kunststadt a.d. Isar.
In den glänzenden Reigen neudeutscher Kunstwerke, welche das Schöpferwort eines
begeisterten Fürsten auf den vaterländischen Plan rief, trat heute Bavaria, eine gewal-
tige Chorführerin. Ihre Hand erhebt die eherne Eichenkrone, u. ausblickend über Tau-
sende fragt ihr Auge: "Du rauschende Mitwelt wo ist ein Mañ, dem vor Andern der
Kranz gebührt, der unverwelkliche des Nachruhms." Manches berühmte Haupt wird
die Halle zählen, welche diesen Ort umgürtet; anreihen wird sich den Besten aus Bava-
rias Volk der Meister ihres Standbildes, Ludwig von Schwanthaler. in Erz gegossen hat sei-
nen Namen F. Miller: - Aber den Grundstein zur Halle baÿerschen Ruhmes, legte König
Ludwig I. als er zahllose Denkmale der Kunst schaffend den Tafeln deutscher Kultur-
Geschichte die unauslöschliche Zeile eingrub. Längst war der Helden- u. Miñesang unsrer
Väter verklungen u. die ehrwürdigen Dome des Mittelalters maß der gepuderte Unge-
schmack mit verächtlichen Blicken. - Längst auch hatten die Lessing u. Winkelmañ, Befrei-
ungskämpfer im Reiche des Schönen, für ächte freie Kunst gegen den Schulzwang und
die Modetyrannei der überrheinischen Aftermuse gestritten. - In Sturm u. Drang ward
durch Göthe u. seine Zeitgenossen ein neuer Parnaß gethürmt. - Ueber Weimar gin-
gen Gestirne deutscher Dichtkunst auf u. unter. - Nur die bildende Kunst schritt immer
noch gebeugten Hauptes einher - doch Zukunft träumend. - Jüngere kräftigere, deut-
sche Künstlerseelen rüsteten sich jetzt für sie an der Tiber; Cornelius mit seinen Nie-
belungen. Gewappnet trat die Schaar aus den Kunstarsenalen des Vatikans hervor.
Es fehlte nur der Ruf des Vaterlandes, der Führer über die Alpen. Da trat Kron-
prinz Ludwig von Baÿern unter sie, den Geist versenkt in klassische Vergangen-
heit, das Herz erfüllt von deutscher Zukunft. Er ward ihr Führer, aus seinem
Munde erscholl der Ruf zur That, zum Vaterlande. - Aus allen Gauen Deutsch-
lands herangezogen, wuchs an der Isar nun die Schaar der Schaffenden, und
derer, die des Geschaffenen sich freuen wollten von Jahr zu Jahr, - es wuchs
die Stadt, im Morgenlichte der langersehnten neudeutschen Kunstepoche stieg sie
empor. Wie die Dichtergräber zu Weimar, mehrten sich die Künstlerwerk-
stätten zu München. Deñ was der Prinz einst jenen deutschen Künstlern zu Rom
versprochen, - der König erfüllte es der deutschen Kunst, deß Zeuge ist nächst
München manche deutsche Stadt; deß Zeuge ist das treue Dankgefühl das mit
dem Impuls erhöhter Thätigikeit in jede Ader des öffentlichen Lebens drang.
Dies Dankgefühl schaart heute die Männer der Künste und Gewerbe verbrüdert
am Fuße dieses neuen großartigen Kunstgeschenkes um den erhabenen Geber. -
Und schauen wir jetzt noch einmal zu Bavaria empor, so deucht die Frage ihres Bli-
ckes uns gelöst; es tönt ihr von der schwellenden Lippe die liebeswarme Antwort:
"Dank u. Preis der Gegenwart, der Nachwelt, - Bavaria's ehrne Eichenkron: gebührt vor
Allen jenem Manne derselber in den Kranz die reichste Blüthe flocht, die Blüthe unserer
neuen deutschen Kunst, - Bavarias Kranz gebührt vor Allen -
König Ludwig dem
Kunstbeschützer
Eriñerung an den 9ten October MDCCCL

Bayern zwischen 1850 und 1860

Links: Als Zeichen ihrer Dankbarkeit widmeten die Münchener Künstler dem abgedankten König Ludwig I. das »König-Ludwig-Album«, das diesem bei der Einweihung der Bavaria am 9. 10. 1850 überreicht wurde; Titelblatt von Peter Herwegen (1814–1893).

Oben: Politische Satire war mit den »Fliegenden Blättern« und den Publikationen der Revolutionszeit um 1848 auch in Bayern zu Hause. Ein Satiriker, der das bürokratisch-pedantische Beamtentum aufs Korn nahm, war Franz Graf Pocci in seinem »Staatshämorrhoidarius« (Titelblatt, 1857).

Unten: Auf dieser allegorischen Darstellung von Seibertz sind alle Größen der Wissenschaft und Kunst im Bayern des 19. Jahrhunderts versammelt. Von links nach rechts: Ignaz Döllinger, Friedrich Hermann, Leo von Klenze, Johann Georg Lori, Lorenz Westenrieder, Josef Fraunhofer, Friedrich Wilhelm Thiersch, Friedrich Wilhelm Schelling, Justus von Liebig, Alexander von Humboldt (Mitte), Moritz Ritter, Wilhelm von Kaulbach, Wilhelm von Dönniges, Leopold von Ranke, Emanuel Geibel, Ludwig Schwanthaler, August Graf von Platen, Franz Lachner, Franz Xaver Baader, Franz von Kobell.

Aus den Grundbestimmungen für das Königliche Maximilianeum vom 20. August 1876

§ 1. Die nach den letztwilligen Verfügungen Seiner Majestät des Königs Maximilian II. von Bayern mit der Bezeichnung »Königliches Maximilianeum« in München errichtete Bildungsanstalt hat die Eigenschaft einer öffentlichen Unterrichtsstiftung.

§ 2. Die Maximilianeumsstiftung soll in unabhängiger Weise dem Zwecke gewidmet sein, talentvollen bayerischen Jünglingen die Erreichung jener Stufe wissenschaftlicher und geistiger Ausbildung zu erleichtern, welche zur Lösung der höheren Aufgaben des Staatsdienstes erforderlich ist.

König Ludwig feilscht um die Bildpreise mit Künstlern

Unser allergnädigster König Ludwig, der für allen und jeden Plunder Geld hat, mir möchte er für so ein gewaltiges Stück Arbeit wie das Aschenbrödel so viel geben als für den nächsten besten belgischen Fetzen, von dem es zweifelhaft ist, ob es eine Landschaft oder ein Ofentürl ist. »Da werden Sie keinen Käufer bekommen, Liebster, Bester!«, das waren die aufmunternden Worte, mit denen er mich verließ. Glücklicherweise bin ich das alles so gewohnt, daß ich meine Pfeife wieder anzündete und weitermalte. Die Mühe ist groß, aber das Schwerste ist geschehen. Die Ausführung rutscht wie auf der Eisenbahn. Bis Ende Mai kann's überstanden sein.

Moritz von Schwind, 6. März 1853

Richard Wagner und Bayreuth

»Den Deutschen ein ihnen eigenes Theater ...«

Durch Sie bin ich heute auf einen Platz gestellt, wie ihn gewiß noch nie vor mir ein Künstler einnahm. Sie glauben meiner Verheißung, den Deutschen ein ihnen eigenes Theater zu gründen, und geben mir die Mittel, dieses Theater in deutlichem Entwurfe vor ihnen aufzurichten. Hierzu soll für das erste das provisorische Gebäude dienen, zu welchem wir heute den Grundstein legen. Sei es jetzt auch bloß ein provisorisches, so wird es dieses nur in dem gleichen Sinne sein, in welchem seit Jahrhunderten alle äußere Form des deutschen Wesens eine provisorische war. Dies aber ist das Wesen des deutschen Geistes, daß er von innen baut: der ewige Gott lebt in ihm wahrhaftig, ehe er sich auch den Tempel seiner Ehre baut. Und dieser Tempel wird dann gerade so den inneren Geist auch nach außen kundgeben, wie er in seiner reichsten Eigentümlichkeit sich selbst angehört. So will ich diesen Stein als den Zauberstein bezeichnen, dessen Kraft die verschlossenen Geheimnisse jenes Geistes Ihnen lösen soll.

Aus Richard Wagners Rede bei der Grundsteinlegung zum Bayreuther Festspielhaus am 22. Mai 1872

Aus tiefstem Grund der Seele spreche ich Ihnen, teuerster Freund, zu dem für ganz Deutschland so bedeutungsvolle Tage meinen wärmsten und aufrichtigsten Glückwunsch aus. Heil und Segen zu dem großen Unternehmen im nächsten Jahr!

Telegramm Ludwigs II. am 22. Mai 1872 an Wagner

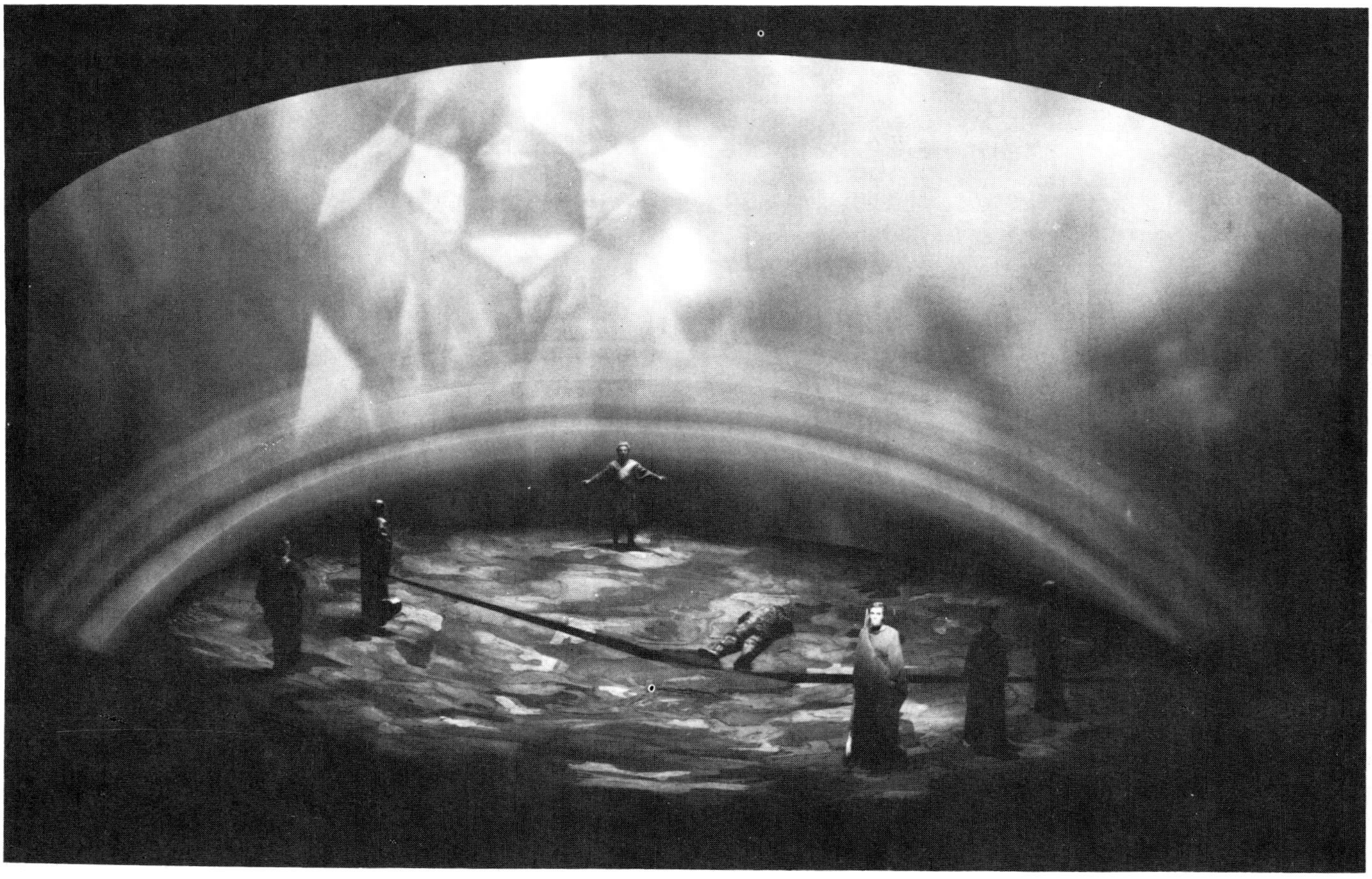

Links oben: Drittes Bild aus »Rheingold« 1876; Entwurf von Josef Hoffmann, Wien.
Links: Dasselbe Bild (»Schwüles Gedünst schwebt in der Luft«) in einer Inszenierung von Wolfgang Wagner 1974 mit seinem Bühnenbild. Der Münchener »Punsch« schrieb 1865 (Nr. 25) über eine »Tristan«-Aufführung: »Leider ist aber ein so barocker Text in Verbindung mit einer solchen Martermusik kaum imstande, das allerdings empfundene Bedürfnis nach neuen und höheren Kunstformen zu befriedigen ...«

Oben: Manöver der bayerischen Armee unter Anwesenheit des Königs sowie zahlreicher Prinzen und Generale bei Oberföhring mit Brückenschlag über die Isar am 27. 9. 1852; Gemälde von Ludwig Behringer.
Rechts: Eine der wenigen Darstellungen Ludwigs II. zu Pferde, hier als Inhaber des 2. Ulanen-Regiments; Gemälde, ebenfalls von Ludwig Behringer, um 1865.

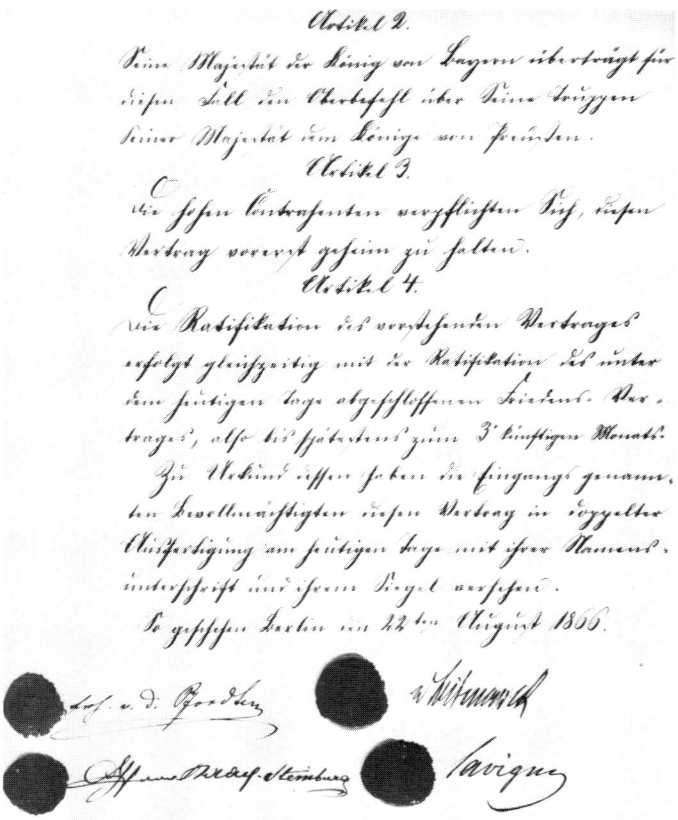
Artikel 2.
Seine Majestät der König von Bayern überträgt für diesen Fall den Oberbefehl über Seine Truppen Seiner Majestät dem Könige von Preußen.
Artikel 3.
Die hohen Contrahenten verpflichten sich, diesen Vertrag vorerst geheim zu halten.
Artikel 4.
Die Ratification des vorstehenden Vertrages erfolgt gleichzeitig mit der Ratification des unter dem heutigen Tage abgeschlossenen Friedens-Vertrages, also bis spätestens zum 3ten künftigen Monats.
Zu Urkund dessen haben die Eingangs genannten Bevollmächtigten diesen Vertrag in doppelter Ausfertigung am heutigen Tage mit ihrer Namens-Unterschrift und ihrem Siegel versehen.
So geschehen Berlin den 22ten August 1866.
Frh. v. d. Pfordten
v. Bismarck
[illegible]-Steinburg
Savigny

Bayern unter König Ludwig II.

Der Krieg Preußens gegen Österreich und Bayern 1866 war sehr schnell entschieden. Nach der Niederlage der Österreicher bei Königgrätz (3. 7.) wurden die Bayern bei Kissingen geschlagen und über den Main zurückgedrängt. Bismarck diktierte einen milden Frieden: Bayern verlor zwei Bezirksämter, zahlte 30 Millionen Gulden Kriegsentschädigung und schloß ein geheimes Schutz- und Trutzbündnis mit Preußen.
Links: Schlußseite des Bündnisses mit Unterschriften.
Unten links: Die Verlobung Ludwigs II. mit seiner Kusine Sophie währte nur ein halbes Jahr (Januar 1867: »Siegfried fand seine Brünhilde«). Am 7. Oktober 1867 schrieb er seiner Braut, daß zwar eine »Bruderliebe« in seiner Seele »wurzele«, »nicht aber die Liebe, die zur Vereinigung in der Ehe erforderlich ist«.

Verständigung mit Preußen?

Es wird daher unsere Aufgabe sein, zu versuchen, ob wir uns nicht mit Preußen verständigen können, und ich halte dies für möglich, solange in Preußen Realpolitiker regieren wie Bismarck, der mir ja wiederholt gesagt hat, »Preußen und Bayern ... seien natürlich Alliierte«. Er sieht für jetzt die Hauptaufgabe der äußeren Politik Bayerns darin, »den Norden, der sich uns ohnehin nicht nähern will, an Preußen zu überlassen, Mittel- und Süddeutschland zu einigen zu suchen und mit den europäischen Mächten, zumal Frankreich, gute Beziehungen zu pflegen ...«

Minister von der Pfordten über Bayerns Stellung zu Preußen am Vorabend von 1866 (nach Karl Bosl)

Das Bündnis mit Preußen

Gestern (17. August) ging das Gerücht, Bayern habe mit Preußen eine Allianz geschlossen und ihm 100 000 Mann zur Verfügung gestellt, wogegen Preußen auf jede Gebietsabtretung und Geldentschädigung verzichtet habe ... Der König beschäftigt sich mit Erfindung von Dekorationen für die Oper »Wilhelm Tell« und läßt Kostüme machen für Opern, die er dann anzieht, und womit er in seinem Zimmer umhergeht ... Es bleibt also nur das Bündnis mit Preußen. Hier entsteht nun die Frage, ob es jetzt schon an der Zeit sei, dieses Bündnis anzustreben. Man könnte dagegen einwenden, es sei Bayerns nicht würdig, jetzt schon dem siegreichen Feind die Hand zu reichen ... Wir haben Frieden mit Preußen geschlossen; Friede aber bedeutet Versöhnung und schließt jeden Gedanken der Rache und Bitterkeit aus ...

Fürst Chlodwig zu Hohenlohe-Schillingsfürst (1819–1901), ab 31. 12. 1866 bayerischer Ministerpräsident, von 1894 bis 1900 deutscher Reichskanzler, in seinen Tagebüchern »Denkwürdigkeiten«

Rechte Seite: Entwurf (oben) und der 1868 begonnene, 1886 abgeschlossene Bau (unten) von Schloß Neuschwanstein.

Ludwig II., gemalt von Wilhelm Tauber in bayerischer Generalsuniform. Fürst Eulenburg, Bismarcks Innenminister, nannte ihn einmal den »Fasan unter den Haushühnern der deutschen Fürsten«.

Bayern und die deutsche Einigung 1870/71

Der Krieg mit Frankreich beendete für Bayern den vierjährigen Zustand scheinbar uneingeschränkter Souveränität. Bismarcks Reichsgründung war erst perfekt, als er Ludwig II. mit finanziellen Zuwendungen dazu gewann, dem Preußenkönig nach dem Sieg über Frankreich die deutsche Kaiserkrone anzutragen.
Rechts oben: Kriegs-Schnadahüpfeln von 1870.
Rechts: Schlußseite des Versailler Verfassungsbündnisses vom 23. 11. 1870 zwischen Bismarck (Nordd. Bund) und Bray-Steinburg, Lutz und Pranckh (Bayern).
Unten: Ludwigs »Kaiserbrief«, von Bismarck bestellt: »... bei Eurer Majestät in Anregung zu bringen ... mit Führung des Titels eines deutschen Kaisers verbunden ...«

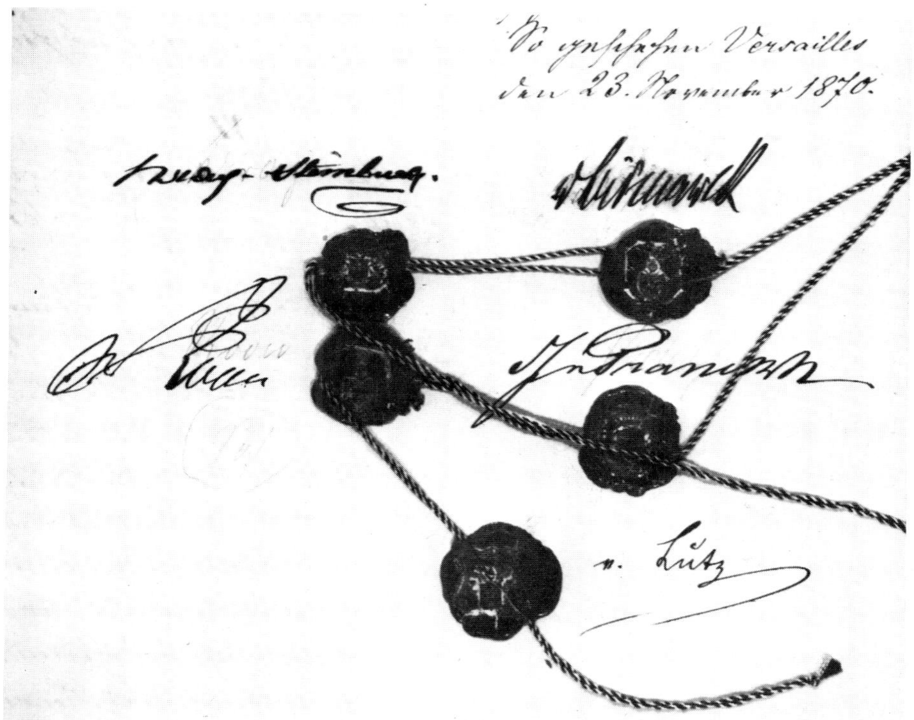

»Kühl bis ans Herz ...«

... *Wir sind betreffs dieses* »deutschen Kaisers« *kühl bis ans Herz hinan und darüber jubeln, daß die Krone Cäsars, die dem Manne von Sedan eben zur großen Genugthuung für alle ehrliche Leute vom Haupte geworfen worden, jetzt einem Anderen auf's theure Haupt gestülpt werden soll, das können wir schon gar nicht zuwege bringen. Preuß ist Preuß, ob er König oder Kaiser titulirt wird ...*

Aus der Wochenschrift der Fortschrittspartei in Bayern 1870

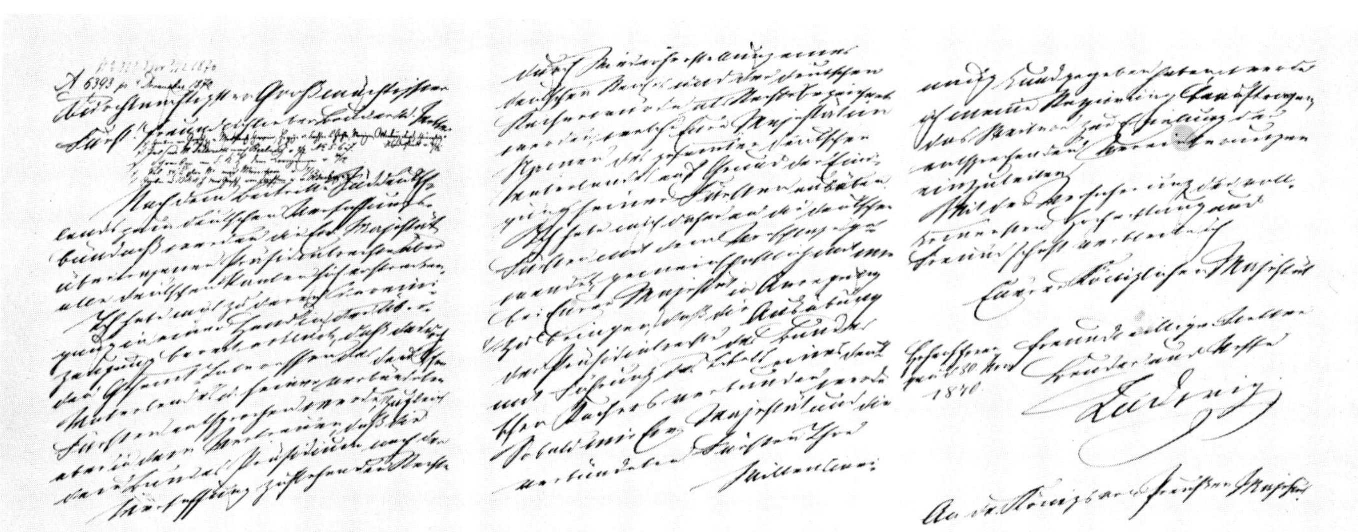

Spiegelgalerie im neuen Schloß auf Herrenchiemsee, das Ludwig II. nach dem Vorbild von Versailles ab 1878 bauen ließ.

Bayern 1870/71

König Ludwig II. wurde sich erst nachträglich der Bedeutung seines Zugeständnisses an Bismarck bewußt. Von nun an stand er, trotz jährlicher Zahlungen von 300 000 Mark an ihn, dem Deutschen Reich innerlich feindlich gegenüber, obwohl Bayerns Vorrechte in der Reichsverfassung geschützt wurden.

Links: In Gegenwart des nur widerwillig von ihm geladenen preußischen Kronprinzen nahm Ludwig II. am 16. 7. 1871 die Parade beim Einzug der siegreichen Truppen in München ab. Der Baronin Leonrod hatte Ludwig vorher mitgeteilt: »Viel fürchte ich von dem Einflusse der nun bald zurückkehrenden Truppen, die jene verdammten preußenfreundlichen, deutschschwindlerischen Ideen im ohnehin schon angesteckten Volke noch mehr verbreiten werden.«

Links unten: Gefangene französische Kolonialsoldaten werden in die Festung Ingolstadt gebracht.

Bazeilles bei Sedan, 1. 9. 1870

Bazeilles war längst in Brand geschossen; Hitze und Qualm machten es in vielen Straßen unmöglich, den Kampf fortzusetzen ... Zuletzt trat der elementare Dämon, der in jeder Menschenbrust steckt, in seine Rechte. Man fiel sich mit den Naturwaffen an, man umkrallte und würgte sich. Ich sah Leute, die mit abgerissenem Bajonett aufeinander losgingen und sich, nur an die Vernichtung des Gegners denkend, zu gleicher Zeit beim ersten Stoße niedermachten ... Es war ein berserkerhafter Kampfzorn. Ich sah auf der Hauptstraße einen Marinesoldaten mit zerschmettertem Beine liegen, in seinem Schmerze fast verschmachtend. Ein bayerischer Oberst bot ihm einen Trunk Wasser und Wein aus seiner Feldflasche, eine aufopfernde und erbarmungsvolle Tat mitten im Feuer. Aber der Sterbende wies ihn zurück ...

Karl Bleibtrau, Dies irae – Erinnerungen eines französischen Offiziers an die Tage von Sedan

Rechts oben: Symbol für den Geist der deutschen Einheit: Louis Brauns Gemälde vom Gefecht bei Stürzelbronn am 1. 8. 1870, wo ein bayerischer Chevauleger einen gestürzten preußischen Husaren vor den Franzosen rettete.

Rechts: Gemälde Carl Röchlings (1894) vom Straßenkampf in Bazeilles bei Sedan.

ESTAMINET
DU
COMMERCE
RESTAURANT
RÖCHLING 1894

Links: Zeitgenössische Zeichnung von Oskar Gräf (19. Jh.) von einem Rügegericht beim »Haberfeldtreiben«. Haberer waren Mitglieder eines oberbayerischen Geheimbundes, der mit »Haberfeldtreiben« außerhalb der Gerichte für Zucht und Moral sorgte, vorwiegend im Landkreis Miesbach. Das »Treiben« ist bereits aus dem 18. Jh. und noch früher aktenkundig, meistens gegen »ledige Weibspersonen wegen geschlechtlicher Beziehungen«, aber auch gegen Milchpantscher, Bierpreiserhöher, Kinderschänder und Ehebrecher: »Da Schlehhuaba vo Saula / a dem hot üns graust, / da Saustier hot d' Stipfarin / an Kella drunt gmaust.«
Links Mitte: Karikatur auf Adele Spitzeders Volksküche, am 25. 9. 1872 am Platzl in München eingerichtet. Adele Spitzeder, eine verkrachte Schauspielerin, erschwindelte sich von 1869 bis 1872 Millionenbeträge für ihre »Dachauer Bank« mit dem Trick, für jede eingelegte Summe sofort 16 Prozent Zinsen für zwei Monate vorauszuzahlen. Am Ende ihrer Manipulationen fanden sich nur noch 30 000 Gulden in bar gegenüber 8 Millionen Gulden Passiva.
Links unten: Erste Touristen in Oberbayern um 1873.

Eine intellektuelle Schlampe

Im Jahre 1870 festigte die »Dachauer Bank« ihren Ruf als eine Art finanzielles Zauber-Institut, und Adele scheffelte Gold. Im Juli 1871 kaufte sie ein Haus in der Schönfeldstraße, Ecke Kaulbachstraße. Madame Spitzeder schaffte sich gleichzeitig livrierte Diener, Wagen und Pferde an ... Die täglichen Einlagen erreichten oft hunderttausend, waren nie unter dreißigtausend Gulden. Die Bauern fuhren ihr ganzes Geld in Karren zur Spitzederin ... »Man hat mir die Millionen einfach nachgeworfen!« sollte Adele später vor Gericht zu ihrer Verteidigung verkünden und damit nichts als die Wahrheit sagen ... Der Begriff »Abenteurerin« wäre für sie zu hoch gegriffen – sie war eine intellektuelle Schlampe. Mit den Jahren wurde sie giftig. Sie hatte aber eine Sprache und ein Benehmen, das ihr bis ins hohe Alter hinein die restlose Bewunderung gelangweilter, gutsituierter Wüstlinge sicherte. 1896 starb sie in München. Hier gab es zwar entsetzlich viele Menschen, die durch ihre »Bank« ruiniert wurden, aber man weiß ja, wie die Stadt ist: sie ist bereit, zu vergessen ...

Anton Sailer, Münchner Spectaculum

Die Traumwelt Ludwigs II.

Rechts: Seine acht Jahre ältere Kusine Elisabeth (Sissi), später Kaiserin von Österreich, verehrte der Märchenkönig sein Leben lang; Gemälde von Karl von Piloty, 1853, im Hintergrund Schloß Possenhofen. Zeitgenossen sahen den Grund der Verehrung in seiner Wesensähnlichkeit mit der exzentrischen Sissi.

Unten: Etwa ab Mitte der siebziger Jahre erschien der König nicht mehr in der Öffentlichkeit. Immer länger blieb er in der Einsamkeit der Berge, in Hohenschwangau oder Schloß Berg, später in der Traumwelt seiner selbst erbauten Schlösser, so auch in Linderhof; Ausschnitt aus einem Gemälde nach einem Aquarell von H. Breling. Von hier aus unternahm er in einem Prunkschlitten mit Sechsergespann längere Nachtfahrten. Luise von Kobell berichtet darüber: »Bei den Nachtfahrten Ludwigs II. durfte weit und breit sich niemand blicken lassen. Im Schloßhof herrschte tiefe Stille, die nur von dem ungeduldigen Scharren der am Schlitten oder Wagen angespannten Pferde unterbrochen war ... Der Marstallfourier sprengte voraus, die Zügel in der rechten Hand, die weithin leuchtende Fackel in der linken, mit Windeseile folgte das trotz steiler Gebirgswege vom Kutscher sicher geleitete Fahrzeug ...«
Zu dieser Zeit apostrophierte Richard Wagner den König in seinem »Braunen Buch« als »kindisch«.

Links: Grotte mit Bierfaß Ludwigs II. neben seinem Arbeitszimmer in Neuschwanstein.
Unten: Der Waschtisch Ludwigs II. mit Schwanenmotiv.

Geweihte Stätten

Die Schlösser, wie Hohenschwangau, Linderhof, Chiemsee, wurden von Seiner Majestät als geweihte Stätten betrachtet und behandelt. Sie durften vom Volk nicht gesehen werden, weil »der Blick des Volkes sie entweihen, besudeln würde ...«

Kabinettssekretär von Ziegler, 5. 6. 1886

Des Königs Einsiedlerleben

Je mehr sich der König zurückzog und je weniger ihn das Volk zu sehen bekam, desto kühler wurde dasselbe gegen ihn. Man fing an, über des Königs Einsiedlerleben ungehalten zu werden, und besonders in München, wo man dasselbe geschäftlich am schmerzlichsten empfand, war die Stimmung gegen den König nicht sehr günstig.

Ein Bediensteter des Königs, in »Aus den nachgelassenen Papieren eines Eingeweihten«, Leipzig 1900

Ludwig Thoma schrieb in seinen Erinnerungen über seine Gymnasiastenzeit: »Ereignisse, die die Meinung lebhaft erregten, gab es nicht; mit Murren über die Neuordnung der Dinge, die auch schon das erste Jahrzehnt hinter sich hatte, mit Murren über den König und seine Bauten wurde so ziemlich der Bedarf an Kritik gedeckt.«
Rechts: Die »Dorfpolitiker« von Wilhelm Leibl, 1877.
Unten: Nahe dem Alten Hof an der Ledererstraße wurde das erste Hofbräuhaus in München gebaut; 1591 begann man dort mit dem Bierbrauen; im Bild das Hofbräuhaus 1858. Sechs Jahre vorher war das Hofbräuhaus in staatlichen Besitz übergegangen.

Ab den siebziger Jahren des vorigen Jahrhunderts wandelte sich das alte, vorwiegend ländliche München langsam in eine Großstadt. Ludwig Thoma schrieb dazu kritisch: »Ich habe in meiner Jugend noch so viel von der lieben alten Zeit gesehen, daß ich mich ärgern darf über die protzigen Kaffee- und Bierpaläste, über die Gotik des Rathauses und die Niedlichkeit des Glockenspiels und über so vieles andere, was unserem München seine Eigenart genommen hat, um es als Schablonengroßstadt herzurichten.«

Oben: Der Stiglmaierplatz 1885 mit einer Dampftrambahn in der Nymphenburgerstraße.

Bayern um 1885/86

Trotz wiederholter Mahnungen seines Ministers Lutz (»Wenn Seine Majestät in Gnaden geruhen wollen, den Ausbau der begonnenen Schlösser und deren Einrichtungen auf einige Zeit zu sistieren ...«) forderte Ludwig II. weiterhin Geld. Zweifel an seiner Regierungsfähigkeit wurden laut. Bereits ein Jahr vor dem Tod des Königs wurde dem 65jährigen Prinz Luitpold die Regentschaft angeboten. Doch dieser lehnte ab, solange »von allen Ärzten die Krankheit nicht genau festgestellt ist«.
Links: Karikatur aus dem Wiener »Kikeriki« auf Ludwig II. und die leere Staatskasse, 16. 5. 1886.

»Der Tod bei Majestät eingetreten ...«

Schloß Berg, 13. Juni 1886.

Abgefertigt 10 Uhr 30 Minuten nachts.
Seine Maj. der König um 1/27 Uhr mit Herrn Medizinalrat Gudden im Park spazieren gegangen und bis zur Stunde nicht zurück. – Durchsuchen des Parkes ergab kein Resultat. – Kammerdiener Mayr heute abend nach München, soll morgen zurückkommen. Bitte um weitere Befehle. Washington.

Abgefertigt 11 Uhr 30 Minuten.
Hut und Mantel Seiner Maj. und Hut von Herrn Doktor Gudden im See gefunden in Nähe des Hirschparkes. Sogleich mit Barke auf Suche ausgesendet. Amtsgericht Starnberg in Kenntnis gesetzt.

Abgefertigt 11 Uhr 55 Minuten.
Seine Maj. und Obermedizinalrat Gudden soeben im See gefunden. Beide gaben schwache Lebenszeichen. Doktor Müller macht künstliche Einatmungen. Washington.

Abgefertigt 12 Uhr 30 Minuten.
Minister von Lutz, Exzellenz München. Nach Aussage Dr. Müllers mit dem Schlage 12 Uhr der Tod bei Majestät eingetreten. Sowie bei Medizinalrat Gudden. Washington.

Abgefertigt 3 Uhr 10 Minuten vorm.
Das große Unglück wird wahrscheinlich 6 Minuten vor 7 Uhr stattgefunden haben. – Die Uhr Seiner Maj. zeigte Wasser zwischen Glas und Zifferblatt und ist um diese Zeit stehen geblieben. Die Leichen wurden ans Ufer gebracht von Herrn Dr. Müller und Schloßverwalter Huber. Beide Körper waren nach ärztlicher Aussage unmittelbar nach Verbringung ins Bett ohne Atmungserscheinungen und ohne Puls. Die Wiederbelebungsversuche wurden von Dr. Müller, abwechselnd mit Pflegern und zwei Gendarmen, früheren Sanitätssoldaten, 45 Minuten lang fortgesetzt und wurde um 12 Uhr die endgültige Erklärung abgegeben, daß weitere Versuche nutzlos waren. Washington.

Die Telegramme aus Schloß Berg am 13. Juni 1886

Am 8. 6. 1886 ließ Dr. von Gudden sein psychiatrisches Gutachten über Ludwig II. von drei weiteren Ärzten gegenzeichnen, in dem er dem König eine fortgeschrittene »Paranoia (Verrücktheit)« konstatierte. Einen Tag später wurde Ludwig II. entmündigt.
Unten: In der Nacht vom 13. auf 14. 6. 1886 zog man seine und Guddens Leiche aus dem Starnberger See; zeitgen. Pressezeichnung.
Oben: Nächtliche Bismarckfeier auf dem Königsplatz in München am 1. 4. 1885; Lichtdruck nach einer Zeichnung von L. Herterich.

Prinzregentenzeit und geistiger Umbruch in München

Bayern im Kaiserreich der Wilhelminischen Ära von 1886 bis 1918

Drei Tage vor dem Tod Ludwigs II. hatte sein Onkel, Prinz Luitpold, die Regierungsgeschäfte für den bereits seit Jahren geistesgestörten Thronerben Otto als »des Königreichs Bayern Verweser« übernommen. Nachdem der 65jährige Prinzregent von der Tragödie am Starnberger See erfuhr, rief er aus: »Man wird sagen, ich sei der Mörder!« Tatsächlich mußte der Prinzregent noch längere Zeit mit diesem Vorwurf leben, der sicher nicht entstanden wäre, wenn Minister Lutz Bismarcks Rat gefolgt wäre und der Volksvertretung rechtzeitig ohne Scheu die durch Ludwigs II. Krankheitsentwicklung entstandene Lage des Staates offen dargelegt hätte.

Die Belastung durch ein weitverbreitetes Mißtrauen erschwerte anfangs dem Prinzregenten seine Aufgabe, die bayerische Monarchie aus der Staatskrise herauszuführen. Doch er packte seine Aufgabe mit Geschick an. Im Gegensatz zu seinem für das Volk unsichtbaren Vorgänger suchte er von Anfang an die persönliche Repräsentation in der Öffentlichkeit. Er zeigte sich so oft wie möglich dem Volk, bereiste das Land in allen Regionen, nahm Paraden ab, eröffnete Ausstellungen und verlieh Orden. Das Regieren aber überließ der aktive alte Herr, den das Volk im Laufe seiner Regentschaft lieben lernte, seinen Ministern. Dabei entwickelte sich im Laufe der nächsten 25 Jahre eine nahezu anonyme Ministerherrschaft, in der Minister Lutz bis 1890 eine führende Rolle spielte. Es war ja auch eine Zeit der Innenpolitik, denn Außenpolitik im Rahmen des deutschen Kaiserreichs wurde vornehmlich nur noch auf der Ebene der beiden wichtigsten Gesandtschaften, nämlich der bei der Kurie und der bei der Reichsregierung (Graf Hugo Lerchenfeld seit 1880), gemacht. Innenpolitisch ist in diesem Vierteljahrhundert Prinzregentenzeit auf organisatorischem und verwaltungstechnischem, vor allem aber auf dem Gebiet der Kulturpolitik mehr geschehen als in den vorausgegangenen Jahrzehnten des bayerischen Königreichs zusammen: Es wurden in dieser Zeit mehr Schulen gebaut als je zuvor; die 1868 gegründete TH in München stand schon 1910 an der Spitze der technischen Hochschulen im Reich; die Universitäten in München, Würzburg und Erlangen wurden wesentlich erweitert; das Nationalmuseum wurde erbaut; mit dem Deutschen Museum in München (ab 1906) zollte man der fortschreitenden Technisierung und Industrialisierung den nötigen Respekt. Eine Folge der Industrialisierung war das Anwachsen der Städte (München von 230 000 auf fast 600 000, Nürnberg von rund 100 000 auf über 333 000 Einwohner) und das Entstehen bestimmter Industrieschwerpunkte (Schweinfurt, Selb).

Im Verhältnis Bayerns zum Reich bzw. der Wittelsbacher zu den Hohenzollern gilt es einige Beispiele für eine divergierende Staatsauffassung zwischen Berlin und München festzuhalten. Die Eigenständigkeit Bayerns betonte und wahrte der Prinzregent bei jeder Gelegenheit, entsprechend dem berühmten Satz, den sein Sohn Ludwig 1896 auf dem Moskauer Krönungsbankett für Zar Nikolaus II. aussprach: »Wir sind keine Vasallen, keine Untertanen des deutschen Kaisers, sondern seine Verbündeten.« Wilhelm II. schrieb bei einem Besuch in München in das Ehrenbuch der Stadt: »Des Königs Wille oberstes Gesetz!« Prinzregent Luitpold vermerkte dagegen auf Widmungen immer den Satz: »Das öffentliche Wohl ist oberstes Gesetz.« Nach dieser Maxime erfüllte er auch seine Regentenpflichten und hielt sich streng an eine Überparteilichkeit in seinen Ministerien.

Seit 1893 saßen auch zwei neue Parteien im Landtag, die Sozialdemokraten und der Bauernbund. Auch gegenüber den Sozis verhielt sich der bayerische König anders als der Kaiser. Er ließ sie nicht verfolgen, sondern bereitete mit seiner Toleranz den Boden für die »königlich bayerische Sozialdemokratie«, die dank der Persönlichkeit ihres Parteiführers Georg von Vollmar (»Es kann doch nicht jeder Mensch ein Preuß' sein!«) ihre 1893 erreichten fünf Landtagsmandate bis 1912 auf dreißig erhöhen konnte. Die Sozialdemokraten waren auch maßgeblich am Zustandekommen des direkten, geheimen und allgemeinen Wahlrechts in Bayern beteiligt, das 1906 mit den Stimmen des Zentrums (vor 1887 Patriotenpartei) durchgebracht wurde. Das Wahlbündnis zwischen Zentrum und Sozialdemokraten hielt aber nicht lange, eine Annäherung zwischen Sozialdemokraten und Liberalen zeichnete sich ab. Die bestimmende politische Kraft in Bayern aber blieb bis 1918 das Zentrum, das sich von einer »Volkspartei« unter Georg Heim zu einer rechten Partei mit hochklerikal-aristokratischen Zügen unter Georg von Hertling wandelte. Mit Hertling befreundet war der spätere König Ludwig III., der 1912, im letzten Lebensjahr des Prinzregenten, bei seinem Vater die Berufung seines Freundes zum bayerischen Ministerratsvorsitzenden durchsetzte, was das Ende der Überparteilichkeit in den bayerischen Beamtenministerien von Lutz bis zu den Nachfolgern Crailsheim und Podewils bedeutete.

Prinzregent Luitpold bewies, daß er 1886 in der Staatskrise keinen persönlichen Ehrgeiz hatte, als er daran ging, als Reichsverweser den Staat zu retten. Dieses Verdienst ließ ihn zu einer Art Symbolfigur für das Königreich Bayern werden, denn sein langes Leben umspannte fast die ganze Epoche von Montgelas bis Ludwig III. Der erste bayerische König, Max I. Joseph, hatte den dreijährigen Luitpold bereits auf dem Arm getragen, und Luitpolds Sohn war schließlich nur sechs Jahre lang ohne Fortune der letzte König von Bayern.

Der »schwerfällige alte Herr mit langen Ziehharmonikahosen« (Hubensteiner) bewahrte als König Ludwig III. ziemlich schlecht das politische Erbe seiner Vorgänger. Der 68jährige hatte nicht mehr die

Kraft, nachdrücklich auf den eigenständigen Rechten Bayerns gegenüber dem Reich zu beharren. Im Gegenteil, er betonte ständig seine »Reichsfreudigkeit« und wurde schließlich mit Kriegsausbruch 1914 mehr und mehr Befehlsempfänger des Kaisers. Die Siegesmeldungen der ersten beiden Kriegsjahre verdeckten diese Tatsache vor dem Volk, und der greise Monarch versuchte beharrlich, mit dem Volk Kontakt zu halten. Trotzdem blieb er nur ein Schattenkönig, beim Volk mehr bespöttelt als beliebt. In Anlehnung an den Namen »Bäkker« für den Franzosen Ludwig XVI. gaben die Bayern ihrem letzten Ludwig den Beinamen »Millibauer«. Solche Respektlosigkeit wies darauf hin, daß seine Persönlichkeit selbst farblos war. Der einfache, biedere Ludwig III. hatte nichts vom Charme und der weltmännischen Haltung seines Vaters, schon gar nicht dessen ausgeprägtes Herrschergefühl.

Diese Eigenschaften ließ während der letzten Jahre des Königreichs nur noch Kronprinz Rupprecht erkennen, ohne sie jedoch durchsetzen zu können. Rupprecht teilte das Schicksal einiger bayerischer Thronfolger, von ihren Vätern nicht als Berater anerkannt zu werden. Als Heerführer jedoch bewies Rupprecht während des Ersten Weltkrieges einen realistischen Blick für die Lage. Er trat, als er den Ausgang des Krieges vorausahnte, früh für einen Verständigungsfrieden ein. Sein Vater aber bewahrte sich durch alle vier Kriegsjahre trotz des in der Heimat um sich greifenden Hungers und Elends einen »erstaunlichen Optimismus« (Rupprecht). Er behauptete bis zuletzt, daß im fortschrittlichen Bayern nie eine Revolution denkbar sei. Erst am Nachmittag des 8. November, als auf der Theresienwiese die Revolution proklamiert wurde und Ludwig III. zur selben Zeit im Englischen Garten ungerührt, weil nicht informiert, spazierenging, wurde er von einem Arbeiter eines Besseren belehrt, der auf ihn zuging und mahnte: »Majestät, gengan S' hoam und bleibn S' in der Residenz, sonst passiert Ihner was ...« Seine Flucht in der folgenden Nacht markierte schließlich ohne Aufsehen das Ende der Ära Bayern-Wittelsbach – nach genau 738 Jahren.

In dieser letzten Königreich-Epoche, im »Abendrot der Monarchie« (Schrott), erlebten Bayern und vornehmlich seine Hauptstadt München eine nie gekannte Blütezeit der Künste. Dank dem Prinzregenten, der sich nie wie Wilhelm II. als autoritärer Kunstkritiker aufführte, sondern als »Schutzherr der Künste« jede Kunstrichtung respektierte und seine beliebten

Atelierbesuche gleichmäßig den berühmten Malerfürsten (Lenbach, Kaulbach, Defregger, Leibl usw.) und den noch unbekannten Malern (Uhde, Zügel, Stuck, Weisgerber usw.) zuteil werden ließ, breitete sich in München jener Geist aus, den Thomas Mann in seiner Novelle »Gladius Dei« beschrieb: »Die Kunst blüht, die Kunst ist an der Herrschaft; die Kunst streckt ihr rosenumwundenes Zepter über die Stadt hin und lächelt ... München leuchtete.«

Dieser Geist unter weißblauem Himmel wurde getragen von berühmten Namen. Zu ihnen zählten die Dichter Frank Wedekind, Rainer Maria Rilke, Hendrik Ibsen, Stefan George, Otto Julius Bierbaum, Ludwig Thoma und Lena Christ, die Zeichner und Autoren der satirischen Wochenschriften »Simplicissimus« und »Jugend«, die Maler des »Blauen Reiters« (Wassily Kandinsky und Paul Klee), die Musiker Hans Pfitzner, Max Reger und Richard Strauss sowie die Verleger Albert Langen oder Reinhard Piper. Und in diesem avantgardistischen, antibürgerlichen, sozialkritischen, freiheitlichen Geist, der besonders im alten Schwabing rumorte, fühlten sich auch revolutionäre Geister zu Hause. Lenin lebte um die Jahrhundertwende zwei Jahre in München; 1905 protestierten mehr als 20 000 Menschen dieser Stadt gegen die Niederschlagung der Revolution im zaristischen Rußland. Der Geist dieser Jahre lebte noch allein vom lauten Protest gegen alles, was damals als Jagd nach Erfolg und Profit gegeißelt wurde: »In aller Stille wurde in München der geistige Boden gelockert und das gesellschaftliche Erdreich für den Umbruch erweicht und vorbereitet, der dann scheinbar über Nacht im November 1918 revolutionär kam, als die Umstände dafür günstig waren« (Bosl).

Oben: Karl Valentin als Radrennfahrer, München 1910.
Linke Seite: Titelblatt für die Zeitschrift »Jugend«, Nr. 40, 2. 10. 1897, gezeichnet von Ludwig von Zumbusch (1861–1927).
Unten: August 1914; in den Krieg ausrückende Bayern.

Der Reichsverweser: Prinzregent Luitpold 1886–1912

Oben links: Prinzregent Luitpold; Gemälde von Franz von Stuck (1863–1928). Er übernahm »als nächstberufener Agnat nach den Bestimmungen der Verfassungsurkunde« für den geisteskranken König Otto, den Bruder Ludwigs II., die Regentschaft.

Oben: Besuch Bismarcks bei Franz von Lenbach in dessen Münchener Villa 1893; v. r. n. l.: Lenbach, Frau Lolo, Bismarck mit Gattin, Leibarzt Schweninger, Herbert von Bismarck mit Frau, Gräfin Rantzau, Bismarcks Tochter mit Söhnen, Wilhelm von Bismarck.
Links: Verordnung zur Errichtung einer Gendarmerie für München, den Anfängen der heutigen Stadtpolizei; aus dem »Gesetz- und Verordnungsblatt«, 4. 7. 1898.
Rechts: Einladungskarte zu einem Künstlerfest 1886, gezeichnet von Franz A. Kaulbach.

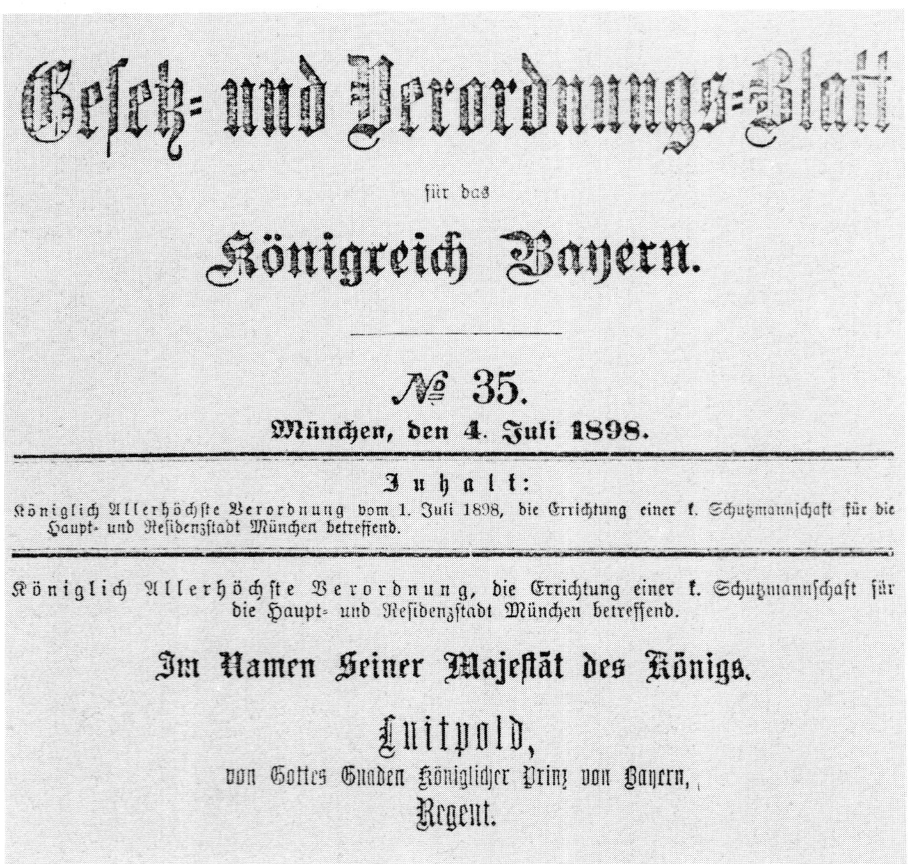

Gesetz- und Verordnungs-Blatt

für das

Königreich Bayern.

№ 35.

München, den 4. Juli 1898.

Inhalt:

Königlich Allerhöchste Verordnung vom 1. Juli 1898, die Errichtung einer k. Schutzmannschaft für die Haupt- und Residenzstadt München betreffend.

Königlich Allerhöchste Verordnung, die Errichtung einer k. Schutzmannschaft für die Haupt- und Residenzstadt München betreffend.

Im Namen Seiner Majestät des Königs.

Luitpold,

von Gottes Gnaden Königlicher Prinz von Bayern,

Regent.

Künstlergesellschaft »Allotria«

So gehörten keineswegs nur Maler, Bildhauer und Architekten zum Kreis der »Allotria«, zu ihm zählte ebenso Bismarck wie Richard Wagner, Bruckner, Gerhart Hauptmann, Nansen, Filchner, Wilhelm Busch, Pettenkofer, Mommsen ebenso wie Prinzregent Luitpold und Kronprinz Rupprecht. Erlesene Namen fand man unter den dazugehörigen Künstlern, angefangen bei Lenbach, der ein Vierteljahrhundert Präsident der Gesellschaft war; neben ihm: Böcklin, Defregger, Wilhelm Diez, Grützner, Hildebrand, F. A. und Wilhelm von Kaulbach, Klinger, Leibl, Makart, Marees, Menzel, Samberger, Stuck, Zügel. Dazu gesellten sich Dichter wie Greif, Heyse, Lingg, Bühnengrößen von Oper und Schauspiel wie Gura, Kindermann, Nachbaur, Vogel, Konrad Dreher und der Dirigent Levi.

Wolfgang von Weber in der Süddeutschen Zeitung, 19. Juni 1973

Einladung
zum
Winterfest
der
Münchner Künstler
1886

Links oben: Niederbayerische Trachtengruppe aus Vilshofen beim Volkstrachtenfest 1895 in München vor der Residenz. – Links: München 1895; eine oberbayerische Trachtengruppe aus Siegsdorf hinter Traunstein. – Oben: Altfränkische Tracht aus der Gegend von Ochsenfurt. – Oben rechts: Junge Mädchen mit der Jungfrauenkrone aus der Forchheimer Gegend, Fränkische Schweiz. – Rechts: Bauernpaar aus Tegernsee.

Trachten in Bayern um 1900

Trachtenpflege, Trachtenerneuerung

Alpine Vereinigungen entstehen in Österreich ab 1870 mit dem Ziel der Bewahrung des alpenländischen Volkslebens. Die Verordnungen von König Max II. und König Ludwig II. zum Schutz der Volkstracht in Oberbayern werden zum Anlaß der Gründung von Gebirgstrachtenerhaltungsvereinen (ältester Verein in Bayerischzell, gegründet vom Lehrer Ludwig Vogel, 1883) ...
Trachtenpflege meint Pflege der im Volksleben geschichtlich herausentwickelten und noch lebenden Trachten einer Landschaft. Trachten erhalten dagegen das bewußte Neugestalten der Tracht auf Grund trachtenkundlicher Einsicht, im Sinne einer Fortführung der in der Trachtengeschichte wirksamen Gesetzlichkeiten bis in die Gegenwart. Trachtenerneuerung wird daher dort gefordert werden, wo das Trachtenleben schon vor längerer Zeit zum Erliegen gekommen, aber der Wunsch zur Tracht vorhanden ist ...

Aus dem Wörterbuch der deutschen Volkskunde

Deutsche Metall-Arbeiter-Zeitung

Organ für die Interessen der Metallarbeiter.

Organ der Allg. Kranken- und Sterbekasse der Metallarbeiter und der Fachvereine der Metallarbeiter Deutschlands.

Erscheint wöchentlich einmal Samstags. Abonnementspreis bei der Post pr. Qu. 80 Pf. Red. u. Expedition: Nürnberg, Weizenstraße 12.

Inserate die dreispaltige Petitzeile 20 Pf., Kassen- und Versammlungsanzeigen, sowie Arbeitsmarkt 10 Pf. die Zeile. Spediteur für Hamburg: J. A. Lülgens, Wexstraße 12, IV.

Nr. 38. Nürnberg, 22. September 1888. 6. Jahrgang.

Industrialisierung und Arbeiterbewegung um 1900

Im Gegensatz zu Preußen wurden die Sozialdemokraten in Bayern unter dem toleranten Prinzregenten nicht verfolgt (»Königlich-bayerische Sozialdemokratie«).
Oben: Kopf der »Deutschen Metall-Arbeiter-Zeitung«, Nürnberg 1888.
Rechts: Im freiheitlichen alten Schwabing lebte Lenin zwei Jahre in München; Gedenktafel.
Unten: Almfest auf der Bodenschneid am 21. 9. 1902 zum Abschluß des SPD-Parteitages in München; in der Mitte August Bebel mit Spitzbart, links neben ihm Georg von Vollmar, 1850–1922, langjähriger Führer der bayerischen Sozialdemokratie.

Oben: Der Landsberger Erfinder und »bayerische Lilienthal« Alois Wolfmüller, der schon 1886 erste Flugversuche im Hangwind machte, hier bei einer Stabilisierungsprobe 1908.
Unten: Demonstration der Kraftübertragung Miesbach–München über 57 Kilometer Telegrafendraht bei der Internationalen Elektrizitätsausstellung im Glaspalast München 1882.
Rechts oben: Erste elektrische Eisenbahn auf dem Nürnberger Volksfest 1890.
Rechts: Münchener Straßenkehrerinnen um 1906.
Rechts unten: Münchener Bahnhof 1904.

Stadt und Land um 1900

Oben: Eine Gruppe von Wehrpflichtigen wird vom Münchener Hauptbahnhof zur Kaserne geführt.
Unten links: Brezlfrau im Innenhof des Hofbräuhauses in München.
Unten Mitte: Hopfenernte in dem Dorf Spalt in Mittelfranken, dem Zentrum des fränkischen Hopfenbaus.
Unten rechts außen: Maurerfrühstück mit 50 Maß Bier auf einem Tragl für eine Großbaustelle.
Rechts oben: Schwere Reiter bei der Eröffnung des Landtages in München am 27. November 1907.

Oben: Bayerns berühmtester Räuber, Matthias Kneißl (1875–1902), im Rollstuhl kurz vor seiner Hinrichtung. Der Schachermüller Hias, Dieb und Wilderer, erschoß im Dezember 1900 bei einer Polizeiaktion gegen ihn einen Gendarmen und wurde im März 1901 durch Verrat in einem Gütlerhaus in Geisenhofen gestellt. Kneißl wurde schwer verwundet, in einer Münchener Klinik wieder zusammengeflickt, nach einem Prozeß am 21. 2. 1902 in Augsburg guillotiniert. Der Volksmund legte ihm den Satz in den Mund: »De Wocha geht scho guat o, am Montag wer i köpft.«

STOCK

Oben: Frank Wedekind (1864–1918) mit einigen der »Elf Scharfrichter«, die am 13. 4. 1901 erstmals in roten Talaren, mit Beilen in den Händen, auf der Bühne der Gaststätte »Zum Hirschen« in der Türkenstraße in München auftraten. Dem berühmten literarischen Kabarett gehörten u. a. an: Otto Falckenberg, Leo Greiner, Ernst Neumann, Richard Weinhöppel und Marya Delvard.
Unten: Anette Kolb (1875–1967), bedeutende Münchener Dichterin, gezeichnet von ihrer Schwester Germaine Kolb, 4. 3. 1885, abends, 2 Minuten vor zehn.

München um 1910

»München leuchtete ...«

München leuchtete. Über den festlichen Plätzen und weißen Säulentempeln, den antikisierenden Monumenten und Barockkirchen, den springenden Brunnen, Palästen und Gartenanlagen der Residenz spannte sich strahlend ein Himmel von blauer Seide, und ihre breiten und lichten, umgrünten und wohlberechneten Perspektiven lagen in dem Sonnendunst eines ersten, schönen Junitages ...
Lässigkeit und hastloses Schlendern in all den langen Straßenzügen des Nordens. Man ist von Erwerbsgier nicht gerade gehetzt und verzehrt dortselbst, sondern man lebt angenehmen Zwecken ...
Hast du Glück, so begegnet dir eine der berühmten Frauen in Person, die man durch das Medium der Kunst zu schauen gewohnt ist, eine jener reichen und schönen Damen von künstlich hergestelltem tizianischen Blond und im Brillantenschmuck, deren betörenden Zügen durch die Hand eines genialen Porträtisten die Ewigkeit zuteil geworden ist, und von deren Liebesleben die Stadt spricht – Königinnen der Künstlerfeste im Karneval, ein wenig geschminkt, ein wenig gemalt, voll einer edlen Pikanterie, gefallsüchtig und anbetungswürdig. Und sieh, dort fährt ein großer Maler mit seiner Geliebten in einem Wagen die Ludwigstraße hinauf. Man zeigt sich das Gefährt; man bleibt stehen und blickt den beiden nach. Viele Leute grüßen. Und es fehlt nicht viel, daß die Schutzleute Front machen.
Die Kunst blüht, die Kunst ist an der Herrschaft; die Kunst streckt ihr rosenumwundenes Szepter über die Stadt hin und lächelt. Eine allseitige, respektvolle Anteilnahme an ihrem Gedeihen, eine allseitige, fleißige und

hingebungsvolle Übung und Propaganda in ihrem Dienste, ein treuherziger Kultus der Linie, des Schmuckes, der Form, der Sinne, der Schönheit obwaltet ... München leuchtete.

Thomas Mann, Gladius Dei, 1900

Links: Titelblatt mit Jugendstil-Illustration (von Melchior Lechter) zum Gedichtzyklus »Die Lieder von Traum und Tod« von Stefan George (1868–1933), der von 1895 bis 1914 meist in München lebte (Blätter für die Kunst, 1899). Rechts: Prinzregent Ludwig, der spätere König Ludwig III., im Kreis von Künstlern beim Mesothorium-Konzert am 28. 8. 1913. Unter den Künstlern: Leo Slezak, Karl Krauß, Ernst von Possart, Paul Bender, Heinrich Knote, Berta Morena, die Bosetti, Madame Cahier. Unten: Faschingstreiben vor der Feldherrnhalle in München 1912.

Links: Titelblatt der von Georg Hirth ab Januar 1896 erschienen »Jugend« (Nr. 33 v. 19. 8. 1897, Zeichnung von H. Christiansen, Paris), eine »Münchner illustrierte Wochenschrift für Kunst und Leben«. In der Einleitung zur ersten Nummer hieß es: »Wir wollen alles bringen, was schön, gut, charakteristisch, flott und – echt künstlerisch ist.«

Mit heißen Worten nur will ich euch schlagen ...

O Narrenspiel der bunten Wirklichkeiten,
Was menschlich ist, versinkt in deinen
Schoß,
Die hellen und die düstern Bilder gleiten
Vorüber, auch das Kleine scheint euch groß.
Ich aber, jauchzend will ich weiter schreiten,
Hier bin ich: frei und jung und ahnungslos;
Nicht Schwert, noch Helm und Lanze
will ich tragen,
Mit heißen Worten nur will ich euch
schlagen.

Du träges Volk, du hast zu lang gerastet.
Wach auf, wach auf, die Morgenstunde
naht!
Wenn stumm und scheu die Nacht von
dannen hastet,
Vernichten wir der Knechtschaft bittre Saat.
Wer Durst gelitten, trinke, – wer gefastet,
Empfange neues Brot; – der Zeiten Rad
Läuft über Parlament und Pickel-
helmen
Zum dunklen Pförtchen eines armen
Schelmen.

Aus dem Vorspruch der Nr. 1 des Simplicissimus vom 4. April 1896

Links: Th. Th. Heine zeichnete dem »Simplicissimus« von Albert Langen das Wappentier, die zähnefletschende Bulldogge. Zum zehnjährigen Bestehen erschien in Nr. 1 des 10. Jg. diese Zeichnung mit einer Übersicht, wen der Hund bis dahin alles gebissen hatte. So mußten zum Beispiel nach einer harmlosen Zeichnung, garniert mit einem satirischen Gedicht über die Palästina-Reise Kaiser Wilhelms II., Ende 1898 der Zeichner Heine und der Dichter Wedekind wegen Majestätsbeleidigung in Festungshaft und der Verleger Langen ins Ausland fliehen.

Rechts: Wassily Kandinsky (1866–1944) hatte in seiner Wohnung in der Ainmillerstraße 36 (im Bild, 1909), im Jahre 1910 laut eigenem Zeugnis die Vision von einem »unbeschreiblich schönen, von einem inneren Glühen durchtränkten Bild« und wußte plötzlich, »daß der Gegenstand meinen Bildern schadet«. Es war die Geburtsstunde der abstrakten Malerei.
Unten: Musikzimmer in der Stuck-Villa, um 1898, in München. Über Franz von Stuck (1863–1928) notierte Wilhelm Hausenstein: »Stuck: das ist unsere Rückschau, nicht nur er selbst mit Bildern und Bronze; das ist ein Augenblick unserer eigenen herrlich unkritischen Jugend. Freilich traf er, einem Römer der Dekadenz nicht unähnlich, uns auch mit Giften eines Niedergangs, den er repräsentieren half …«

Bayern vor dem Ersten Weltkrieg

Majorität für die Zentrumsgegner

Der Wahlabend. Im Münchner Kindl hatten die Zentrumsgegner den letzten Platz besetzt. Alle Stände waren vertreten, viele Frauen hatten sich eingefunden. Bald trafen die ersten Teilresultate der Münchner Wahlkreise ein, die Genosse Knieriem bekanntgab. Schon diese ersten Ziffern ließen erkennen, daß die Kandidaten der Zentrumsgegner eine kolossale Majorität von Stimmen auf sich vereinigen würden.

Aus der sozialdemokratischen Münchener Post, 7. und 9. Februar 1912

Der altbairische Volkscharakter

Es existieren erheblich geringere Einkommensunterschiede als anderwärts, weniger Luxus, weniger Bettelarmut ... Infolgedessen und infolge des ausgeprägten demokratischen Gefühls ist geringerer Klassenhaß, weniger gegenseitige Absperrung und Überhebung, aber Verkehr auf gleichem Fuße vorhanden. Hiermit hängen Charaktereigenschaften der Bajowaren zusammen: bei ungebrochener Volkskraft Starrsinn, Steifnackigkeit, wenig Unternehmungsgeist, keine Spur von Unterwürfigkeit, Genußfreudigkeit, mäßige Arbeitslust ... Der formale Bildungstrieb ist gering. Die Religion wirkt lediglich als Gewohnheit und Kunst. Die Politik wird wesentlich mit dem Gefühl erfaßt – für Theorien fehlt fast der Sinn ...

Analyse von Georg von Vollmar für Franz Mehring

Dank der Persönlichkeit des Parteiführers Georg von Vollmar erreichten die Sozialdemokraten 1893 fünf Landtagsmandate und erhöhten 1912 auf dreißig.
Unten: Blick auf drei Fraktionen im Bayerischen Landtag um 1912: rechts der Bauernbund (mit der SPD seit 1893 neu im Landtag) mit Lutz (rechts hinten mit Bart) und Eisenberger (vorne rechts), dem vermeintlichen Filser von Thoma; in der Mitte die Bayerische Volkspartei (Liberale) mit Dr. Quidde (links stehend mit weißem Haar); ganz links am Rande die drei SPD-Abgeordneten (v. o. n. u.) Haller, Süssheim und Timm (Fraktionsvorsitzender).
Oben links: Auf der Rückseite des Plakates für Frauenstimmrecht (München 1913) stand: »... weil Frauenstimmrecht die Gerechtigkeit erhöht, Fortschritt bringt und edlen Frieden fördert.«

SPD-Nachruf auf Prinzregent Luitpold

Dem Menschlichen tragen wir Rechnung, indem wir feststellen, daß die Persönlichkeit des Gefeierten alle ansprechenden Züge eines Mannes aufweist, dessen Einfachheit und Güte auch dann aller Achtung gewiß sein würde, wenn er ein schlichter Bürger wäre wie die anderen. Der Gerechtigkeit zollen wir unseren Tribut durch einen Vergleich der monarchischen Vertretung Bayerns mit der anderer Länder. Bei diesem Vergleiche gewinnt das Haus Wittelsbach in vieler Hinsicht ... Auch die Gegner des monarchischen Prinzips müssen zugestehen, daß der derzeitige Vertreter der Krone Bayerns seine Aufgabe mit Geschick und Zurückhaltung erfüllt ...

Münchener Post, 12. Dezember 1912

Am 11. Dezember 1912 starb Prinzregent Luitpold, »der letzte Kavalier des Hauses Wittelsbach im alten Sinne« (Hofdame von Redwitz). Ende des Jahres 1913 übernahm Ludwig III. (bis dahin Prinzregent) als letzter König von Bayern die Regierungsgeschäfte.

Oben: Vereidigung des Infanterie-Leibregiments auf den neuen Prinzregenten, den späteren Ludwig III.
Unten: Prinzregent Ludwig am Jahrestag der Schlacht von Gammelsdorf (1313), kurz vor seiner Proklamation zum König von Bayern.

Aus dem »Umgangslied«

Und dann kommt der Prinzregent,
Prinzregent, Prinzregent,
mit der Kerzn in die Händ,
die scho nimma brennt.
Und d'Musi spielt das Fischerlied,
daß oam ganz damisch wird und daß ma's
G'hör verliert,
's letzt Jahr sand glei drei Hund krepiert,
weil so a saudumms Liad
jeds Viech ruiniert.

Preis-Tafel für Speisen und Getränke.

Wurstwaren warm od. kalt

Dünne Würste .	per St.	5
Dicke „ .	„	10
Stockwürste .	„	10
Leberwurst | wöchentlich	„	10
Blutwurst | einmal	„	10
Schweinswürstl .	„	6
Schwarzwurst gewöhnl.	„	10
do. fränkische	„	12
Pressack . .	„	10
Leberkäs . .	„	10

Kalte Speisen, Käse, Fische etc.

Ripperl klein .	per St.	25
do. gross .	„	30
Aufschnitt .	per Portion	10
Bierkäsl . .	per St.	6
Mainzer Käse .	„	6
Limburger „	per Portion	10
Schweizer „ .	„	12
Käse mit Butter .	„	20
Butter . .	„	10
Rollmops . .	per St.	6
Bismarkhering .	„	10
Salzhering . .	„	10
Essiggurken	per Portion	6
Salzgurken .	„	10
Preiselbeeren .	„	10

Warme Speisen

Voressen .	per Portion	10
Lunge .	„	12
Leber oder Nieren kl.	„	30
„ „ „ gr.	„	40
Kalbsgoulasch gr.	„	40
Wiener Goulasch gr.	„	40

Mittagessen

Suppe leer .	per Teller	3
Brotsuppe .	„	6
Suppe, Ochsenfleisch m. Beilage		50
„ Braten	„ „	50

Beilagen

Diverse Salate und Gemüse		
Kartoffel geröstet, Kraut	p. Port.	6

Brot weiss oder schwarz per Stück 3

Getränke

Fassbier (Winterbier)	1/1	26
do. „	1/2	13
do. „	1/4	7
Flaschenbier	1/1 Flasche	28
do. . .	1/2 „	14
Springerl leer	per Flasche	10
Limonade .	„	15
Kaffee	grosse Tasse	12
Milch 1/2 Lt. roh od. gekocht		12

Druck von Max Volk, München, Tal 28.

Schon Theodor Fontane stellte fest, daß nur in München »Künstler leben können«, die »eigentliche Bevölkerung zwar geistig tot und verbiert« sei, aber »der Kunstzuzug« so groß sei, daß man in dieser »Nebenbevölkerung freier und frischer« leben könne »als irgendwo«. Oben: Preistafel im Pschorrbräu-Keller um 1910. – Oben rechts: Ludwig Thoma (1867–1921) bei einer Fahnenweihe am Tegernsee 1912. – Rechts daneben: Ludwig Ganghofer (1855–1920). – Unten: Lena Christ (1881–1920) veröffentlichte 1912 ihre realistischen »Erinnerungen einer Überflüssigen«.

Der in München geborene Christian Morgenstern (1871–1914) reimte als junger Dichter um die Jahrhundertwende den berühmten Starkbier-Nockherberg in München so: »Gambrinus selber sah ich am Nockherberg / Kneiplieder lehren – / glaub' es, ungläubig Volk! – / Vor saubrer Münchner Kellermadln / Und der Studenten gespitzten Ohren.« Der »sachverständigste deutsche Biertrinker« (Max Halbe) in München war aber Otto Erich Hartleben, der 1896 nach einem Nockherbergbesuch von Tausenden von Menschen berichtete, die sich dort »auf engem Raum« versammelten, »beseelt von dem einen friedlichen Wunsch, möglichst viel und möglichst gutes Bier zu trinken«. Er nannte dies einen »erhabenen Anblick, der wohl geeignet ist, einem den Glauben an die Menschheit wiederzugeben ...«
Unten: Blick auf München vom Nockherberg um 1910.
Oben: Paul Klee (1879–1940), der bis 1921 in München lebte, zeichnete 1913 die »Vorstadt« (München-Nord).

»Herrgott ... was erleben wir! Und fast sehe ich mehr werden und emporwachsen, als untergehen ...«, schrieb Ludwig Thoma am 7. 8. 1914 in einem Brief an Conrad Haussmann. – Oben: Ausrücken der bayerischen Truppen nach der Mobilmachung in München. – Links: Karikatur auf Ludwig Ganghofer, signiert mit B 14. 3., auf seine Tätigkeit als Kriegsberichterstatter für die »Münchener Neuesten Nachrichten«.

Die Verluste der bayerischen Armee im Ersten Weltkrieg

Gattung	*Gefallen, an Wunden u. i. Gefangensch. gest., gerichtlich tot erklärt*	*An Krankheit gestorben*	*Verwundet*	*Vermißt*	*In Gefangenschaft waren (Höchststand)*
Offiziere	*4 375*	*234*	*8 492*	*135*	*1 408*
Feldw.-Leutn. ...	*95*	*10*	*218*	–	*35*
Ärzte	*119*	*57*	*261*	*2*	*112*
Tierärzte	*10*	*7*	*23*	–	–
Beamte	*26*	*46*	*53*	–	*5*
Geistliche	*3*	*2*	*8*	–	–
Fähnriche	*112*	*1*	*212*	*13*	*26*
Unteroffiziere ...	*19 256*	*1 056*	*50 004*	*1 946*	*8 352*
Mannschaften ...	*141 621*	*9 943*	*376 069*	*20 817*	*58 555*
Zusammen:	*165 617*	*11 356*	*435 340*	*22 913*	*68 493*
	176 973				

Nach Bayerisches Kriegsarchiv 1923

Bayern im Ersten Weltkrieg 1914–1918

Nichts als Greuel der Verwüstung ...

Das Auge sieht nichts auf tagelangen Märschen, nichts als Greuel der Verwüstung. Ein Brett an einen Baumstumpf genagelt, darauf ein Mann: ein vernichtetes Dorf. Kein Stein, kein Strauch, kein Baum, nichts gibt Kunde vom einstigen Glück und Wohlstand – der Mann blieb.
Das Mittelalter gab dem Teufel eine furchtbare Fratze. Wer kann den Teufel malen? Diese zerwühlte, zerrüttete Landschaft, die toten Wälder, Kreuz um Kreuz – das alles ist e i n Zug in der Fratze des Teufels.

Aus dem Brief eines 1918 gefallenen Studenten aus München

Ludwig III. hatte nicht mehr die Kraft, die Eigenständigkeit Bayerns zu wahren. Verdeckt durch erste Siegesmeldungen merkte das Volk nicht, wie er Bayerns »Reichsfreudigkeit« betonte und immer mehr Befehlsempfänger des Kaisers in Berlin wurde.

Oben: Kaiser Wilhelm II. und Bayernkönig Ludwig III. im deutschen Generalstabsquartier in Spa kurz vor dem Zusammenbruch im Jahr 1918.
Unten: Das Ende des Krieges für viele: Gefangenschaft hinter Stacheldraht, Sommer 1918.

Revolution, Räterepublik und parlamentarische Demokratie

Der Freistaat Bayern in der Weimarer Republik von 1918 bis 1933

So wie Bayern vor und nach 1871 in Deutschland eine Sonderstellung eingenommen und eine eigene Politik verfolgt hatte, so zeigte auch die Revolution von 1918 in diesem Land gegenüber den Ereignissen im übrigen Deutschland ein eigenes Gesicht. Mit zunehmender Ernüchterung über die während des Krieges in Berlin zentralisierte Kriegswirtschaft, die die Länder ausgebeutet hatte, waren die Forderungen nach Frieden und die Vorwürfe gegen Ludwig III., den getreuen Paladin Wilhelms II., immer stärker geworden. Das bayerische Volk wollte endlich Frieden, selbst auf Kosten einer Ablösung der Monarchie.

Im Januar 1918 schon hatten in Nürnberg die Munitionsarbeiter gestreikt, und nach dem Zusammenbruch der Donaumonarchie befürchtete man sogar eine Besetzung durch alliierte Truppen. In der erstarkten bayerischen SPD hatte es eine Spaltung in die Mehrheitbildenden Sozialdemokraten unter Erhard Auer (dem Nachfolger Georg von Vollmars) und in »Unabhängige Sozialisten« unter dem Berliner Sozialisten Kurt Eisner gegeben. Die sozialdemokratische »Fränkische Tagespost« schrieb bereits am 10. Oktober 1918: »Der Kaiser hat stets die größten patriotischen Opfer von seinen Untertanen verlangt. Nun, wo diese Untertanen zu Staatsbürgern werden, soll er selbst seine Opferbereitschaft zeigen, soll er selbst zurücktreten ...«

Beide Flügel der Sozialdemokraten riefen am 7. November gemeinsam zu der großen Demonstration auf Münchens Theresienwiese auf, die einen Tag später in zwei Lagern abgehalten und abgeschlossen wurde: die Mehrheitssozialdemokraten unter Auer lösten sich nach einer Massendemonstration am Friedensengel auf, die »Unabhängigen« unter Eisner stürmten die Kasernen und das Militärgefängnis. Eisner rief die Revolution aus, erklärte den König für abgesetzt und proklamierte den »Freistaat Bayern«. Damit hatte er den Namen für Bayern gefunden, der heute noch von allen Parteien, auch von der CSU, mit Stolz verwendet wird. Noch vor der Revolution in Berlin war damit Bayern eine Republik geworden, regiert von der einzigen revolutionären Koalition (Mehrheits- und Unabhängige Sozialisten) im Reich, mit Kurt Eisner als provisorischer Ministerpräsident. Nur in Bayern saß auch in den Arbeiter- und Soldatenräten ein Vertreter der Bauern, der aus einer niederbayerischen Großbauernfamilie stammende Gandorfer.

Doch bald zeigte sich, daß für die Massen, die diese Revolution mitgetragen hatten, nur das endlich erreichte Kriegsende der eigentliche Antrieb gewesen war. Die neue Regierung in München verlor bald die Sympathien des Landvolkes draußen in der Provinz, denn Hunger und Mißwirtschaft blieben, und Eisner selbst verbiß sich in das unmögliche Vorhaben, als idealistischer Mittler die unversöhnlichen Gegner innerhalb seiner Koalitionsregierung auf der radikalen und der gemäßigten Seite zu einigen. Einer seiner Kritiker, der Revolutionär und Dichter Erich Mühsam, nannte Eisner einen »reinen Geist« mit »reinen Zielen«, der aber »aus Vorsicht, Klugheit, Humanität und Optimismus seinen eigenen Weg verlassen« und dem es »vor der revolutionä-

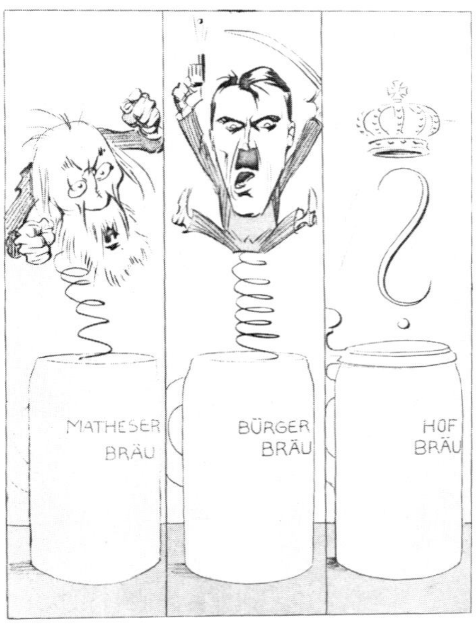

ren Energie gegraust« habe. Das Ergebnis der ersten freien Wahlen vom 12. Januar 1919 offenbarte das Scheitern Eisners: von den 188 Landtagssitzen konnten die Unabhängigen Sozialisten nur drei erringen. Als Eisner am 21. Februar 1919 auf dem Weg zum Landtag von dem fanatischen Monarchisten Leutnant Graf Arco-Valley erschossen wurde, hinderte ihn nur die Mordkugel an seiner ohnedies geplanten Abdankung. Bayern stürzte für wenige Wochen in den Strudel eines »sowjetbayerischen Abenteuers« (Carl Amery), gleichzeitig etablierte sich in Bamberg im Exil unter dem Sozialdemokraten Johannes Hoffmann die gewählte SPD-Regierung.

Die kurzlebige Räterepublik in Bayern verkörperte ein utopistisches Sozialsystem, verantwortlich geführt von Schriftstellern, Dichtern und intellektuellen Anarchisten schwabingerischer Prägung wie Toller, Leviné oder Mühsam. Sie versuchten gegen den Widerstand der bayerischen Unternehmer die wirtschaftliche Struktur grundlegend umzugestalten. Ein Mitglied der ersten Räteregierung, der Anarchist Gustav Landauer, erklärte: »Jeder arbeitet, wie er es für gut hält. Das Unterordnungsverhältnis wird aufgehoben, das juristische Denken hat hiermit aufgehört ...« Die Bankkonten der Reichen wurden beschlagnahmt, Betriebe sozialisiert. Schließlich verteilten die Kommunisten der letzten Räteregierung Waffen an die Arbeiter, die sie den Bürgern weggenommen hatten, und bildeten eine Rote Armee. Fünf Mitglieder der deutschnationalen Thule-Gesellschaft, die mit anderen Gruppen gegen die Kommunisten putschen wollten, wurden verhaftet und ins Luitpoldgymnasium gebracht. Ein weiterer Thule-Mann entging der Verhaftung, weil er zu dieser Zeit gerade antikommunistische und antisemitische Flugblätter verteilte. Sein Name war Rudolf Heß.

Dies geschah am 26. April, als die von der Regierung Hoffmann in Bamberg vom Reich angeforderte Hilfe, Reichswehr- und Freikorpseinheiten, Nordbayern bereits überrannt und München eingeschlossen hatten. Verhetzt von falschen Schreckensberichten über den in München »rasenden russischen Terror« (in einem Flugblatt der Regierung Hoffmann vom 16. April 1919), die später sogar von Kardinal Faulhaber als unrichtig bezeugt wurden, kam es in den letzten Tagen der Räterepublik zu zahlreichen Übergriffen der militärisch weit überlegenen »weißen« Angreifer. Als Antwort darauf erschossen die »Rotarmisten« die gefangenen Thule-Leute im Luitpoldgymnasium zusammen mit fünf weiteren Geiseln.

Jetzt kannte die Rache der zum Sturm auf München angetretenen »Weißen« keine Grenzen mehr. Die »Befreiung« Münchens in den ersten Maitagen 1919 kostete auf beiden Seiten rund 1000 Tote, im Vergleich zu den 13 600 gefallenen Münchnern im Ersten Weltkrieg ein hoher Blutzoll. München und Bayern trugen für die folgenden Jahre einen verhängnisvollen Schock davon: In den Bürgern setzte sich ein tiefer Abscheu fest gegen jede regierungsamtliche Maßnahme, die irgendwie den Geruch von Sozialisierung an sich hatte. Dadurch hatten geschickte Agitatoren der Reaktion es viel leichter als anderswo, mit der Zauberformel von der »Aufrechterhaltung der Ruhe und Ordnung« ihre verbrecherischen Ziele zu verfolgen. Dem Radikalismus von links folgte der Radikalismus von rechts. Das Bündnis der bayerischen Sozialdemokraten mit dem Bürgertum war zerbrochen, es folgten in rascher Folge die Beamtenkabinette der Bayerischen Volkspartei (BVP, ehemals Zentrum) unter Kahr, Lerchenfeld, Knilling und wieder Kahr. Von der Probe des Aufstandes der »Vaterländischen« und »Völkischen« führte ein gerader Weg zum mißglückten Hitler-Putsch im November 1923.

Während sich danach Staat und Wirtschaft im Reich und in Bayern wieder stabilisierten, während sich in den nächsten Jahren im Reich zehn Regierungen ablösten, überlebte in Bayern zehn Jahre lang die BVP-Regierung Held. Doch das politische Schwergewicht hatte sich zugunsten der Stellung des Reiches verschoben, nach der Weimarer Verfassung galt der Grundsatz, daß Bundesrecht Landesrecht bricht. Bayern war zwar eigens noch durch einen Reichsgesandten beim Reiche vertreten und unterhielt auch noch Vertretungen bei einzelnen deutschen Ländern, aber die bayerischen Gesandtschaften in Stuttgart, Dresden, Wien, Bern, Petersburg, Rom und Paris waren aufgehoben, Post, Eisenbahn und Militär dem Reich unterstellt, die bayerischen Rentämter in Finanzämter des Reiches umgewandelt worden. Als Positivum für Bayern ist neben den technischen Errungenschaften und der kulturellen Blüte während der »Goldenen zwanziger Jahre« lediglich noch der nach einer Volksabstimmung erfolgte Anschluß des alten Herzogssitzes Coburg an Bayern im Jahre 1920 zu vermelden.

Die stärkste Partei in Bayern bis 1933, die BVP, orientierte sich ab 1925 stärker nach rechts, distanzierte sich jedoch immer vom Nationalsozialismus, den Hitler mit der Neugründung der NSDAP 1925 wiederbelebte und Schritt für Schritt verstärken und nach dem »schwarzen Freitag« von 1929, endgültig aber ab 1930 durch brutalen Straßenterror von Bayern aus auf das ganze Reich ausdehnen konnte. Die braune Flut schwemmte 1932 mit den Landtagswahlen 43 Abgeordnete ins Parlament in München; die BVP erreichte nur zwei Sitze mehr, die Sozialdemokraten mußten sich mit 20 Sitzen zufrieden geben. Als Reichskanzler von Papen in seinem Putsch vom 20. Juli 1932 die stärkste Bastion der Demokratie im Reich, das seit Anbeginn der Republik von einer Weimarer Koalition aus Sozialdemokraten, Zentrum und Demokraten regierte Preußen, beseitigte und damit die Auflösung des Reiches in Provinzen einleitete, setzte sich die bayerische Regierung unter Held für die Erhaltung Preußens ein und klagte vor dem Staatsgerichtshof in Leipzig. Held fürchtete mit Recht auch eine Provinzialisierung Bayerns.

Aber erst nach dem 30. Januar 1933, als Hitler in Berlin schon die Macht an sich gebracht hatte, raffte sich der damalige BVP-Vorsitzende Fritz Schäffer zu einem letzten verzweifelten Coup auf, der Bayern aus der braunen Diktatur heraushalten sollte. In Absprache mit den Sozialdemokraten, denen selbst ein Wittelsbacher noch lieber als Hitler gewesen wäre, sollte Kronprinz Rupprecht zum Generalstaatskommissar ernannt werden. Doch dieser wollte eine Allparteienregierung haben, was das Ende des Kabinetts Held bedeutet hätte. Als sich am 5. März 1933 sogar noch der große Block der Wähler der BVP behauptete, ließ Röhm am 9. März seine SA auf dem Marienplatz in München aufmarschieren. Held verweigerte auch angesichts der braunen Kolonnen immer noch tapfer seine Abdankung. Ein Telegramm aus Berlin mit dem Befehl zur Einsetzung Ritter von Epps zum Reichsstatthalter in Bayern brachte schließlich am gleichen Tag für Bayern das Ende des ersten demokratischen Freistaates.

Links: »Kladderadatsch«-Karikatur von Garvens nach dem Hitler-Putsch 1923 zu den »Gefahren der Münchener Bräukeller«: »1918, Eisner; 1923, Hitler; 19..?«
Oben: Reklameplakat für die ersten Amateurfilmgeräte aus dem Jahr 1925.
Unten: Jubiläumsfeier im »Platzl« in München, Ende der zwanziger Jahre, mit Weiß Ferdl (links) und Seppl Eringer, den beiden Direktoren des Theaters.

Von der Revolution zur Räterepublik November 1918 bis April 1919

Münchner Neueste Nachrichten

Thronverzicht König Ludwigs III.

München, 13. November 1918

Dem Ministerium des Volksstaates Bayern ging folgende **Erklärung** zu:

„Zeit meines Lebens habe ich mit dem Volk und für das Volk gearbeitet. Die Sorge für das Wohl meines geliebten Bayern war stets mein höchstes Streben.

Nachdem ich infolge der Ereignisse der letzten Tage **nicht mehr in der Lage** bin, die **Regierung weiterzuführen**, stelle ich **allen Beamten, Offizieren und Soldaten** die Weiterarbeit unter den gegebenen Verhältnissen frei und **entbinde** sie des mir geleisteten **Treue-Eides.**

Anif, den 13. November 1918. **Ludwig.“**

Auf diese Kundgebung wurde folgende **Antwort** erteilt:

„Der Ministerrat des Volksstaates Bayern nimmt den **Thronverzicht Ludwigs III.** zur Kenntnis. Es steht dem ehemaligen König und seiner Familie nichts im Wege, sich wie jeder andere Staatsbürger frei und unangetastet in Bayern zu bewegen, sofern er und seine Angehörigen sich verbürgen, nichts gegen den Bestand des Volksstaates Bayern zu unternehmen.

Der Ministerrat des Volksstaates Bayern

Kurt Eisner

Auer v. Frauendorfer Jaffé Roßhaupter Timm Unterleitner.“

Das russische Beispiel lockt uns nicht . . .

Die Industriellen kommen heute zu uns und wollen vergesellschaftet werden. Wir müssen das ablehnen, weil der wissenschaftliche Sozialismus davon ausgeht, . . . daß die Vergesellschaftung der Produktionsmittel in dem Augenblick vollzogen werden muß, wenn die Produktion sich so riesenhaft entwickelt hat, daß unter dem Kapitalismus diese Riesenkraft der Produktion sich nicht mehr entfalten kann, so daß auf dieser Höhe kapitalistischer Produktion die Produktion selbst den Kapitalismus sprengt . . . Wir können nicht sozialisieren, wo nichts mehr zu sozialisieren ist . . . Das russische Beispiel lockt uns nicht, auch nicht die Methode. Ich bin der Meinung, daß wir genug Blutvergießen gehabt haben . . .«

Kurt Eisner im November 1918

Revolution in der Provinz?

Wir in Bayern stehen vor der furchtbaren Gefahr der Revolutionierung der landwirtschaftlichen Arbeiter und Dienstboten. Sie würde vollen Zusammenbruch bedeuten, Zusammenbruch der Arbeit und damit Ernährung. Sie würde zur Verrohung einer schon immer zur Zügellosigkeit und Roheit neigenden Bevölkerung führen und Zerstörung des Landes verursachen. Ich kenne die Leute. Es ist nicht wahr, daß sie „gute Katholiken sind; sie sind etwas abergläubisch, aber nicht tiefgläubig. Der altbayerische Dienstbote ist unwissend, unbändig, zu wilden Ausschreitungen aufgelegt und wird in sozialistischen Theorien nur die Aufforderung wie die Möglichkeit zu schlimmsten Verbrechen sehen.

Ludwig Thoma am 14. Januar 1919 an Maidi von Liebermann, aus »Ein Leben in Briefen«, München 1963

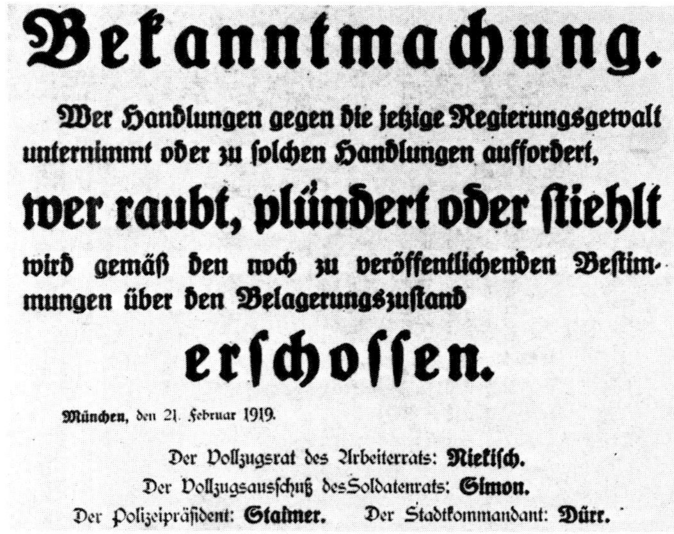

Bekanntmachung.

Wer Handlungen gegen die jetzige Regierungsgewalt unternimmt oder zu solchen Handlungen auffordert,

wer raubt, plündert oder stiehlt

wird gemäß den noch zu veröffentlichenden Bestimmungen über den Belagerungszustand

erschossen.

München, den 21. Februar 1919.

Der Vollzugsrat des Arbeiterrats: Niekisch.
Der Vollzugsausschuß des Soldatenrats: Simon.
Der Polizeipräsident: Staimer. Der Stadtkommandant: Dürr.

Links oben: München, 8. November 1918: Die aus den Kasernen strömenden Soldaten feiern das Kriegsende und begrüßen die revolutionären Arbeitergruppen. – Linke Seite, unten links: Anschlag der »MNN« vom 13. 11. 1918. – Linke Seite, unten rechts: Kurt Eisner, Führer der Unabhängigen Sozialisten und provisorischer Ministerpräsident der ersten Revolutionsregierung in München; er wurde am 21. 2. 1919 auf dem Weg zum Landtag von dem Monarchisten Graf Arco-Valley ermordet. – Oben: Anschlag mit einer Bekanntmachung nach dem Mord an Eisner. – Unten: Straßenszene in München während der nachfolgenden Räteregierung.

Der Mord an Kurt Eisner

Bevor noch Kurt Eisner, der Ministerpräsident der bisherigen provisorischen Revolutionsregierung, sein Amt niederlegen konnte, wurde er auf dem Wege zum Landtag von dem fanatisch monarchistischen Leutnant Graf Arco-Valley erschossen. Jetzt brach ein wilder Sturm los. Im Landtag feuerte der Kommunist Lindner mehrere Revolverschüsse ab, die den Minister Erhart Auer und einen Major Jareis schwer verletzten und den katholischen Abgeordneten Osel töteten. Rasend schnell füllten sich alle Straßen und Plätze mit erschreckt dahinrennenden, ratlosen, schreienden Menschenmassen. Die eisernen Rolläden der Geschäfte ratterten herunter, die Trambahnen blieben stehen, rotbewimpelte, maschinengewehrbestückte Lastkraftwagen rollten langsam daher, und die schwerbewaffneten Soldaten darauf warfen Flugblätter in die Massen, die zum energischen Kampf gegen die überall hervorbrechende Gegenrevolution aufforderten.

Oskar Maria Graf in »Gelächter von außen«, München 1966

Programm

für den Demonstrationstag des Münchener Proletariats

(Dienstag, den 22. April 1919)

Um 11 Uhr:

Truppenschau sämtlicher bewaffneter Arbeiter und Soldaten

vor dem Kriegsministerium in der Ludwigstraße

Um 3 Uhr:

Elf große öffentliche Versammlungen

(Arzbergerkeller, Bürgerbräukeller, Hofbräuhaus-Festsaal, Löwenbräukeller, Mathäser Festsaal, Münchner Kindl-Keller, Kath. Gesellschaftshaus (Kreuzbräu), Schwabingerbräu, Thomasbräu, Tonhalle, Wagnersaal.)

Um 5 Uhr:

Massen-Versammlung auf der Theresienwiese

(Die Versammlungsteilnehmer in den obengenannten Sälen ziehen in geschlossenen Zügen dorthin).

Nach kurzen Ansprachen:

Demonstrationszug

durch die Lindwurm-, Sendlinger-, Theatiner-, Ludwigstraße zum Siegestor; von dort zurück zur Briennerstraße. Vor dem Wittelsbacher Palais löst sich der Zug in einzelne Trupps auf, welche geschlossen in ihre Quartiere abmarschieren.

Rote Fahnen enthüllen. Gebäude rot beflaggen.

Die Arbeiter-Sängerschaft verteilt sich gruppenweise auf den Zug.

München, den 21. April 1919.

Der Vollzugsrat der Arbeiter- und Soldatenräte Münchens

Die Räterepublik nannte Walter von Cube im Jahr 1968 in einem Rundfunkvortrag über 50 Jahre Freistaat Bayern »die Zeit der Armbindentyrannen, der Bohème-Bolschewisten, politisierenden Literaten«. Er stellte fest: »Fremd unter ihnen, fremd und ernst nehmen sich die Arbeiter aus, die Brot und Patronen teilen, um zu verteidigen, was sie nicht besaßen: Freiheit, Friede und Recht ...«
Oben links: Aufruf und Programm der Arbeiter- und Soldatenräte für einen Demonstrationstag.
Links und oben: Aufmarsch und Großkundgebung der Münchener KPD während des Rätesystems.
Rechts: »Weiße« Bürgerwehr mit MG, die sich nach der Geiselerschießung bildete, als die Rache der »Weißen« begann und – wie Augenzeuge Oskar Maria Graf schrieb – »das schamloseste Denunziantentum Triumphe feierte: ›Da! – Da, sehn Sie, der? – Der rote Lump, der Strolch!‹, wiesen einige Passanten auf einen rasch dahingehenden Mann. Schon klapperten Stiefelschritte. ›Halt‹ rief es, es krachte, der Mann fiel lautlos vornüber aufs Pflaster. Von solchen Alltäglichkeiten wußten die wieder erscheinenden Zeitungen nichts zu melden.«

Die Angst vor dem Bolschewismus

Als ich von ihm (Joseph Bloch) kommend über den Reichskanzlerplatz ging, kaufte ich die ›BZ‹ und fand darin den Beschluß der Münchener, in Bayern die Räterepublik auszurufen: das erste Stück von Deutschland, das zum Bolschewismus übergeht. Wenn sich die Kommunisten dort halten könnten, so wäre das ein deutsches und europäisches Ereignis ersten Ranges.
Abends November-Klub unter Vorsitz von Riezler. Weisungen an Bornstädt für den Parteitag. Riezler fährt morgen nach München, wie er mir sagte, mit einem Koffer voll Geld. Er hofft noch hineinzukommen ... Riezler hat heute mit Ebert gesprochen. Riezlers Plan ist, daß die jetzige bayerische rechtssozialistische Regierung sich, sobald die Räterepublik ausgerufen ist (also wahrscheinlich übermorgen), irgendwo in Nordbayern, etwa Nürnberg, als Gegenregierung konstituiert. Epp soll von Thüringen mit bayerischen oder angeblich bayerischen Truppen einmarschieren und die Räteregierung stürzen ...
Ich fragte, ob der Einmarsch der Preußen nicht das ganze bayerische Volk für die Räteregierung einigen werde. Riezler meinte, nein, die Angst vor dem Bolschewismus sei noch größer als der Haß gegen die Preußen; ebenso wie in Rußland. Das bayerische Volk sei ein Sauvolk, leidenschaftlich, aber unbeständig; vor den Preußen würden alle weglaufen. Die führenden Münchener Kommunisten sieht Riezler im zweifelhaftesten Lichte; zum großen Teil Vorbestrafte oder Unfähige, die es nirgends zu etwas gebracht hätten. Er hofft ... auf den Abfall von Nordbayern. Die Landbevölkerung sei rätefeindlich, werde sich aber zuerst ducken. Von ihr erwartet er keinen Widerstand ...

Harry Graf Kessler am 5. April 1919 in »Tagebücher 1918–1937«, Frankfurt 1961

Zerschlagung der Münchener Räterepublik – Der »weiße« Terror Mai 1919

Die »Befreiung« Münchens vom »roten Terror« in den ersten Maitagen 1919 kostete auf beiden Seiten rund 1000 Tote.
Oben: Geschützauto der Reichswehr beim Einrücken in München.
Links: Hoffnungslos unterlegen, »Barrikaden« der Kommunisten in München.
Unten: Gefangene »Rote«. Wer von ihnen die ersten Rache-Tage überlebte, wurde für mehrere Jahre in Festungshaft gehalten.

Das Ende der Räterepublik

Freikorps verrichteten bei ihrem Vormarsch gegen München grauenvolle Dinge. In der Nähe von München, bei Puchheim, war ein russisches Gefangenenlager gewesen. Die Räteregierung hatte die Russen freigelassen. Die Freikorps griffen auf ihrem Vormarsch 52 dieser russischen Kriegsgefangenen auf, die nicht das mindeste mit der Münchner Räterepublik zu tun hatten, trieben sie in einen Steinbruch und ermordeten sie. Bei Starnberg trafen sie auf eine Arbeiter-Sanitäter-Kolonne, die übte. Die Sanitäter wurden kurzerhand an einem Bahndamm niedergeschossen, nur ein einziger, ein Referendar Schlesinger, wurde im letzten Augenblick durch das Eingreifen eines Hauptmanns vor dem Tode bewahrt. Diese Taten bewirkten, daß die Münchener Machthaber zehn Geiseln festnahmen. Es handelte sich dabei um Mitglieder der Thule-Gesellschaft. Als Nachrichten über weitere Untaten der andringenden Freikorps in München bekanntwurden, beging Seidel, der Kommandant des Luitpold-Gymnasiums, in welchem die Geiseln untergebracht waren, die Torheit, sie als Repressalie erschießen zu lassen. Nun war es um die letzte Zurückhaltung der Freikorps geschehen …

Ernst Niekisch in »Gewagtes Leben«, Köln 1965

Sonderblatt.

№ 53. München, 15. Mai 1919.

Bayerisches Polizeiblatt.

Herausgegeben von der Polizeidirektion München.

3040.

10000 Mark Belohnung.

Wegen Hochverrats

nach § 81 Ziff. 2 des RStGB. ist Haftbefehl erlassen gegen den hier abgebildeten Studenten der Rechte und der Philosophie

Ernst Toller.

Er ist geboren am 1. Dezember 1893 in Samotschin in Posen, Reg.-Bez. Bromberg, Kreis Kolmar, Amtsger. Margonin, als Sohn der Kaufmannseheleute Max u. Ida Toller, geb. Kohn.

Toller ist von schmächtiger Statur und lungenkrank; er ist etwa 1,65—1,68 m groß, hat mageres, blasses Gesicht, trägt keinen Bart, hat große braune Augen, scharfen Blick, schließt beim Nachdenken die Augen, hat dunkle, beinahe schwarze, wellige Haare, spricht schriftdeutsch.

Für seine Ergreifung und für Mitteilungen, die zu seiner Ergreifung führen, ist eine Belohnung von

zehntausend Mark

ausgesetzt. Wenden!

Rechts: Der Steckbrief des Dichters Ernst Toller (1893–1939), der als führendes Mitglied der ersten Räteregierung zu 5 Jahren Haft verurteilt wurde.
Unten: Augenzeuge und Dichter Oskar Maria Graf 1958 bei seinem ersten Besuch in München nach seiner Emigration am Grab der 1919 von den »Weißen« ermordeten russischen Kriegsgefangenen, von denen Ernst Niekisch im Text oben berichtet.

Die »Bamberger Verfassung« und Hitlers Anfänge

Amnestie für Republikfeinde

An baldige Freiheit darf ich bei den Zuständen in der Ordnungszelle Bayern nicht denken. In der Republik amnestiert man wohl Kappisten, Feinde der Republik; die Mörder Liebknechts und Luxemburgs, der zweiunddreißig gemeuchelten Matrosen, Gustav Landauers – die Kämpfer für soziale Gerechtigkeit läßt man im Gefängnis, und ein bürgerlicher Abgeordneter darf es wagen, uns im Reichstag »rote Bestien« zu nennen …

Ernst Toller 1921 aus der Haftanstalt Niederschönfeld an Romain Rolland

Hitlers Führungsanspruch

Wir sind es, die die Bewegung ins Rollen gebracht haben; wir sind es, die über die weitaus stärkste Schlagkraft verfügen; in München, der jetzt deutschesten Stadt, hat der Nationalsozialismus nicht nur die überwiegend meisten Anhänger, sondern auch die geradeste Linie …

Dietrich Eckart am 3. August 1921 im Völkischen Beobachter

Anfang Mai 1919 kehrte aus Bamberg auch die Regierung des Mehrheitssozialisten Hoffmann wieder nach München zurück. Am 14. August wurde nach der Weimarer Reichsverfassung von Bamberg aus die bayerische »Bamberger Verfassung« erlassen. Drei Tage später kehrte auch der Landtag wieder nach München zurück, um am 4. 10. 1919 eine Koalitionsregierung aus SPD, Bayerischer Volkspartei und Deutscher Demokratischer Partei zu bilden.

Oben: Die letzte Sitzung des Kabinetts Hoffmann in Bamberg vor der Rückkehr nach München.

Unten links: Der Schluß der »Bamberger Verfassung« mit handschriftlichen Korrekturen von Landtagspräsident Franz Schmitt.

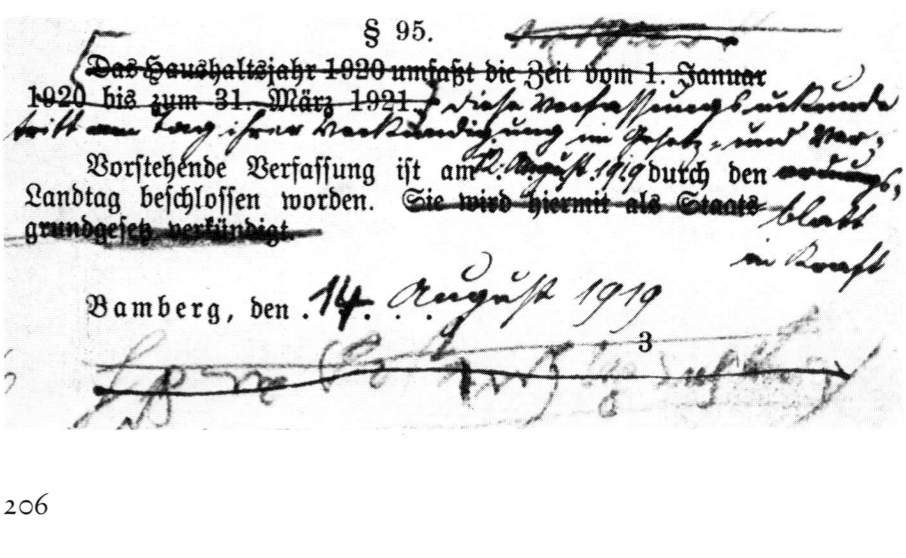

§ 95.

~~Das Haushaltsjahr 1920 umfaßt die Zeit vom 1. Januar 1920 bis zum 31. März 1921.~~

Vorstehende Verfassung ist am ... durch den Landtag beschlossen worden. ~~Sie wird hiermit als Staatsgrundgesetz verkündigt.~~

Bamberg, den 14. August 1919

3

Dem Radikalismus von links folgte ein militanter Antikommunismus und aggressiver Antisemitismus von rechts, letzteres weil einige Führer der Räterepublik Juden waren.

Rechte Seite, oben links: »Simplicissimus«-Karikatur von Eduard Thöny (24. 5. 1919).

Rechte Seite, oben rechts: Das antisemitische Hetzblatt »Auf gut deutsch«, herausgegeben von Dietrich Eckart, dem Hitler schon bei seinem ersten Besuch bei der Deutschen Arbeiterpartei am 12. 9. 1919 im »Sterneckerbräu« in München (rechts) begegnete.

Die Befreiung Münchens
oder
Der Weg zum Stammtisch
„Nun kannst du dein Bier wieder in Ruhe trinken!"

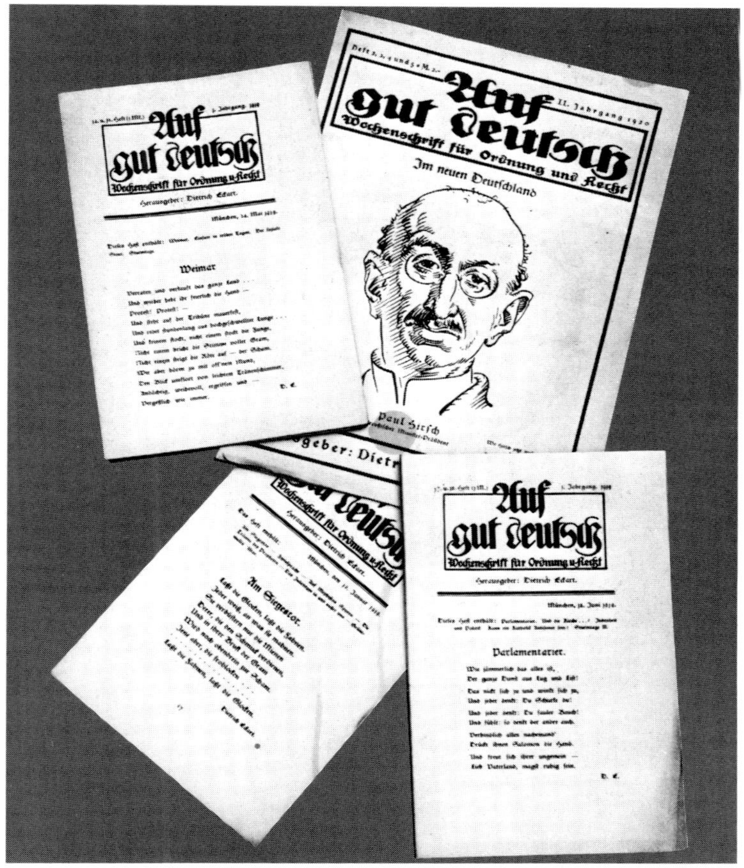
Auf gut deutsch
Wochenschrift für Ordnung u. Recht
Herausgeber: Dietrich Eckart
Weimar
Auf gut deutsch
Wochenschrift für Ordnung und Recht
II. Jahrgang 1920
Im neuen Deutschland
Paul Hirsch
Am Siegestor
Auf gut deutsch
Wochenschrift für Ordnung u. Recht
Herausgeber: Dietrich Eckart
Parlamentarier

BRAU
FLEISCH
Südfrüchte

Nach dem Volksentscheid vom 30. November 1919 wurde der Freistaat Coburg offiziell am 7. Juli 1920 Bayern angegliedert. Coburg war seit dem 6. Jahrhundert überwiegend von Franken besiedelt worden, ebenso erfolgte die politische Formung des Landes von Anfang an aus Westen und Süden (Christianisierung durch das Bistum Würzburg).
Links: Der Renaissancebau des Gymnasium Casimirianum, benannt nach Herzog Johann Casimir (erbaut 1601–05).
Oben links: Das ehemalige Regierungsgebäude in Coburg, heute Stadthaus am Markt, 1597–1601 von Peter Sengelaub erbaut.
Oben: Ausschnitt aus einem Holzschnitt von Lukas Cranach (1472–1553): der kleine Prinz vor der Nordfront der Veste Coburg, deren Name urkundlich erstmals 1056 erwähnt ist, deren Geschichte aber bis in die Vorzeit zurückreicht.

Coburg kommt zu Bayern 1919/20

Rechte Seite oben: Letzte Seite mit Endzahlen und Unterschriften der amtlichen Zusammenstellung des Abstimmungsergebnisses vom 30. 11. 1919.
Rechte Seite Mitte und unten: Seite 1 und 7 des Schlußprotokolls zum Staatsvertrag vom 14. 2. 1920.
Rechts: Gedenkmünze zum Anschluß Coburgs an Bayern mit der Veste (Vorderseite).

Waltersdorf m. Gereuth	1	37			
Watzendorf	19	27	Städte.		
Weickenbach	2	15	Coburg	1624	9452
Weidach	39	83	Neustadt	356	2594
Weidhausen	13	479	Rodach	279	804
Weimersdorf	1	32	Königsberg i. Fr.	22	301
Weischau	—	21			
Weissenbrunn a. Forst	2	103	Landorte	1185	12951.
Weissenbrunn v. Wald	11	106		3466	26102
Weitramsdorf m. Gersbach u. Schlettach	8	251			
Wellmersdorf	—	31			
Wiesenfeld	8	67			

Abgeschlossen.
Coburg, 4. Dezember 1919.

Schlußprotokoll

zum Staatsvertrag vom 14. Februar 1920 über die Vereinigung Coburg's mit Bayern.

Die unterzeichneten Bevollmächtigten waren heute zusammengetreten, um zum Abschlusse und zur Vollziehung des zur Vereinigung Coburgs mit Bayern vereinbarten Staatsvertrags zu schreiten. Hiebei sind in das gegenwärtige Schlussprotokoll nachstehende, mit den Vereinbarungen des Vertrags selbst gleich verbindliche Erklärungen aufgenommen worden:

I.

Der bayerische Staat wird dafür Sorge tragen, dass die im bisherigen Freistaat Coburg bestehenden Wohlfahrtseinrichtungen, insbesondere für die Säuglingsfürsorge und die Bekämpfung der Tuberkulose und der Geschlechtskrankheiten im bisherigen Umfang erhalten bleiben.

II.

Bis spätestens 31. Dezember 1921 wird die bayerische Gemeindegesetzgebung in Coburg eingeführt werden. Bis zur Einführung bleiben die auf Grund der coburgischen Bestimmungen gewählten Vertretungen (Gemeindevorstand, Magistrat, Stadtrat, Gemeindeausschuss,

wird, noch vor der Vereinigung Coburgs mit Bayern durchgeführt wird. Soweit hieraus Lasten für die bayerische Staatskasse erwachsen, ist die Zustimmung der bayerischen Regierung erforderlich.

Die mit dem vereinbarten Entwurf übereinstimmend befundenen zwei Ausfertigungen des Vertrages sind hierauf von den Bevollmächtigten unterzeichnet und untersiegelt worden und es haben die Bevollmächtigten der bayerischen und der coburgischen Regierung je eine Ausfertigung des Vertrages und des Schlussprotokolls entgegengenommen.

München, den 14. Februar 1920.

Hoffmann

Gegen Thüringen, für Bayern

Am 30. November 1919 ist in Sachsen-Coburg das eingetreten, was aufgrund der historischen und wirtschaftlichen Voraussetzungen zu erwarten war und was auch die Führer der Sozialdemokraten von Anfang an in ihre Berechnungen einbezogen hatten. In der Volksabstimmung wurde der Beitritt zum Gemeinschaftsvertrag der thüringischen Staaten mit 26 102 gegen 3466 Stimmen bei 56 Stimmenthaltungen abgelehnt. Die Alternative, für die sich damit über 88 % der tatsächlichen Wähler ausgesprochen hatten, bedeutete den Anschluß an Bayern. Wie aus den Vorgängen des Jahres 1919 bereits zu erahnen war, ging die Ablehnung des Anschlusses an Thüringen quer durch alle Parteien, erfaßte stark industrialisierte Gemeinden wie Oeslau, Mönchröden, Ebersdorf und Sonnefeld genauso wie Gemeinden mit überwiegend landwirtschaftlicher Struktur und die Städte …

Klaus Frhr. v. Andrian-Werburg in »Coburgs Weg nach Bayern«

Da zu dieser Zeit Reichsrecht Landesrecht brach, gab es um den Artikel 48 der Weimarer Verfassung, in dem festgelegt war, daß der Reichspräsident »zur Wiederherstellung der öffentlichen Sicherheit und Ordnung« sogar mit »bewaffneter Macht« eingreifen könnte, ab 1920 immer wieder Konflikte zwischen dem Reich und Bayern, das darin einen Eingriff in die Polizeigewalt des Landes sah. Die bürgerlich-konservativen Kabinette Kahr, Lerchenfeld und Knilling stützten sich auf die BVP, die Demokraten und den Bauernbund; die Sozialdemokraten waren aus der Verantwortung gedrängt worden.
Links: Ministerpräsident von Kahr im dunklen Mantel beim Landesschießen der Einwohnerwehren in München mit Landeshauptmann Dr. Escherich und (rechts) Oberst von Epp.
Links unten: Escherich hatte die Einwohnerwehren Bayerns auf Landesebene in eine national ausgerichtete Wehrorganisation umfunktioniert und erhob im Frühjahr 1921 Einspruch gegen die bevorstehende Auflösung beim Reichsinnenminister (letzte Seite mit Unterschrift). Im Sommer 1921 wurde die Auflösung aber unter dem Druck der Versailler Siegermächte erzwungen.

Die Regierungen von Kahr, Graf Lerchenfeld und von Knilling von 1920 bis 1924 – Die Inflation 1923

Schließlich darf ich Sie versichern, Herr Minister, dass ich das vollste Verständnis habe für die Schwierigkeit Ihrer Lage, einmal die Sicherheit von Person und Eigentum jedes ordnungsliebenden Deutschen zu schützen und andrerseits den der Entente gegenüber eingegangenen Verpflichtungen nach Möglichkeit nachzukommen. Ich darf Sie nochmals sehr ergebenst und dringend bitten, den ersten Punkt unbedingt vor den zweiten zu stellen. Das deutsche Volk in seiner überwiegenden Mehrheit erhofft und erwartet es von Ihnen und speziell hier in Bayern würde man keinen Ihrer Schritte verstehen, der anders gedeutet werden könnte und vertraut darauf, dass Sie sich mit Ihrer ganzen Person und mit Ihrer Stellung restlos in diesem Sinne einsetzen.

Zum Schluß möchte ich noch darauf hinweisen, dassich jederzeit in der Lage und bereit bin, unserer so schwer bedrängten Ostmark mit wirklich verfassungstreuen und begeisterten Verteidigern der Heimat, stammend aus allen deutschen Gauen, zu Hilfe zu eilen.

Mit dem Ausdrucke vorzüglichster Hochachtung verbleibe ich

Euer Hochwohlgeboren

sehr ergebener

Dr. Escherich

Landeshauptmann der Einwohnerwehren Bayerns.

Der »Statthalter der Monarchie« und die »Orgesch«

In Bayern und München nahm man die turbulenten Reichsangelegenheiten kaum ernst und handelte nach eigenem »freistaatlichen« Gutdünken. Die bisherige Koalitionsregierung Hoffmann wurde abgesetzt, ein Generalstaatsanwalt von Kahr, der sich offen als »Statthalter der Monarchie« bezeichnete und seine eigenen Vollmachten bestimmte, übernahm die Macht, und seine Hauptstütze war die aus den ehemaligen Einwohnerwehren hervorgegangene, nunmehr streng durchgeführte Geheimorganisation des in vaterländischen Kreisen hochbeliebten Forstrates Escherich, kurz »Orgesch« genannt, die sich im Ringhotel *am Sendlinger-Tor-Platz befand. Wenn auch betont bayrisch, nahm sie jeden flüchtigen Verschwörer und Fememörder aus dem Norden auf, versorgte ihn mit Hilfe der von ihr beherrschten Polizei mit falschen Papieren und Geld und verschaffte ihm sichere Zuflucht im Ausland. Sie sammelte und kaufte Waffen und Munition, die nach dem Versailler Vertrag der französischen Entwaffnungskommission ausgeliefert werden sollten, legte Geheimlager an, organisierte Spitzelnester und Provokationsnester, und selbstverständlich verfielen auch bei ihr alle Verräter der Feme.*

Oskar Maria Graf in »Gelächter von außen«, München 1966

Oben: Reichspräsident von Hindenburg bei seinem Besuch in München im Jahr 1922; neben ihm General Ludendorff, links Prinz Alfons von Bayern.
Unten: Verlagsanzeige aus dem »Börsenblatt für den deutschen Buchhandel« vom 26. 5. 1922.

Unten: Eine Banknote über hundert Millionen Mark vom September 1923, als die Inflation galoppierte. Bis zum Juni schon waren die Preise für ein 2000-Gramm-Brot auf 2500 Mark, für 1 Liter Milch auf 1440 Mark gestiegen und kletterten immer weiter, da der Wert der Mark ins Bodenlose sank. Erst mit der Einführung der Rentenmark ab 15. 11. 1923 wurde diese Entwicklung gestoppt.

An die Herren Sortimenter die es angeht

Wir können trotz ständigen Mahnens nicht in den Besitz unserer Außenstände gelangen. Ordnungsgemäß avisierte Nachnahmen kommen fast durchweg uneingelöst zurück, ohne daß ein Teil der Herren Sortimenter es der Mühe wert findet, bekannt zu geben, weshalb er die Annahme der Nachnahme verweigert oder was der Grund seines Nichtzahlens ist. Wir sehen uns mithin zu unserem Bedauern zu folgenden Maßnahmen gezwungen: Von allen Kontoinhabern — sowohl Konten „zahlbar nach Empfang" wie Monats- und Quartalkonten — erwarten wir die Regulierung der offenen Saldi innerhalb 14 Tage nach Erscheinen dieser Anzeige. Nach dieser Frist schreiten wir unnachsichtlich zur Sperrung des Kontos und übergeben die offenstehenden Beträge dem Verlegerverein zur Einziehung, wobei wir uns auf diese dreimal erscheinende Anzeige berufen werden. Wir bedauern die Härte dieser Maßnahme, sehen aber keinen anderen Weg, den säumigen Sortimentern gegenüber zu unserem Recht zu kommen.

Kurt Wolff Verlag A.-G.
Hyperionverlag G.m.b.H.
München

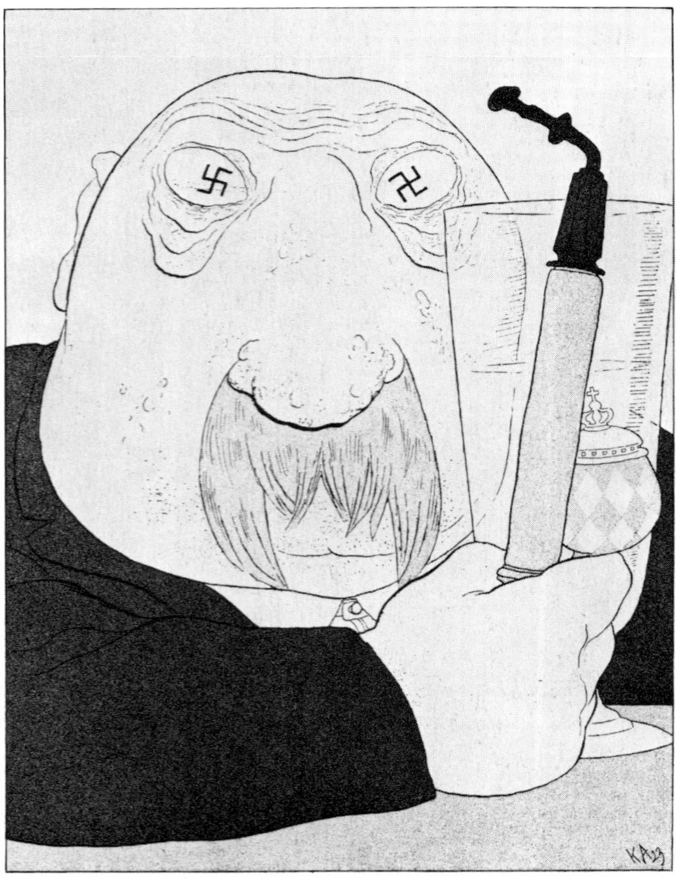

Ausnahmezustand und Hitlers Putschversuch 1923

Die Schießerei an der Feldherrnhalle

An der Feldherrnhalle versuchte eine in der Residenz bereitgehaltene Landespolizei-Hundertschaft, verstärkt durch einen aus der Theatinerstraße herbeigerufenen Zug, den Marschblock aufzuhalten. Dieser hatte jedoch bereits die Absperrung durchbrochen. Einzelne Zugteilnehmer gingen mit gefällten Bajonetten, entsicherten Gewehren und Pistolen auf den zur Verstärkung herangezogenen Zug der Landespolizei los. Bei dem Versuch, die Angreifer zurückzudrängen, fiel plötzlich aus der Menge ein Schuß, der den Polizeiunterwachtmeister Hollweg tödlich traf. Es kam zu einem kurzen Feuerwechsel, in dessen Verlauf auf polizeilicher Seite der Hundertschaftsführer Polizeihauptmann Schraut, der Polizeihauptwachtmeister Fink und der Polizeihilfswachtmeister Schoberth erschossen wurden. Nachdem es auch auf der Gegenseite Tote und Verletzte gab, flüchteten die Demonstranten unter deren Zurücklassung in wildem Durcheinander.

Aus dem Bericht eines ehemaligen Münchener Schutzmannes 1923

Generalkommissar von Kahr wollte während des Ausnahmezustandes vom 26. 9. 1923 bis 13. 2. 1924 mit Hilfe aller »nationalen Kräfte« die Monarchie in Bayern wiedereinführen. Hitler wollte nach Berlin marschieren, kam aber nur bis zur Feldherrnhalle in München. – Linke Seite oben: Hitler bei einer Parade des Freikorps Oberland in München am 4. 11. 1923, mit Freikorpsführer Weber, rechts, und Alfred Rosenberg, links. – Linke Seite unten: »Simplicissimus«-Karikatur von Karl Arnold vom 3. 12. 1923: »Mei Ruah möcht' i hamm und a Revalution, a Ordnung muaß sei' und a Judenpogrom, a Diktatur g'hört hera und glei' davo'ghaut ...« – Oben: Freikorpsführer Roßbach mit Kumpanen vor dem Bürgerbräukeller. – Unten: Lanzenreiter der Polizei am 9. 11. 1923 am Odeonsplatz in München.

Allgemeine Zeitung

Süddeutsches Tagblatt — Großdeutsche Rundschau

Hauptschriftleitung und verantwortlich für Deutsche und Bayerische Politik: Max Heilgemayr. – Wirtschaftszeitung u. Auswärtige Politik: Josef Schreyer. – Unpolitische Stadtzeitung u. Sport: Richard Rieß. [illegible] u. Musik: Aloin v. Prybram-Gladona. – Feuilleton u. Theater: [illegible] – Anzeigenteil: Josef Spiegel, sämtl. in München. – Redaktion: Mün[illegible] 1, Tel. 27940. – Berliner Schriftleitung: SW 68, Zimmerstr. 9. Tel. Zentrum 5498 u. 3967; Leiter: Alfred Gerigk.

A 1798 Z

Die Allgemeine Zeitung erscheint täglich. Bei Störung des Erscheinens infolge höherer Gewalt oder Streiks besteht kein Anspruch auf Zeitungslieferung oder Rückzahlung des Bezugsgeldes. Bezugspreis: Mk. 2,80 für den Monat. Anzeigenpreis: für die 9-spaltige Millimeterzeile im Inseratenteil M. 0.25, im Reklameteil M. 0.80, Kleine Anzeigen M. 0.10. Verlag der Allgemeinen Zeitung G.m.b.H. München. Postscheckkonto: München 8170. Druck: Druckerei- und Verlags-A.-G. München, Baaderstraße 1 und 1a. Telefon 24287.

127. Jahrgang. Nr. 58 — München, Dienstag den 19. Februar 1924 — Einzelpreis 10 Pfennig

Beilegung des Konflikts mit dem Reiche

Die Vereinbarung

Amtlich wird gemeldet:

Zur Erledigung der sachlichen Streitpunkte zwischen der Reichsregierung und

Das Volksbegehren

Die bis gestern Montag abends 7 Uhr amtlich gemeldeten Stimmziffern aus 39 unmittelbaren Gemeinden zeigen folgendes Ergebnis:

Ein Ministerrat

Infolge der durch den Rücktritt des Generalstaatskommissars Dr. v. Kahr geschaffenen politischen Lage trat gestern abend 6 Uhr der Mi-

Zum Rücktritt des Herrn von Kahr

Von Dr. Ernst Müller (Meiningen), M. d. L.

Bayern unter Held 1924–1933

Oben: Einen neuen Konflikt mit dem Reich löste die Vereidigung der bayerischen Reichswehrtruppen auf Bayern am 22. 10. 1923 aus. Er wurde im Februar 1924 beigelegt, nachdem künftig der Eid sowohl auf die Landes- als auch Reichsverfassung galt. – Unten links: Anschlag mit den Urteilen im Hitlerprozeß. – Unten: Ob der Krieg durch Verrat verlorengegangen sei, versuchte 1925 der »Dolchstoßprozeß« in München aufgrund zweier Nummern der »Süddeutschen Monatshefte« vom April/Mai 1924 zu klären.

München-Augsburger Abendzeitung

Das Urteil im Hitlerprozeß

München, den 1. April 1924, 10 Uhr 05 Min.

Unter großer Spannung einer zahlreichen Zuhörerschaft wurde heute vormittag im Saale der Infanterieschule durch Landgerichtsdirektor Neithardt das Urteil im Hitlerprozeß verkündet.

Freigesprochen wurde: General Ludendorff

unter Ueberbürdung der Kosten auf die Staatskasse.

Die übrigen Angeklagten wurden

zu Festungshaft verurteilt

und zwar wie folgt:

Adolf Hitler 5 Jahre Festung
Oberstleutnant Kriebel 5 Jahre
Dr. Weber 5 Jahre
Oberstlandesgerichtsrat Pöhner 5 Jahre
Oberamtmann Dr. Frick 1 Jahr 3 Monate
Hauptmann a. D. Röhm 1 Jahr 3 Monate
Oberleutnant Wagner 1 Jahr 3 Monate
Oberleutnant Brückner 1 Jahr 3 Monate
Oberleutnant Pernet 1 Jahr 3 Monate

Die Haftanordnung gegen Frick, Röhm und Brückner wird aufgehoben.

Das Gericht erläßt weiter Beschluß: Den Verurteilten Brückner, Röhm, Pernet, Wagner und Frick wird für den Strafrest mit sofortiger Wirksamkeit Bewährungsfrist bis 1. April 1928 bewilligt.

Den Verurteilten Hitler, Pöhner, Kriebel und Weber wird nach Verbüßung eines weiteren Strafteiles von je 6 Monaten Festungshaft Bewährungsfrist für den Strafrest in Aussicht gestellt.

Die Verurteilung und Freisprechung erfolgte mit vier Stimmen.

Öffentliches Redeverbot für Hitler

Er stand nach der vorzeitigen Entlassung aus Landsberg fürs erste unter öffentlichem Redeverbot. Aus diesem Grund lud das Ehepaar. Bruckmann – Hugo Bruckmann wär in seiner ruhigeren und skeptischeren Art dem politischen Weg seiner Frau gefolgt – in kurzen Abständen für ihn eine Gruppe jeweils berufsverwandter Männer und Frauen ein, das eine Mal Künstler, das andere Mal Männer der Wirtschaft, das eine Mal höhere Beamte, das nächste Mal Gelehrte oder Techniker, meist zwischen vierzig und sechzig Gäste. Hitler hatte hier nicht die narkotisierende Atmosphäre der großen überfüllten Massenversammlungen, die betäubende Marschmusik, die fanatisierenden Fahnenaufmärsche, die atemlose Aufnahmebereitschaft erregter, entwurzelter Menschenmengen. Er mußte im Gegenteil mit einer überwiegend kritischen und meist abgeneigten Hörerschaft rechnen, die er im Grund seines Herzens haßte oder verabscheute. Es war für ihn eine ganz neue Schule der Propaganda, der Verstellung, des Menschenfangs …

Aus Karl Alexander von Müller, Im Wandel einer Welt. Erinnerungen, Bd. 3, 1919–1932, München 1966

Ab dem 2. Juli 1924 hatte Bayern eine BVP-Regierung unter Heinrich Held, die sich im Gegensatz zu den ständig wechselnden Reichsregierungen bis zur Machtergreifung Hitlers 1933 hielt und eine Stabilisierung auf allen Gebieten in den nachfolgenden ruhigen Jahren der Weimarer Republik auch für Bayern erreichte.
Oben: Die Rechte blieb weiter aktiv. Im Juni 1924 versammelten sich die »Völkischen« vor der Feldherrnhalle in München, um an die verlorenen ehemaligen bayerischen Reichsgebiete zu mahnen.

Unten: Nach einem vom bayerischen Justizminister Gürtner vermittelten Gespräch Hitlers mit Ministerpräsident Held am 4. 1. 1925, wobei Hitler den zahmen Mann spielte, wurde am 27. 2. 1925 im »Bürgerbräukeller« die NSDAP neu gegründet; rechts von Hitler Gregor Strasser und Heinrich Himmler, zweiter von links der spätere Hauptschriftleiter des »Völkischen Beobachters« und führende NS-Ideologe (»Der Mythus des 20. Jahrhunderts«) Alfred Rosenberg.

Verkehr und Technik in Bayern um 1925

Erwerbstätige und Berufszugehörige in Bayern 1925

Von der bayerischen Bevölkerung waren ausweislich der Berufszählung vom 16. Juni 1925 3 960 491 (53,7 %) erwerbstätig, lebten 2 886 646 (39,1 %) als Ehefrauen und sonstige Familienangehörige ohne eigene Erwerbsarbeit im Haushalt der Erwerbstätigen, standen 532 457 (7,2 %) als Rentner, Pensionierte, Unterstützte, Anstaltsinsassen usw. außerhalb des Erwerbslebens. Nach den Hauptberufszweigen und der sozialen Stellung verteilen sich die Erwerbstätigen wie die Gesamtzahl der Berufszugehörigen (Erwerbstätige mit ihren Familienangehörigen) wie folgt:

Unten: Eine der ersten modernen Brückenkonstruktionen in Bayern, die 1928/29 über die Ammer bei Echelsbach gebaute Hochbrücke mit einer Spannweite von 130 Meter.

Berufsabteilung	*Selbständige, Unternehmer, leit. Beamte*	*Angestellte*	*Arbeiter*	*Mithelfende Familienangehörige*	*zusammen*
		Erwerbstätige			
Land- und Forstwirtschaft, Gärtnerei	444 040	12 003	337 940	941 415	1 735 398
Gewerbe	216 046	131 814	957 554	30 157	1 335 571
Handel und Verkehr	123 325	204 321	119 893	52 060	499 599
Verwaltung, Heer, freie Berufe	25 469	135 872	13 418	368	175 127
Gesundheitswesen, Wohlfahrtspflege	20 486	23 542	16 549	712	61 289
Häusliche Dienste, Erwerbstätigkeit ohne feste Stellung	69	7 050	9 999	136 389	153 507
Zusammen	829 435	514 602	1 455 353	1 161 101	3 960 191

Berufsabteilung	*Selbständige, Unternehmer, leit. Beamte*	*Angestellte*	*Arbeiter*	*Mithelfende Familienangehörige*	*zusammen*
		Erwerbstätige und Angehörige (Berufszugehörige)			
Land- und Forstwirtschaft, Gärtnerei	1 185 233	24 606	420 252	944 986	2 575 077
Gewerbe	533 946	255 055	1 700 820	30 345	2 520 166
Handel und Verkehr	283 535	396 176	241 143	52 340	973 194
Verwaltung, Heer, freie Berufe	55 214	258 523	26 238	371	340 346
Gesundheitswesen, Wohlfahrtspflege	43 805	31 417	22 060	725	98 007
Häusliche Dienste, Erwerbstätigkeit ohne feste Stellung	126	8 789	19 213	140 776	168 910
Zusammen	2 101 859	974 566	2 429 732	1 169 543	6 675 700

Aus »Das Land Bayern«, München 1927

Wie überall im Reich brachte die Beruhigung der politischen Verhältnisse den Aufschwung von Industrie und des Verkehrs auch in Bayern. Die erste Motorisierungswelle rollte, die Anfänge des Flugverkehrs wurden begeistert begrüßt, erste Autobahnen wurden vorbereitet (so durch die »Arbeitsgemeinschaft für die Anlage von Nur-Autostraßen München–Leipzig–Berlin«, 1926 gegründet).
Rechts: Der Zeppelin im September 1924 über München.
Rechts Mitte: Landung des Dornier-Wals in Oberwiesenfeld im März 1932; Oskar v. Miller (links) begrüßt Maurice Dornier.

Kraftrad mit Teilhabersitz

Man kommt sich ohne Schnauferl heute geradezu bresthaft vor. In jeder Beziehung unter Null. Die schönen Mädchen und Frauen, die bekanntlich jene mit Recht so geschätzten Rosen ins irdische Leben weben, verschwenden an uns, die wir kein Kraftrad mit Teilhabersitz haben, kein Auge mehr ... Der Mai ist gekommen, die Bäume schlagen aus, / Geh schnell von der Straß, sonst kommst als Gulasch nach Haus! ...

Julius Kreis 1924, nach Ludwig Schrott, Münchner Alltag

Rechts: Anläßlich der Vollendung des Neubaus des Deutschen Museums in München, rechtzeitig zum 70. Geburtstag seines Begründers, Oskar von Miller, veranstalteten die Münchener Bürger einen imposanten Festzug mit 59 Gruppen, darunter Wagen der Elektrizität, der Farbe, des Bergbaus, der Textilien, der Schlosser (im Bild), Zinngießer, Goldschmiede, Buchbinder usw. Zur Eröffnung des Museums wurde von Gerhart Hauptmann ein Festspiel aufgeführt, das mit Lautsprechern auf dem Dach der Propyläen über den Königsplatz hinweg übertragen wurde.

Öffentliches Leben um 1925

Das Beharren Bayerns auf seiner Eigenständigkeit blieb auch weiterhin in der politischen Diskussion. Ministerpräsident Held sah sich 1926 gezwungen, Reichskanzler Luther offiziell auf die Eigenstaatlichkeit der Länder in der Verfassung von 1919 hinzuweisen; Bayern lehnte denn auch 1928 den Reichsreformplan Luthers ab.
Links: Friedrich Lutz, gewichtiger Vertreter des Bayerischen Bauernbundes im Landtag.
Links unten: Leopold Casselmann, Bürgermeister von Bayreuth und Hauptwortführer der Liberalen Partei im bayerischen Landtag.

Maibock 1925

Nach elfjähriger Pause lebte im Hofbräuhaus die gute alte Zeit wieder auf. Minister- und Regierungspräsident, Abgeordnete mit ihrem Präsidenten, die Leiter der Polizeidirektion, Vertreter der Reichswehr, Landespolizei, Kunst, Wissenschaft, Presse, von Handel und Industrie usw. waren der Einladung des Finanzministers gefolgt, um nach langen entbehrungsreichen Jahren den heuer zum erstenmal wieder zum Ausstoß gelangenden Maibock zu proben. Der Aufforderung wurde gern Folge geleistet, gab es doch auch Weißwürste, so groß und zart wie in der Vorkriegszeit.

Maidult 1925

Auf der durch Sandhaufen vom Museumsbau stark beengten Museumsinsel reihen sich Schieß-, Photographen- und Ballwurfbuden, Schweinswürstlbratereien und Ringelspielprater. Weitere Prater, Schaukeln und Zuckerbuden stehen am Gebsattelberg. Die Lilienstraße ist für fliegende Stände und billige Jakobe bestimmt. Am Mariahilfplatz hat sich der Entfesselungskünstler Tom Pirle bereits sein eigenes Grab geschaufelt. Er will sich jeden Nachmittag mit russischen Transportketten fesseln und in einen Sarg legen lassen ... (er) will sich unter der Erde entfesseln, den Sarg sprengen und nach 10 Minuten entfesselt ans Tageslicht kommen.

Aus dem Lokalteil der Münchener Neuesten Nachrichten, Mai 1925

Die Gefahren von Zentralismus und Unitarismus

Die Zahl derer, die sich zum Föderalismus im Gegensatz zum Zentralismus und Unitarismus bekennen, wächst im Streit der Meinungen von Tag zu Tag. Man erkennt aus Erfahrung von Stunde zu Stunde deutlicher die Gefahren des Unitarismus für das Volk und die Nation der Deutschen. Die innere Einheit des Reiches, die Freiheit und Wirkungsmacht der auf das Ganze gerichteten Einzelkräfte werden zwangloser und nachhaltiger im Föderativstaate erreicht als im Einheitszentralstaat. Das geschichtlich gewordene Staatsgefühl kann in seiner Bedeutung für Volk und Vaterland nicht ersetzt werden durch ein wurzelloses Reichsgefühl. Ersteres ist vielmehr die lebenspendende Quelle für das letztere.

Dr. Heinrich Held, bayerischer Ministerpräsident, in dem Geleitwort zu einer Festschrift 1927

Oben: Ministerpräsident Held und Nuntius Eugenio Pacelli, später Papst Pius XII., nach dem Abschluß des heute noch geltenden Konkordats von 1924. Ein Jahr später wurde Pacelli durch Vasallo di Torregrossa ersetzt.
Unten links: Festzug anläßlich des Deutschen Bundesschießens am 18. 7. 1927 in München.
Unten: Jubiläumsfeier der Universität in München 1926, Einzug zum Festakt im Nationaltheater, zur Erinnerung an die hundert Jahre zurückliegende Verlegung der Universität von Landshut nach München im Jahre 1826.

Kunst und Künstler in den »Goldenen zwanziger Jahren«

Die bayerische Variante der »Goldenen zwanziger Jahre« mit Schwabing-Touch war durch große Namen des Kulturlebens geprägt worden: von Thomas Mann und Ricarda Huch bis zu Jakob Wassermann, Johannes R. Becher und Oskar Maria Graf, von Richard Strauss bis Kiem Pauli.

Oben: Thomas Mann mit Familie in München im Juli 1925; schräg hinter ihm sein Sohn Golo Mann, der Verfasser des Vorworts zu diesem Buch.
Oben rechts: Der Komponist Richard Strauss.

Im Bereich des Theaters waren die Namen nicht weniger klangvoll: Hermine Körner leitete von 1919 bis 1925 das Schauspielhaus, danach begründete Otto Falckenberg 1926 die »Kammerspiele im Schauspielhaus«. Vorher schon war Bert Brecht bei Falckenberg Dramaturg (1922–24) und gastierte Karl Valentin bei dem »großen Zauberer« Falckenberg, bei dem Schauspieler wie Ewald Balser, Friedrich Domin, Käthe Gold, Elisabeth Flickenschildt, Heinz Rühmann, O. E. Hasse, Therese Giehse, Kurt Horwitz, Hans Schweikart, Carl Wery und Kurt Meisel gelernt haben.

Unten links: Karl Valentin (mit Tuba), daneben Bert Brecht (mit Flöte) und Lisl Karlstadt in den zwanziger Jahren.

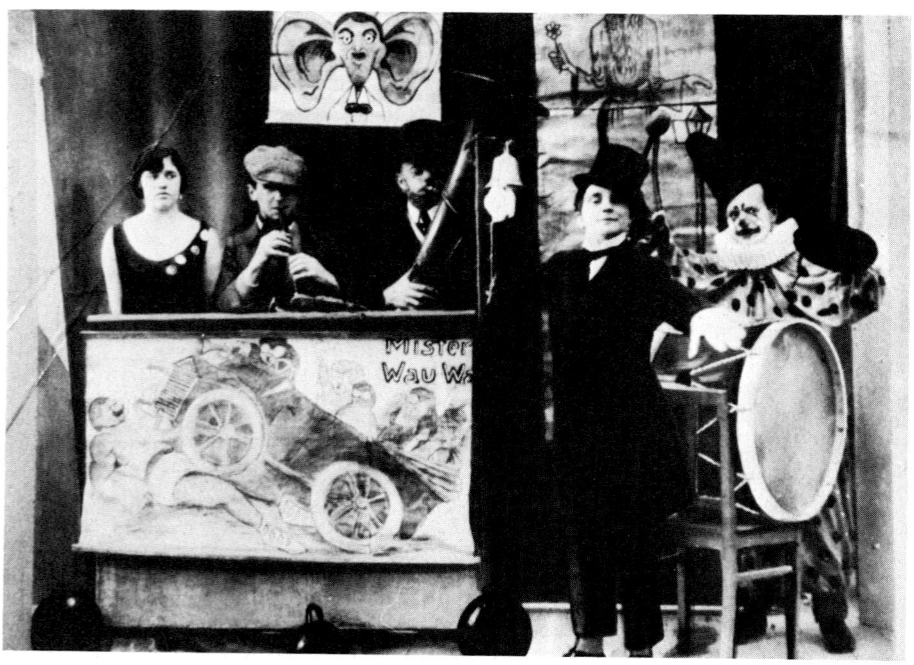

»Do moant er mi.«

Ich kenne keinen Künstler, der immer, immer so sehr er selbst ist. (Wahrscheinlich ist es die Wurzel seiner Komik überhaupt, daß er zu sehr ›er selbst‹ ist; wie fliegt er immer wieder auf den Antennendraht – unbeirrbar, unabweisbar gleich einer Elster, die was Blankes sieht und es aus ihrem Selbst heraus eben haben muß!)
Als wir einmal zusammen hinter einem Glase Pfälzer saßen, da holte er aus der Herztasche eine Broschüre; er holte sie vorsichtig heraus, als wäre sie etwas Skandalöses. Es war: Immanuel Kant, ›Von der Macht des Gemüts‹ (nämlich durch den bloßen Vorsatz krankhafter Gefühle Herr zu werden). Karl Valentin hatte darin eine Stelle über den Hypochonder angestrichen. Er zeigte sie mir und flüsterte: »Schaug'n S' her, Herr Doktor, dös hat er g'spannt, do moant er mi.«

Wilhelm Hausenstein in »Liebe zu München«, 1958

»Das Berühmtsein kommt ganz von selber ...«

»Oskar, sauf nicht soviel!« fing sie zu schimpfen an: »Mach keinen solchen Spektakel, das gehört sich nicht –! Wennst du dich so benimmst, da wirst du nie berühmt! – Du hast überhaupt keine Art und Manier! Schäm dich, vor so einer berühmten Dame wie der Ricarda Huch aus der Flasche zu saufen! Geh –! Geh zu, geh! Abscheulich bist du, ganz abscheulich!« Sie schaute dabei auf die lächelnde Huch, aber die verzog nur ihren breitlippigen Mund und sagte: »Aber Kathi, das gehört doch zu ihm! Er ist doch ein Bär! – Das Berühmtsein kommt ganz von selber, dagegen kann man nichts machen.«

Oskar Maria Graf über die »Simpl«-Wirtin Kathi Kobus, aus »Gelächter von außen«, München 1966

Ganz oben: Der berühmte »Simpl« mit seiner Wirtin Kathi Kobus (ganz links) war der Treffpunkt alter und junger Talente.
Oben: Premiere der »Raubritter« mit Karl Valentin und der Karlstadt (links) 1929 in den Kammerspielen.
Rechts: Zum 30jährigen Jubiläum des berühmt-berüchtigten »Simplicissimus« 1926 versammelten sich Autoren und Zeichner (von rechts nach links): Wilhelm Schulz, Peter Scher, Hermann Sinsheimer, Eduard Thöny, Th. Th. Heine, Erich Schilling und Karl Arnold.

Bayern 1931/32

Während Bayern versuchte, seinen Staatshaushalt auszugleichen (1926: 79 Millionen Reichsmark Schulden), stand das Reich den Milliardenforderungen der Siegermächte machtlos gegenüber. Der »schwarze Freitag« 1929 brachte Arbeitslosigkeit, Not und Elend auch über Bayern. Die Hitlerpartei, die 1928 nur 9 Sitze erreicht hatte, kam 1932 in Bayern hinter der BVP (45) auf 43 Sitze. Die braune Flut stand ins Haus.

Links oben: Die Flammen des Münchener Glaspalastes, der in der Nacht zum 6. Juni 1931 niederbrannte, waren »ein Fanal kommenden Unheils«, ein »erstes Brandmal auf der Stirn unserer Stadt« (Eugen Roth). In den Flammen gingen unersetzliche Meisterwerke von Cornelius, C. D. Friedrich, Ph. O. Runge u. a. verloren.

Links: Stahlhelmtag 1929 in München (Isarauen).

Links unten: NS-Führer (hinten links Julius Streicher) vor dem Landtagsgebäude 1932.

Rechts: Antipreußische Wahlpropaganda der BVP gegen den Nationalsozialismus vor den Wahlen 1932.

Die »Idee einer Parteidiktatur«

Ich selbst beurteile den Charakter und die Person Hitlers nicht ungünstig. Die Gefahr liegt weniger in der Person Hitlers als in seiner Umgebung. Diese Umgebung könnte, wenn er zuviel Macht hat, ihn anreizen, die Macht einseitig auszunutzen. Die Idee einer Parteidiktatur ist in seiner Umgebung zu stark. Hitler persönlich hat zweifellos etwas gelernt. Um diese in seiner Umgebung liegende Gefahr zu bannen, müßten Gegengewichte und starke Persönlichkeiten in die Regierung mit eingebaut sein, die einen Mißbrauch der Macht verhindern. Meine politischen Freunde würden von einer Kanzlerschaft Hitlers nicht sehr erfreut sein, aber um der Einigung willen würden wir alle persönlichen Fragen zurückstellen. Jedenfalls dürfte die nationale Konzentration nicht an der Frage der Person scheitern.

Fritz Schäffer, Vorsitzender der Bayerischen Volkspartei, gegenüber Reichspräsident von Hindenburg über die Person Hitlers und die Haltung der NSDAP 1932

Der Naziführer
Dr. Goebbels

„Die nordische Rasse stellt die eigentliche Schöpferrasse der Menschheit dar“

so der Rassesachverständige der NSDAP., Ministerialrat a. D. **Konopatzki-Konopath** (man beachte den urgermanischen Namen!), vor den Funktionären des Gaues Groß-Berlin am 12. 12. 1930

„Erkläret mir, Graf Orindur,
Diesen Zwiespalt der Natur!“

Müllner

Dieser „nordische“ Mensch

brüllte im Berliner Sportpalast:

„Dem bayerischen Pack muß die Faust unter die Nase gesetzt werden“.

Bayerische Landsleute

gebt diesem Berliner „Uebermenschen“ und all seinen braunen Nachläufern

eine deutliche bayerische Antwort.

Gebt am 31. Juli Eure Stimme der Liste

Bayer. Volkspartei! 9

Bayerische Parteigaue in »Großdeutschland«

Die Zeit des Dritten Reichs von 1933 bis 1945

Einen Tag nach der Ernennung des Nationalsozialisten Epp zum Reichsstatthalter in Bayern erließ der neue Reichskanzler an seine braunen Parteigenossen am 10. März 1933 einen Aufruf, in dem es hieß: »Mit dem heutigen Tag hat in ganz Deutschland die nationale Regierung die vollziehende Gewalt in den Händen. Damit wird der weitere Vollzug der nationalen Erhebung ein von oben geleiteter planmäßiger sein. Nur dort, wo diesen Anordnungen Widerstand entgegengesetzt wird oder wo aus dem Hinterhalt, wie früher, Angriffe auf einzelne Männer oder marschierende Kolonnen erfolgen, ist dieser Widerstand sofort und gründlich zu brechen.« Das war die brutale Sprache der Diktatur. Die »von oben geleitete nationale Erhebung« erfolgte »planmäßig« im Verlauf der absoluten Gleichschaltung aller Länder, Städte, Gemeinden, allen öffentlichen Lebens, ja sogar des privaten Lebensbereiches jedes Deutschen im Dritten Reich und damit auch in Bayern, das in Provinzen bzw. Parteigaue dieses Unrechtstaates degradiert und aufgeteilt wurde.

Der Anstreicher aus Braunau war nun am Ziel, ein Mann, über den selbst ein Kurt Tucholsky einmal geschrieben hatte: »Den Mann gibt es gar nicht; er ist nur der Lärm, den er verursacht.« Ein schrecklicher, verhängnisvoller Irrtum, dem vor 1933 Tausende guter Demokraten erlegen waren. Dabei hatte Hitler sie schon 1926 in seinem programmatischen Buch »Mein Kampf« als »Schwätzer, Strauchdiebe, blöde Nichtskönner, elende Charaktere, feige Lumpen, Kreaturen und Nullen« beschimpft und offen seine Vorstellung von einem nationalsozialistischen Deutschland dargelegt: »Deutschland wird entweder Weltmacht oder überhaupt nicht sein.« Und schon damals wußte er, wie er sein Ziel erreichen würde: Indem er nämlich »unser Volk und seine Kraft« sammeln wollte »zum Vormarsch auf jener Straße, die aus der heutigen Beengtheit des Lebensraumes dieses Volkes hinausführt zu neuem Grund und Boden«. Und er nannte sogar schon in »Mein Kampf« den geographischen Raum für »neuen Grund und Boden«, nämlich »Rußland ... das Riesenreich im Osten«, das er »reif zum Zusammenbruch« bezeichnete. Doch viel zu wenige hatten »Mein Kampf« gelesen, und noch weniger hatten solche Sätze ernst genommen.

Ab März 1933 aber ging es Schlag auf Schlag: Nach dem Ermächtigungsgesetz erfolgte das Verbot der SPD, die Zerschlagung der Gewerkschaften, die Auflösung aller anderen Parteien; im Januar 1934 kam das Ende der Länderhoheit durch das Gesetz über den »Neuaufbau des Reiches«, mit dem alle Hoheitsrechte auf das Reich übertragen wurden. Bayerns Geschichte war damit ausgelöscht, die Parteigaue und Regierungsbezirke in Franken, Schwaben, Nieder- und Oberbayern gerieten unter die totale Herrschaft des NS-Regimes. Es gab nur noch eine gleichgeschaltete Presse, Kunst, Kultur und Wissenschaft. München, wo Hitler seine ersten Anhänger gesammelt und die NSDAP gegründet hatte, wurde zur »Hauptstadt der Bewegung« erklärt. Die Polizeigewalt in Bayern ging für die kommenden 12 Jahre auf Himmler und Heydrich über. Nur die Sturm-Abteilungen (SA) hielten in Bayern noch ein weiteres Jahr unter der Führung des »alten Kämpfers« Ernst Röhm gegen die Interessen Hitlers und der ebenfalls gleichgeschalteten Reichswehr ihre Terrorherrschaft aufrecht, bis sie in einer blutigen Mordaktion, die Hitler selbst leitete, am 30. Juni 1934 entmachtet wurden. Danach übernahm die Aufgaben der SA die allmächtige schwarze Totenkopf-Elite der Schutz-Staffeln (SS) Himmlers, auch die Bewachung der politischen Gegner in den auf bayerischem Boden errichteten Konzentrationslagern Dachau, Landsberg und Flossenbürg in der Oberpfalz. Ab 1935 erschienen die sogenannten »Nürnberger Gesetze«, mit denen das dunkelste Kapitel der Geschichte des Dritten Reiches, die Judenverfolgung und deren physische Massenvernichtung (»Endlösung« ab 1941), eingeleitet wurde.

Nürnberg, die Stadt des führenden NS-Antisemiten Julius Streicher (»Der Stürmer«), erlebte die alljährlichen Massenaufmärsche der Reichsparteitage; ab 1936 marschierten in der Hitlerjugend auch alle Jungen und Mädchen in Bayern ab zehn Jahren wie überall im Reich mit der erklärten Absicht der vormilitärischen Ausbildung. Hitlers in »Mein Kampf« schon angekündigter »Vormarsch« zu »neuem Grund und Boden« wurde ab 1936 immer offenkundiger, nachdem er die entmilitarisierte Zone des Rheinlandes besetzte, bereits 1937 seine

Weisung für einen »Zweifrontenkrieg mit Schwerpunkt Südost« verfaßte, im März 1938 Österreich zu »Großdeutschland« heimholte und schließlich das Münchener Abkommen vom September 1938 zerriß, im Oktober in das Sudetengebiet einmarschierte und im März 1939 brutal die Tschechoslowakei zerschlug, um sie als »Reichsprotektorat Böhmen und Mähren« seinem Regime einzuverleiben. Es waren »Generalproben« für die Entfesselung des Zweiten Weltkrieges, der mit dem deutschen Überfall auf Polen am 1. September 1939 begann.

München als Kunststadt und Hauptstadt der Partei und Bewegung des Nationalsozialismus, Nürnberg als NS-Feststätte, mußten im Verlauf des Zweiten Weltkrieges, in dem die Nazis ganz Europa in ein »Großgermanisches Reich« und schließlich in eine riesige Festung verwandelten, im Bombenhagel des alliierten Luftkrieges gegen Deutschland ab 1943 einen hohen Blutzoll leisten und wurden dabei größtenteils zerstört. Dort, wo 1933 die Bücher der Besten, die das Land verlassen mußten, in öffentlichen Scheiterhaufen in Flammen aufgegangen waren, brannten nun Straßen, Häuser und Menschen. Es bewahrheitete sich das Wort von Heinrich Heine: »Dort, wo man Bücher verbrennt, verbrennt man auch am Ende Menschen.« Als zum Jahreswechsel 1942/1943 das Ende der Schlacht um Stalingrad allen denkenden Deutschen und der Welt klarmachte, daß der Angriff Hitlers auf Rußland den Anfang vom Ende seines Tausendjährigen Reiches bedeutete, verkündete wenige Wochen später sein Propagandaminister im Berliner Sportpalast den »totalen Krieg ... wenn nötig, totaler und radikaler, als wir ihn uns heute überhaupt noch vorstellen können«.

Gegen den organisierten Wahnsinn einer »verantwortungslosen und dunklen Trieben ergebenen Herrscherclique« setzten zur gleichen Zeit in München die Studenten der »Weißen Rose« ihr Fanal gegen Hitlers Gewaltherrschaft. Sechs Studenten und ihrem Lehrer, Professor Huber, brachte die Flugblatt-Aktion den Tod auf dem Schafott. Aber auch die vielen politischen Gegner aus katholischen (Rupert Mayer), konservativen und monarchistischen Kreisen in Bayern sowie die vielen bayerischen Sozialdemokraten und Kommunisten, die alle zusammen in den Konzentrationslagern unermeßliches Leid erdulden mußten oder starben, müssen als Kronzeugen eines aktiven Widerstandes im Untergrund gegen das NS-Terrorregime genannt werden. Selbst die Familie des Kronprinzen Rupprecht von Bayern mußte den schweren Weg durch die Hölle der Lager antreten, den die einzelnen Familienmitglieder zwar lebend, aber krank überstanden.

Allein die Stadt München erlebte bis zum Kriegsende 73 Fliegerangriffe, 240mal versetzte das Heulen der Fliegeralarm-Sirenen die Münchener in Angst und Schrecken. Auf den Friedhöfen Münchens ruhten bei Kriegsende 6242 Opfer des Bombenkrieges. Die Einwohnerzahl war von 829 319 Personen 1939 auf 539 313 im Jahr 1945 abgesunken.

Noch am 24. April 1945, einen Tag vor dem Zusammentreffen der Russen und Amerikaner in Torgau an der Elbe, telegraphierte Hitlers Reichsleiter Bormann aus dem eingeschlossenen Berlin an Gauleiter Giesler in München: »Große außenpolitische Erfolge stehen vor ihrem Abschluß. Verteidigen Sie Ihren Gau mit Rücksichtslosigkeit und Schärfe!« In alliierten Flugblättern, die zur gleichen Zeit über München abgeworfen wurden, hieß es dagegen: »Versucht Euer Äußerstes, die Mitglieder der kämpfenden Truppe zur Aufgabe des Widerstandes zu bewegen ... Haltet weiße Fahnen bereit!«

In den folgenden 4 Tagen unternahmen verschiedene Gruppen mehrere Aktionen mit diesem Ziel, darunter auch die der »Freiheits-Aktion Bayern«, die auch teilweise erfolgreich waren. Aber in Altötting mußten 5 Männer, in Penzberg 14 Männer und 2 Frauen ihre Versuche, versprengten Wehrmachtseinheiten in den Arm zu fallen, um ihre Mitbürger und Gemeinden vor einer Beschießung durch die anrückenden Amerikaner zu bewahren, mit dem Leben bezahlen.

Am 29. April erfolgte der letzte Fliegerangriff auf München. Während am Nachmittag des 30. April 1945 – Hitler verübte zur gleichen Zeit in seinem Bunker in Berlin Selbstmord – auf den Türmen der Frauenkirche die weiße Fahne gehißt wurde, fuhren die ersten amerikanischen Jeeps in München ein. Ernest Langendorf, ein amerikanischer Propagandaoffizier deutscher Abstammung, traf in der Arnulfstraße auf einen Münchner, der angesichts der ersten Amerikaner seine Freude nicht verbergen konnte. Auf Langendorfs Frage, warum er so lache, entgegnete er: »I freu mi halt, weils da seid's. Jetzt is aus mit dem damischen Krieg.«

Links: Bayern am Anfang des »tausendjährigen Reiches« der Nazis: Bewaffnete SA vor der SPD-Zeitung »Münchener Post« am Färbergraben.

Unten: Das Ende nach 12 Jahren des Schreckens: Ein GI in Siegerpose vor dem vom Siegestor in München herabgestürzten bayerischen Löwen.

Das NS-Regime in Bayern ab 1933

Oben: Die nach dem erzwungenen Rücktritt von Ministerpräsident Heinrich Held am 9. März 1933 von dem neuernannten Reichsstatthalter in Bayern, General von Epp, eingesetzte NS-Regierung Bayerns, sitzend v. l. n. r.: Siebert (Ministerpräsident und Finanzminister), von Epp, Wagner (stellvertret. Ministerpräsident und Innenminister, Gauleiter des Gaus München-Oberbayern), Schemm; stehend v. l. n. r.: Röhm, Frank, Esser und Huber. – Links: Das Telegramm aus Berlin vom 9. 3. 1933, das Ministerpräsident Held zum Rücktritt zwang.

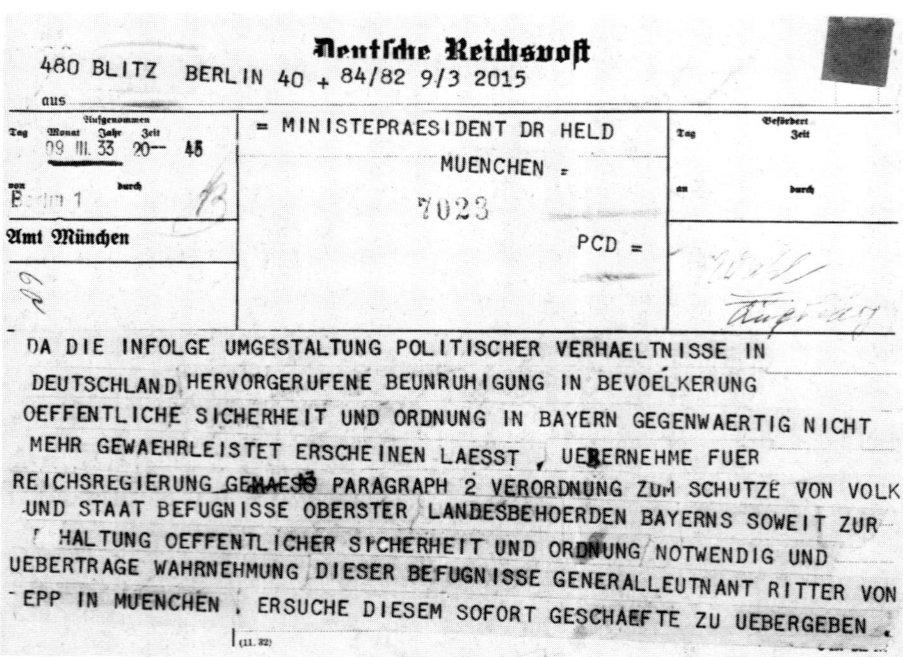

Deutsche Reichspost

480 BLITZ BERLIN 40 + 84/82 9/3 2015

aus

Aufgenommen Tag Monat Jahr Zeit 09 III. 33 20-- 45

von Berlin 1 durch

Amt München

= MINISTEPRAESIDENT DR HELD MUENCHEN =

7023

PCD =

Befördert Tag Zeit an durch

DA DIE INFOLGE UMGESTALTUNG POLITISCHER VERHAELTNISSE IN DEUTSCHLAND HERVORGERUFENE BEUNRUHIGUNG IN BEVOELKERUNG OEFFENTLICHE SICHERHEIT UND ORDNUNG IN BAYERN GEGENWAERTIG NICHT MEHR GEWAEHRLEISTET ERSCHEINEN LAESST , UEBERNEHME FUER REICHSREGIERUNG GEMAESS PARAGRAPH 2 VERORDNUNG ZUM SCHUTZE VON VOLK UND STAAT BEFUGNISSE OBERSTER LANDESBEHOERDEN BAYERNS SOWEIT ZUR ERHALTUNG OEFFENTLICHER SICHERHEIT UND ORDNUNG NOTWENDIG UND UEBERTRAGE WAHRNEHMUNG DIESER BEFUGNISSE GENERALLEUTNANT RITTER VON EPP IN MUENCHEN , ERSUCHE DIESEM SOFORT GESCHAEFTE ZU UEBERGEBEN .

Das Wort aus Stein

Jede große Zeit findet ihren abschließenden Wertausdruck in ihren Bauwerken. Wenn Völker große Zeiten innerlich erleben, so gestalten sie diese Zeiten auch äußerlich. Ihr Wort ist dann überzeugender als das gesprochene: Es ist das Wort aus Stein!

Adolf Hitler am 22. Januar 1938 in München

Rechts oben: Grundsteinlegung zum »Haus der deutschen Kunst« in München 1934, von Einheimischen als »Weißwurst-Galerie« verspottet. Bei der Zeremonie brach Hitler der Hammer ab; rechts neben ihm Bankier August von Finck, der für den Bau das Geld besorgt hatte.
Rechts: Übergabe der Geschäfte des bayerischen Justizministers an das Reich 1934.

Verbrennt mich!

Die Ahnungslosigkeit einiger wichtigtuerischer Konjunkturschreiber und der hemmungslose Vandalismus der augenblicklich herrschenden Gewalthaber versuchen all das, was von unserer Dichtung und Kunst Weltgeltung hat, auszurotten und den Begriff »deutsch« durch engstirnigsten Nationalismus zu ersetzen. Ein Nationalismus, auf dessen Eingebung selbst die geringste freiheitliche Regung unterdrückt wird, ein Nationalismus, auf dessen Befehl alle meine aufrechten sozialistischen Freunde verfolgt, eingekerkert, ermordet oder aus Verzweiflung in den Freitod getrieben werden.
Und die Vertreter dieses barbarischen Nationalismus, der mit Deutschsein nichts, aber auch rein gar nichts zu tun hat, unterstehen sich, mich als einen ihrer »Geistigen« zu beanspruchen, mich auf ihre sogenannte »weiße Liste« zu setzen, die vor dem Weltgewissen nur eine schwarze Liste sein kann! Diese Unehre habe ich nicht verdient!
Nach meinem ganzen Leben und nach meinem ganzen Schreiben habe ich das Recht, zu verlangen, daß meine Bücher der reinen Flamme des Scheiterhaufens überantwortet werden und nicht in die blutigen Hände und die verdorbenen Hirne der braunen Mordbanden gelangen.
Verbrennt die Werke des deutschen Geistes! Er selber wird unauslöschlich sein wie eure Schmach!

Aus Oskar Maria Grafs Aufruf vom 12. Mai 1933 in der Arbeiter-Zeitung, Wien

Bayern 1934

Oben: Der Ausbau der Autobahnen ab Juli 1933 knüpfte an die bereits fertigen Teilstrecken an. Im Bild Hitler bei der Eröffnung der Baustelle Unterhaching, wo im März 1934 der Ausbau der Autobahn München–Landesgrenze begonnen wurde.

Das Gesetz über den »Neuaufbau des Reiches«, nur ein Beispiel der Diktatur-Gleichschaltung

Die Volksabstimmung und die Reichstagswahl vom 12. November 1933 haben bewiesen, daß das deutsche Volk über alle innenpolitischen Grenzen und Gegensätze hinweg zu einer unlöslichen inneren Einheit verschmolzen ist.
Der Reichstag hat daher einstimmig das folgende Gesetz beschlossen, das mit einmütiger Zustimmung des Reichsrates hiermit verkündet wird, nachdem festgestellt ist, daß die Erfordernisse verfassungsändernder Gesetzgebung erfüllt sind:
Artikel 1. Die Volksvertretungen der Länder werden aufgehoben.
Artikel 2. (1) Die Hoheitsrechte der Länder gehen auf das Reich über. (2) Die Landesregierungen unterstehen der Reichsregierung.
Artikel 3. Die Reichsstatthalter unterstehen der Dienstaufsicht des Reichsministers des Innern.
Artikel 4. Die Reichsregierung kann neues Verfassungsrecht setzen . . .
Artikel 6. Dieses Gesetz tritt mit dem Tage der Verkündung in Kraft . . .

Hitler hatte vor dem Reichstag die Wehrmacht als einzigen Waffenträger im Reich genannt. Diese sah tatenlos zu, als am 30. Juni 1934 in einer dreitägigen Mordaktion die SA entmachtet wurde und dabei auch politische Gegner Hitlers liquidiert wurden, so in Bayern etwa Gregor Strasser und der ehemalige Ministerpräsident von Kahr. Anhand vorbereiteter Listen wurde umgebracht, wer als früherer oder zukünftiger Gegner Hitlers angesehen wurde. Die Morde wurden nachträglich legalisiert (die »Maßnahmen sind als Staatsnotwehr Rechtens«).
Die SS übernahm nach dieser Auseinandersetzung die Aufgaben der SA.
Links: Am 8. 11. 1933 im Münchener »Bürgerbräukeller«: hinter Hitler Göring im Gespräch mit Edmund Heines, dem SA-Führer in Schlesien, der zu den Opfern der »Röhm-Revolte« gehörte.
Rechts: Extrablatt oberbayerischer Provinzblätter vom 30. Juni 1934.

Einzelnummer 10 Pfg.

Extra-Blatt

Oberbayer. Gebirgsbote, Holzkirchen • Miesbacher Anz., Miesbach • Tegernseer Ztg., Tegernsee, Aiblinger Ztg., Bad Aibling • Rosenheimer Tagbl., Rosenheim • Kolbermoorer Volksblatt, Kolbermoor • Chiemgau-Ztg., Prien • Tölzer Ztg., Bad Tölz • Wolfratshauser Tagbl., Wolfratshausen, Wasserburger Anzeiger, Wasserburg a. I. • Grafinger Zeitung, Grafing.

Samstag, 30. Juni 34

Röhm verhaftet und abgesetzt

Röhm aus Partei und S.A. ausgeschlossen

München, 30. Juni

Die Reichspressestelle der N.S.D.A.P. teilt folgende Verfügung des Führers mit:

Ich habe mit dem heutigen Tage den Stabschef Röhm seiner Stellung enthoben und aus Partei und S.A. ausgestoßen. Ich ernenne zum Chef des Stabes Obergruppenführer Lutze.

S.A.-Führer und S.A.-Männer, die seinen Befehlen nicht nachkommen oder zuwiderhandeln, werden aus S.A. und Partei entfernt bzw. verhaftet und abgeurteilt.

gez. Adolf Hitler
Oberster Partei- und S.A.-Führer

Der Führer an den neuen Stabschef

München, 30. Juni

Der Führer hat folgendes Schreiben an den Obergruppenführer der S.A. Lutze gerichtet:

An Obergruppenführer Lutze.

Mein lieber S.A.-Führer Lutze!

Schwerste Verfehlungen meines bisherigen Stabschefs zwangen mich, ihn seiner Stellung zu entheben. Sie, mein lieber Obergruppenführer Lutze, sind seit vielen Jahren **in guten und schlechten Tagen ein immer gleich treuer und vorbildlicher S.A.-Führer gewesen.** Wenn ich Sie mit dem heutigen Tage zum Chef des Stabes ernenne, dann geschieht dies in der festen Ueberzeugung, daß es Ihrer treuen und gehorsamen Arbeit gelingen wird, **aus meiner S.A. das Instrument zu schaffen, das die Nation braucht und ich mir vorstelle.**

Es ist mein Wunsch, daß die S.A. **zu einem treuen und starken Glied der Nationalsozialistischen Bewegung** ausgestaltet wird. Erfüllt von **Gehorsam** und **blinder Disziplin,** muß sie mithelfen, den neuen deutschen Menschen zu bilden und zu formen.

gez. Adolf Hitler

Aufruf des neuen Stabschefs

Der Führer hat mich an seine Seite als Chef des Stabes berufen. Das mir dadurch bewiesene Vertrauen muß und werde ich rechtfertigen durch unverbrüchliche Treue zum Führer und restlosen Einsatz für den Nationalsozialismus und dadurch für unser Volk.

Als ich vor etwa 12 Jahren zum erstenmal Führer einer kleinen S.A. war, habe ich drei Tugenden an die Spitze meines Handelns gestellt und sie von der S.A. gefordert. Diese drei Tugenden haben die S.A. groß gemacht und heute, wo ich in schicksalsschwerer Stunde meinem Führer an hervorragender Stelle dienen darf, sollen sie erst recht Richtschnur für die ganze S.A. sein:

Unbedingte Treue!

Schärfste Disziplin!

Hingebender Opfermut!

So wollen wir, die wir Nationalsozialisten sind, gemeinsam marschieren.

Ich bin überzeugt, dann kann es nur ein Marsch zur Freiheit werden.

Es lebe der Führer! Es lebe unser Volk!

Der Chef des Stabes:
gez. Lutze.

Befehl des Obersten S.A.-Führers Adolf Hitler

Adolf Hitler hat an den Chef des Stabes, Lutze, folgenden Befehl gegeben:

Wenn ich Sie heute zum Chef des Stabes der S.A. ernenne, dann erwarte ich, daß Sie sich hier eine Reihe von Aufgaben angelegen sein lassen, die ich Ihnen hiermit stelle:

1. Ich verlange vom S.A.-Führer genau so wie er vom S.A.-Mann blinden Gehorsam und unbedingte Disziplin.

2. Ich verlange, daß jeder S.A.-Führer wie jeder politische Führer sich dessen bewußt ist, daß sein Benehmen und seine Aufführung vorbildlich zu sein haben für seinen Verband, ja für unsere gesamte Gefolgschaft.

3. Ich verlange, daß S.A.-Führer — genau so wie politische Leiter —, die sich in ihrem Benehmen in der Öffentlichkeit etwas zuschulden kommen lassen, unnachsichtlich aus der Partei und der S.A. entfernt werden.

4. Ich verlange insbesondere vom S.A.-Führer, daß er ein Vorbild in der Einfachheit und nicht im Aufwand ist. Ich wünsche nicht, daß der S.A.-Führer kostbare Diners gibt oder an solchen teilnimmt. Man hat uns früher hierzu nicht eingeladen, wir haben auch jetzt dort nichts zu suchen. Millionen unserer Volksgenossen fehlt auch heute noch das Notwendigste zum Leben, sie sind nicht neidig dem, den das Glück mehr gesegnet hat, aber es ist eines Nationalsozialisten unwürdig, den Abstand, der zwischen Not und Glück ohnehin ungeheuer groß ist, noch besonders zu vergrößern. Ich verbiete insbesondere, daß Mittel der Partei, der S.A. oder überhaupt der Öffentlichkeit für Festgelage und dergleichen Verwendung finden. Es ist unverantwortlich, von Geldern, die zum Teil sich aus den Groschen unserer ärmsten Mitbürger ergeben, Schlemmereien abzuhalten. Das luxuriöse Stabs-Quartier in Berlin, in dem, wie nunmehr festgestellt wurde, monatlich bis zu 30 000 Mark für Festessen usw. ausgegeben wurden, ist sofort aufzulösen.

Ich untersage daher für alle Parteiinstanzen die Veranstaltung sogenannter Festessen und Diners aus irgendwelchen öffentlichen Mitteln. Und ich verbiete allen Partei- und S.A.-Führern die Teilnahme an solchen. Ausgenommen davon ist nur die Erfüllung der von Staats we-

Folgende sieben Verräter wurden bereits erschossen:

Im Zusammenhang mit dem aufgedeckten Komplott wurden folgende Meuterer erschossen:

Obergruppenführer A. Schneidhuber;
Obergruppenführer Edmund Heines;
Gruppenführer Ernst, Berlin;
Gruppenführer Schmidt, München;
Gruppenführer Hans Heyn;
Gruppenführer Heydebreck;
Standartenführer Graf Spreti, München.

Druck: Münchner Buchgewerbehaus M. Müller & Sohn, G. m. b. H. München. Verantwortlich: Hauptschriftleiter W. Kettich.

NS-Kunst und die sogenannte »Entartete Kunst«

Joseph Goebbels befahl: »Die deutsche Kunst der nächsten Jahrzehnte wird heroisch, wird stählern, romantisch, sentimentalitätslos, sachlich, wird national mit großem Pathos, sie wird gemeinsam verpflichtend und bindend sein oder sie wird nicht sein ...«
Links: 1936 wurden die »Entarteten«, die von Hitler verfemten Künstler, in einer Wanderausstellung durchs Reich an den Pranger gestellt. Unter ihnen waren die besten Namen der modernen deutschen Kunst: Kokoschka, Grosz, Dix, Klee, Nolde, Kollwitz, Marc, Marcks, Beckmann, Corinth u. a.
Unten: Blick in die Eingangshalle zum »Haus der deutschen Kunst« in München (1937 eröffnet) mit der Ausstellung des Jahres 1938: in der Mitte das Gemälde »Das Dritte Reich« von Richard Klein, daneben Bronzebüsten von Heß und Göring.

Paul Klee »mordete des Volkes Kunst«

Da ist der langjährige Bauhausprofessor Paul Klee, der, wie der Jude Hausenstein in dem Buche »Kairuan« schreibt, sarazenisches Blut in den Adern hat, das aufschrie, in die Ohren stieg, den Blick erhitzte, als er zum erstenmal im Süden Musik arabischen Ursprungs hörte. Ein Studium auf einer deutschen Akademie hat dieser Mann nicht gehabt, München hat ihn abgelehnt, und keiner aus der Reihe der großen deutschen Künstler der Vergangenheit konnte ihm Vorbild sein.
Da ging er nach Kairuan und wurde hier im arabischen Afrika der große »Deutsche« Paul Klee, der für die Regierungen Neudeutschlands damit sofort die Qualifikation für eine Professur an einer deutschen Hochschule für Kunst erworben hatte.
Leider waren solcher Paul-Klee-Fälle eine Unzahl.
Auch das ist Korruption. Korruption noch viel schlimmerer Art als die Fälle, die heute unsere Tageszeitungen füllen; denn diesen Leuten lieferten unsere Regierungen die junge Künstlergeneration Deutschlands aus und ließen deren Seele vergiften, noch ehe sie sich entfalten konnte. So mordete man unseres Volkes Kunst.

Robert Böttcher, Kunst und Kunsterziehung im neuen Reich, Breslau 1933

Oben: Der Obersalzberg bei Berchtesgaden machte Geschichte im Dritten Reich. Hitler ließ sich dort einen »Berghof« als privates Refugium errichten, in dem er auch ausländische Politiker empfing, als es darum ging, diese zu beeindrucken und das politische Terrain für seinen Traum vom »Großgermanischen Reich« vorzubereiten. Im April 1945 zerstörten alliierte Fliegerbomben den »Berghof«, die Bunkeranlagen wurden später gesprengt. Heute tummeln sich im Sommer dort ausländische Touristen und heimliche Hitler-Verehrer.
Rechts: Die Jugend wurde von Anfang an in die Gleichschaltung aller im NS-Staat miteinbezogen und mit allen Mitteln für die Gemeinschaft im Lager, für die körperliche Ertüchtigung und vormilitärische Ausbildung begeistert. Den NS-Ideologen besonders geeignet erscheinende Hitlerjungen wurden in den Nationalpolitischen Erziehungsanstalten (Napola) oder in Adolf-Hitler-Schulen zu späteren Führungskräften, zu »rassisch besten Trägern nordischen Erbgutes«, durch körperlichen, seelischen und geistigen Drill herangezüchtet. Im Bild vier Hitlerjungen einer Adolf-Hitler-Schule bei der Hausmusik.

Widerstand gegen das NS-Regime

Die Widerstandsbewegung in Bayern stützte sich auf Kreise der katholischen Kirche, auf konservative und monarchistische Kreise sowie auf sozialdemokratische und kommunistische Arbeiter und Intellektuelle.
Links: Verurteilung von SPD- und KPD-Mitgliedern aus dem Raum Nürnberg-Fürth; »Allgemeine Rundschau«, Nürnberg 7. 2. 1935.

36 Hochverräter vor dem Obersten Landesgericht

München, 6. Februar.

Vor dem Obersten Landesgericht in München fand am Dienstag ein Prozeß gegen zahlreiche Nürnberg-Fürther Marxisten statt, die des Hochverrates angeklagt waren. Die Angeklagten hatten den Versuch unternommen, mit marxistischen Emigranten und Agitatoren in Prag in Verbindung zu treten. Bei der Aushebung des Komplotts handelte es sich um eine Polizeiaktion größten Stiles. 16 der Angeklagten wurden zu Zuchthausstrafen bis zu 5½ Jahren verurteilt, während weitere 20 Angeklagte Gefängnisstrafen bis zu 2½ Jahren erhielten. Gegen die zu Zuchthausstrafen Verurteilten wurde auf Verlust der bürgerlichen Ehrenrechte auf die Dauer von drei bis fünf Jahren erkannt.

Zahlreiche weitere an dem Komplott beteiligte Personen sehen noch ihrer Aburteilung entgegen. Das Oberste Landesgericht wird noch auf Wochen hinaus mit diesem Prozeß beschäftigt sein.

Im einzelnen wurden folgende

Zuchthausstrafen

ausgesprochen:

Stöhr Heinrich, Weiherhof, B.-A. Fürth, 5 Jahre 6 Monate Zuchthaus, 5 Jahre Ehrverlust;
Umrath Andreas, ledig, Nürnberg, 5 Jahre Zuchthaus, 5 Jahre Ehrverlust;
Walz Ernst, ledig, Nürnberg, 4 Jahre Zuchthaus, 5 Jahre Ehrverlust;
Feldmeier Joseph, verh., Nürnberg, 3 Jahre 6 Monate Zuchthaus, 5 Jahre Ehrverlust;
Prößl Johann, verh., Nürnberg, 3 Jahre Zuchthaus, 5 Jahre Ehrverlust;
Munkert Georg, verh., Nürnberg, 2 Jahre 6 Monate Zuchthaus, 3 Jahre Ehrverlust;
Böhmer Johann, verh., Nürnberg, 2 Jahre 6 Monate Zuchthaus, 5 Jahre Ehrverlust;
Tillinger Johann, verh., Nürnberg, 2½ Jahre Zuchthaus, 5 Jahre Ehrverlust;
Trey Theodor, verh., Würzburg, 1 Jahr 6 Monate Zuchthaus, 3 Jahre Ehrverlust;
Kuhn Otto, led., Schwandorf, 4 Jahre Zuchthaus, 5 Jahre Ehrverlust;
Lechner Johann, led., Waldmünchen, 2 Jahre 9 Monate Zuchthaus, 5 Jahre Ehrverlust;
Margeth Philipp, verh., Furth i. W., 2 Jahre 9 Monate Zuchthaus, 5 Jahre Ehrverlust;
Zimmermann Karl, verh., Schwandorf, 2 Jahre 9 Monate Zuchthaus, 5 Jahre Ehrverlust;
Ascherl Franz, verh., Fichtenbach i. d. Tschechei, 2 Jahre 6 Monate Zuchthaus, 3 Jahre Ehrverlust;
Mörtl Jos., led., Weiden, 2 Jahre 6 Monate Zuchthaus;
Mörtl Franz, led., Weiden, 2 Jahre Zuchthaus.

Gefängnisstrafen erhielten:

Krodel Wolfgang, verh., Nürnberg, 1 Jahr 5 Monate Gefängnis;
Ruff Heinr., verh., Nürnberg, 1 Jahr 5 Monate Gefängnis;
Haas Franz, verh., Nürnberg, 1 Jahr 5 Monate Gefängnis;
Böppl e Albert, verh., Nürnberg, 1 Jahr 5 Monate Gefängnis;
Weller Leonhard, verh., Nürnberg, 1 Jahr 8 Monate Gefängnis;
Schreyer Arthur, verh., Nürnberg, 1 Jahre 3 Monate Gefängnis;
Strobel Hans, verh., Nürnberg, 1 Jahr 3 Monate Gefängnis;
Müller Anton, verh., Nürnberg, 1 Jahr 3 Monate Gefängnis;
Windsheimer Friedrich, led., Nürnberg, 1 Jahr 3 Monate Gefängnis;
Kohl Leonh., verh., Nürnberg, 1 Jahr Gefängnis;
Prölß Karl, led., Dinkelsbühl, 8 Monate Gefängnis;
Dorner Georg, verh., Nürnberg, 8 Monate Gefängnis;
Reibenwein Joh., verh., Nürnberg, 8 Monate Gefängnis;
Sperber Joh., verh., Nürnberg, 8 Monate Gefängnis;
Zöllner Paul, verh., Fürth, 8 Monate Gefängnis;
Uebler Leonhard, verh., Nürnberg, 8 Monate Gefängnis;
Wenzl Johann, led., Schwandorf, 2 Jahre 6 Monate Gefängnis;
Kuhn Max, verb., Schwandorf, 8 Monate Gefängnis;
Mörtl Franz sen., verh., Weiden, 7 Monate Gefängnis.

Dachau, Flossenbürg in der Oberpfalz und Landsberg waren die 3 Konzentrationslager der Nazis auf bayerischem Boden, die 1934 nach der Ausschaltung der SA von der SS übernommen wurden. Unten: Vorgedruckte Postkarte eines sogenannten »Schutzhaftgefangenen«, des Metallarbeiter-Gewerkschaftlers Franz Metz, aus Dachau an seine Frau. Rechts Mitte: Titelkopf eines geheimen Monatsberichts der Bayerischen Politischen Polizei vom 1. November 1935, aus dem im nebenstehenden Text zitiert wird.

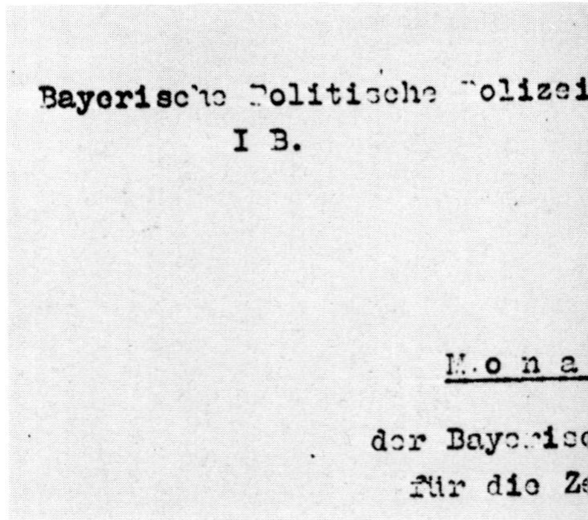

Bayerische Politische Polizei
I B.

Mona

der Bayerisc
für die Z

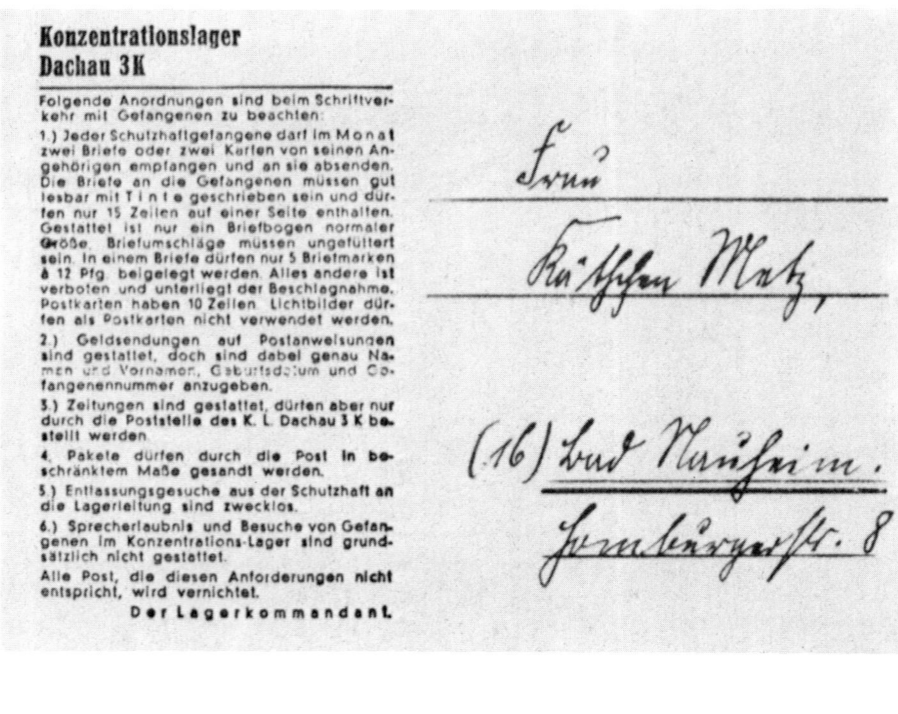

Konzentrationslager
Dachau 3K

Folgende Anordnungen sind beim Schriftverkehr mit Gefangenen zu beachten:

1.) Jeder Schutzhaftgefangene darf im Monat zwei Briefe oder zwei Karten von seinen Angehörigen empfangen und an sie absenden. Die Briefe an die Gefangenen müssen gut lesbar mit Tinte geschrieben sein und dürfen nur 15 Zeilen auf einer Seite enthalten. Gestattet ist nur ein Briefbogen normaler Größe. Briefumschläge müssen ungefüttert sein. In einem Briefe dürfen nur 5 Briefmarken à 12 Pfg. beigelegt werden. Alles andere ist verboten und unterliegt der Beschlagnahme. Postkarten haben 10 Zeilen. Lichtbilder dürfen als Postkarten nicht verwendet werden.

2.) Geldsendungen auf Postanweisungen sind gestattet, doch sind dabei genau Namen und Vornamen, Geburtsdatum und Gefangenennummer anzugeben.

3.) Zeitungen sind gestattet, dürfen aber nur durch die Poststelle des K. L. Dachau 3 K bestellt werden.

4. Pakete dürfen durch die Post in beschränktem Maße gesandt werden.

5.) Entlassungsgesuche aus der Schutzhaft an die Lagerleitung sind zwecklos.

6.) Sprecherlaubnis und Besuche von Gefangenen im Konzentrations-Lager sind grundsätzlich nicht gestattet.

Alle Post, die diesen Anforderungen nicht entspricht, wird vernichtet.

Der Lagerkommandant.

Frau
Käthchen Metz,
(16) Bad Nauheim.
Homburgerstr. 8

Aus dem Geheimen Monatsbericht der Bayerischen Politischen Polizei vom 1. November 1935

Längere Überwachungen führten in Aubing, Neuaubing, Unterpfaffenhofen und Germering zu einer erfolgreichen Aktion gegen die illegale SPD. Es wurden dort in den Frühstunden schlagartig 11 Personen festgenommen, die nach den Feststellungen sich illegal für die SPD betätigt und illegale sozialdemokratische Schriften zum Zwecke der Weiterverbreitung empfangen haben. Die Haussuchungen förderten mehrere militärische Ausrüstungsgegenstände und zahlreiches marxistisches Propagandamaterial aus legaler Zeit zu Tage. Ferner wurden bei einem der Festgenommenen Aufzeichnungen vorgefunden und beschlagnahmt, die den Verdacht der Spionage rechtfertigen ... Der 33 Jahre alte Domkaplan Dr. Josef Rindfleisch in Eichstätt mußte am 29. 10. 35 zu seinem persönlichen Schutz in Schutzhaft genommen werden ... Dr. Rindfleisch hielt Heimabende in seiner Wohnung ab, die er regelmäßig dazu benützte, an dem neuen Staat, an staatlichen Einrichtungen und Anordnungen und an führenden Männern des Staates und der nationalsozialistischen Bewegung abfällige Kritik zu üben ...

Oranienburg, Dachau

Wir kamen dann ... am 13. 10. 44 in das KZ-Lager Oranienburg-Sachsenhausen bei Berlin ... Am 8. 4. 45 wurden wir nach Dachau gebracht. Dort kamen wir mit 64 anderen Sippenhäftlingen zusammen. Die meisten waren Frauen und Kinder der Generäle von Stalingrad und der Männer vom 20. Juli ... Am 30. April wurden wir endlich von der 3. amerikanischen Armee befreit ...

Aus dem Brief von Prinzessin Hilda an ihren Vater, Kronprinz Rupprecht von Bayern, vom 4. September 1945 über die KZ-Zeit der Kronprinzenfamilie; nach E. v. Aretin, Wittelsbacher im KZ, München 1954

München, 1. November 1935.

Geheim !

...richt

...itischen Polizei

1.mit 31.X.35.

Oben: Erzbischof Faulhaber von München (im Bild am 18. 7. 1937 bei der Kircheneinweihung in Aschheim) predigte mutig gegen NS-Ideologie und antijüdische Hetze; viele oppositionelle Pfarrer wurden von den Nazis verfolgt, so etwa Pater Rupert Mayer, der nach Gefängnis- und KZ-Aufenthalten ab 1940 ins Kloster Ettal zwangseingewiesen worden war. Unten: Der »Lichterdom« aus Flakscheinwerfern beim Reichsparteitag 1938 in Nürnberg.

Die Münchener Konferenz 1938 und der Weg in den Krieg

Im Jahr 1938 holte Hitler die »Ostmark heim ins Reich« und proklamierte danach sein »Großdeutschland – ein Volk, ein Reich, ein Führer!« Österreichs Bevölkerung jubelte ihm in der Mehrheit zu. In der Begeisterung sah man darüber hinweg, daß die Juden Wiens gezwungen wurden, mit Handbürsten die Straßen zu säubern. Schon im November 1937 hatte Hitler in der Reichskanzlei vor den führenden Militärs klar den Weg in den Krieg vorgezeichnet, als er sagte, daß zur Lösung der deutschen Frage es nur »den Weg der Gewalt« gebe und im Falle einer kriegerischen Verwicklung das »erste Ziel sei, die Tschechei und gleichzeitig Österreich niederzuwerfen«. Hitlers Münchener Abkommen vom September 1938 mit der Tschechoslowakei unter Vermittlung von Chamberlain, Daladier und Mussolini diente nur dazu, Zeit zu gewinnen. Im Oktober 1938 marschierte er ins Sudetenland ein, im März 1939 zerschlug er die Tschechoslowakei.

Links: Kaminzimmer im »Führerbau« in München, einer der Verhandlungsräume während der Konferenz am 29. 9. 1938.

Unten: Den Königsplatz in München bereicherte Hitler mit zwei »Ehrentempeln«; jedes Jahr marschierte hier die SA mit Hitler zur Erinnerung an den 9. 11. 1923 auf.

Schuschnigg bei Hitler

Hitler zitierte den österreichischen Bundeskanzler am 12. 2. 1938 auf den Obersalzberg und fuhr ihn an: »Österreich hat nie etwas getan, was dem Deutschen Reich genutzt hat. Aber dieser geschichtliche Widersinn muß endlich ein Ende finden.« Als Schuschnigg widersprach, polterte Hitler los: »Ich habe einen geschichtlichen Auftrag, und den werde ich erfüllen, weil mich die Vorsehung dazu bestimmt hat. Wer nicht mittut, kommt unter die Räder. Ich brauche nur einen Befehl zu geben, und über Nacht ist der ganze Spuk an der Grenze zerstoben. Sie werden doch nicht glauben, daß Sie mich auch nur eine halbe Stunde aufhalten können.« Später wurde Schuschnigg ein Protokoll vorgelegt, das er zu unterschreiben gezwungen wurde: »Sie haben zu unterschreiben, alles andere ist zwecklos.« Jodl notierte später in seinem Tagebuch: »Schuschnigg wird unter schwersten politischen und militärischen Druck gesetzt. Um 23 Uhr unterschreibt Schuschnigg das Protokoll.« Zu spät bekannte er sich danach in Wien zu seiner wahren Überzeugung: »Maßgebend muß bleiben der feste Wille des österreichischen Volkes und die unabänderliche Überzeugung seiner verantwortlichen Führung . . .«

Am 10. 11. 1938 ließ Hitler auch vor der Presse in einer Geheimrede die Maske fallen, nachdem in der Nacht zuvor die Synagogen in Flammen aufgegangen und in einer Großrazzia die noch im Reich lebenden Juden verhaftet worden waren: »Der Zwang war die Ursache, warum ich jahrelang nur vom Frieden redete. Es war nunmehr notwendig, das deutsche Volk psychologisch allmählich umzustellen und ihm langsam klarzumachen, daß es Dinge gibt, die, wenn sie nicht mit friedlichen Mitteln durchgesetzt werden können, mit Mitteln der Gewalt durchgesetzt werden müssen . . .«

Oben: Hitler hatte am 8. 11. 1939 seine Rede an die »alten Kämpfer« im »Bürgerbräukeller« vorzeitig beendet und den Saal verlassen, als eine Zeitzünderbombe explodierte, die der schwäbische Tischler Georg Elser in wochenlanger alleiniger Nachtarbeit eingebaut hatte.
Unten: Deutsche Wehrmacht überschreitet die Grenze bei Kiefersfelden am 12. 3. 1938, dem Tag des »Anschlusses« Österreichs an »Großdeutschland«.

Die »Weiße Rose« 1943 und der Luftkrieg bis 1945

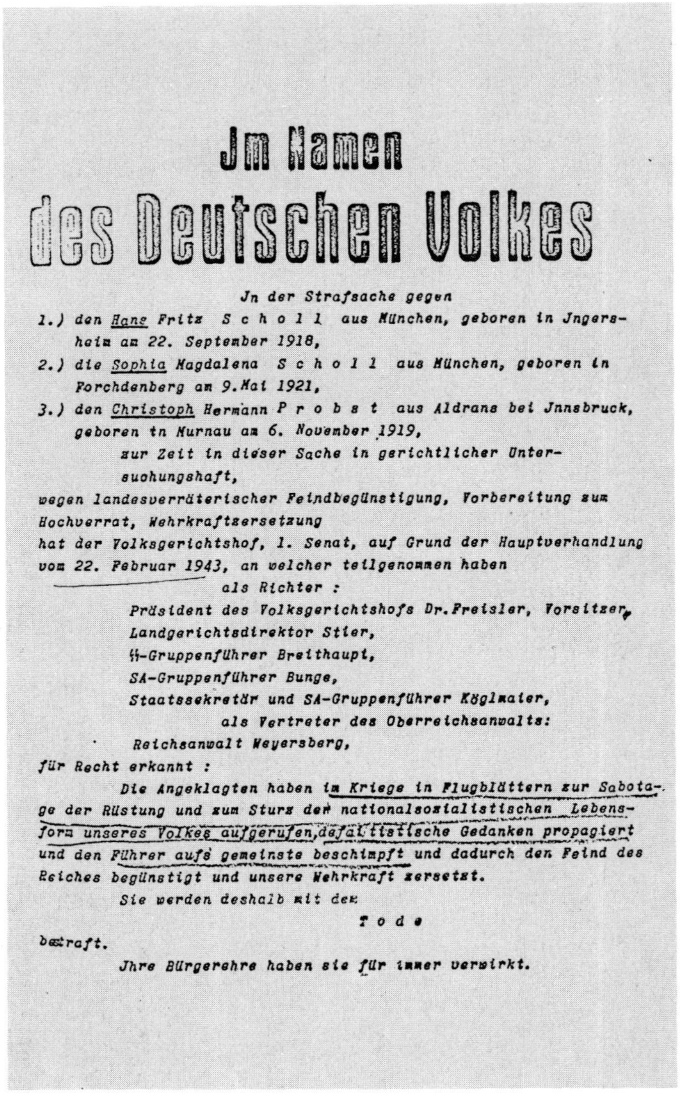

Jm Namen
des Deutschen Volkes

Jn der Strafsache gegen

1.) den Hans Fritz S c h o l l aus München, geboren in Jngersheim am 22. September 1918,

2.) die Sophia Magdalena S c h o l l aus München, geboren in Forchdenberg am 9. Mai 1921,

3.) den Christoph Hermann P r o b s t aus Aldrans bei Jnnsbruck, geboren in Murnau am 6. November 1919,

zur Zeit in dieser Sache in gerichtlicher Untersuchungshaft,

wegen landesverräterischer Feindbegünstigung, Vorbereitung zum Hochverrat, Wehrkraftzersetzung

hat der Volksgerichtshof, 1. Senat, auf Grund der Hauptverhandlung vom 22. Februar 1943, an welcher teilgenommen haben

als Richter :

Präsident des Volksgerichtshofs Dr. Freisler, Vorsitzer,
Landgerichtsdirektor Stier,
SS-Gruppenführer Breithaupt,
SA-Gruppenführer Bunge,
Staatssekretär und SA-Gruppenführer Köglmaier,

als Vertreter des Oberreichsanwalts:

Reichsanwalt Weyersberg,

für Recht erkannt :

Die Angeklagten haben im Kriege in Flugblättern zur Sabotage der Rüstung und zum Sturz der nationalsozialistischen Lebensform unseres Volkes aufgerufen, defaitistische Gedanken propagiert und den Führer aufs gemeinste beschimpft und dadurch den Feind des Reiches begünstigt und unsere Wehrkraft zersetzt.

Sie werden deshalb mit dem

T o d e

bestraft.

Jhre Bürgerehre haben sie für immer verwirkt.

»Brechung des nationalsozialistischen Terrors ...«

Kommilitonen! Kommilitoninnen!
Erschüttert steht unser Volk vor dem Untergang der Männer von Stalingrad. Dreihundertdreißigtausend deutsche Männer hat die geniale Strategie des Weltkriegsgefreiten sinn- und verantwortungslos in Tod und Verderben gehetzt. Führer, wir danken dir! Es gärt im deutschen Volk: Wollen wir weiter einem Dilettanten das Schicksal unserer Armeen anvertrauen? Wollen wir den niederen Machtinstinkten einer Parteiclique den Rest der deutschen Jugend opfern? Nimmermehr! Der Tag der Abrechnung ist gekommen, der Abrechnung der deutschen Jugend mit der verabscheuungswürdigsten Tyrannis, die unser Volk je erduldet hat. Im Namen der deutschen Jugend fordern wir vom Staat Adolf Hitlers die persönliche Freiheit, das kostbarste Gut des Deutschen, zurück, um das er uns in der erbärmlichsten Weise betrogen.
In einem Staat rücksichtsloser Knebelung jeder freien Meinungsäußerung sind wir aufgewachsen. HJ, SA, SS haben uns in den fruchtbarsten Bildungsjahren unseres Lebens zu uniformieren, zu revolutionieren, zu narkotisieren versucht. »Weltanschauliche Schulung« hieß die verächtliche Methode, das aufkeimende Selbstdenken in einem Nebel leerer Phrasen zu ersticken ...
Es gibt für uns nur eine Parole: Kampf gegen die Partei! Heraus aus den Parteigliederungen, in denen man uns weiter politisch mundtot halten will! Heraus aus den Hörsälen der SS-Unter- und -Oberführer und Parteikriecher! Es geht uns um wahre Wissenschaft und echte Geistesfreiheit! Kein Drohmittel kann uns schrecken, auch nicht die Schließung unserer Hochschulen. Es gilt den Kampf jedes einzelnen von uns um unsere Zukunft, unsere Freiheit und Ehre in einem seiner sittlichen Verantwortung bewußten Staatswesen ...

Aus dem Flugblatt der Münchener Studenten und Professoren der »Weißen Rose«

Nach den »Blitzkriegen« Hitlers im Zweiten Weltkrieg, den er am 1. 9. 1939 mit dem Überfall auf Polen entfesselt hatte, kam Ende 1942 mit der Vernichtung der 6. deutschen Armee im Kessel von Stalingrad die Wende. In München, Augsburg, Salzburg, Linz und Wien wagten danach die Studenten der »Weißen Rose« aus München ihre Flugblattaktion, ein Fanal gegen Diktatur und Terror. Karl Voßler sprach in einer Gedenkrede am 2. 11. 1946 vom »hohen Vorrecht der Jugend, das Unmögliche zu wagen und vor keiner Gefahr zurückzuweichen, wenn es einen idealen Wert zu retten oder zu erkämpfen gilt«.

Links: Sophie Scholl mit ihrem Bruder Hans und den Mitverschworenen Willi Graf und Alexander Schmorell.

Links oben: Das »Volksgerichtsurteil« gegen die Geschwister Scholl und Christoph Probst. Am 22. 2. 1943 starben sie unter dem Beil des Scharfrichters.

Bild der Zerstörung in München

Gestern in der Stadt. Das Bild der Zerstörung verdeutlicht sich in dem Grade, als das Aufräumen fortschreitet. Unvorstellbar nach wie vor, daß dies alles je wieder sollte aufgebaut werden können. Im übrigen liegt allenthalben Schutt aus Dreck, Blech, Glas, zerbrochenen Ziegeln, angebrannten Sparren; der Eindruck ist nicht bloß traurig, sondern auch ekelhaft ...

Wilhelm Hausenstein am 12. September 1944 in seinem Tagebuch im Kriege; nach »Liebe zu München«, 1958

Panik und Chaos im brennenden Nürnberg

Der Angriff kam ohne Warnung. Es entstand deshalb eine katastrophale Verwirrung – viele Bewohner liefen direkt in die Schwerpunkte des Angriffs – und eine fast vollständige Panik griff um sich ...
Wie ernst in der deutschen Führung die Lage betrachtet wird, geht am ehesten daraus hervor, daß Himmler seinen engsten Mitarbeiter, den General der Polizei Daluege, nach Nürnberg geschickt hat, um die Aufrechterhaltung der Ordnung zu gewährleisten ... Aus der brennenden Stadt ziehen lange Flüchtlingszüge nach Erlangen und Bamberg. Fast 9000 Häuser wurden zerstört und rund 2000 unbewohnbar gemacht, wird weiter berichtet.

Aus »Nya Dagligt Allehanda«, 29. August 1943

Unten: Die Ludwigstraße mit der Ludwigskirche in München nach einem Bombenangriff der Alliierten im Frühjahr 1945. München erlebte während des Krieges 73 Luftangriffe, 45 Prozent der Bausubstanz waren zerstört, auf den Münchener Friedhöfen wurden insgesamt 6242 Opfer des Bombenkrieges beerdigt.

Bayern 1945

Links oben: »Der gigantische Folterkeller, zu dem der Hitlerismus Deutschland gemacht hat, ist aufgebrochen, und offen liegt unsere Schmach vor den Augen der Welt ...«, schrieb Thomas Mann im Mai 1945, als die Alliierten in Deutschland die Überlebenden in den Konzentrationslagern (hier Dachau) befreiten.
Links: Gefangene deutsche Soldaten in München.

Oben: Am 2. 1., 20. 2. und 16. 3. 1945 flogen die alliierten Bomber drei große Angriffe gegen die »Stadt der Reichsparteitage«, wobei die Altstadt Nürnbergs fast völlig zerstört wurde; Blick von der Lorenzkirche zur Kaiserburg am 21. 2. 1945.
Rechts: Die zerstörte Innenstadt von Augsburg mit dem beschädigten Perlachturm 1945.

Föderalistische Eigenstaatlichkeit zwischen sozialem Fortschritt und traditionsbewußtem Konservatismus

Der Freistaat Bayern in der Bundesrepublik Deutschland von 1945 bis heute

Schon wenige Tage nach der Kapitulation der deutschen Wehrmacht am 8. Mai 1945 begannen die Amerikaner in Bayern mit dem Aufbau einer zivilen Verwaltung. Sie bestellten Ende Mai den ehemaligen Politiker der Bayerischen Volkspartei, Fritz Schäffer, zum ersten bayerischen Ministerpräsidenten der Nachkriegszeit, ersetzten ihn jedoch nach drei Monaten durch den Anfang Juni aus der Emigration heimgekehrten Sozialdemokraten Wilhelm Hoegner. Dessen Kabinett setzte sich auf Weisung der Besatzungsmacht aus Vertretern aller politischen Kreise zusammen. Gemäß dem Potsdamer Abkommen vom 2. August 1945 waren inzwischen in ganz Deutschland wieder »alle demokratischen Parteien zu erlauben und zu fördern«. Die US-Militärregierung ließ Parteien in Bayern anfangs aber nur in Gemeinden und Landkreisen zu, erst ab November 1945 erlaubte sie deren Betätigung auch auf Landesebene.

Diese ersten Schritte zu einem neuen politischen Leben erfolgten in der völlig chaotischen, von Hunger, Wohnungsnot und Armut gekennzeichneten Nachkriegszeit: »Handel und Wandel waren tot. Die einfachsten Gegenstände des täglichen Bedarfs wie Zündhölzer oder Reißnägel waren nicht zu haben. Kaffee und Tee waren verschwunden. Fleisch gab es kaum, dafür aber täglich einen Viertelliter Milch, 600 Gramm Brot in der Woche und fünf Eier im Monat …« (Wilhelm Hoegner).

Trotz dieser Notlage im Land, die sich auch in den folgenden beiden Jahren mit ihren harten Wintern noch nicht wesentlich besserte, gingen die Maßnahmen für einen neuen Staatsaufbau gerade in Bayern wesentlich rascher voran als in anderen deutschen Ländern dank dem psychologischen Vorteil, den die Bayern bei Amerikanern und Engländern gegenüber den Deutschen nördlich des Mains genossen: die Bayern wurden weit weniger mit dem endgültig zerschlagenen Militarismus und Imperialismus eines Wilhelm II. und des Dritten Reiches identifiziert. So erhielt denn auch Bayern als erstes deutsches Land durch die Proklamation General Eisenhowers vom 19. September 1945 im Bereich der amerikanischen Besatzungszone seine Staatlichkeit wieder zuerkannt. Das alte, gewachsene Bayern war damit in den Grenzen des Jahres 1933 wieder da, mit Ausnahme des Kreises Lindau und der Rheinpfalz (letztere wurde erst 1956 ein Teil des neuen Bundeslandes Rheinland-Pfalz, während im gleichen Jahr Lindau zu Bayern kam).

Ende Dezember 1945 wurden mit »Maßnahmen zur Stärkung der deutschen Zivilverwaltung« die Zuständigkeiten der Landesregierung durch die Besatzungsmacht erheblich erweitert und eine neue Demokratie von unten durch erste Gemeindewahlen im Januar 1946 (Gemeinden unter 20 000 Einwohnern) eingeleitet, denen im April/Mai 1946 Kommunalwahlen in Land- und Stadtkreisen folgten, ehe schließlich bei den ersten Wahlen auf Landesebene, der Wahl zur Verfassunggebenden Landesversammlung am 30. Juni 1946, ein allgemeingültiges Bild von der politischen Landschaft in Bayern nach 1945 sich abzeichnete: die Christlich-Soziale Union, die frühere Bayerische Volkspartei, erreichte damals 58,3 Prozent, die SPD 28,8 Prozent, die KPD 5,3 und die FDP 2,5 Prozent. Bis heute behauptet die CSU ihre politische Vormachtstellung in Bayern, die sich daraus erklärt, daß die Partei mit Ausnahme der Arbeiterbewegungen alle Gruppierungen und Strömungen der politischen Kräfte erfaßt, die seit Jahrhunderten in Bayern staatstragend waren: die traditionell katholische Mehrheit der Altbayern ebenso wie die Katholiken im Raum der alten fränkischen und schwäbischen Hochstifte, den ebenfalls konservativ gesinnten juristischen und administrativen Apparat der Beamtenschaft in den unteren wie den oberen Ebenen. Hinzu kommt bei der CSU die massive Unterstützung durch »Handel und Wandel«, das Ineinandergreifen überregionaler und lokaler Wirtschaftsinteressen; außerdem wird sie gestützt von dem rechtsgerichteten konservativen Protestantismus sowie von all den Gleichgesinnten im Geiste einer Solidarisierung gegen alles Norddeutsche. In dieser politischen Landschaft verblieb den Sozialdemokraten und Liberalen von Anfang an ein eingeengter Betätigungsraum. Und die einzige Gefahr für die CSU, die Bayernpartei der fünfziger Jahre, die 1949 sogar 17 Sitze im Ersten Bundestag in Bonn eroberte und von 1954 bis 1957 die zweite Koalitionsregierung unter Hoegner ermöglichte, wurde von der CSU langsam aber sicher systematisch ausgehöhlt.

Der grundlegende Entwurf zur Bayerischen Verfassung stammt jedoch von einem Sozialdemokraten, von Wilhelm Hoegner. Am 24. Oktober 1946 wurde die neue Verfassung von dem damaligen amerikanischen Militärgouverneur von Deutschland, General Clay, mit der Auflage genehmigt, daß damit »in keiner Weise zu einem Separatismus Bayerns« ja gesagt und die Bezeichnung »bayerischer Staatsangehöriger« nur dann anerkannt werde, »wenn damit ein Staatsangehöriger Bayerns gemeint ist, der

MÜNCHENER ZEITUNG

HERAUSGEGEBEN VON DER AMERIKANISCHEN ARMEE — MÜNCHEN, 18. AUGUST 1945

NUMMER 11

ALLIIERTES NACHRICHTENBLATT FÜR DIE DEUTSCHE ZIVILBEVÖLKERUNG

Friede auf Erden

Friede auf Erden und den Menschen ein Wohlgefallen. (Lukas, K. 2, V. 14.)

Der zweite Weltkrieg, von Diktatorgrößenwahn entfacht, ist am 15. August 1945, um 1 Uhr früh, mitteleuropäischer Zeit, mit der bedingungslosen Kapitulation des japanischen Kaiserreiches zu Ende gegangen. Nachdem Hitler-Deutschland in einem Ringen von beinahe 6 Jahren niedergeworfen worden war, mußte sich am 15. August auch das kriegerische Japan, das vor 14 Jahren den Weltenbrand entfacht hatte, geschlagen geben. Der Sieg der freien Völker der Welt wäre nicht vollständig gewesen, hätte nicht auch Japan bedingungslos kapituliert, denn es war ja Japan, das vor 14 Jahren mit dem Überfall auf die Mandschurei das Recht der Gewalt zum Recht der Welt erheben wollte und auf diese Weise die Welt in den Krieg stürzte.

Seit 14 Jahren ging kein Tag vorbei, ohne daß tausende Menschen hätten sterben müssen, weil einzelne Staaten versuchten, ihre Forderungen der übrigen Welt mit Gewalt aufzuzwingen.

damit auch ein Staatsangehöriger Deutschlands ist, wie es durch den Alliierten Kontrollrat verwaltet wird, oder wie es später durch irgendeine deutsche Regierung verwaltet wird«. Mit über 2 Millionen Ja-Stimmen befürworteten am 1. Dezember 1946 in einem Volksentscheid die Bayern diese Verfassung, die, am 3. Dezember 1946 proklamiert, im Unterschied zu anderen Verfassungen den Gemeinden eine weitgehende Selbstverwaltung garantiert und Grundrechte zugesteht wie z. B. das Recht auf Naturgenuß, den freien Zugang zu landschaftlichen Schönheiten oder die Erhaltung der Wälder.
Von Anfang an aber standen die innenpolitische Entwicklung und der staatliche Wiederaufbau Bayerns nachdrücklich im Schatten der gescheiterten Viermächte-Besatzungspolitik, die zu einer westlichen und östlichen Deutschland-Politik und damit zur Teilung Deutschlands führte. Der Bruch zwischen der ehemaligen Sieger-Allianz verurteilte von vornherein auch die erste und letzte gesamtdeutsche Ministerpräsidentenkonferenz in München vom 4. bis 8. Juni 1947 zum Scheitern. Auf Einladung des bayerischen Ministerpräsidenten Hans Ehard (CSU), der seit Dezember 1946 die erste demokratisch gewählte Koalitionsregierung mit CSU- und SPD-Vertretern führte und bis 1954 die späteren CSU-Regierungen (auch von 1960–1962) anführte, sollte diese Tagung »für eine Zusammenarbeit aller Länderstaaten Deutschlands im Sinne wirtschaftlicher Einheit und künftiger politischer bundesstaatlicher Zusammenfassung« einen Weg ebnen. Bereits bei der Diskussion über die Tagesordnungspunkte zerstritten sich die west- und die ostdeutschen Länderchefs, die Ostdeutschen reisten wieder ab, die Konferenz ging nur mit den Westdeutschen zu Ende. Damit war auch in der innerdeutschen Politik die Spaltung Deutschlands offenkundig geworden, aus der »Bekundung der Einheit« wurde in München »eine Demonstration der Teilung« (Ernst Deuerlein).
Die westlichen Alliierten ließen 1949 die Bundesrepublik konstituieren, in der ehemaligen russischen Besatzungszone etablierte sich innerhalb des Ostblocks wenige Wochen später die Deutsche Demokratische Republik. Die Verfassung des westdeutschen Bundesstaates, das im Mai 1949 verabschiedete Bonner Grundgesetz, wurde vom bayerischen Landtag mit der Maßgabe abgelehnt, Bayern würde sich in die neue Bundesrepublik einfügen, wenn die gesetzliche Mehrheit der anderen westdeutschen Landtage dies beschließen werde. Dieses »Jein« begründete Ministerpräsident Ehard so: »Bayern hat zwar das Grundgesetz abgelehnt, aber gleichzeitig seine Rechtsverbindlichkeit, mit anderen Worten Bayerns Zugehörigkeit zum westdeutschen Bundesstaat, anerkannt ...« Damit war auch der Auflage Clays vom Oktober 1946 zur Bayerischen Verfassung Genüge getan.
Bayern ist der älteste deutsche Staat und einer der ältesten Europas zugleich. Alle anderen deutschen Bundesländer haben kein so deutlich spürbares Eigenleben innerhalb der Bundesrepublik Deutschland, deren »Vorläufigkeit« laut der Präambel zum Grundgesetz psychologisch und politisch Bayerns gewachsene Sonderstellung noch zusätzlich verstärkte. Bayern ist heute das einzige Land der Bundesrepublik, das sich neben dem Landtag einen Senat mit dem Recht der Gesetzesinitiative gegeben hat. Und neben dem Senat wurde das 1934 aufgelöste und 1948 wiedererrichtete »Oberste Landesgericht« ebenfalls zu einem weiteren Symbol bayerischer Staatlichkeit. Es ist auch kein Zufall, daß bei Staatsempfängen nach den Nationalhymnen noch heute in Bayern auch das Bayernlied »Gott mit dir, du Land der Bayern« gespielt wird, daß neben den Grenzpfosten des Bundes überall auch noch die weißblauen Freistaat-Grenzpfähle stehen, daß der Freistaat immer noch mit dem Heiligen Stuhl eigene Konkordatsbestimmungen aushandelt, obwohl es in der »heimlichen Hauptstadt Deutschlands« keine Nuntiatur mehr gibt. Dieses eigenständige Bayern mit seinen eigenwilligen, oft auch eigensinnigen politischen Persönlichkeiten hat dank seines traditionsbewußten Konservatismus jedoch auch große Schwierigkeiten bei der Bewahrung seiner historischen Gegebenheiten. Das bayerische Volk ist seit 1945 durch Flüchtlinge, Heimatvertriebene und »Zuagroaste« zu einem wahren Schmelztiegel für Menschen verschiedenster Herkunft geworden, seine Landschaft hat sich durch wachsende Industrialisierung verändert und damit die viel zu spät erkannten Umweltschutz-Probleme aufgeworfen, die auch bei der Sanierung und Bewahrung der alten Städte Bayerns eine große Rolle spielen. Überregionale, ja internationale Entwicklungsprozesse vornehmlich auf kulturellem (Schul- und Bildungsmisere) und auf wirtschaftlichem Gebiet (EG-Problematik) lassen gerade in Bayern die Kluft zwischen traditionellem Beharren und unzulänglichen Reformen besonders kraß zutage treten. Der moderne Freistaat Bayern hat große Bewährungsproben in seiner Geschichte gemeistert, noch größere stehen unmittelbar bevor.

Links: Titel der »Münchener Zeitung« vom 18. August 1945, einem von den Alliierten herausgegebenen »Nachrichtenblatt für die deutsche Zivilbevölkerung«. Unten: Weißblaue »Große Koalition« beim Oktoberfest 1974 (v. l. n. r.): Münchens Oberbürgermeister Kronawitter, Bundesminister Ertl, Ministerpräsident Goppel, Bürgermeister Müller-Heidenreich und Stadtkämmerer Gittl.

BAYERISCHE LANDES

NACHRICHTENBLATT DER ALLIIERTEN 12. HEERESGRUPPE FÜR DIE DEU

München, Freitag, 1. Juni 1945

Anfragen, Briefe und Mitteilungen sind durch die örtliche Vertretung der alliierten Besatzungsbehörde zu richten an die „Bayerische Landeszeitung", 12th Army Group, c/o Military Government Officer

Die Welt kämpft gegen Hunger

Deutschlands Vorräte gehen bald zu Ende - Zu wenig Lebensmittel in den Überschußländern Die Versorgung Europas steht im Vordergrund

„Das Vermächtnis des großen Verwüsters"

Paris

Seit dem Ende der Feindseligkeiten in Europa wird überall eine unerwünschte, jedoch weltweite Beobachtung gemacht: Die wirtschaftliche Lage hat sich nirgends gebessert, selbst in den Vereinigten Staaten hat die Knappheit, die während des Krieges entstanden ist, nicht nachgelassen, sondern sich im Gegenteil noch weiter verschärft. Dies mag auf den ersten Blick unverständlich erscheinen. Man fragt sich: Warum werden die Dinge noch schlimmer, anstatt besser zu werden, wenn doch die Kriegsverwüstungen aufgehört haben?

wirtschaftlichen Sachverständigen der Militärregierung, einer Lebensmittelknappheit gegenüberstehen, die an Hungersnot grenzt, wenn nicht vor Juli eine entscheidende Erleichterung der Lage eintritt. Der größte Teil des landwirtschaftlichen Bodens des Rheinlandes ist zwar angebaut, die Aussaat hat aber in vielen Fällen zu spät begonnen. Bei dem Mangel an Düngemitteln ist nur ein dürftiger Ernteertrag zu erwarten. Um den Lebensmittelmangel zu erleichtern, haben die alliierten Behörden die Lebensmittelrationierung wieder eingeführt, die von den Nationalsozialisten aufgehoben wurde, als das deutsche Verwaltungssystem zusammenbrach. Hundert-

Der Aufstand in München vom 28. April

München ist die einzige Stadt in Deutschland, in der es in den letzten Tagen des Krieges zu einer größeren geschlossenen Aktion gegen das Naziregime gekommen ist. Der Putsch wurde schon seit Hitlers Machtübernahme vorbereitet, die Verschwörer konnten aber erst in der Nacht vom 27. zum 28. April das Signal zum Losschlagen geben. Fabrikarbeiter blockierten die Zufahrtsstraßen nach München, auf denen SS-Verstärkungen zu erwarten waren. Eisenbahner hielten die Züge an und ein starker Trupp der „Freiheitsaktion Bayern" (FAB.) besetzte das Rathaus und nahm den berüchtigten Naziführer Christian Weber gefangen. Das Hauptquartier des Gauleiters Giesler wurde angegriffen. Giesler selbst war nicht anwesend. General Westphal, Oberstkommandierender von Süddeutschland, wurde durch Sprengung der Ausgänge seines unterirdischen Befehlsbunkers am Entkommen verhindert. In der Zwischenzeit hatte ein Bataillon der 17. Panzerdivision, das sich der Freiheitsaktion angeschlossen hatte, den Münchner Rundfunksender in Erding besetzt. Angehörige der Dolmetscherkompanie VII forderten über den Großsender München die Wehrmacht und die Fremdarbeiter auf, sich gegen die Naziherrschaft zu erheben. In den frühen Morgenstunden waren alle Schlüsselstellungen Münchens, darunter das Haus des „Völkischen Beobachters" und das Hauptzollgebäude, in der Hand der Freiheitsaktion Bayern. Auch das Verlagshaus der „Münchner Neuesten Nach-

Friedric
bayerischer

Friedrich Schäffer, vor der Machtübernahme Hitler
der Bayerischen Volkspartei und sehr bekannt in kath
Kreisen, wurde am Montag von Oberst Charles E.
Chef der regionalen Militärregierung, zum Ministerprä
von Bayern ernannt.

In Übereinstimmung mit der Politik der Militärre
auf jeden Posten Deutsche mit einwandfreier Verga
und bekannte Gegner des Nationalsozialismus ein
wurde Schäffer aufgefordert, Personen namhaft zu ma
als vorläufige Minister für Bayern in Frage komm
Innenministerium, Erziehungsministerium, Finanzmi
und das Wirtschaftsministerium sollen mit Persönli
besetzt werden, die von Schäffer der amerikanischen
regierung vorgeschlagen werden.

Schäffer hat versichert, daß er alle Anordnungen der
regierung in Bezug auf diese vier Ministerien sowie b
aller Regierungs- und Verwaltungsstellen in Bayern lo

ITUNG

ZIVILBEVÖLKERUNG

Preis 20 Pfennig / Nummer 2

chäffer

sterpräsident

wird. Er ist der Militärregierung für die Entfernung
tiven Nationalsozialisten und aller mit dem National-
mus sympathisierenden Personen aus öffentlichen
verantwortlich. Auf die freiwerdenden Plätze wird er
berufen, von denen man weiß, daß sie nie der NSDAP.
t oder mit ihr sympathisiert haben. Schäffer hat ver-
daß er bei Neubesetzungen keine Rücksicht auf Rasse
rkommen machen wird.

eue Ministerpräsident von Bayern wurde 1888 in Mün-
s Sohn von Gottfried und Amalie Schäffer geboren.
chte in Neuburg an der Donau das Gymnasium und
e später in München Jura. Seit 1911 ist der jetzige
rpräsident Rechtsanwalt. Schäffer war Oberregierungs-
Ministerium für Erziehung und kirchliche Angelegen-
und gehörte von 1920 bis 1933 dem Bayerischen Land-
Nach der Machtübernahme wurde er zweimal von den
erhaftet und ohne jede Gerichtsverhandlung sowohl in
eim als auch in Dachau festgehalten.

Neubeginn 1945

Links oben: Am 30. 4. 1945 hielt um 16 Uhr nachmittags der erste amerikanische Jeep vor dem Münchener Rathaus, von der Bevölkerung gebührend bestaunt. Links: Die erste Zeitung 1945 in Bayern war die wöchentlich einmal von der 12. alliierten Heeresgruppe herausgegebene »Bayerische Landeszeitung«, hier mit dem Titel vom 1. 6. 1945, als Friedrich Schäffer zum ersten provisorischen Ministerpräsidenten berufen wurde. Oben: Am 28. 9. 1945 setzten die Amerikaner Schäffer wieder ab und beauftragten den Sozialdemokraten Wilhelm Hoegner mit der Bildung eines Allparteien-Kabinetts; im Bild hinter Hoegner, sitzend, v. l. n. r.: Heinrich Schmitt, KPD, Sonderminister; Albert Roßhaupter, SPD, Arbeit; Anton Pfeiffer, CSU, Sonderminister; Hans Ehard, CSU, Justiz-Staatssekretär; Ludwig Erhard, parteilos (später CDU), Wirtschaft; Josef Seifried, SPD, Inneres; Franz Fendt, SPD, Kultur; Fritz Terhalle, parteilos, Finanzen; Heinrich Krehle, Arbeits-Staatssekretär; Ludwig Ficker, Staatssekretär für Inneres; Hans Müller, Finanz-Staatssekretär.

Zivile Versorgung in Bayern von 6. bis 13. Mai 1945

a) Landkreis Dachau: Fünf Molkereien sind in der Lage, täglich 86 000 Liter Milch zu verarbeiten, wovon 36 000 zur Zeit aus dem Landkreis kommen. Die Molkereien sind in Betrieb. Die Wilfert-Fleischfabrik in Dachau gibt ein Inventar an von 5000 kg gefrorenem Schweinefleisch, 5000 Büchsen (1 kg) Fleisch und Wurst, 3000 Büchsen Bouillon und Gemüse und andere Artikel. Die 650 kg frisches Rindfleisch wurden dem Dachauer Konzentrationslager zugeteilt.
b) Landkreis Rosenheim: Dieser Landkreis produziert einen Überschuß an Milchprodukten, importiert aber alle, oder einen Teil aller anderen Lebensmittel, die benötigt werden. Beamte des Landrates berichten, daß sie in nur vier oder fünf Tagen kritische Verknappungen erwarten. Die Abteilung macht jede Anstrengung, um alle mechanischen Transportmittel . . . auf die Straßen zu bringen . . .
c) Landkreis Bad Tölz: Es gibt keine Kartoffeln und eine kritische Verknappung von Brot.
d) Landkreis Starnberg: Es herrscht große Knappheit an Lebensmitteln und allem übrigen mit Ausnahme von Milch, Butter und Eiern – eine Folge der Notwendigkeit, die Verschleppten zu versorgen, die Flüchtlinge aus Dachau und Evakuierte aus bombengeschädigten Gebieten Norddeutschlands.

Auszug aus dem ersten Wochenbericht der US-Militärregierung für den Regierungsbezirk Oberbayern, zusammengestellt von Oberstleutnant Ralph B. Hubbard jr., nach dem Regionalanzeiger der Süddeutschen Zeitung, 16. Mai 1975

Die Bayerische Verfassung 1946 und die ersten gewählten Volksvertretungen 1946–1954

Links: Erste Parteiversammlung der KPD am 1. 11. 1945 in München nach der Zulassung »aller demokratischen Parteien«.
Links Mitte: Die Verfassunggebende Landesversammlung war auf Weisung der Militärregierung am 30. 6. 1946 gewählt worden, um einen von Wilhelm Hoegner stammenden Verfassungsentwurf zu überarbeiten, der dann nach Clays Genehmigung am 26. 10. 1946 verabschiedet wurde (im Bild). Am 1. 12. 1946 billigte das bayerische Volk in einem Volksentscheid mit großer Mehrheit diese Verfassung.
Links unten: US-Außenminister Byrnes mit General Clay, dahinter Hoegner und Erhard, beim Verlassen der Bayerischen Exportausstellung am 10. 9. 1946 im Haus der Kunst in München.

General Clay zum Verfassungsentwurf

Die Genehmigung, die die Militärregierung für diese Verfassung gibt, muß selbstverständlich mit den internationalen Abkommen übereinstimmen, an denen die Regierung der Vereinigten Staaten beteiligt ist, sowie mit der Viermächte-Gesetzgebung und mit den Vollmachten, die sich die Militärregierung vorbehalten muß, um die grundlegenden Richtlinien für die Besatzung in die Tat umzusetzen. Außerdem muß darauf hingewiesen werden, daß die Militärregierung mit der Genehmigung der Verfassung in keiner Weise ihre Zustimmung zu einem Separatismus Bayerns oder eines anderen deutschen Staates erteilt. Der Gebrauch des Ausdruckes »bayerischer Staatsangehöriger« wird daher nur anerkannt, wenn damit ein Staatsangehöriger Bayerns gemeint ist, der damit auch ein Staatsangehöriger Deutschlands ist, wie es durch den Alliierten Kontrollrat verwaltet wird, oder wie es später durch irgendeine deutsche Regierung verwaltet wird …

Aus dem Brief Clays vom 24. Oktober 1946 an den Präsidenten der Verfassunggebenden Landesversammlung (Bayer. Hauptstaatsarchiv, Geheimes Staatsarchiv)

Überprüfung der »Fragebogen«

Die Süddeutsche Zeitung *veröffentlichte am 6. Dezember 1945 das vorläufige Ergebnis der Überprüfung von 643 055 Fragebogen durch die Sonderabteilung der Militärregierung der amerikanischen Zone ... Im einzelnen ergab sich folgendes Bild: 141 070 Nationalsozialisten und Sympathisierende, die sofort zu entlassen waren, 48 929 Personen, deren Beschäftigung einer weiteren Entscheidung unterlag, die aber zur Entlassung vorgeschlagen wurden; 134 898 Personen, deren Entlassung nicht beantragt wurde. Die Zahl der aktiven Gegner des Nationalsozialismus betrug 4134. Bisher wurden über 920 000 Fragebogen eingereicht. Nach Ländern zeigen die Ergebnisse der bisher durchgeführten Prüfungen der Fragebogen folgendes Bild: Bayern: 87 716 sofort zu entlassen, 26 027 für weitere Beschäftigung abgelehnt, 79 595 für weitere Beschäftigung nicht abgelehnt. Kein Beweis einer Betätigung für die Nazis 176 837, Beweis für Betätigung gegen die Nazis 2241, zusammen 372 416.*

Nach »Keesings Archiv der Gegenwart«, 1945

Rechts: Ministerpräsident Ehard (CSU) führte ab 21. 12. 1946 bis 20. 9. 1947 das erste demokratisch gewählte Nachkriegskabinett in Bayern, dem bis zum 14. 12. 1954 noch weitere zwei Ehard-Kabinette folgten (hier 1946 bei einem Besuch in dem noch im Frühjahr 1945 fast völlig zerstörten Würzburg).
Unten: Das erste Oktoberfest nach dem Zweiten Weltkrieg im Jahre 1946.

MILITARY GOVERNMENT OF GERMANY

Fragebogen

WARNING: Read the entire Fragebogen carefully before you start to fill it out. The English language will prevail if discrepancies exist between it and the German translation. Answers must be typewritten or printed clearly in block letters. Every question must be answered precisely and conscientiously and no space is to be left blank. If a question is to be answered by either "yes" or "no", print the word "yes" or "no" in the appropriate space. If the question is inapplicable, so indicate by some appropriate word or phrase such as "none" or "not applicable". Add supplementary sheets if there is not enough space in the questionaire. Omissions or false or incomplete statements are offenses against Military Government and will result in prosecution and punishment.

WARNUNG: Vor Beantwortung ist der gesamte Fragebogen sorgfältig durchzulesen. In Zweifelsfällen ist die englische Fassung maßgebend. Die Antworten müssen mit der Schreibmaschine oder in klaren Blockbuchstaben geschrieben werden. Jede Frage ist genau und gewissenhaft zu beantworten und keine Frage darf unbeantwortet gelassen werden. Das Wort „ja" oder „nein" ist an der jeweilig vorgesehenen Stelle unbedingt einzusetzen. Falls die Frage durch „Ja" oder „Nein" nicht zu beantworten ist, so ist eine entsprechende Antwort, wie z. B. „keine" oder „nicht betreffend" zu geben. In Ermangelung von ausreichendem Platz in dem Fragebogen können Bogen angeheftet werden. Auslassungen sowie falsche oder unvollständige Angaben stellen Vergehen gegen die Verordnungen der Militärregierung dar und werden dementsprechend geahndet.

A. PERSONAL / A. Persönliche Angaben

1. List position for which you are under consideration (include agency or firm). — 2. Name (Surname). (Fore Names). — 3. Other names which you have used or by which you have been known. — 4. Date of birth. — 5. Place of birth. — 6. Height. — 7. Weight. — 8 Color of hair. — 9. Color of eyes. — 10. Scars, marks or deformities. — 11. Present address (City, street and house number). — 12. Permanent residence (City, street and house number). — 13. Identity card type and Number. — 14. Wehrpass No. — 15. Passport No. — 16. Citizenship. — 17. If a naturalized citizen, give date and place of naturalization. — 18. List any titles of nobility ever held by you or your wife or by the parents or grandparents of either of you. — 19. Religion. — 20. With what church are you affiliated? — 21. Have you ever severed your connection with any church, officially or unofficially? — 22. If so, give particulars and reason. — 23. What religious preference did you give in the census of 1939? — 24. List any crimes of which you have been convicted, giving dates, locations and nature of the crimes. —

1. Für Sie in Frage kommende Stellung:
2. Name [redacted] Zu-(Familien-)name [redacted] 3. Andere von Ihnen benutzte Namen oder solche, unter welchen Sie bekannt sind.
4. Geburtsdatum 4. 8. 14 5. Geburtsort München
6. Größe 177 cm 7. Gewicht 65 kg 8. Haarfarbe dkl. blond 9. Farbe der Augen graugrün
10. Narben, Geburtsmale oder Entstellungen Schußnarbe am rechten Oberschenkel
11. Gegenwärtige Anschrift [redacted] (Stadt, Straße und Hausnummer)
12. Ständiger Wohnsitz [redacted] (Stadt, Straße und Hausnummer)
13. Art der Ausweiskarte Reg.-Schein 14. Wehrpaß-Nr. WBK Mchn. II 15. Reisepaß-Nr. keinen
16. Staatsangehörigkeit deutsch 17. Falls naturalisierter Bürger, geben Sie Datum und Einbürgerungsort an. nein
18. Aufzählung aller Ihrerseits oder seitens Ihrer Ehefrau oder Ihrer beiden Großeltern innegehabten Adelstitel. keinen
19. Religion kath. 20. Welcher Kirche gehören Sie an? r.k. 21. Haben Sie je offiziell oder inoffiziell Ihre Verbindung mit einer Kirche aufgelöst? nein 22. Falls ja, geben Sie Einzelheiten und Gründe an. keine 23. Welche Religionsangehörigkeit haben Sie bei der Volkszählung 1939 angegeben? kath. 24. Führen Sie alle Vergehen, Übertretungen oder Verbrechen an, für welche Sie je verurteilt worden sind, mit Angaben des Datums, des Orts und der Art. April 33 - Mchn. 4 Wochen Gefängnis (kommun. Flugblattverteilg.) Okt. 1934 - Mchn. (7 Monate Gefängnis wegen Vorber. z. Hochverrat.)

B. SECONDARY AND HIGHER EDUCATION / B. Grundschul- und höhere Bildung

Name & Type of School (If a special Nazi school or military academy, so specify) Name und Art der Schule (Im Fall einer besonderen NS oder Militärakademie geben Sie dies an)	*Location* Ort	*Dates of Attendance* Wann besucht?	*Certificate Diploma or Degree* Zeugnis, Diplom oder akademischer Grad	*Did Abitur permit University matriculation?* Berechtigt Abitur od. Reifezeugnis zur Universitätsimmatrikulation?	*Date* Datum
Volksschule	München	1920-28	Entl. Zgn.		
Städt. Kaufmannsschule	München	1928-31	Entl. Zgn.		

25. List any German University Student Corps to which you have ever belonged. — 26. List (giving location and dates) any Napola, Adolph Hitler School, Nazi Leaders College or military academy in which you have ever been a teacher. — 27. Have your children ever attended any of such schools? Which ones, where and when? — 28. List (giving location and dates) any school in which you have ever been a Vertrauenslehrer (formerly Jugendwalter).

25. Welchen deutschen Universitäts-Studentenburschenschaften haben Sie je angehört? keiner
26. In welchen Napola, Adolf-Hitler-, NS-Führerschulen oder Militärakademien waren Sie Lehrer? Anzugeben mit genauer Orts- und Zeitbestimmung. keiner
27. Haben Ihre Kinder eine der obengenannten Schulen besucht? nein Welche, wo und wann? nicht betreffend
28. Führen Sie (mit Orts- und Zeitbestimmung) alle Schulen an, in welchen Sie je Vertrauenslehrer (vormalig Jugendwalter) waren. keiner

C. PROFESSIONAL OR TRADE EXAMINATIONS / C. Berufs- oder Handwerksprüfungen

Name of Examination Name der Prüfung	*Place Taken* Ort	*Result* Resultat	*Date* Datum
Keine			

Entnazifizierung – Kriegsverbrecherprozesse in Nürnberg 1945–1949

Nürnberg war von 1946 bis 1949 Schauplatz des historischen Prozesses gegen die Hauptkriegsverbrecher (12 Todesurteile, 7 Hafturteile, 3 Freisprüche) sowie von 12 Nachfolgeprozessen vor US-Militärgerichten. – Oben: Die Anklagebank im Hauptprozeß. – Links: Ein Fragebogen, wie ihn jeder Deutsche im Rahmen einer nur unzulänglich gelungenen Entnazifizierung auszufüllen hatte. – Rechts: Münchens Oberbürgermeister Wimmer 1946 beim »Rama dama«.

Der Krieg und Mord en gros auf der Anklagebank

Jetzt sitzen also der Krieg, der Pogrom, der Menschenraub, der Mord en gros und die Folter auf der Anklagebank. Riesengroß und unsichtbar sitzen sie neben den angeklagten Menschen. Man wird die Verantwortlichen zur Verantwortung ziehen. Ob es gelingt? Und dann: es darf nicht nur diesmal gelingen, sondern in jedem künftigen Falle! Dann könnte der Krieg aussterben. Wie die Pest und die Cholera . . .

Erich Kästner in »1945 – Ein Jahr in Dichtung und Bericht«, Frankfurt 1965

Bayern 1947/48

Die Münchener Ministerpräsidenten-Konferenz vom 5.–8. 6. 1947, von Bayerns Landeschef Ehard einberufen, sollte »ein weiteres Abgleiten des deutschen Volkes in ein rettungsloses wirtschaftliches und politisches Chaos« verhindern. Sie scheiterte, weil die Ostdeutschen die gesamtdeutsche Frage auf die Tagesordnung setzen wollten, während die Westdeutschen nur wirtschaftliche Probleme diskutieren konnten.
Oben: In München am 5. 6. 1947
v. l. n. r.: Amelunxen (Nordrhein-Westfalen), Hübener (Sachsen-Anhalt), Höcker (Mecklenburg), Fischer (Innenminister von Sachsen-Anhalt) und Kaisen (Bremen).

Normalverbraucherrationen und ihr Kalorienwert in der US-Zone

Zuteilungs-Periode	Zeit	Brot	Nährmittel	Kartoffeln	Zucker	Fett	Fleisch	Fische	Käse	Eier Milch	Kalorien je Tag
		in Gramm									
	1945										
76	28. 5.–24. 6.	6 000	–	10 000	–	210	400	–	62,5	–	850
77	25. 6.–22. 7.	7 000	500	10 000	–	400	800	–	125	–	1 079
78	23. 7.–19. 8.	9 000	600	–	–	300	700	–	250	3 750	1 048
79	20. 8.–16. 9.	9 000	600	10 000	–	600	1 000	–	250	3 750	1 385
80	17. 9.–14. 10.	7 000	500	–	–	463	800	–	62,5	–	846
81	15. 10.–11. 11.	8 500	600	16 000	–	463	800	–	125	–	1 384
82	12. 11.– 9. 12.	10 250	600	16 000	–	400	800	–	125	–	1 521
83	10. 12.– 6. 1.	10 250	600	16 000	–	400	800	–	125	–	1 521
	1946										
84	7. 1.– 3. 2.	12 000	600	12 000	–	400	800	–	125	–	1 576
85	4. 2.– 3. 3.	12 000	600	12 000	–	400	800	–	125	–	1 576
86	4. 3.–31. 3.	12 000	600	12 000	–	409	800	–	125	3 000	1 612
87	1. 4.–28. 4.	6 400	600	12 000	–	400	800	450	200	3 500	1 270
88	29. 4.–26. 5.	6 000	1 600	12 000	125	400	800	500	250	4 000	1 264
89	27. 5.–23. 6.	4 000	1 600	12 000	125	500	800	500	312	4 000	1 176
90	24. 6.–21. 7.	4 000	1 600	12 000	250	500	1 000	1 000	250	8 000	1 286
91	22. 7.–18. 8.	4 000	1 850	12 000	250	500	1 000	1 000	125	8 000	1 221
92	19. 8.–15. 9.	5 200	1 250	10 000	250	400	2 000	2 000	125	4 000	1 314
93	16. 9.–13. 10.	6 000	1 000	12 000	250	400	2 500	2 500	125	4 000	1 247
94	14. 10.–10. 11.	8 000	2 000	12 000	250	300	1 000	1 000	125	4 000	1 541
95	11. 11.– 8. 12.	9 500	900	12 000	500	300	1 000	1 000	125	4 000	1 554
96	9. 12.– 5. 1.	9 700	900	12 000	500	300	1 400	1 000	125	3 000	1 534

»Gottlob, daß wir die Kommunisten los sind.«

Zunächst begann es gar nicht schlecht. Der Konferenzbeginn war der 6. Juni. Eine Vorbesprechung war auf den Abend zuvor verabredet. Ihr ging ein einfaches Vesperbrot voraus. Ministerpräsident Dr. Paul, Thüringen, der im Frühjahr 1947 schon einer Länderratssitzung in Stuttgart beigewohnt hatte, gab der Veranstaltung einen hoffnungsvollen Aufklang: »Ich bin heute vormittag in Deutschland aufgebrochen und jetzt in Deutschland angekommen.«
Nach der Pause kehrten die vier Ministerpräsidenten von Thüringen, Sachsen, Sachsen-Anhalt, Mecklenburg in den Sitzungssaal zurück. Ihre Führung hatte Dr. Steinhoff-Brandenburg, der inzwischen gekommen war, übernommen. Er schuf rasch eine Situation, unter der die Ostzonen-Delegation in der Morgenfrühe des 6. Juni die Konferenz verlassen konnte. Am anderen Vormittag machten vor dem Beginn der Hauptkonferenz Senatspräsident Kaisen und Dr. Friedensburg, Berlin, auf meine dringenden Vorstellungen nochmals den Versuch, die Herrn zur Rückkehr zu veranlassen. Sie hatten ihr Hotel angeblich verlassen, hielten sich noch in der Nähe Münchens auf. Die Ostzone wollte also die Konferenz zum Scheitern bringen. Es wurde ihr aber überaus leicht gemacht. Nicht wenige aus dem Kreis der westdeutschen Delegationen atmeten auf. »Gottlob«, so hörte man, »daß wir die Kommunisten los sind.« In diesem Sinn wurde auch von Münchener Kreisen, die gar nicht zur Konferenz gehörten, aber mitmischten, Stimmung gemacht.
Um die Nachtruhe waren wir gebracht. Es ging in eine vor ihrem Anfang gescheiterte Konferenz ...

Der langjährige baden-württembergische Ministerpräsident Reinhold Maier in »Ein Grundstein wird gelegt«, Tübingen 1964

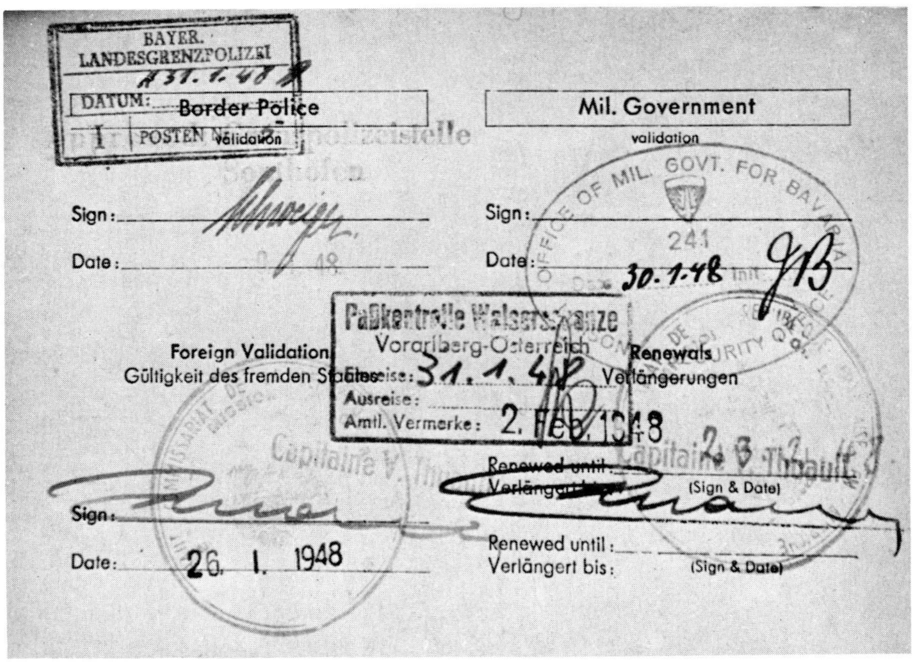

Die Versorgungslage war 1947 nach dem harten Hungerwinter noch schwieriger geworden. Für die 750 000 Bürger Münchens gab es im März 1947 pro Woche nur 120 Rinder.
Rechts oben: Bayerische Lebensmittelkarte vom Mai 1948.
Rechts Mitte: Protestkundgebung in Nürnberg gegen hohe Preise 1948.
Rechts: Die Bewegungsfreiheit der Bürger war durch streng kontingentierte und kontrollierte Passierscheine eingeschränkt.

Bayerns Nein zum Grundgesetz 1949

Eine »Schlacht für den Föderalismus«

... Die Schlacht wäre für den Föderalismus verloren gewesen, wenn wir nicht gewesen wären! Da uns aber das Erreichte nicht genügte, sagten wir am Schluß nein zum Ganzen ... Die Mehrheit der bayerischen Volksvertretung folgte unserem Rat zum Nein, das wir für notwendig hielten, damit Bayern im kommenden Bunde die Sache des Föderalismus mit freien Händen vertreten kann. Wir erläutern unser Nein offen und freimütig vor der ganzen Welt dahin, daß wir trotz dieses Neins uns zugehörig zu dem Ganzen betrachten, das durch die Bundesverfassung als Anfang eines deutschen Bundesstaates nun einmal zustande gekommen ist, ob man ja oder nein dazu sagt ...

Ministerpräsident Ehard am 2. Juli 1949

Die Diskussion um Bayerns Nein zum Grundgesetz, das auf dem Konvent auf Herrenchiemsee im August 1948 vorbereitet worden war, schlug hohe Wellen. Der bayerische FDP-Vorsitzende Thomas Dehler verurteilte Äußerungen von Hundhammer und Baumgartner »als Verrat an Deutschland« und beschwor die Liberalität der Wittelsbacher.
Oben: Bundespräsident Heuss beim ersten Staatsbesuch in München mit OB Wimmer, Oktober 1949.
Unten links: »Simpl«-Karikatur von O. Nückel (Mai 1949) für eine Gedenktafel in Bonn. Mit »Carlo« ist der SPD-Politiker Professor Carlo Schmid, einer der Väter des Grundgesetzes, gemeint, der als Vorstandsmitglied des Verfassungsausschusses der Ministerpräsidenten-Konferenz der westlichen Besatzungszonen auf Herrenchiemsee von 10. bis 25. August 1948 einen Hauptanteil an den Beratungen hatte. Carlo Schmid war damals Justizminister und stellvertretender Staatspräsident des Landes Württemberg-Hohenzollern.

Ratifizierung des Grundgesetzes durch die Landtage

Länder:	*Mitglieder insgesamt*	*Ja*	*Nein*	*Enthaltungen*	*Abwesend*
Bayern	180	63	101	9	7
Bremen	99	77	9	1	12
Hamburg	109	97	3	–	9
Hessen	90	73	8	–	9
Niedersachsen	149	98	37	–	14
Nordrhein-Westfalen	216	153	38	–	25
Rheinland-Pfalz	101	91	8	–	2
Schleswig-Holstein	70	59	6	1	4
Südbaden	60	49	2	–	9
Württemberg-Baden	98	80	8	–	10
Württemberg-Hohenzollern	62	34	16	1	11
Gesamtzahlen	1234	874	236	12	112

Rechts: Im Oktober 1949 wurde in München der »Deutsche Gewerkschaftsbund« gegründet, eine Interessengemeinschaft aller organisierten Gewerkschaften in der BRD; am Vorstandstisch v. l. n. r.: Walter Freitag, Hans Böckler, Matthias Föcher und Georg Reuter.
Rechts unten: Von Anfang an fanden die Heimatvertriebenen ihren politischen Standort in der Mehrzahl bei den Unionsparteien, in Bayern bei der CSU, die sie in ihren Wahlkämpfen auch entsprechend umwarb; Wahlplakat von 1957.

Landtagsdebatte über Ausweisung und Schicksal der Vertriebenen

In der Debatte hatte der Abgeordnete Haußleitner *(CSU) unter anderem ausgeführt, daß Deutschland sich zu internationalen Rechtsprechungen bekannt habe. Man dürfe aber nicht nur die Morde eines Volkes bestrafen. Gerade um dem deutschen Volk Vertrauen in die internationale Rechtsprechung einzuflößen, müßten Fahndungsbefehle auch gegen Verbrecher anderer Nationen ergehen. Er erklärte sodann wörtlich: »... Die Ausweisung der Deutschen aus Polen, aus der Tschechoslowakei, aus den deutschen Ostgebieten, der fünften Zone und aus Ungarn sind durch das Potsdamer Abkommen festgelegt worden. Es haben aber Ausweisungen stattgefunden, die weit über das Potsdamer Abkommen hinausgehen ...« Der Abgeordnete* Bitom *(SPD) erinnerte an die Auslieferung deutscher Kriegsverbrecher an die Sowjetunion, Polen, Tschechoslowakei und führte sodann aus: »... Nach vorsichtigen Schätzungen sind aus den Gebieten Osteuropas etwa 20 Millionen Menschen vertrieben worden, von denen nach Feststellungen der christlichen Kirche etwa drei bis fünf Millionen ihr Leben dabei lassen mußten. Diese Todesmärsche sind aber noch nicht abgeschlossen, sie dauern immer noch an. Ich frage, warum will die Weltöffentlichkeit diese Grausamkeiten ... nicht ebenso verurteilen und anprangern, wie sie das mit Recht in Nürnberg getan hat? ...«*

Aus »Keesings Archiv der Gegenwart«, August 1948

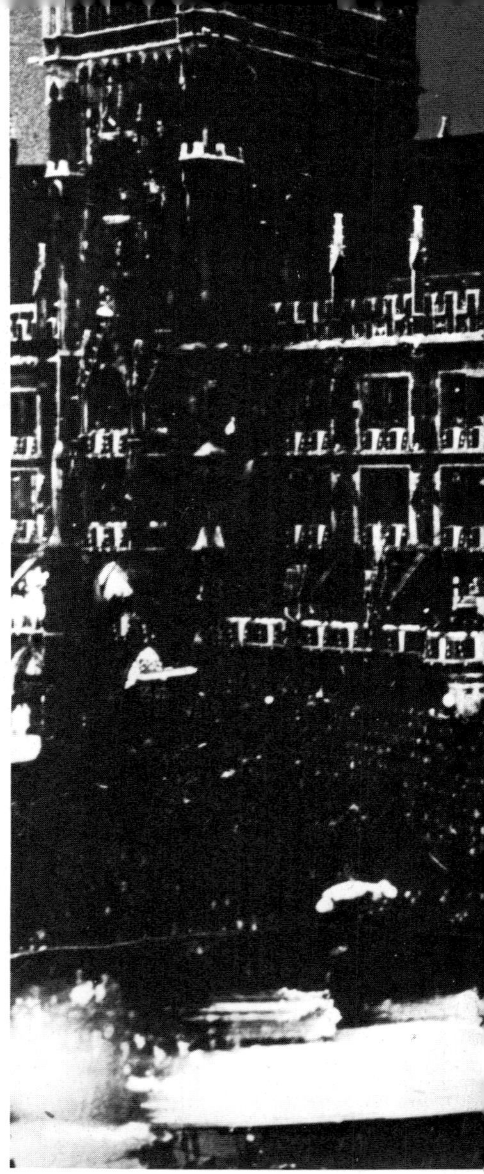

Bayern in den fünfziger Jahren

Jeder darf reden ...

Jeder darf reden, je schärfer, je lieber – weil ich heut' noch nicht Brotzeit gemacht hab', möcht' ich sowieso einen, am liebsten einen fetten CSU-ler abfieseln ...

Von unseren königlich bayerischen Sozialdemokraten kann doch keiner sagen, daß sie rot sind!

Joseph Baumgartner, Bayernpartei, im Wahlkampf 1954

Ganz oben: Auch aus den Landtagswahlen zur dritten Legislaturperiode 1954/58 am 28. 11. 1954 ging die CSU als stärkste Partei hervor, aber es gelang ihr nicht, eine Regierungsmehrheit zu bilden; im Bild prominente CSU-Mitglieder – Ehard, Strauß, Seidel, Hundhammer – bei einer Pressekonferenz am 9. 12. 1954. Die Bayernpartei, die damals 13,2 % der Stimmen erhielt, ermöglichte unter Wilhelm Hoegner bis 16. 10. 1957 eine Viererkoalition zwischen SPD, BP, GB/BHE und FDP.
Oben: Am 2. 8. 1955 starb Rupprecht, der letzte Kronprinz der Wittelsbacher, eine liberale, vom Volk hochgeachtete Persönlichkeit; hier ein Jahr vor seinem Tod mit seinen Kindern, v. l. n. r.: Heinrich, Editha, Sofie, Hilda, dann Gabrielle und Irmingard. Es war tatsächlich »ein Verlust für Bayern, daß dieser Prinz sein Leben lang abseits stehen mußte« (Schrott). Als kluger und profunder Kunstkenner übergab er nach dem Ausgleich zwischen dem Staat und dem Haus Wittelsbach 1923 umfangreichen und wertvollen Kunstbesitz dem staatlich kontrollierten Ausgleichsfonds.

Toleranz im Staate

Die Toleranz im Staate darf zu keiner Zeit in das Ermessen der jeweiligen Regierung gestellt sein ... Die Aufgabe des Staates kann immer nur im Bereich der öffentlichen Ordnung liegen. Die öffentliche Ordnung zu erhalten, sie vor Zerstörung zu schützen, das ist seine Angelegenheit; alles, was darüber hinausgeht, ist nicht seine Sache. Das heißt: auch wenn an der Spitze des Staates katholische oder protestantische Männer stehen, die Staatsgewalt, die sie ausüben, wird dadurch nicht katholisch oder protestantisch ...

Hanns Seidel, bayerischer Ministerpräsident, am 5. November 1957

Oben: Am 14. 6. 1958 feierte München sein 800jähriges Stadtgründungs-Jubiläum. München hatte zu dieser Zeit 1 Million und 50 000 Einwohner. Im »Apothekenstock« der Residenz wurde am 14. 6. 1958 mit Mozarts »Figaros Hochzeit« das Cuvilliéstheater mit den Schnitzereien des alten Residenztheaters eröffnet, am 15. 6. traf sich das kulturelle München in der Ausstellung »Das Jahrhundert des Rokoko«; im Kongreßsaal des Deutschen Museums hielt Werner Heisenberg eine vielbeachtete Festrede zum Thema Tradition und Wagnis, ein nächtlicher Festzug (im Bild am Marienplatz) mit vielen historischen Gruppen bewegte sich durch München; aber noch immer war auch 1958 die Wohnungsnot als Folge des Zweiten Weltkrieges in München nicht beseitigt, es fehlten noch 80 000 Wohnungen; die Fernsehstudios in Freimann waren vier Jahre alt, in München gab es 10 000 Fernsehapparate.

Franz Josef Strauß, die größte politische, wenn auch umstrittene Kraft der CSU, wurde 1956 Verteidigungsminister in Bonn. Noch 1950 sprach er davon, »nicht bereit« zu sein, »mit unserem Blut die Grenze zu verteidigen, die die Dummheit der anderen geschaffen« habe. 1957/58 ging es um Atomsprengköpfe für seine Soldaten: »Muten Sie dem deutschen Soldaten zu, einem Angreifer tausendfach schwächer gegenüberzustehen?« (am 20. 3. 1958 vor dem Bundestag). Er trug wesentlich zur Protestbewegung »Kampf dem Atomtod« bei, in der sich besonders in Bayern viele Wissenschaftler, Theologen und Schriftsteller engagierten. Rechts: Erich Kästner am 18. 4. 1958 am Rednerpult bei einer Protestversammlung in München.

Bayern in den sechziger Jahren

Oben: Das traditionelle Passionsspiel von Oberammergau, das alle 10 Jahre vorgeführt wird und erstmals 1634 aufgrund eines Gelübdes der Bürger zur Pestzeit stattfand, muß heute Tradition mit dem Zeitgeist verbinden. Den Konflikt hat Alois Fink 1970 so umschrieben: »Noch nicht reif für das Neue und nicht mehr unbefangen oder ungestört genug für das Alte ...« (im Bild eine Szene von 1960).

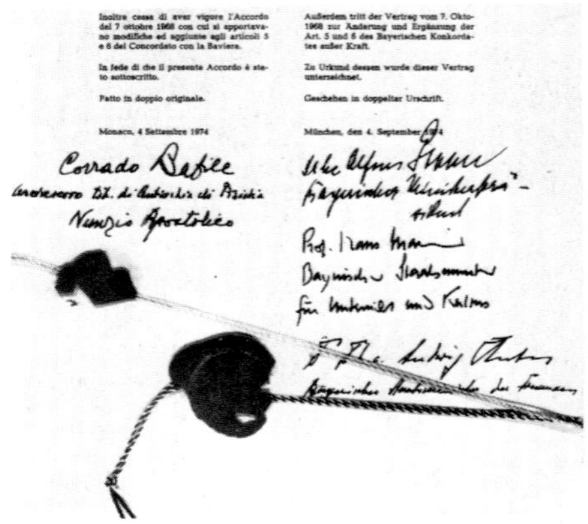

Inoltre cessa di aver vigore l'Accordo del 7 ottobre 1968 con cui si apportavano modifiche ed aggiunte agli articoli 5 e 6 del Concordato con la Baviera.

In fede di che il presente Accordo è stato sottoscritto.

Fatto in doppio originale.

Monaco, 4 Settembre 1974

Corrado Bafile

Außerdem tritt der Vertrag vom 7. Oktober 1968 zur Änderung und Ergänzung der Art. 5 und 6 des Bayerischen Konkordates außer Kraft.

Zu Urkund dessen wurde dieser Vertrag unterzeichnet.

Geschehen in doppelter Urschrift.

München, den 4. September

Links: Konkordatsverhandlungen 1968 über die Änderung des Schulartikels in dem noch heute geltenden Konkordatsvertrag von 1924, v. l. n. r.: Gabert, Goppel, Huber, Strauß, Eberle, Kardinal Döpfner und Nuntius Bafile. – Oben: Schlußseite des Zusatzvertrags vom 4. 9. 1974.

Bayerns wirtschaftliche Stellung im Bund 1960

Sachgebiet	*in Bayern*	*Anteil Bayerns in Prozenten gegenüber den Gesamtziffern auf Bundesebene*
Gebiet	*70 549 qkm*	*28,8 %*
Bevölkerung	*9,4 Mill.*	*18,0 %*
Vertrieben u. Zugewanderte	*2,2 Mill.*	*16,6 %*
Beschäftigte Arbeitnehmer	*3,3 Mill.*	*16,7 %*
Brutto-Inlandsprodukt	*42,5 Mrd. DM*	*15,4 %*
Steuereinnahmen d. Bundes und d. Länder	*7,5 Mrd. DM*	*13,3 %*
Landwirtschaftl. Nutzfläche	*39 667 qkm*	*28,1 %*
Beschäftigte in der Industrie	*1,2 Mill.*	*15,5 %*
Beschäftigte im Handwerk	*0,7 Mill.*	*20,4 %*
Ausfuhr	*4,8 Mrd. DM*	*10,4 %*
Fremdenübernachtungen	*34,8 Mill.*	*27,7 %*

Bayerisches Statistisches Landesamt

Oben: Staatsbesuch Ihrer Majestät Königin Elizabeth II. und Seiner Königlichen Hoheit Prinz Philip in Bayern am 21. 5. 1965; im Bild die Queen zwischen Goppel und dem derzeitigen Chef des Hauses Wittelsbach, Prinz Albrecht von Bayern.

Unten: Wies'n-Anstich ein Jahr nach dem Wechsel der »Amtskette« des OB von München von Thomas Wimmer (vorne in Hemdsärmeln) auf den damals 36jährigen Hans Jochen Vogel (hinter Wimmer); im Hintergrund der damalige Bürgermeister Bayerle.

Schulprobleme: von der Zwerg- zur Gemeinschaftsschule

Oben: Erster Schultag nach den großen Ferien vor rund 50 Jahren in der Provinz.
Unten: Schulraumnot in Bayern in den fünfziger Jahren: eine Zwergschule mit 8 Klassen. 1950 fragte die »Süddeutsche Zeitung«: »Müssen unsere Schulzimmer Rumpelkammern sein?« 1965 zählte man in Bayern 136 höhere staatliche Schulen mit 2785 Klassen, von denen 1136 Klassen kein eigenes Schulzimmer hatten.
Unten rechts: Schulraumnot heute: Volksschulklasse mit 55 Schülern.

Bayern 1975: 50 Kinder in einer Klasse

Bayern stellt mit einer durchschnittlichen Frequenz von fast 34 Schülern in Haupt- und Grundschulen die Unterschicht in dieser westdeutschen Klassengesellschaft. 4600 Volksschulklassen im CSU-Staat zählten im vergangenen Schuljahr mehr als 40 Schüler, und an der Angerschule im oberfränkischen Hof etwa gab es noch im Sommer drei Klassen mit über 50 Kindern ... »Was uns so unwahrscheinlich bedrückt«, sagt der bayerische Lehrerverbands-Funktionär Siegfried Habermann, »ist, daß der Lehrer zuerst kaum die Zeit, und dann vielleicht auch gar keine Lust und Ausdauer hat, die wirklich schwachen Schüler zu betreuen.« ...

Aus »Der Spiegel«, Nr. 40, 29. September 1975

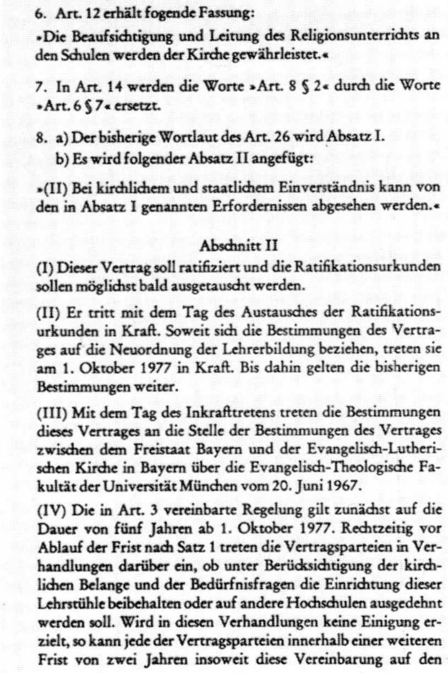

6. Art. 12 erhält fogende Fassung:

»Die Beaufsichtigung und Leitung des Religionsunterrichts an den Schulen werden der Kirche gewährleistet.«

7. In Art. 14 werden die Worte »Art. 8 § 2« durch die Worte »Art. 6 § 7« ersetzt.

8. a) Der bisherige Wortlaut des Art. 26 wird Absatz I.
   b) Es wird folgender Absatz II angefügt:

»(II) Bei kirchlichem und staatlichem Einverständnis kann von den in Absatz I genannten Erfordernissen abgesehen werden.«

Abschnitt II

(I) Dieser Vertrag soll ratifiziert und die Ratifikationsurkunden sollen möglichst bald ausgetauscht werden.

(II) Er tritt mit dem Tag des Austausches der Ratifikationsurkunden in Kraft. Soweit sich die Bestimmungen des Vertrages auf die Neuordnung der Lehrerbildung beziehen, treten sie am 1. Oktober 1977 in Kraft. Bis dahin gelten die bisherigen Bestimmungen weiter.

(III) Mit dem Tag des Inkrafttretens treten die Bestimmungen dieses Vertrages an die Stelle der Bestimmungen des Vertrages zwischen dem Freistaat Bayern und der Evangelisch-Lutherischen Kirche in Bayern über die Evangelisch-Theologische Fakultät der Universität München vom 20. Juni 1967.

(IV) Die in Art. 3 vereinbarte Regelung gilt zunächst auf die Dauer von fünf Jahren ab 1. Oktober 1977. Rechtzeitig vor Ablauf der Frist nach Satz 1 treten die Vertragsparteien in Verhandlungen darüber ein, ob unter Berücksichtigung der kirchlichen Belange und der Bedürfnisfragen die Einrichtung dieser Lehrstühle beibehalten oder auf andere Hochschulen ausgedehnt werden soll. Wird in diesen Verhandlungen keine Einigung erzielt, so kann jede der Vertragsparteien innerhalb einer weiteren Frist von zwei Jahren insoweit diese Vereinbarung auf den

Oben: Vorletzte Seite des ratifizierten geänderten Vertrages zwischen Bayern und der Evangelisch-Lutherischen Kirche vom 5. 12. 1974 über den Religionsunterricht.
Oben rechts: Die FDP startete 1967 zuerst eine Unterschriftsaktion für ein Volksbegehren, das schließlich zu dem am 7. 7. 1968 stattgefundenen Volksentscheid führte, mit dem die Gemeinschaftsschule anstatt der bisherigen Bekenntnisschule beseitigt wurde. Über die gemeinsamen Volksschulen besagt das im Sinne der neuen Verfassungsbestimmungen geänderte Volksschulgesetz unter anderem: »In den öffentlichen Volksschulen (Grund- und Hauptschulen) werden die Schüler nach den gemeinsamen Grundsätzen der christlichen Bekenntnisse unterrichtet und erzogen.«

Die Wirtschaft in den siebziger Jahren

Links: Schweinfurt, bedeutendste Industriestadt Unterfrankens mit der größten Industriedichte Bayerns, hat sich erst im 19./20. Jahrhundert aus der mittelalterlichen freien Reichsstadt zur Industriestadt mit den weltberühmten Kugellagerfabriken entwickelt.
Links unten: Ein vorbildliches Beispiel für die gelungene Integration der Heimatvertriebenen in Bayern: der Stadtteil Neugablonz, 4 Kilometer vor Kaufbeuren, den ab 1946 Sudetendeutsche mit ihrer Glas-Schmuckwarenindustrie neu aufgebaut haben.

Die Entwicklung der bayerischen Wirtschaft

Von einigen wenigen industriellen Verdichtungszonen abgesehen war der Flächenstaat Bayern bis vor kurzem agrarisch geprägt. Noch zu Beginn der 50er Jahre hatte in manchen Regierungsbezirken jeder zweite Erwerbstätige seinen Arbeitsplatz in der Landwirtschaft. Heute sind nur noch 12 Prozent aller Erwerbstätigen in der Landwirtschaft beschäftigt ... Die Industriedichte in Bayern hat sich von 1950 bis 1971 von 71 Beschäftigten je 1000 Einwohner auf 129 erhöht; der Bundesdurchschnitt ist damit nahezu erreicht ... Ob und in welchem Maße sich die günstige Entwicklung der bayerischen Wirtschaft fortsetzen kann, ist – sieht man von externen Einflüssen ab – durch folgende Faktoren vorprogrammiert: durch die gegenwärtige Wirtschaftsstruktur und durch die bayerischen Standortbedingungen ...

Staatsminister Anton Jaumann, Süddeutsche Zeitung vom 10. Januar 1974

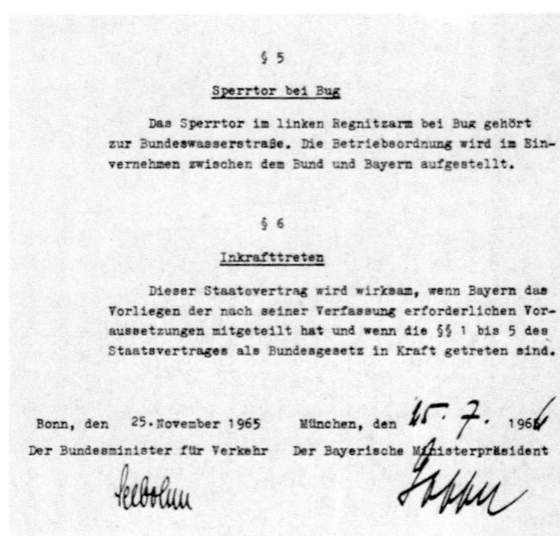

§ 5

Sperrtor bei Bug

Das Sperrtor im linken Regnitzarm bei Bug gehört zur Bundeswasserstraße. Die Betriebsordnung wird im Einvernehmen zwischen dem Bund und Bayern aufgestellt.

§ 6

Inkrafttreten

Dieser Staatsvertrag wird wirksam, wenn Bayern das Vorliegen der nach seiner Verfassung erforderlichen Voraussetzungen mitgeteilt hat und wenn die §§ 1 bis 5 des Staatsvertrages als Bundesgesetz in Kraft getreten sind.

Bonn, den 25. November 1965 — München, den 15. 7. 1966

Der Bundesminister für Verkehr — Der Bayerische Ministerpräsident

Links: Schlußseite des Staatsvertrags zwischen der BRD und Bayern über Rechtsstatus und Eigentumsverhältnisse der Rhein-Main-Donau-Schiffahrtsstraße zwischen dem Main und Nürnberg.
Oben: Münchens U-Bahn-Zeitalter begann am 19. 10. 1971 auf einer fast 20 Kilometer langen Strecke. Die Gesamtlänge des U-Bahn-Netzes soll bis 1990 ca. 50 Kilometer erreichen. Das im Verbund dazu aufgebaute S-Bahn-Netz Münchens hat heute eine Gesamtlänge von rund 380 Kilometern.

Umsatzentwicklung von 1950 bis 1972 in der bayerischen Industrie

Gebiet	*Jahresumsatz in Mill. DM*			
	1950	*1960*	*1972*	*%*
Oberbayern	*2 445*	*9 771*	*32 836*	*38,2*
Niederbayern	*500*	*1 508*	*4 181*	*4,9*
Oberpfalz	*672*	*1 874*	*4 419*	*5,1*
Oberfranken	*1 728*	*4 403*	*9 303*	*10,8*
Mittelfranken	*1 856*	*5 835*	*15 685*	*18,2*
Unterfranken	*1 006*	*3 310*	*8 255*	*9,6*
Schwaben	*1 670*	*4 814*	*11 329*	*13,2*
Bayern	*9 877*	*31 515*	*86 008*	*100,0*

Bayerische Landeszentrale für politische Bildungsarbeit

Oben links und rechts: Zwei unvergessene Schauspieler, seit den Zeiten Falckenbergs mit München verbunden: Hans Schweikart (1895–1975) in dem Fernsehspiel »Einfach sterben« nach Voltaire, 1973. Therese Giehse (1898–1975) bei einer Brecht-Lesung, 1973.
Links: Carl Orff, Heidemarie Hatheyer und Intendant Hartmann bei der Probe zur »Bernauerin« in den fünfziger Jahren.

Bayerische Sprache und Literatur

Die Verwendung des Dialekts hat nichts mit Lokalpatriotismus zu tun, sondern ist Ausdruck eines politischen Bewußtseins: Das Instrument der wirklichkeitsnaheren Sprache wird benutzt zur Erfassung und Darstellung der sich verändernden gesellschaftlichen Realitäten ... Für eine neue bayerische Literatur eignen sich daher vor allem diejenigen literarischen Formen, die vorwiegend durch Dialog konstituiert sind, also Drama und Hörspiel ... Wer der vergangenen bayerischen Literatur nachtrauert, hilft der Entwicklung nicht weiter. Eine Fortsetzung im alten Sinne wird tatsächlich nicht möglich sein. Sie wäre reaktionär, restaurativ und epigonal. Bayerisch ist keine tote Sprache. Es verändert sich und ist lebensfähig ...

Martin Sperr in »Plädoyer für eine bayerische Literatur«, in »Bayerisches Lesebuch«, München 1971

Theater in München

Rechts: Das Nationaltheater in München nach dem Wiederaufbau heute.
Unten: Die Ruine des in der Nacht zum 3. 10. 1943 zerstörten Nationaltheaters im Jahre 1946.

Das Nationaltheater

1802 schrieb Max Joseph I. einen Wettbewerb aus, in dem die besten Architekten Münchens Entwürfe für ein neues Hoftheater vorlegen sollten, mit dem der Monarch beabsichtigte, »der bairischen Nation ein würdiges Denkmal zu hinterlassen« ... Nach einer ausdrücklichen Empfehlung der Theaterbaukommission wurde 1811 der Grundstein gelegt ... Im Januar 1823 brannte das Nationaltheater nieder. »Sofort Wiederaufbau« lautete die Devise der Münchener, die binnen einer Woche ein Drittel der notwendigen Bausummen aufbrachten. Klenze, der dem gleichen Leitbild huldigte wie Fischer (1811 der Erbauer), hielt sich an die Originalpläne, gestaltete das Haus aber reicher, prächtiger ... Im Oktober 1943 standen die Münchener wieder vor den Ruinen ihrer Oper ... Fast 63 Millionen kostete der Wiederaufbau (1963 beendet), in die Kosten teilten sich der bayerische Staat, die Landeshauptstadt und die »Freunde des Nationaltheaters« ...

Rosel Termolen in der Süddeutschen Zeitung, 29. November 1974

Sport in Bayern – gestern und heute

Links: Skifliegen vor dem Ersten Weltkrieg in Garmisch, damals noch »großer Sprunglauf« genannt. Der Springer in Schaftstiefeln hieß Gustl Leu und startete damals für den MSV München. Das erste Skispringen fand 1905 statt. Es wurden sofort Weiten von 40–50 Meter erreicht. Die Springen waren jedoch viel gefährlicher als heute, da Schanze und Aufsprung noch nicht berechnet waren. Unten: 1905 jubelte man noch im heutigen Alten Botanischen Garten gegenüber dem Justizpalast in München den Eishockey-Spielern zu, die dort um die Deutsche Meisterschaft spielten.

Rechts: Die bayerische Fußballmannschaft mit der traditionsreichsten Vereinsgeschichte und mehreren deutschen Meisterschaften, hier Deutscher Meister 1921: der berühmte »Club«, der 1. FC. Nürnberg (v. l. n. r.: Bös, Trüg, Popp, Sutor, Grunewald, Stuhlfauth, Riegel, Kalb, Kugler, Strobel, Bask).

Rechts: Der älteste Münchener Fußballverein nach seiner Deutschen Meisterschaft 1966: der TSV 1860 München (stehend v. l. n. r.: Hansi Reich, Hennes Küppers, Manfred Wagner, Timo Konietzka, Hans Rebele, Petar Radenkovic, Fritz Beer [Abt.-Leiter], Adalbert Wetzel [Präsident], Rudi Brunnenmeier; kniend v. l. n. r.: Poldi Bauer [Zeugwart], Zielko Perusic, Rudi Steiner, Wilfried Kohlars, Otto Luttrop, Bernd Patzke, Fredi Heiß, Rudi Zeiser).

Rechts: Berühmt und berüchtigt, der Verein mit den teuersten Stars, mit mehreren sogenannten »Fußballern des Jahres«, geführt und gemanagt wie ein Industrieunternehmen, immer wieder für Schlagzeilen sorgend: der mehrfache Deutsche Meister, Europapokalsieger und Pokalsieger der Landesmeister 1974, der FC Bayern München (nach dem 4:0-Sieg über Atletico Madrid; stehend v. l. n. r.: Georg Schwarzenbeck, Franz Roth, Paul Breitner, Rainer Zobel, Johnny Hansen, Gerd Müller, Franz Beckenbauer, Uli Hoeneß; kniend v. l. n. r.: Josip Saric [Masseur], Sepp Maier, Jupp Kapellmann und Conny Torstensson).

Rechts: Blick von der Ludwigskirche nach Süden auf die Türme Münchens, der bayerischen Landeshauptstadt, von der die Statistiker zwar zunehmende Einwohnerziffern, aber rückläufig verlaufende Geburtenzahlen vermelden, und die Bayern sich fragen: »Sterben die Münchener aus?«

Eugen Roth: Oktoberfest

Wo ungeheure Blechmusiken
Den Lärm durch Rauch und Bierdunst schicken
Und wo die Menge brausend schwillt,
Vom Bier zum Teil schon ganz erfüllt,
Teils erst vom Wunsch, erfüllt zu werden,
Doch durchwegs selig schon auf Erden.
Es laufen Kellnerinnen emsig
Durch alle Reih'n, wo wild und bremsig
Die Menge ohne Unterlaß
Sich heiser schreit nach einer Maß.
Zwölf Krüge an den Brüsten säugend,
Wirkt solche Wunschmaid überzeugend.

Unten: Blick von der Paulskirche auf die nächtliche Wies'n während des Oktoberfestes 1974.

AUGUSTINER BRÄU
OCHSENBRATEREI

Oben: Demonstration gegen die Gebietsreform in der Staatskanzlei bei Ministerpräsident Goppel durch eine Delegation aus Ingolstadt am 9. 11. 1971, rechts Landrat Adolf Fink aus Ingolstadt. Die Gebietsreform von 1972 veränderte u. a. auch die Struktur der Wahlkreise zum Vorteil der CSU. Links: Ein Beispiel von vielen für die noch existente enge Bindung zwischen Bayern und der Pfalz: Schlußseite des Staatsvertrages zwischen Bayern und Rheinland-Pfalz über die Zugehörigkeit der Ärzte im ehemaligen Rheinhessen zur bayerischen Ärzteversorgung, vertreten durch die Bayerische Versicherungskammer.

Tätigkeitsbereich des Gesamtrechtsnachfolgers angelegten Vermögenswerte auf Verlangen diesem zu übertragen; bei den übrigen Vermögenswerten ist die Bayerische Ärzteversorgung berechtigt, Wertpapiere und Grundbesitz in Geldwert abzulösen.

Artikel 13

(1) Dieser Staatsvertrag tritt vorbehaltlich der Zustimmung der verfassungsmässig zuständigen Organe am 1. Januar 1973 in Kraft.

(2) Die Satzung der Bayerischen Ärzteversorgung ist von der Bayerischen Versicherungskammer in der im Zeitpunkt des Inkrafttretens dieses Staatsvertrages geltenden Fassung unter Hinweis auf den Staatsvertrag im Staatsanzeiger für Rheinland-Pfalz bekanntzugeben.

Mainz, den 19. Juni 1972

Für den Freistaat Bayern
Der Staatsminister des Innern
In Vertretung:

Für das Land Rheinland-Pfalz
Der Minister des Innern

Gliederung Bayerns vor und nach 1972

Bayern gliedert sich als Verwaltungsgebiet in die sieben Regierungsbezirke Oberbayern, Niederbayern, Oberpfalz, Oberfranken, Mittelfranken, Unterfranken und Schwaben, die seit 1837 so benannt werden. Ihre Begrenzung ist seit 1879 im wesentlichen unverändert geblieben ... Mit der Verordnung zur Neugliederung Bayerns in Landkreise und kreisfreie Städte, die am 1. Juli 1972 in Kraft trat, wurden die bisherigen Landkreise aufgelöst und dafür größere neu gebildet, sowie Gemeinden ganz oder teilweise in andere Gemeinden und kreisfreie Städte in einen Landkreis eingegliedert. Da sich bei dieser neuen Kreiseinteilung als zweckmäßig erwies, einzelne Landkreise ganz oder Teile von ihnen anderen Regierungsbezirken zuzuordnen, verändern sich mit dem 1. Juli 1972 auch die Regierungsbezirke in ihrer Flächengröße und Einwohnerzahl.

Bayerische Landeszentrale für politische Bildungsarbeit

Bayern um 1970

Rechts: Was Professoren, Rektoren und Kultusminister sowie das Bundes- und die Landesparlamente an den Universitäten der Bundesrepublik von 1967 bis heute immer wieder beunruhigt, geht zum Teil auf das Konto der Beunruhigten selbst. Sie alle haben es versäumt, rechtzeitig durch Reformen dem heutigen Bildungsnotstand zu begegnen und damit auch der Eskalation der studentischen Unruhen durch linksradikale Studentengruppen; im Bild die Studentendemonstration vor dem Buchgewerbehaus in München Ostern 1968.
Unten: Würzburg, 1970: 4000 Rechtsradikale formten mit den Fingern ein »W« und skandierten lautstark: »Widerstand ... Deutschland wird nicht verschenkt, eh' wird Willy Brandt gehängt.« Während der Rede des ehemaligen NPD-Chefs von Thadden riefen junge Rechtsradikale ihm zu: »Thadden raus, wir wollen Strauß.«

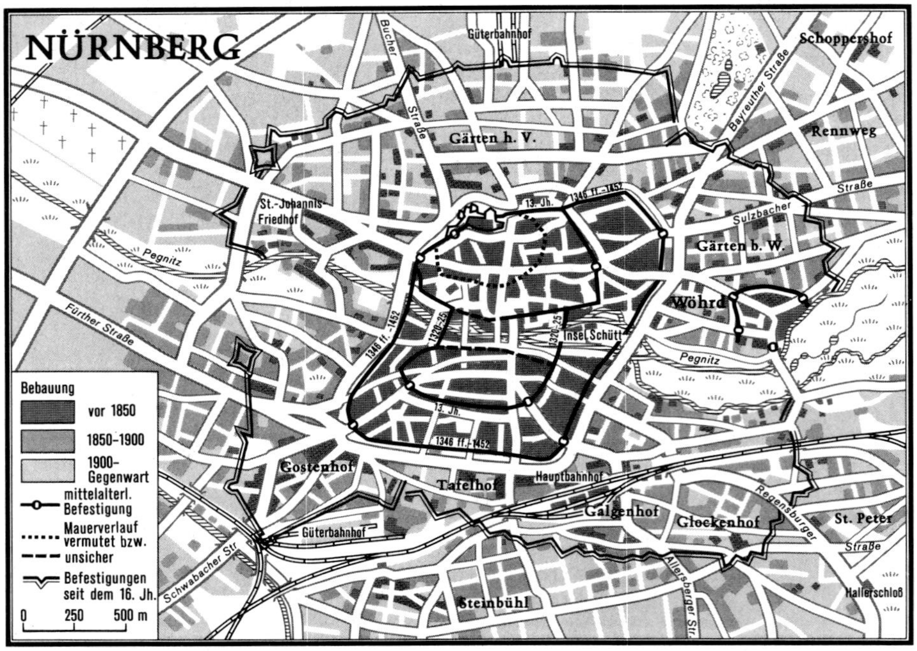

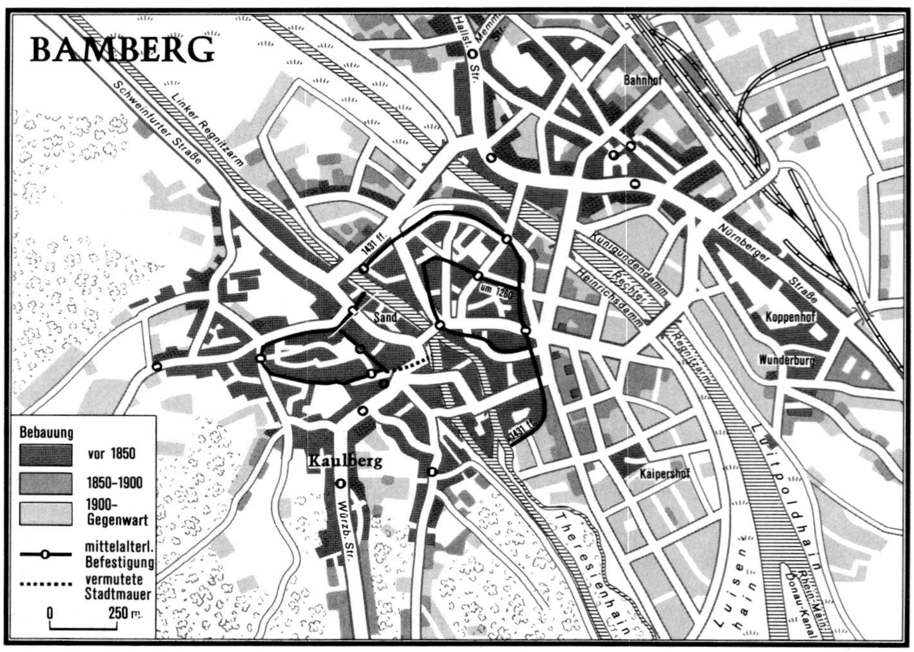

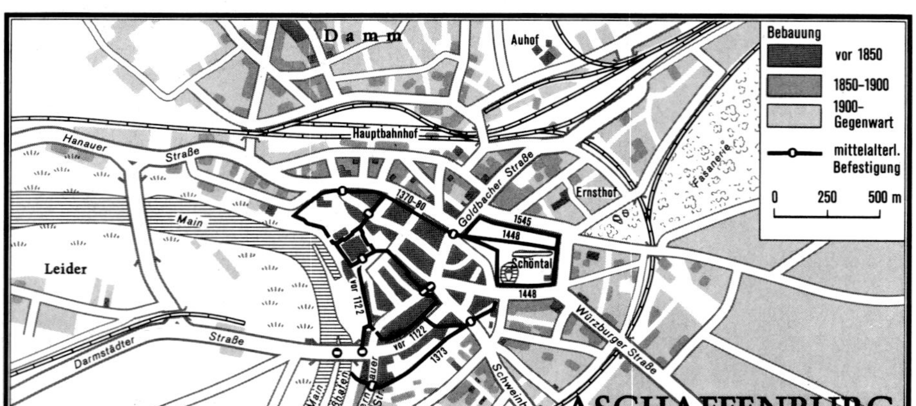

Werden und Wachsen der Städte

Kartographische Darstellung vom Wachsen einiger großer Städte in Bayern in den einzelnen Entwicklungsphasen ab dem Mittelalter bis zur Gegenwart: Nürnberg, die wilde Stadtgründung, deren jüngste Bebauungsphasen sich nicht gleichmäßig nach allen Seiten ausbreiteten; Bamberg, dessen Kern sich kaum verändert hat; Aschaffenburg an verkehrsgünstiger Stelle am Main und der Einmündung des Aschafftals mit dem weiten Hinterland des Spessarts; München, das erst zu Beginn unseres Jahrhunderts durch Eingliederungen zur Großstadt anwuchs.
Rechts: Ein Bild, wie es sich in vielen alten Städten mit engen Straßen heute bietet: die von Autos total verstopfte Altstadt Bambergs.

Planung und Umwelt

Bayern hat in den nicht einmal drei Jahren seit Gründung des Bayerischen Staatsministeriums für Landesentwicklung und Umweltfragen eine Reihe von Maßnahmen der Raumordnung verwirklicht, für die es z. T. kein Vorbild in der Bundesrepublik gab. Es hat dabei die Raumordnung insbesondere auch im Sinne der Umweltplanung eingesetzt, dank der als »Bayerisches Modell« bekanntgewordenen Verbindung von »Planung und Umwelt«. Die Staatsregierung hat damit gezeigt, in welchem Sinne sie »Planung« versteht: Planung ist nicht Bevormundung, sondern Dienstleistung, sie ist keine Einschränkung der Freiheit, sondern hilft mit, die Voraussetzungen für die Freiheit zu individueller Entwicklung zu sichern.

Staatsminister Max Streibl, Süddeutsche Zeitung, 10. Januar 1974

Die Altstadt-Sanierung von Regensburg, dem »Denkmal einer unvergleichlichen Kontinuität der europäischen Geschichtlichkeit seit Uranfängen« (Karl Bosl), hat erst begonnen. Von einem 120 Hektar großen Altstadtbereich wurden bisher erst 2,4 Hektar als Sanierungsgebiet festgelegt, was nicht zuletzt auf den hohen Prozentsatz unrentierlicher Kosten zurückgeht.

Oben links: Die Altstadt Regensburgs. Rechts oben und Mitte: Die Silberne Kranzgasse vor und nach den Sanierungsarbeiten.

Unten links: Alte Gewölbekonstruktionen in der Gegend um das Alte Rathaus. Unten Mitte und rechts: Die Keplerstraße vor und nach der Sanierung.

Altstadt-Sanierung in Regensburg und in Bamberg

»Rettet die Stadt«

»Rettet die Stadt!« – mit diesem Ruf, der schon ein Notschrei ist, wendet sich Bamberg an die Welt. Und das will sagen: an Land und Bund und an die Gesamtgesellschaft unseres Staates, denn allein schafft es nicht, was getan werden muß. Gemessen an der Milliardensumme, die als notwendige Investition allein für die städtebauliche Sanierung geschätzt wurde, werden die Eigenmittel der nur schwach industrialisierten Stadt zu einem Nichts …
Die alten und kostbaren Häuser der Stadt sind ja nicht nur zum Anschauen da, sondern sollen Menschen aufnehmen, die darin leben. Eine Stadt ist, oder sollte doch sein eine Art humaner Dienstleistungsbetrieb. Der Zeitgeist selbst hat in den letzten zehn Jahren sich mit zunehmender Entschiedenheit und Lautstärke zugunsten solcher Städte wie Bamberg ausgesprochen, deren Erhaltung und Neubelebung ein wichtiger Teilaspekt der Forderung nach »Umweltschutz« überhaupt geworden ist …
Alles was geschieht, ist armseliges Kleckerwerk, an dem freilich in Person niemand schuld ist. Schuld ist, daß der Pelz der Privateigentümer gewaschen werden soll, ohne daß er naß wird. Wir haben hier ein Beispiel für die innere Widersprüchlichkeit unserer Gesellschaftsordnung vor uns, für die »nationale« Kulturaufgaben, die nur kosten und – außer Lebensqualität – nichts einbringen, zu groß sind, um vernünftig und rasch angepackt zu werden.

Erich Kuby, »Bamberg«, in »stern«, Nr. 43/1973

Rechts oben: Restaurierung einer Madonnenstatue der »Oberen Pfarre« in Bamberg durch den jungen Bildhauer Ulli Bauer (links).
Rechts: Beispiel für »Eigeninitiativen« Bamberger Bürger zur Rettung ihrer Häuser. Die meisten Bewohner der Bamberger Altstadt sind jedoch finanziell zu schwach gestellt, um erfolgversprechenden Einsatz leisten zu können.

Bayern seit 1972

Oben: Unter strahlendblauem Himmel eröffnete Bundespräsident Heinemann am 26. 8. 1972 die »heiteren Spiele« der XX. Olympiade in der »heimlichen Hauptstadt Deutschlands«, an denen rund 8000 Athleten aus 121 Ländern der Erde teilnahmen.

Unten: Ein Terrorist der Palästinenser-Gruppe »Schwarzer September«, die am 5. 9. in das Quartier der israelischen Mannschaft eindrang. Die Polizeiaktion zur Befreiung der Israelis endete mit dem Tod von 11 Israelis, 5 Terroristen und 1 Polizisten.

Tage der Freude, Stunden tiefster Dunkelheit

Mit Dank und Wehmut nimmt die Olympiastadt Abschied. Von den Spielen, den Athleten, den Gästen aus aller Welt – und den Todesopfern, die das tragische Geschehen vom letzten Dienstag gefordert hatte. Münchens Abschiedsgruß an die Gäste: »Lebt wohl, wir vergessen euch nicht!« Punkt 19.30 Uhr begann vor 80000 Zuschauern die Schlußfeier. Sie war gezeichnet von spontaner Heiterkeit der Sportler und vom trauernden Gedenken an das Schicksal der getöteten Israeli. Arm in Arm liefen die Sportler der Nationen in das Olympiastadion ein ... Der scheidende Präsident des Internationalen Olympischen Komitees (IOC), Avery Brundage, erklärte in traditionellen Worten die Spiele der XX. Olympiade für beendet und rief die Jugend der Welt nach Montreal ... In einem persönlichen Grußwort an die Münchener sagte Brundage: »Ihre herzliche Gastfreundschaft hat uns tief bewegt, die Tage der strahlenden Freude haben wir zusammen gefeiert. Die schweren Stunden tiefster Dunkelheit haben wir mit Ihnen gemeinsam ertragen. Die Zeit des Abschieds ist gekommen. Wir kehren in unsere Heimat zurück und rufen Ihnen allen zu: ›Auf Wiedersehen!‹ ...«

Abendzeitung, München, 12. September 1972

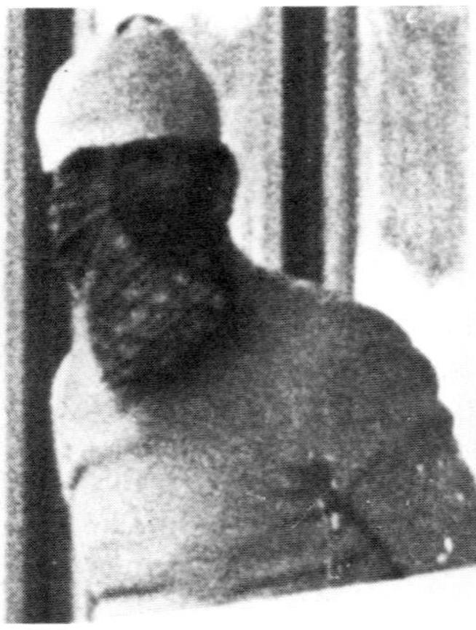

Bayerns politische Szene wird geprägt von einer CSU mit 62,1 % im Rücken gegenüber einer um klare Profilierung kämpfenden SPD. – Oben: Brandt und Bayerns SPD-Chef Gabert 1972 mit Sympathisanten. – Rechts: Strauß 1974 in Vilshofen mit Gesinnungsfreunden.

Die Schasen fom Schtrauß

Wie auch immer – der Schmid Helmut isd eine harte Nuß, weil er einen Cädehu-Kanzler zum Ferwäxeln änlich isd, zungenflink wie ein Windhund und zäh wie Leda mid dem Schwan. Da mißde er schon bäs abhausen wie zulezd der Brandt Willi, daß sie ihn schassen kunten ... Und was die Wäler bedrifd, so darf man nichd ewig mit der Automatik der Unzufridenheid rechnen. Wer Kohldambf schiebd, kann, muß aber nichd unbedingd Kohl wälen. Und die Schasen fom Schtrauß? Zum bodenziellen Vize langd es auf jeden Fal und bal es den Kohl 76 aus der Kurfen haud, legd der Schtrauß filleichd 1980 sein dickes Ei wider for. Mei, wer des derlebd! ...

Weidinger Schorsche an Filser Max, Süddeutsche Zeitung, 27. Mai 1975

Bayern im Spiegel von Brauchtum, Volkskunst und Umwelt

Beschreibung der Sitten des Landes

Das baierische Volk ist kirchlich, schlecht und recht, geht und läuft gerne wallfahrten, hat auch viele kirchliche Aufzüge; legt sich mehr auf den Ackerbau und die Viehzucht als auf den Krieg, dem es nit sehr nachläuft; bleibt gerne daheim und zieht nicht viel zu Feld in fremde Länder; trinkt sehr, macht viel Kinder; ist etwas unfreundlicher und eigensinniger, wie es geht bei Leuten, die nit viel hinauskommen, gern daheim alt werden, wenig Handel treiben und fremde Länder und Gegenden heimsuchen; sie achten die Kaufmannschaft nit, es kommen auch die Kaufleute nit viel zu ihnen ... Der gemeine Mann, der auf dem Lande sitzt, gibt sich mit Ackerbau und Viehzucht ab, liegt dem allein ob, darf sich nichts ohne Geheiß der Obrigkeit unterstehen, wird auch in keinen Rat genommen oder in die Landschaft berufen. Doch ist er sonst frei, mag auch freies, lediges, eigenes Gut haben, dient seinem Herren, der sonst keine Gewalt über ihn hat, mit jährlicher Gült, Zins und Scharwerk, tut sonst, was er will, sitzt Tag und Nacht bei dem Wein, schreit, singt, tanzt, kartet, spielt, mag Wehr tragen, Schweinsspieß und lange Messer. Große und überflüssige Hochzeiten, Totenmahle und Kirchweihen zu haben ist ehrenhaft und unsträflich, gereicht keinem zum Nachteil, bekommt keinem übel. In Niederbaiern, wo man das Rechtsbuch nit gebraucht, sitzen sie an der Landschrannen und müssen Urteil schöpfen, auch über das Blut richten ...

Johannes Aventinus, Bayerische Chronik, 1566

Rechts oben: Perchtenlaufen bei Kirchseeon in den Adventswochen.
Rechts Mitte: Dreikönigslaufen in Rott am Inn.
Rechts: Blick auf den Nürnberger Christkindlesmarkt.
Links: Tölzer Bauernschrank (um 1823).

Heimatpflege ist keine Sache des Gefühls

Heimatpflege ist nicht eine Sache des Gefühls, nicht etwas nach rückwärts, einer toten Vergangenheit Zugewandtes und nicht eine Sache, die zur Förderung des Fremdenverkehrs bayerische Eigenarten in mehr oder weniger echter Darstellung produziert.

Staatsminister Hans Maier, 1974

Unten: Sommer über dem Zugspitzgipfel.
Rechts: Schuhplattler vor dem Münchener Rathaus.
Rechts unten: Der »Drachenstich«, ein traditionelles Volksfest in Furth im Wald in der Oberpfalz.

Links: Benediktbeurer Schützen.
Unten: Nach dem sonntäglichen Kirchgang vor dem Dorfgasthof in Ettenberg im Berchtesgadener Land.

Scheibenschützenlied

A Schuß is g'rad an Aug'nblick,
Und rund is d' Kug'l, wie des Glück,
D'rum zabblts nit, als wie die Fisch,
Sunstn treffts 'n Wisch! Hui auf! ...

Und wann der Zieler springt und tanzt
Und 's Blei am gelbn Punktn glanzt,
Da gibts oan' bis in's Herz an Riß,
Wer nit a' Nudlwalger is,
Ja, ja, dees is g'wiß! Hui auf! ...

Es lebe hoch der Schütznstand!
Und kaam' der Feind in's Boarnland,
I' woaß's, er bleibet g'wiß nit lang,
Mir naahma 'n glei' als Kuglfang,
Ja als Kuglfang! Hui auf! ...

Franz von Kobell (1803–1882), aus seinem »Königsbüchl«, 1860

Gstanzln vom Roider Jakl

Neulings hot da Franz Josef Strauß g'sagt
nach der fünften Maß Bier,
solang de Sozi an der Regierung san
macht er an Bundeskanzler nia.

In fuchzg Jahr werd ma auf da Salvator-
prob'
nimmer vui boarisch hörn,
da wern statt die Gstanzl
Gedichte vom Mao Tse-tung vortragn
wern.

Wenn uns da Alfons Goppel nimmer
regier'n dat
der gang uns scho oa
aa wenn er nimmer viel z'reißt
d' Hauptsach is – er is da.

Abendzeitung, München, 10./11. Mai 1975

Rechts: Der Roider Jakl (1906–1975), Bayerns Gstanzl-König aus Niederbayern, beim Vortrag auf dem Nockherberg (unten FDP-Politiker Otto Bezold).

Oben: Nürnberger Spielzeug-Puppenhaus von 1639.
Rechts: In der Werkstatt des Mittenwalder Geigenbaumeisters Erich Sandner.

Oben: Bauernhaus in Kiefersfelden. – Links: Leonhardi-Fahrt bei Bad Tölz. – Unten: Votivtafel in Altötting: »Die Hlg. Muttergottes beschützte uns! Am 29. 4. 1945, 9.30, bei einem feindlichen Luftangriff zwischen Dorfen und Thann-Matzbach. S. Kaiser, Zugführer, Mü. 82« – Rechts oben: Landshut 1975: 500. Jahrestag der Hochzeit von Herzog Georg von Bayern-Landshut mit Hedwig, Tochter des Königs Kasimir IV. von Polen. – Rechts unten: Bayerische Folklore in naiver Malerei: »Der Hochzeitlader« von Traudl Schott.

Der Kaiser tat den ersten Tanz mit der Königstochter

Die Frauen und Jungfrauen, die mit der Königstochter gekommen waren, führten die in eine Nebenkapelle, zogen ihr das Reisegewand ab, entblößten ihr Haupt und setzten ihr eine gar schöne breite Borte mit herrlichen Perlen auf das bloße Haar, dazu eine Krone von Spangen und ein dünnes Tüchlein. Die Königstochter trug nur einen Zopf, und als sie nach ihrer Sitte geschmückt war, führte man sie zum Hochaltar, und sie weinte gar sehr ... Der Bischof von Salzburg gab das Paar zusammen, und als das geschehen war, führten der Kaiser und Herzog Otto sie in ihrem Schmuck aus der Kirche ... Der Kaiser tat den ersten Tanz mit der Königstochter, danach Herzog Jörg, und nachdem eine Weile getanzt war, führte der Kaiser die Königstochter in des Altorfers Haus durch eine Tür, die zu dem Tanzhaus durchgebrochen war, zu dem Beilager. Es gingen mit Markgraf Albrecht und sein Gemahl, die alte Frau von Sachsen, Herzog Ludwigs Gemahlin, die alle dem Beilager beiwohnten; damit war dieser Tag vollbracht ...

Aus dem Bericht eines Brandenburgers im Gefolge von Herzog Albrecht Achilles über die Landshuter Hochzeit Anno 1475

Links: Maibaum-Aufstellen in Waakirchen bei Bad Tölz.
Oben: Bauernhaus in Unterweißenbrunn bei Bad Neustadt, Unterfranken.
Oben rechts: »Schmalzlerglasln« aus Zwiesel, Bayerischer Wald.
Rechts: Steinzeug aus Bad Creussen, Oberfranken.

Maibaumdiebstahl strafbar?

»Also das steht doch nun wohl fest, meine Herren, daß der von den Kiendorfern als Maibaum bestimmte Stamm zu nächtlicher Stunde in Ihren Ort gebracht und dort anderntags gefunden wurde«, wirft der Richter ein. »Des behaupt'n de!« gibt der Bene zurück. »Schließlich schaugt oa Baam wia da anda aus, scho gor, wann er koa Rindn mehr hod. Aba soi er's sogor gwesn sei – woher woin de nacha wissn, daß'n ausgrechnad mir drei wegghoid ham? Wann S' mi frogn, na ham de uns doch bloß ozoagt, weil a eahna stinkt, daß da Hanse« – hier erblüht ein stilles Leuchten auf Hintermosers Gesicht – »eahna d'Resi weggschnappt hod, de wo bei eahna 's scheenste Madl im Dorf war.« … Nachdem sogar einige ältere Kiendorfer Zeugen ihrer Verwunderung Ausdruck gegeben haben, daß man wegen eines gestohlenen Maibaums die Strafverfolgungsbehörde bemüht hat, sieht sich auch deren Vertreter nicht mehr zu besonderem Engagement gedrängt: Er beantragt den nach Lage der Dinge ohnehin unausbleiblichen Freispruch …

Erwin Tochtermann, Süddeutsche Zeitung, 13. 5. 1975

Ein jeder macht was anderes

Ein jeder macht was anderes. Nix is koordiniert. Der eine restauriert fast nur noch alte Kirchen und Bauernhäuser, der andere lebt und stirbt für die vorschriftsmäßige Uniform der Gebirgsschützen . . . und der dritte bemüht sich vielleicht verzweifelt um ein bisserl mehr Einfluß auf die irreparable Verschandelung unserer Kulturlandschaften durch Neubauten.

Adolf Eichenseer, Bezirksheimatpfleger der Oberpfalz, SZ v. 14./15. 8. 1974

Links: Trachtler aus Reit im Winkl im Oktoberfestzug. – Links unten: Dinkelsbühler Knabenkapelle in Ansbach. – Unten: Smog über München. – Rechts: Bauernhäuser in Altenmarkt, Oberpfalz, und in Babenhausen, Bayerisch Schwaben.

Oben: Mädchen beim Kirchgang in Tölzer Tracht.
Unten: Fronleichnams-Bootsprozession auf dem Chiemsee.
Rechts: Nachtprozession in Altötting.

Wo alle beten ...

Der Tagereisen waren zwei bis Salzburg, auf der ersten kamen wir bis Alt-Öttingen, wo das wundertätige Marienbild in einer düsteren Kapelle die Pilger von allen Seiten herbeilockt. Schon der ganze Platz umher und die äußeren Mauern sind mit Votivtafeln gedackt, es macht einen sehr ängstlichen Eindruck, die Zeugnisse schauerlicher Geschicke und tausendfachen Elendes gedrängt nebeneinander und über diese hin ein beständiges Ein- und Ausströmen der Wallfahrer mit bedrängenden Gebeten und Gelübden um Erhörung, jeden Tag des Jahres von Sonnenaufgang bis Sonnenuntergang. Früh morgens um vier Uhr beginnt der Gottesdienst mit Musik und währt bis zur Nacht. Das Innere der Kapelle ist ganz mit schwarzem Samt überzogen, auch selbst das Gewölbe, und mehr durch Kerzenlicht als vom Tag erleuchtet, die Altäre von Silber, an den Wänden hängen silberne Glieder und Gebeine ... wie sonderbar, Goethe! Der Mensch! Er bringt seine Schmerzen als Opfer der Gottheit ... Zwei Männerstimmen, von der dumpfen Orgel begleitet, singen ihre Hymnen, das stille Messelesen, die Menschen, die mit Tränen die Stufen des Altars küssen, viele tausend Seufzer aus allen Ecken, das macht den wunderlichsten Eindruck. Wo alle beten, sollt' ich auch beten, dacht' ich, aber nimmermehr, das Herz war in beständigem Klopfen ...

Bettina von Arnim, Goethes Briefwechsel mit einem Kinde, 1835

Oben: Größtes Steinkreuznest in Bayern bei Wolframs-Eschenbach in Mittelfranken aus vorreformatorischer Zeit, »denn seit 1533 ist mit der Einführung der Halsgerichtsordnung Kaiser Karls V. die Sitte, für einen Totschlag ein Steinkreuz aufzurichten, verschwunden« (L. Wittmann, Deutsche Steinkreuzforschung, Nürnberg).
Links: Dorfschild von Hechenberg.
Unten: Fernmeldestation Raisting und Kirche bei Weilheim, Oberbayern.

Städte hat es sehr viel ...

Das Gebiet aber ist jetzt nicht verlassen, sondern von Menschen dicht bewohnt. Es wird im Osten von Österreich begrenzt, im Süden von den Alpen, im Westen von Schwaben, im Norden von Böhmen. Fast mitten hindurch fließt die Donau. Das Land trägt Getreide, hat Mangel an Wein, außer daß das Ufer der Donau um Regensburg mit Reben bewachsen ist. Jene Weine aber sind weniger berühmt als die übrigen. Deshalb ist der allgemeine Trank dort das Bier, aus Wasser und Gerste gebraut, der Hopfen beigemischt ist. Städte hat es wirklich sehr viele und sehr liebliche . . .

Johannes Cochläus, Brevis Germaniae Descriptio, 1512

Oben: Das Münchener Olympia-Gelände bei Nacht.

Die Bayern überhaupts genommen …

Die Bayern überhaupts genommen, sind von starkem dauerhaften Körper, aber nur von mittelmäßiger Größe. Die in dem gebürgigten Teil der Regierung München, gegen die Grenze von Tirol hin, sind länger von Körper als die auf dem flachen Lande. Die Handwerker in den Städten und Flekken, die Geistlichen und derlei Leute sehen aus bekannten Ursachen gewöhnlich bleicher, schwächer, auch trauriger aus, als die Bauern: Unter diesen letztern sind die jungen Burschen die schönsten Kerle, besonders die in der Gegend von Straubing und Regensburg, und um das Städtchen Erding bis gegen Burghausen hin wohnen. Die andere Hälfte des Menschengeschlechts ist, nach dem Geständnis der meisten In- und Ausländer, hübscher als in den meisten deutschen Provinzen. Der Hauptsammelplatz der Bayerschen Schönheiten ist München. Die Landmädchen sind meistens kurze, dicke Dingerchen, mit roten Backen, die von Gesundheit und Munterkeit strotzen, und sich wie im Paradiese befinden, wenn sie Sonntags ihren Schatz vormittags nach der Kirche, und nachmittags auf den Tanzboden begleiten können.

Johann Pezzl, Reise durch den Bayerischen Kreis, 1784

Das Leben ist:
Ein Schnee, der in dem Nu vergehet.
Ein See, der niemals stille stehet.
Die Blum, so nach der Blüt verfällt.
Der Ruhm, auf kurze Zeit gestellt.
Ein Traum, der mit dem Schlaf aufhört.
Ein Schaum, den Flut und Wind verzehrt.
Ein Kauf, den man am End bereut.
Ein Lauf, der schnaufend schnell erfreut.
Ein Wasserstrom, der pfeilt geschwind.
Die Wasserblas, so bald zerrinnt.
Ein Schatten, der uns macht schabab.
Die Matten, so gräbt unser Grab.
Georg Philipp Harsdörffer (1607–1658)

Oben: Andacht im Eichstätter Dom.
Rechts: Das »Atomei« von Garching, ein Kernreaktor der Technischen Hochschule München.

Regierungsdaten bayerischer Herrscher und Regierungschefs

554–594 Herzog Garibald I.
595–610 Tassilo I.
610–640 Garibald II.
um 700 bis 718 Theodo (Mitregenten: Theodebalt, Theodebert, Grimoald, Tassilo II.)
718–724 Theodebert und Grimoald
725–737 Hugibert
737–748 Oatilo
748–788 Tassilo III.
788–814 Karl der Große (Landesverwaltung durch Präfekte)
814–815 Ludwig der Fromme
817–876 Ludwig der Deutsche (seit 826 in Regensburg als König der Bayern)
880–882 Ludwig der Jüngere
882–887 Karl der Dicke
887–899 Arnulf von Kärnten
899–911 Ludwig das Kind
895–907 Markgraf Luitpold
907–937 Herzog, zeitweise König Arnulf
937–938 Herzog Eberhard
938–947 Herzog Berthold
947–955 Herzog Heinrich I.
955–976 Heinrich II. der Zänker
976–982 Otto, Herzog von Schwaben
983–985 Heinrich III.
985–995 Heinrich II. (zum 2. Mal)
995–1004 Heinrich IV. (seit 1002 deutscher König, seit 1014 Kaiser Heinrich II.)
1004–1009 Heinrich V. von Luxemburg
1009–1018 Heinrich IV. (zum 2. Mal)
1018–1026 Heinrich V. von Luxemburg (zum 2. Mal)
1027–1042 Heinrich VI. (seit 1039 deutscher König, seit 1046 Kaiser Heinrich III.)
1042–1049 Heinrich VII. von Luxemburg
1049–1053 Konrad von Züphten
1053–1054 Heinrich VIII. (seit 1054 deutscher König, seit 1084 Kaiser Heinrich IV.)
1054–1055 Konrad, Salier
1055–1061 Kaiserin Agnes
1061–1070 Otto von Nordheim
1070–1077 Herzog Welf I.
1077–1095 Heinrich VIII. (zum 2. Mal)
1096–1101 Welf I. (zum 2. Mal)
1101–1120 Welf II.
1120–1126 Heinrich IX. der Schwarze
1126–1138 Heinrich X. der Stolze
1139–1141 Leopold von Österreich
1141–1143 König Konrad III.
1143–1156 Heinrich XI. Jasomirgott
1156–1180 Heinrich XII. der Löwe
1180–1183 Otto I. von Wittelsbach
1183–1231 Ludwig I. der Kelheimer
1231–1253 Otto II. der Erlauchte
1253–1294 Ludwig II. der Strenge (regiert seit 1255 nur in Oberbayern und der Pfalz)
1294–1317 Rudolf I. und Ludwig IV. (in Oberbayern und in der Pfalz)
1317–1347 Ludwig IV. allein (in Oberbayern, bis 1329 auch in der Pfalz, seit 1340 wieder in Ober- und Niederbayern, seit 1314 deutscher König, seit 1328 Kaiser Ludwig der Bayer)
1255–1290 Heinrich XIII. (in Niederbayern)
1290–1312 Otto III., Ludwig III., Stephan I. (in Niederbayern)
1310–1339 Heinrich XIV., Heinrich XV., Otto IV. (in Niederbayern)
1339–1340 Johann I. das Kind (in Niederbayern)
1347–1349 Ludwig V. der Brandenburger, Stephan II. mit der Hafte, Ludwig VI. der Römer, Wilhelm I., Albrecht I., Otto V. der Faule

Herzöge in Oberbayern

1349–1351 Ludwig IV., Ludwig VI., Otto V.
1351–1361 Ludwig V. (allein)
1361–1363 Meinhard
1363–1375 Stephan II.
1375–1392 Stephan III. der Kneißl, Friedrich, Johann II.
1392–1397 Johann II. (seit 1395 gemeinsam mit Stephan III.)
1397–1402 Stephan III., Ernst, Wilhelm III.
1402–1435 Ernst und Wilhelm III.
1435–1438 Ernst (allein)
1438–1460 Albrecht III.
1460–1463 Johann IV. und Sigmund
1463–1465 Sigmund (allein)
1465–1467 Sigmund und Albrecht IV. der Weise
1467–1508 Albrecht IV.

Herzöge in Bayern-Landshut

1349–1353 Stephan II., Wilhelm I., Albrecht I.
1353–1375 Stephan II. (allein)
1375–1392 Stephan III., Friedrich, Johann II.
1392–1393 Friedrich (allein)
1394–1450 Heinrich XVI. der Reiche
1450–1479 Ludwig IX. der Reiche
1479–1503 Georg der Reiche (1504 Bayern-Landshut mit Oberbayern wieder vereinigt)

Herzöge in Bayern-Straubing/Holland

1353–1358 Wilhelm I. und Albrecht I.
1358–1404 Albrecht I. (bis 1388 als Stellvertreter Wilhelms I.)
1389–1397 Albrecht II. (Statthalter Albrechts I. in Straubing)
1404–1417 Wilhelm II.
1417–1425 Johann III. der Erbarmungslose (Jean sans pitié) (Nach 1425 Bayern-Straubing unter die Linien München, Landshut, Ingolstadt aufgeteilt)

Herzöge in Bayern-Ingolstadt

1392–1395 Stephan III.
1395–1397 Stephan III. und Johann II.
1397–1402 Stephan III., Ernst, Wilhelm III.
1402–1413 Stephan III. (allein)
1413–1443 Ludwig VII. der Gebartete
1443–1445 Ludwig VIII. der Bucklige (1447, nach dem Tod Ludwigs des Gebarteten, Bayern-Ingolstadt an Bayern-Landshut)

Herzöge im wiedervereinigten Bayern

1504–1508 Albrecht IV.
1508–1550 Wilhelm IV. (1516–1545 gemeinsam mit Ludwig X.)
1550–1579 Albrecht V.
1579–1597 Wilhelm V. (seit 1594 gemeinsam mit Maximilian I.)
1597–1623 Maximilian I.

Kurfürsten in Bayern

1623–1651 Maximilian I.
1651–1679 Ferdinand Maria
1679–1726 Max II. Emanuel
1726–1745 Karl Albrecht (seit 1742 Kaiser Karl VII.)
1745–1777 Max III. Joseph
1777–1799 Karl Theodor
1799–1806 Max IV. Joseph (danach König Max I.)

Könige von Bayern

1806–1825 Max I.
1825–1848 Ludwig I.
1848–1864 Max II.
1864–1886 Ludwig II.
1886–1913 Otto I. Für ihn regieren als Prinzregenten:
1886–1912 Luitpold
1912–1913 Ludwig
1913–1918 Ludwig III.

Ministerpräsidenten im Freistaat Bayern

9. 11. 1918 bis 21. 2. 1919 Ministerpräsident Kurt Eisner (USPD)
17. 3. 1919 bis 14. 3. 1920 Ministerpräsident Johannes Hoffmann (MSPD) (in Bamberg ab 18. 3. 1919, wieder in München ab Mai 1919)
7. 4. 1919 bis 2. 5. 1919 Räterepublik in München
16. 3. 1920 bis 11. 9. 1921 Ministerpräsident Gustav Ritter von Kahr
21. 9. 1921 bis 2. 11. 1922 Ministerpräsident Hugo Graf von Lerchenfeld
8. 11. 1922 bis 5. 5. 1924 Ministerpräsident Eugen von Knilling
26. 9. 1923 bis 13. 2. 1924 Im Ausnahmezustand: Generalstaatskommissar Ritter von Kahr
28. 6. 1924 bis 9. 3. 1933 Ministerpräsident Dr. Heinrich Held (BVP)
1933–1934 Reichskommissar Ritter von Epp / Ministerpräsident Ludwig Siebert (NSDAP)
1934–1945 Bayern im Dritten Reich
28. 5. 1945 bis 28. 9. 1945 Ministerpräsident Fritz Schäffer (CSU)
28. 9. 1945 bis 21. 12. 1946 Wilhelm Hoegner (SPD)
21. 12. 1946 bis 14. 12. 1954 Hans Ehard (CSU)
14. 12. 1954 bis 16. 10. 1957 Wilhelm Hoegner (SPD)
16. 10. 1957 bis 26. 1. 1960 Hanns Seidel (CSU)
26. 1. 1960 bis 11. 12. 1962 Hans Ehard (CSU)
11. 12. 1962 bis heute Alfons Goppel (CSU) (4. Kabinett seit 12. 11. 1974)

Register

Bibliographie

Die folgende Liste enthält eine Auswahl jener benutzten Literatur, die dem Leser zur weiteren Information nützen kann.

Gesamtdarstellungen

Aventinus, Johannes, Baierische Chronik. Hrsg. v. Georg Leidinger. Eugen Diederichs Verlag, Düsseldorf–Köln, 1975.

Bayern, Kunst und Kultur. Katalog. Prestel-Verlag, München, 1972

Bosl, Karl, Bayerische Geschichte. Paul List Verlag, München, 1971.

Doeberl, Michael, Entwicklungsgeschichte Bayerns. Bd. I–III. R. Oldenbourg Verlag, München, 1927–31.

Dollinger, Hans, Lachen streng verboten! Die Geschichte der Deutschen im Spiegel der Karikatur. Südwest Verlag München, 1972.

Driendl, Thomas, Geschichte von Bayern und der zum Königreich Bayern gehörigen Provinz Rheinpfalz, Franken und Schwaben in 120 Bildern mit erklärendem Texte für Schule und Haus. München, 1853.

Egger, Walter, Bilder aus bayerischer Vergangenheit. Verlag Josef Habbel, Regensburg, 1971.

Fehn, Hans (Hrsg.), Luftbildatlas Bayern. Eine Landeskunde in 72 farbigen Luftaufnahmen. Paul List Verlag, München, 1973.

Fink, Alois (Hrsg.) Bayern. Streifzüge durch zwölf Jahrhunderte. Südd. Verlag, München, 1971.

Hubensteiner, Benno, Bayerische Geschichte. Staat und Volk, Kunst und Kultur. Richard Pflaum Verlag, München, 1967.

Imago Bavariae in Bildern von Toni Schneiders. Herder Verlag, München–Freiburg i. Brsg., 1972.

Kronseder, Otto, Lesebuch zur Geschichte Bayerns. R. Oldenbourg Verlag, München, 1906.

Rall, Hans, Zeittafeln zur Geschichte Bayerns und der mit Bayern verknüpften oder darin aufgegangenen Territorien. Südd. Verlag, München (Verlag Bayerische Heimatforschung), 1974.

Reitzenstein, Alexander von/Brunner, Herbert, Bayern. Baudenkmäler. Reclams Kunstführer Deutschland Bd. I., Philipp Reclam jun., Stuttgart, 1974.

Sayn-Wittgenstein, Franz Prinz zu, Weiß-blaue Museumsfahrten. Prestel-Verlag, München, 1975.

Schrott, Ludwig, Die Herrscher Bayerns. Vom ersten Herzog bis zum letzten König. Südd. Verlag, München, 1967.

Schrott, Ludwig, Münchner Alltag in acht Jahrhunderten. Lebensgeschichte einer Stadt. Gräfe & Unzer Verlag, München, 1969.

Spindler, Max (Hrsg.), Handbuch der bayerischen Geschichte. Bde. I, II, III/1, 2, IV/1, 2. C. H. Beck Verlag, München, 1971–75.

Spindler, Max (Hrsg.), Bayerischer Geschichtsatlas. Bayerischer Schulbuch-Verlag, München, 1969.

Stetter, Gertrud (Hrsg.), Bayern in alten Ansichten und Schilderungen. Jan Thorbecke Verlag, München und Sigmaringen, 1971.

Topographischer Atlas Bayern. Hrsg. v. Bayerischen Landesvermessungsamt. Paul List Verlag, München, 1968.

Literatur für die einzelnen Kapitel

S. 28–37: Vor- und Frühgeschichte Bayerns

Corpus Signorum Imperii Romani (Corpus der Skulpturen der Römischen Welt), Deutschland, Bd. I, 1: Raetia und Noricum. Rudolf Habelt Verlag, Bonn, 1973.

Dannheimer, Hermann/Fink, Roman, Fundort Bayern. Report aus der Vorgeschichte. Verlag Schnell & Steiner, München–Zürich, 1968.

Führer zu vor- und frühgeschichtlichen Denkmälern. Band 6: Passau, Kallmünz, Straubing, Cham – Band 8: Miltenberg, Amorbach, Obernburg, Aschaffenburg, Seligenstadt – Band 18: Miesbach, Tegernsee, Bad Tölz, Wolfratshausen, Bad Aibling – Band 19: Rosenheim, Chiemsee, Traunstein, Bad Reichenhall, Berchtesgaden. Verlag Philipp von Zabern, Mainz, 1967, 1971.

Kellner, Hans-Jörg, Die Römer in Bayern. Südd. Verlag, München, 1972.

Torbrügge, Walter/Uenze, Hans P., Bilder zur Vorgeschichte Bayerns. Jan Thorbecke Verlag, Konstanz, Lindau, Stuttgart, 1968.

Vor- und frühgeschichtliche Archäologie in Bayern. Hrsg. v. Otto Kunkel. Bayerischer Schulbuch-Verlag, München, 1972.

S. 38–45: Das Stammesherzogtum vom 5. Jahrhundert bis 788

Bayerns Kirche im Mittelalter. Handschriften und Urkunden. Ausstellungs-Katalog. Bayerische Staatsbibliothek München, Hirmer-Verlag, München, 1960.

Beyerle, Konrad, Lex Baiuvariorum. Lichtdruckwiedergabe der Ingolstädter Handschrift des bayerischen Volksrechts mit Transkription, Textnoten, Übersetzung, Einführung, Literaturübersicht und Glossar. Max Hueber Verlag, München, 1926.

Bosl, Karl, Zur Geschichte der Bayern. Wege der Forschung, Band LX., Wissenschaftliche Buchgesellschaft, Darmstadt, 1965.

Chroniken des Mittelalters. Widukind. Otto von Freising. Helmold. Winkler-Verlag, München, 1964.

Reindel, Kurt, Bayern im Mittelalter. C. H. Beck Verlag, München, 1970.

S. 46–61: Das Herzogtum von 788 bis 1180

Bühler, Johannes, Die Hohenstaufen. Nach zeitgenössischen Quellen. Insel-Verlag, Leipzig, 1925.

Rice, David Talbot (Hrsg.), Morgen des Abendlandes. Von der Antike zum Mittelalter. Droemersche Verlagsanstalt, München–Zürich, 1965.

Zwölf Jahrhunderte Literatur in Bayern. Ausstellungskatalog der Bayerischen Staatsbibliothek. Ehrenwirth Verlag, München, 1975.

S. 62–89: Das Herzogtum von 1180 bis 1623

Baschwitz, Kurt, Hexen und Hexenprozesse. dtv-Band 265. München, 1966.

Bühler, Johannes, Fürsten und Ritter. Nach zeitgenössischen Quellen. Insel-Verlag, Leipzig, 1928.

Gräter, Carlheinz, Der Bauernkrieg in Franken. Stürtz Verlag, Würzburg, 1975.

Junghans, Helmar, Die Reformation in Augenzeugenberichten. Karl Rauch Verlag, Düsseldorf, 1967.

Kirnberger, Max, Das Herzogtum Straubing-Holland. 1353–1429. Straubing, 1967.

Riezler, Sigmund von, Agnes Bernauer und die bayerischen Herzöge. München, 1885.

Schattenhofer, Michael, Von Kirchen, Kurfürsten & Kaffeesiedern etcetera. Aus Münchens Vergangenheit. Süddeutscher Verlag, München, 1974.

Zimmermann, Fritz, Unbekannte Quellen zur Geschichte des Bauernkriegs 1525 in Bayern. In: Zeitschrift für Bayerische Landesgeschichte, Bd. 27, 1964.

Zoepfl, Friedrich, Hexenwahn und Hexenverfolgung in Dillingen. In: Zeitschrift für Bayerische Landesgeschichte, Bd. 27/1964.

S. 90–119: Bayern als Kurfürstentum von 1623 bis 1806

Friesenegger, Maurus, Tagebuch aus dem 30jährigen Krieg. Süddeutscher Verlag, München, 1974.

Merian, Matthaeus, Topographia Germaniae. Bayern 1657. Faksimile-Ausgabe. Bärenreiter-Verlag, Kassel und Basel, 1962.

Rattelmüller, Paul Ernst, Matthäus Klostermaier vulgo Der Bayrische Hiasl. Verlag F. Bruckmann, München, 1972.

Roth, Adolf, Lieber bayrisch sterben. Der oberländische Bauernaufstand von 1705. Zeitgenössische Berichte. Paul Schachtl Verlag, München, 1955.

Wolf, Georg Jacob, Ein Jahrhundert München 1800 bis 1900. Zeitgenössische Bilder und Dokumente. Verlag Franz Hanfstaengl, München, 1922.

S. 120–151: Das Königreich von 1806 bis zur Revolution 1848

Adalbert Prinz von Bayern, Die Herzen der Leuchtenberg. Chronik einer napoleonisch - bayerisch - europäischen Familie, Prestel Verlag, München, 1963.

Gedichte Ludwigs des Ersten, Königs von Bayern. Theil I–III. I. G. Cotta, München, 1839.

Hoferichter, Ernst/Strobl, Heinz, 150 Jahre Oktoberfest 1810–1960. Bilder und G'schichten. Hrsg. v. Wirtschaftsreferat der Landeshauptstadt München. Münchener Zeitungsverlag KG., München, 1960.

Hümmert, Ludwig, Vater Max – ein bayerischer Bürgerkönig. In: SZ, Regionalanzeiger, München, 10. 10. 1975.

Roepke, Claus-Jürgen, Die Protestanten in Bayern. Südd. Verlag, München, 1972.

Schindler, Karl, »Heinrich Heine und München«: In: SZ, Regionalanzeiger, München, 19. 1. 1973.

S. 152–177: Das Königreich von 1848 bis 1886

Bayern und die Deutsche Einigung 1870/71. Ausstellungskatalog d. Bayer. Hauptstaatsarchivs München, 1971.

Gärtner, E./Zentner, W., Maß für Maß. Aus der Geschichte der Münchner Bierkeller. Bogen-Verlag, München, 1972.

Hacker, Rupert, Ludwig II. von Bayern in Augenzeugenberichten. Karl Rauch Verlag, Düsseldorf, 1966.

Maderholz, Helmut, »Ein Münchner baute das erste U-Boot«. In: SZ, Regionalanzeiger, München, 20. 6. 1975.

Sailer, Anton, Münchner Spectaculum. Kuriose Zeiten, Menschen und Begebenheiten. Buchheim-Verlag, Feldafing/Obb.

Schmidt-Polex, Carl, »Gibt's noch Haberer?«. In: »Abendzeitung«, München, 3. Mai 1973.

Schrott, Ludwig, Der Prinzregent. Ein Lebensbild aus Stimmen seiner Zeit. Süddeutscher Verlag, München, 1962.

S. 178–197: Bayern von 1886 bis 1919

Amery, Carl/Kölsch, Jochen (Hrsg.), Bayern – ein Rechts-Staat? Das politische Porträt eines deutschen Bundeslandes. rororo-aktuell Band Nr. 380. Reinbek b. Hamburg, 1974.

Dollinger, Hans (Hrsg.), Das Kaiserreich. Seine Geschichte in Texten, Bildern und Dokumenten. Verlag Kurt Desch, München, 1966.

Dollinger, Hans (Hrsg.), Der Erste Weltkrieg in Bildern und Dokumenten. Verlag Kurt Desch, München, 1965.

Hausenstein, Wilhelm, Liebe zu München. Prestel Verlag, München, 1958.

Rattelmüller, Paul Ernst, Dirndl, Janker, Lederhosen. Künstler entdecken die oberbayerischen Trachten. Gräfe & Unzer Verlag, München, o. J.

Sommer, Siegfried, »Am Montag wer' i köpft«. In: »Abendzeitung«, München, 29./30. November 1975.

Thoma, Ludwig, Ein Leben in Briefen. 1875–1921. Verlag R. Piper & Co., München, 1963.

Wittkop, Philipp (Hrsg.), Kriegsbriefe gefallener Studenten. Georg Müller, München, 1928.

S. 198–223: Der Freistaat Bayern von 1918 bis 1933

Arnold, Friedrich (Hrsg.), Anschläge. Politische Plakate in Deutschland 1900–1970. Verlag Langewiesche-Brandt, Ebenhausen b. München, 1972.

Bosl, Karl (Hrsg.), Bayern im Umbruch. Die Revolution von 1918, ihre Voraussetzungen, ihr Verlauf und ihre Folgen. R. Oldenbourg München, Wien, 1969.

Deuerlein, Ernst, Der Aufstieg der NSDAP 1919–1933 in Augenzeugenberichten. Karl Rauch Verlag, Düsseldorf, 1968.

Falter, Josef, »Die Ahnen der Münchner Schutzpolizei«. In: SZ, Regionalanzeiger, München, 19. 10. 1973.

Graf, Oskar Maria, Gelächter von außen. Aus meinem Leben 1918–1933. Verlag Kurt Desch, München, 1966.

Hollweck, Ludwig, »50 Jahre Deutsches Museum«. In: SZ, Regionalanzeiger, 23. Mai 1975.

Niekisch, Ernst, Gewagtes Leben. Verlag Kiepenheuer & Witsch, Köln, 1965.

Roth, Eugen, Der Glaspalast in München. Glanz und Ende 1854 bis 1931.
Süddeutscher Verlag, München, 1971.

Seitz, Helmut, ». . . und der Weiß Ferdl bedauert die Amerikaner. Was vor fünfzig und hundert Jahren im Lokalteil der Zeitung stand«. In: SZ, 22. Mai 1975.

S. 224–239: Bayern im Dritten Reich von 1933 bis 1945

Aretin, Freiherr Erwein von (Hrsg.), Wittelsbacher im KZ. Münchener Dom Verlag, München, 1954.
Dollinger, Hans (Hrsg.), Die letzten hundert Tage. Das Ende des Zweiten Weltkrieges in Europa und Asien. Verlag Kurt Desch, München, 1965.
Klöss, Erhard (Hrsg.), Der Luftkrieg über Deutschland 1939–1945. dtv. Band Nr. 160, München, 1963.
Wagner, Dieter, München '45 zwischen Ende und Anfang. Süddeutscher Verlag, München, 1970.
Weisenborn, Günther (Hrsg.), Der lautlose Aufstand. Bericht über die Widerstandsbewegung des deutschen Volkes 1933–1945. rororo-Taschenbuch-Ausgabe, Band Nr. 507–508, Reinbek b. Hamburg, 1962.

S. 240–273: Der Freistaat in der Bundesrepublik Deutschland von 1945 bis 1975

Balfour, Michael, Vier-Mächte-Kontrolle in Deutschland 1945–1946. Droste-Verlag, Düsseldorf, 1959.
Bericht über den Verfassungskonvent auf Herrenchiemsee vom 10. bis 25. August 1948. Bayerische Staatskanzlei, München.
Burger, Hannes, »Die liebe Heimat darf nicht teuer sein«. In: SZ, 14./15. August, 1974.
Burger, Hannes, »Neues Passionsspiel aus Quellen des Barock«. In: SZ, 20./21. 9. 1975.
Das kennen Sie ... Dokumentation II der Arbeitsgemeinschaft Bamberg, Lübeck, Regensburg. Hrsg. v. Stadtplanungsamt Lübeck, 1968.
Deuerlein, Ernst, »Das erste gesamtdeutsche Gespräch«. In: »aus politik und zeitgeschichte«. Beilage zur Wochenzeitung »das parlament«. Bundeszentrale f. politische Bildung, Bonn, 7. 6. 1967.
Dollinger, Hans (Hrsg.), Die Bundesrepublik in der Ära Adenauer 1949 bis 1963. Wissenschaftl. Beratung: Dr. Thilo Vogelsang, Verlag Kurt Desch, München, 1966.
Ehard, Hans, Bayerische Politik. Richard Pflaum Verlag, München, 1952.
Hoegner, Wilhelm, Der schwierige Außenseiter. Erinnerungen eines Abgeordneten, Emigranten und Ministerpräsidenten. Isar-Verlag, München, 1959.
Hoffmann, Helmut, Bayern. Handbuch zur staatspolitischen Landeskunde. Bayerische Landeszentrale für politische Bildungsarbeit. Günter Olzog Verlag, München, 1974.
Kuby, Erich, »Bamberg«. Ein Bericht. In: »stern« Nr. 43/1973.
Maier, Reinhold, Ein Grundstein wird gelegt. Die Jahre 1945–1947. Rainer Wunderlich Verlag H. Leins, Tübingen, 1964.
Rauschning, Hans (Hrsg.), 1945. Ein Jahr in Dichtung und Bericht. Fischer-Bücherei Nr. 663, Frankfurt/Main, 1965.
Seeberger, Kurt/Rauchwetter, Gerhard, München. 1945 bis heute. Chronik eines Aufstieges. Südwest-Verlag, München, 1970.
Termolen, Rosel, »Das Nationaltheater«. In: SZ, Regionalanzeiger, 29. 11. 1974.
Wucher, Albert (Hrsg.), Wie kam es zur Bundesrepublik? Politische Gespräche mit Männern der ersten Stunde. Herder-Bücherei, Band Nr. 324, Freiburg, 1968.

Quellennachweis der veröffentlichten Bilder und Dokumente

Der Standort-Nachweis von Gemälden sowie die Signatur von Bibliotheken sind hinter den jeweiligen Seitenzahlen der Bildquellen vermerkt.

Archiv: 31 oben rechts, 75 unten, 112 Mitte links, 120, 122 oben rechts, 150 oben rechts, 157 oben rechts, 178, 198, 212 unten, 231 unten, 240, 242 unten, 251 oben. – *Farbe:* 190 oben, 190 unten.
Archiv Familie Mann, Kilchberg-Zürichsee: 220 unten links.
Associated Press, Bilderdienst, Frankfurt/Main: 180 unten, 254 oben.
Bauer, Emil, Bamberg: 112 oben, 112 unten rechts, 113 Mitte links (alle Historisches Museum Bamberg).
Bavaria Verlag, Gauting: 19 oben, 50 oben links, 52 oben (Maximilianeum), 58 unten, 78 oben, 94 unten links, 96 links (Museum Ottobeuren), 100 unten rechts, 101 unten, 102 oben, 109 unten rechts, 113 unten, 118 unten links, 123 oben rechts, 129 unten links, 134 unten, 138 unten (Sammlung Proebst), 147 oben links, 147 oben Mitte, 147 oben rechts, 148 oben, 153 unten, 161 unten links, 164 unten, 172 unten, 180 oben rechts, 183 unten, 186 oben links, 186 unten links, 186/187 unten, 187 unten rechts, 189 oben, 192 oben, 194 oben links, 195 oben links, 196 oben, 204 unten, 205 oben, 207 oben rechts, 211 oben, 211 unten rechts, 215 oben, 217 oben, 217 unten, 218 oben, 218 unten, 219 oben, 219 unten links, 219 unten rechts, 221 Mitte, 221 unten, 222 Mitte, 230 oben, 230 unten, 231 oben, 233 oben, 249 oben, 249 Mitte, 249 unten, 256 oben, 260 unten, 262 oben, 262 unten.
Bayerische Staatsbibliothek, München: 41 oben rechts (Cod. lat. 19415), 44 unten (Cod. Hbh Dl 22053), 48 oben rechts (Cod. germ. 14), 54 unten Mitte (Cod. german. 34), 58 oben links (Cod. lat. 19486), 58 oben rechts (Cod. Hbh. Kn 2300), 83 oben rechts (Cod. icon. 429), 86 oben (Hbks F 15, 20 Bavar. 50), 100 unten links (Hbks. F. 18 d), 107 unten links (Cod. germ. 800, 9a), 108 unten rechts (Zeitschr.-Abtlg.), 112 unten links (Cod. lat. 46), 124 unten rechts (40 L. impr. c. m. mss. 119), 125 unten links (Cod. german. 5103), 159 oben (Cod. Rar. 408), 188 oben rechts (Cod. 20 h. sel. I, 366), 214 unten rechts. – *Farbe:* 66 oben links (Cod. Clm. 4660), 76 oben Mitte (Cod. Cgm. 20), 87 oben (Mus. Ms. A 1, S. 204), 116 unten (Cod. Cgm. 734), 133 (Cod. Cine 198 a, fol. 1, Titelblatt).
Bayerische Staatsgemäldesammlungen, München: 107 unten rechts (6178), 137 oben rechts (9803), 147 unten (WAF 406).
Bayerisches Armeemuseum, Ingolstadt/Foto M. Scheurer: 141 oben, 151 oben, 151 unten, 163 unten, 170 unten, 180 oben links. – *Farbe:* 163 oben, 171 oben.
Bayerisches Hauptstaatsarchiv, München, Abt. I: 43 Mitte (HL Freising 3 a 73), 48 unten links (KS 2), 52 unten links (KS 147), 53 oben rechts (Bamberger U 68), 64 oben rechts (KS 539), 64 Mitte (KS 649), 68 oben (KS 766), 78 Mitte links (Kurbayern, Äußeres Archiv 694), 86 unten (Staatsverwaltung 2716, fol. 118–123), 96/97 oben (Kartensammlung 338/3), 143 oben (MInn 46050), 151 Mitte (Verfassung u. Landtage: Prokl. v. 1848, März, 6., 1. Seite), 154 unten (Staatsrat 5579, Edikt über die Pressefreiheit), 160 oben links (Verfassung und Landtage. Eidesleistung Ludwigs II. v. 1864, März, 11., 1. Seite), 160 oben rechts (dto., 3. Seite).
Bayerisches Hauptstaatsarchiv, München, Abt. II: 104 oben links (Bayern Urk. 1020), 111 oben links (MA 4018), 155 oben rechts (MA 459), 164 oben links (Bayern Urk. 3621), 167 Mitte (Bayern Urk. 3658/1), 226 unten (MA 105255), 254 unten rechts (Bayern Urk. 4135/i), 257 oben links (Bayern Urk. 4141/I), 258 unten rechts (Bayern Urk. 4027), 266 unten links (Bayern Urk. 4108).
Bayerisches Hauptstaatsarchiv, München, Abt. IV (Kriegsarchiv): 102 unten links (B, Span. Erbfolgekrieg, Nr. 123 y).
Bayerisches Landesamt f. Denkmalpflege (Abtlg. f. Vor- und Frühgeschichte, Dr. Sage), München: 49 oben.
Bayerisches Landesamt f. Denkmalpflege (Abtlg. Inventarisation der Kunstdenkmäler), München: 46, 50 unten, 94 oben rechts (Heimatmuseum Tittmoning-Burg), 109 unten links (Stadtmuseum Nördlingen).
Bayerisches Nationalmuseum, München: 69 unten, 74 unten rechts, 79 oben links, 83 oben links, 94 oben links.
Beckel, Dr. Lothar, Bad Ischl/Österreich: 26, 258 oben links (beide Luftaufn. freigeg. v. BMfLV mit Zl. RAbt. B). – *Farbe:* 20 oben.
Bildarchiv Foto Marburg, Marburg/Lahn: 40 unten links, 47 (Residenz München), 61 unten rechts (Residenz, München), 135 oben, 135 unten.
Bildarchiv Preußischer Kulturbesitz, Staatsbibliothek Berlin, Berlin: 59 unten links, 78/79 unten, 139 oben rechts, 143 unten, 144 oben links, 161 unten rechts, 202 oben links, 202 unten, 202/203 oben, 203 unten, 204 oben, 207 oben links, 212 oben, 213 oben, 213 unten, 214 unten links, 215 unten, 234 oben.
Boudot-Lamotte, Emmanuel, Paris: 114 unten links, 129 oben rechts.
Braunmüller, Robert, Baldham bei München: Farbe: 32 (Gäuboden-Museum, Straubing), 80 oben (Dorfkirche Jenkofen bei Landshut).
Bruckmann Verlag, Bildarchiv, München: 81 oben rechts, 84/85 unten, 111 oben rechts, 115 oben links, 119, 126 unten links, 126 unten rechts (German. Nationalmuseum, Nürnberg), 134 oben (Stadtmuseum München), 140 oben, 142 unten, 150 oben links (Haus- u. Staatsarchiv, München), 154 oben, 156 oben, 157 oben links, 160 unten, 161 oben, 170 oben (Stadtmuseum München), 172 Mitte (aus Spengler, Münchener Historien), 173 oben, 177 unten, 181.
Bundesarchiv Koblenz: 210 unten (Nachl. Geßler/9), 214 oben (R 43 I/2219).
Bundesdenkmalamt Wien: 42 oben links (N 39734), 42 unten (N 34619).
Bundesministerium für das Post- und Fernmeldewesen, Bonn: 144 oben rechts.
Deutsche Presse-Agentur, Bilderdienst, Frankfurt: 179 unten, 228 oben, 238 oben, 277 unten.
Deutsches Museum, München: 67 oben, 95 unten, 142 oben, 145 oben rechts, 156/157 unten, 157 oben links, 157 Mitte, 185 oben links, 185 unten rechts, 199 oben, 216, 217 Mitte.
Drave, Erika, München: Farbe: 191 unten (Stuck-Villa, München), 291.
Europäische Verlagsanstalt, Frankfurt/Main: 184 oben links, 232 unten (beide aus: 75 Jahre IG Metall, 1891–1966.
Festspielleitung Bayreuth: 162 oben, 162 unten.
Gebhard, Torsten, Germania 29 (1951): 41 Mitte links (zu den Hausangaben der Lex Bajuvariorium).
Germanisches Nationalmuseum, Nürnberg: 31 oben links (Vb. 1817), 37 oben rechts (W 1943), 72 unten (Hz 2339), 125 Mitte links (HB 10741), 125 unten rechts (Plo 2211), 127 unten (Bar. i. Nbg. A 305), 128 oben (HB 1596), 128 unten (Hz 4180). – *Farbe:* 280.
Hauptamt für Hochbauwesen, Bildstelle, Nürnberg: 71 links Mitte, 93 unten, 127 oben, 144 unten, 185 oben rechts, 238/239.
Heimatmuseum der Stadt Kaufbeuren/Allgäu: 63.
Heimatmuseum Wasserburg a. Inn/Foto Hochwind: 90, 95 oben links, 110 oben, 110 unten, 144 Mitte. – *Farbe:* 116 oben links, 116 oben rechts.
Herbrich, Gertrud, Regensburg: 101 oben.
Hirmer Verlag, München: Farbe: 33 oben links (Wittislingen), 33 unten rechts (Bayer. Nationalmuseum München), 56 (Bayer. Staatsbibl. München, Cod. lat. 4452), 98 unten (Bayer. Nationalmuseum, München), 98/99 oben.
Historia-Photo Charlotte Fremke, Bad Sachsa: 34 oben, 54 oben links, 65 oben, 78 unten, 108 unten links, 118 oben links, 118 oben rechts, 128 Mitte.
Imperial War Museum, London: 197 unten.
Institut für Zeitgeschichte, München: 236 oben (Fa. 215, Bd. 1, Bl. 25), 246.
Klammet, Gerhard, Ohlstadt b. Garmisch: Farbe: 9 unten.
Kremnitz, W. A., Frieding/Obb.: 70 unten (Kloster Andechs), 92 unten links (Kloster Andechs).
Kunstsammlungen Veste Coburg: 62, 81 unten rechts, 82 oben links, 94 unten rechts, 97 unten rechts, 122/123 unten, 208 oben links, 208/209, 209 unten links.
Lessing, Erich, Wien/Magnum-Photos: Farbe: 73 oben, 73 unten.
Mächler, Frank M., Grandau: Farbe: 282 unten (Gnadenkapelle Altötting).
Mainfränkisches Museum/Foto Zwicker, Würzburg: 30 unten links, 136 oben links, 139 oben links. – *Farbe:* 44 oben.
Medizinisch-Historisches Museum, Ingolstadt: 75 oben links.
Meitinger, Franz, Donauwörth: 88 unten.
Museum der Stadt Regensburg: 36 unten, 37 oben links, 37 unten, 51 unten rechts, 64 oben links, 92 oben, 130 unten links, 131 unten.
Neumeister, Werner, München: 2, 10, 11, 14, 15, 16 unten, 18 unten, 24 oben, 24 unten, 25 oben, 25 unten, 27, 43 oben (München, Privatbesitz), 48 oben links, 51 oben, 55, 60 unten links, 67 unten, 69 oben rechts, 82/83 unten, 85 oben, 91 oben (Heimatmuseum Miesbach), 91 unten links, 93 oben, 103 un-

ten (Kalvarienbergkapelle Hohenburg/Lenggries), 106 links, 107 oben rechts, 114 oben, 121 (Schloß Nymphenburg, München, Nymphenburger Manufaktur), 123 oben links, 124 links, 125 oben rechts (German. Nationalmuseum, Nürnberg), 126 oben (Industrie- und Handelskammer, Nürnberg), 129 unten rechts, 130 oben links, 130 Mitte rechts (Museum Regensburg), 131 oben rechts, 136 oben rechts (Mainfränkisches Museum, Würzburg), 136 unten, 137 oben links (Mainfränkisches Museum, Würzburg), 137 unten rechts, 145 oben links, 146, 165 unten, 261 oben, 275 Mitte, 276, 278 oben, 278/279, 281, 284, 288 oben, 288 unten, 289, 290 oben, 290 Mitte, 290 unten, 292, 293. – *Farbe:* 8 unten, 21 unten, 45, 57 oben, 57 unten, 76 oben links, 76 oben rechts, 80 unten links (Museum Regensburg), 87 unten (Heimatmuseum Lauingen), 117 oben (Staatl. Graph. Sammlung, München), 148/149 unten, 149 unten rechts (Sammlung Winterstein, München), 168/169 (Schloß Herrenchiemsee), 174 oben (Neuschwanstein), 174 unten (Neuschwanstein), 191 oben (Städt. Galerie, München), 274 (Werdenfelser Heimatmuseum, Garmisch-Partenkirchen), 282 oben links, 283 oben, 285 oben rechts (Keramikmuseum Bad Creussen, Oberfranken), 285 unten (Heimatmuseum Zwiesel, Bayer. Wald).

Oberhausmuseum Passau: 35 oben links.

Ohlbaum, Isolde, München (aus »Das Bauernhaus im Deutschen Reiche und in seinen Grenzgebieten«, Dresden, 1906): 282 oben rechts, 285 oben links, 287 (2) oben rechts. – *Farbe:* 283 unten (Privatbesitz, München).

Österreichische Nationalbibliothek, Wien: 38 unten (Cod. ser. nov. 2700, pag. 570 C), 65 unten links (Cod. 2829 fol. 1).

Ott, Eschenbach/Oberpfalz: 65 unten rechts (mit freundlicher Genehmigung des Prämonstratenser-Klosters Speinshart-Waldsassen).

Prähistorische Staatssammlung, Museum für Vor- und Frühgeschichte, München: 28 links, 28 unten, 29, 30 oben links, 30 oben Mitte, 30 oben rechts, 30 unten rechts, 33 unten links, 33 oben rechts, 34 unten, 35 oben rechts, 36 oben, 36 Mitte links, 39 oben, 39 unten, 40 oben rechts.

Praun-Photo, München: 53 unten links, 89 unten rechts (beide Staatliche Münzsammlung, München).

Preiss & Co./Braun, Albaching: 76 unten (Maximiliansmuseum Augsburg), 77 (Stadtmuseum München), 117 unten (Residenz, München), 166 (Schloß Nymphenburg).

Prugger, Max, München: 12/13 (Luftbild-Freigabe Reg. v. Obb. G 30/6913). – *Farbe:* 9 oben (Luftbild-Freigabe Reg. v. Obb. Nr. G 30/6955), 264/265 unten, 265.

Rosgartenmuseum, Konstanz: 72 oben.

Sammlung Georg Schäfer, Schweinfurt: 145 unten, 156 unten links.

Schmölz-Huth, Köln-Marienburg: 64 unten links (mit Genehmigung der Generaldirektion des Wittelsbacher Ausgleichsfonds).

Schneiders, Toni, Lindau: 16 oben, 17 unten, 18 oben, 19 unten, 22. – *Farbe:* 20 unten.

Staatliche Graphische Sammlung, München: 84 oben, 158.

Staatliche Landesbildstelle Nordbayern, Bayreuth/E. Kühlein: Farbe: 21 oben (Luftbild, freigeg. unter Nr. P 3053/10, Luftamt Nürnberg, 17. 12. 1971).

Staatsarchiv Bamberg: 111 unten rechts (A 251 L 37, Nr. 194), 138 Mitte rechts (G 35/IV Schubl. 3 R 2, Nr. 1).

Staatsarchiv Coburg: 209 oben rechts (StA Co Min SL III, Nr. 8/III, fol. 39), 209 Mitte (StA Co Urk. LA F VI, 5 c Nr. 2 b), 209 unten (StA Co Urk. LA F VI, 5 c Nr. 4).

Staatsarchiv Nürnberg: 232/233 Mitte (Polizeidirektion Nbg.-Fürth, aus Nr. 431). – *Farbe:* 132 (Nürnberger Handschriften Nr. 29, fol. I).

Staatsbibliothek Bamberg: 40 oben links (Driendl), 53 unten rechts (Msc. Lit. 142), 54 unten links (Msc. Patr. 76), 68 unten links (Driendl), 79 oben rechts (Driendl), 113 oben rechts (I. R. 63), 113 Mitte rechts, 138 oben links.

Stadtarchiv Amberg/Foto W. Krug: 95 oben rechts.

Stadtarchiv Augsburg: 118 unten rechts.

Stadtarchiv Donauwörth: 88 oben.

Stadtarchiv München: 61 oben rechts, 71 unten rechts (2 im. 12), 85 unten.

Stadtarchiv Regensburg: 131 oben links.

Stadtbibliothek Nürnberg: 81 oben links, 232 oben.

Stadtmuseum München: 74 oben links (Stadtbibliothek Monacensia-Abteilung), 103 oben (29/94515), 140 unten (I a/307), 155 unten links (M III/555), 157 unten rechts (P 3364), 167 oben (30/421), 177 oben (Z 1775/2), 188 oben links (Stadtbibliothek Monacensia-Abteilung), 188 unten, 194 unten links, 196 unten links.

Städtische Galerie München: 195 oben rechts (G 13265).

Städtische Lichtbildstelle, Regensburg: 270 (6).

Städtisches Fremdenverkehrsamt Coburg/Foto Höch, Coburg: 208 unten.

Stern, Harry, Straubing: 17 oben, 74 unten links (St. Peter, Straubing), 31 unten rechts, 71 oben, 80 unten rechts, 104 unten links, 109 oben, 109 Mitte (alle Gäuboden-Museum, Straubing). – *Farbe:* 99 unten (Asam-Kirche in Rohr/Niederbayern), 149 oben (Gäuboden-Museum, Straubing).

stern/Heggemann, Hamburg: 267 unten, 273 unten.

stern/Scheler, Hamburg: 269, 271 oben, 271 unten.

stern/Seeliger, Hamburg: 272 oben.

Stiftung Oskar Reinhart, Winterthur: 175 oben.

Süddeutscher Verlag, Bilderdienst, München: 23, 35 unten rechts, 43 unten, 49 unten, 59 oben rechts, 60 oben, 70 oben, 89 oben, 100 oben, 104/105 oben, 108 oben, 115 oben (Luftbild, Freigabe Bez. Reg. Rhein-Hess. Pfalz, 11896–3), 115 unten (Luftbild-Prugger, Freigabe Reg. v. Obb. G 30/5052), 122 oben links, 139 unten, 141 unten, 150 unten, 152, 153 oben, 155 unten rechts, 159 unten, 165 oben, 167 unten, 172 oben, 173 unten, 175 unten (Stadtmuseum), 176 oben, 176 unten, 182 oben, 182 unten, 183 oben links, 183 oben rechts, 184 oben rechts, 184 unten, 185 Mitte, 185 unten links, 186 oben rechts, 187 oben, 189 unten, 192 unten, 193 oben, 193 unten, 194 oben rechts, 194/195 unten, 197 oben, 199 unten, 200 oben, 200 unten links, 200 unten rechts, 201 oben, 201 unten links, 204 Mitte, 205 unten, 206 oben, 206 unten, 207 unten, 210 oben, 220 oben, 220 unten rechts, 221 oben, 222 oben, 222 unten, 224, 225, 226 oben, 227 oben, 227 unten, 228 unten, 229, 233 unten, 234 unten, 235 oben, 235 unten, 236 unten, 237, 238 unten, 239 unten, 241, 242/243, 243 oben, 244 oben, 244 Mitte, 244 unten, 245 oben, 245 unten, 247 oben, 247 unten, 248 oben, 250 oben, 250 unten, 252 oben links, 252 Mitte links, 252/253, 253 unten rechts, 254 unten links, 255 oben, 255 unten, 256 unten links, 257 oben rechts, 256/257, 258 unten links, 259, 260 oben links, 260 unten links, 261 unten, 263 oben, 263 Mitte, 263 unten, 266 oben, 267 oben, 272 unten, 273 oben, 275 oben, 275 unten, 277 oben, 279 oben, 286 oben, 286 unten links, 286/287 (Luftbild-Prugger, Freigabe Reg. v. Obb., Nr. 30/6955).

Theatermuseum, München: 179 oben (FA 105, Taf. 11).

Ullstein-Bilderdienst, Berlin: Farbe: 171 unten (ehemals Militärarchiv Potsdam).

Universitätsbibliothek Heidelberg: 66 unten links (Cpg 848).

Verlag Langewiesche-Brandt, Ebenhausen b. München (aus: Friedrich Arnold, Anschläge, 1973): 223, 251 unten.

Verlag Ludwig Simon, München-Pullach (aus: Saur, Aus alten Börsenblättern, 1966): 211 unten links.

Wünnenberg, Dr. Senta, Herrsching/Obb.: 75 oben rechts.

Die Karten auf dem vorderen und hinteren Vorsatzblatt sowie auf Seite 268 zeichnete Adolf Böhm unter Heranziehung der Karten aus »Bayerischer Geschichtsatlas«, hrsgg. von Max Spindler, Redaktion Gertrud Diepolder, Bayer. Schulbuch-Verlag München, 1969, und aus »Harms Geschichtsatlas«, Ausgabe Bayern, Paul List Verlag München.

Quellennachweis der urheberrechtlich geschützten Texte und Bilder

Für die freundliche Genehmigung zum Abdruck der Zitate auf den genannten Seiten danken wir den folgenden Verlagen: Atrium Verlag, Zürich: Erich Kästner, Streiflichter aus Nürnberg, in: Rauschning (Hrsg.), 1945 – Ein Jahr in Dichtung und Bericht. Ffm., 1965 (S. 247); C. H. Beck'sche Verlagsbuchhandlung, München: Kurt Reindel, Bayern im Mittelalter. München, 1970 (S. 50, 59) und Max Spindler, Das Alte Bayern. Das Stammesherzogtum 500–1200. Handbuch der bayerischen Geschichte, Bd. I, 3., verbesserter Nachdruck 1975 (S. 61); Buchheim Verlag, Feldafing: Anton Sailer, Münchener Spectaculum, o. J. (S. 172); Ehem. Verlag Kurt Desch Edition GmbH., München: Oskar Maria Graf, Gelächter von außen. München, 1966. (S. 201, 210, 221); S. Fischer Verlag, Frankfurt a. M.: Thomas Mann, Gladius Dei, aus »Die Erzählungen« © 1966, Katja Mann (S. 188); Guggenbichler, Otto, Weinland Bayern. Mit freundlicher Genehmigung des Autors aus »Unbekanntes Bayern«, Bd. I/1, Süddeutscher Verlag, München, 1975 (S. 22); Carl Hanser Verlag, München: Eugen Roth, Auszug aus »Oktoberfest« (S. 264); Heinrich Hugendubel Verlag, München: Ludwig Schrott, Münchner Alltag in acht Jahrhunderten. München, 1969 (S. 81, 87, 106); Insel Verlag, Frankfurt a. M., 1961 (3); Alfred Kröner Verlag, Stuttgart: Beitl, Wörterbuch der deutschen Volkskunde, 3. Aufl., Stuttgart, 1974 (S. 183); Manesse Verlag, Zürich: Psalterium profanum, hrsg. v. J. Eberle, Zürich, 1962 (S. 66); R. Piper & Co. Verlag, München: Ludwig Thoma, Ein Leben in Briefen 1875–1921. München, 1963 (S. 201); Prestel Verlag München: Adalbert Prinz zu Bayern, Die Herzen der Leuchtenberg. München, 1963 (S. 151) und Wilhelm Hausenstein, Liebe zu München. München, 1958 (S. 220, 237) und Katalog »Bayern. Kunst und Kultur. München, 1972 (S. 71); Rowohlt Verlag, Reinbek b. Hamburg: Ernst Toller, Prosa, Briefe, Dramen, Gedichte. RP 1 © Rowohlt Taschenbuch Verlag GmbH, Reinbek b. Hamburg, 1961 (S. 206); Suhrkamp Verlag, Frankfurt a. M.: Günter Eich, D-Zug München–Frankfurt, aus Gesammelte Werke in 4 Bänden, Bd. 1. 1973 (S. 19) und Martin Sperr, Plädoyer für eine bayerische Literatur, aus Bayerisches Lesebuch, hrsg. v. G. Deckart u. G. Kapfhammer. R. Piper & Co. Verlag, München, 1971 (S. 260); Staatliche Archive Bayerns, München: Klaus Frhr. v. Andrian-Werburg, Coburgs Weg nach Bayern (Ausstellungskataloge d. bayer. Staatl. Archive 4), 1970 (S. 209); Verlag Wissenschaft und Politik, Köln: Ernst Niekisch, Erinnerungen eines deutschen Revolutionärs. Bd. I: Gewagtes Leben. Köln, 1974 (S. 205); Verlagsgruppe List-SV-Südwest, mit freundlicher Genehmigung des Südd. Verlages, München: Karl A. von Müller, Wandel einer Welt, Bd. 3, 1957 (S. 215) und Kurt Reindel, Bayern und die Ungarn im 10. Jahrhundert, aus Alois Fink (Hrsg.), Bayern. Streifzüge durch zwölf Jahrhunderte. Südd. Verlag, München, 1971 (S. 54); Rainer Wunderlich Verlag Hermann Leins, Tübingen: Reinhold Maier, Ein Grundstein wird gelegt. Tübingen, 1964 (S. 249).

Die urheberrechtlich geschützten Bilder veröffentlichen wir mit freundlicher Genehmigung von F. Arnold, München (Karl Arnold S. 212); © 1976, Copyright by Cosmopress, Genf (Wassily Kandinsky S. 191, Paul Klee S. 195); Freifrau Besserer von Thalfingen, Rimsting (H. Christiansen S. 190); Frau Heilmann, Baldham (Franz von Stuck S. 180); J. von Kessel, München (Eduard Thöny S. 207); Dr. A. F. J. M. Kolb-Danvin, Genua (Germaine Kolb S. 188); E. Seemann, Freiburg/Brsg. (Th. Th. Heine S. 190).

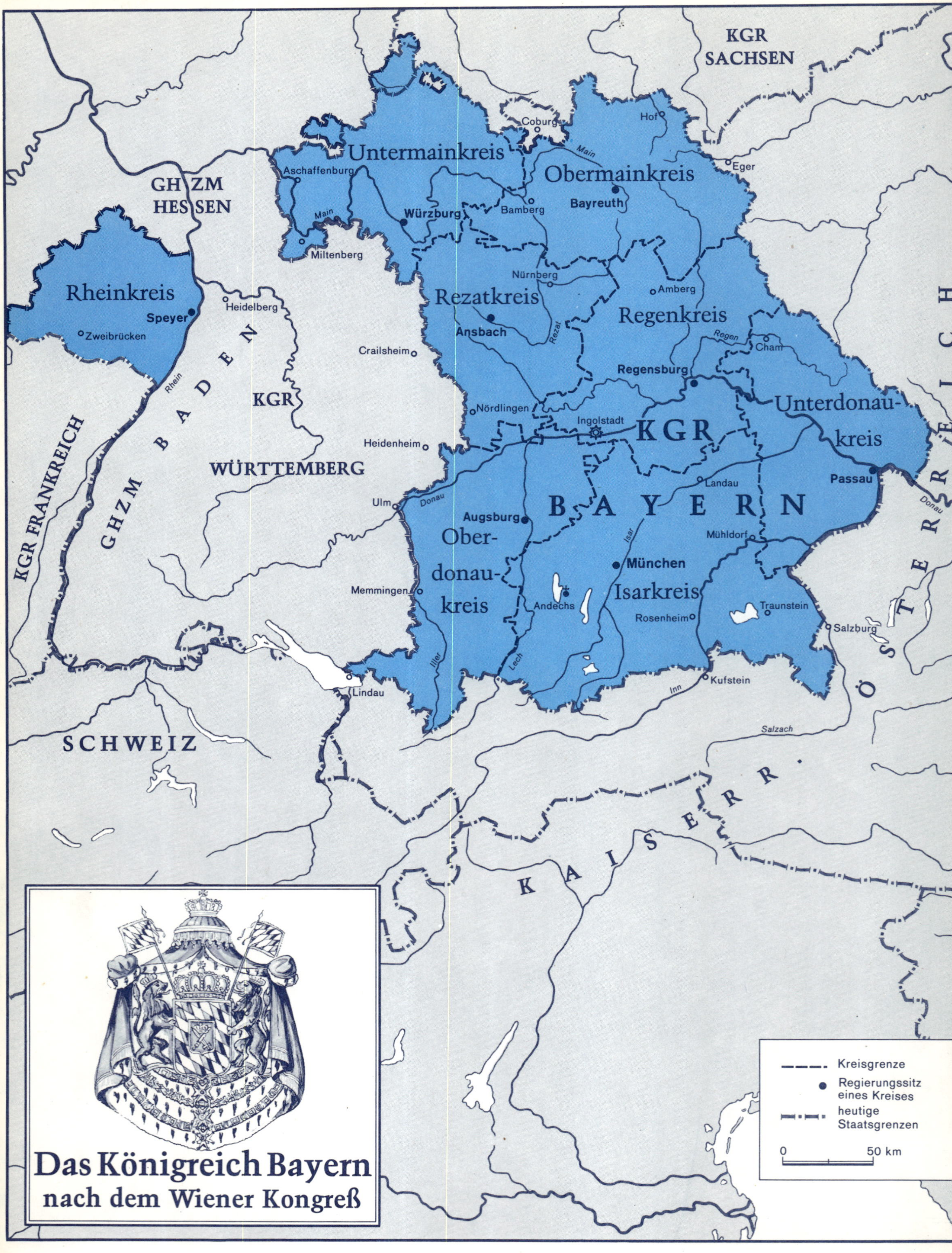

Das Königreich Bayern nach dem Wiener Kongreß